MW01624741

TINTE
&
FEDER

Das Buch

1895: Die junge Eva soll sich bei einem Großbauern als Magd verdingen, damit die Familie über die Runden kommt. Als der im Dorf berüchtigte Sohn des Bauern sie ungebührlich bedrängt, flieht sie mithilfe des Pfarrers in letzter Minute nach Karlsbad. Dort tritt sie eine Stelle als Zimmermädchen an.

Mit ihrer Kollegin Helga freundet sie sich schnell an, die überaus strebsame Thea dagegen sieht in ihr eine Konkurrentin. Zu ihrem Glück findet Eva im kränklichen Lord Beauvais einen Mentor, der ihr beibringt, was sie über die feine Gesellschaft wissen muss. Zeit, über die Zukunft nachzudenken, bleibt Eva bei der harten Arbeit und den Wirrungen im Hotel kaum. Daher ahnt sie nicht, wie sehr Karlsbad ihr Leben verändern wird.

Die Autorin

Ada Caine liebt den Charme alter Badeorte und reist gerne dorthin, um in den aus früheren Zeiten bekannten Hotels zu übernachten. Dort findet sie auch die Anregungen für ihre Romane und sitzt oft genug mit dem Tablet in einem Café, um Ideen zu sammeln, Begebenheiten aufzuschreiben und interessanten Dingen nachzuspüren.

ADA CAINE

Das Zimmermädchen

KARLSBAD-TRILOGIE

ROMAN

Deutsche Erstveröffentlichung bei
Tinte & Feder, Amazon Media EU S.à r.l.
38, avenue John F. Kennedy, L-1855 Luxembourg
Juli 2023

Umschlaggestaltung: bürosüd° München, www.buerosued.de
Umschlagmotiv: © Andreas Wolochow / Shutterstock;
© Kozlik / Shutterstock; © Rudy Balasko / Shutterstock;
© ILLYCH / Shutterstock; © Rekha Arcangel / ArcAngel
Lektorat: Regine Weisbrod
Korrektorat: VLG Verlag & Agentur, Haar bei München, www.vlg.de
Gedruckt durch:
Amazon Distribution GmbH, Amazonstraße 1, 04347 Leipzig /
Canon Deutschland Business Services GmbH, Ferdinand-Jühlke-Straße 7,
99095 Erfurt /
CPI books GmbH, Birkstraße 10, 25917 Leck

ISBN: 978-2-49671-360-2
e-ISBN: 978-2-49671-361-9

www.tinte-feder.de

Karlsbad 1

Hochwürden greift ein

Wieder einmal hatte Hochwürden Philipp Maier gegen die Sünden gewettert und seine Schäflein beschworen, sich von den Mächten der Finsternis nicht auf den falschen Pfad locken zu lassen. Doch nun milderte er die Wucht seiner Worte wieder, denn er dachte daran, dass der Großteil seiner Pfarrkinder brave Leute waren und ihre Sünden gering wogen. Nach ein paar Jahren Fegefeuer würde Petrus den meisten von ihnen die Himmelstür öffnen.

Das galt jedoch nicht für alle. Hochwürden Maiers Blick traf die beiden Männer, die allein in der vordersten Kirchenbank saßen. Es waren Wenzl, der wohlhabendste Bauer im Bezirk und gleichzeitig ihr Dorfobmann, und sein Sohn Karl. Wenzl war ebenso reich wie geizig, allerdings nur anderen gegenüber. Sich selbst gönnte er so einiges. Sein Festtagsanzug war aus feinstem Tuch, sein Hut aus Hasenhaar gefertigt, und an seiner goldenen Uhrkette hingen sechs Golddukaten als Schmuck. Er wäre nicht ärmer geworden, wenn er seinen Tagelöhnern wenigstens so viel Lohn gezahlt hätte, dass sie halbwegs über die Runden gekommen wären.

Über Wenzls Sohn Karl ärgerte der Pfarrer sich noch mehr. Der große, wuchtig gebaute Mann war ebenfalls bestens gekleidet und trug eine Uhrkette mit drei Golddukaten. »Man muss ja sehen, wer der Vater ist und wer der Sohn«, hatte Wenzl hochmütig erklärt. Doch auch die Kette mit den drei Münzen hob seinen Sohn weit über die anderen Männer im Dorf hinaus. Karl Wenzl war nicht ganz so geizig wie sein Vater, aber ihm gefielen die Frauen zu sehr. Er hatte schon mehr als einer nachgestellt und zwei sogar in andere Umstände gebracht. Anstatt sich dessen zu schämen, prahlte Karl Wenzl im Wirtshaus mit seiner Manneskraft.

Für Hochwürden waren die beiden harte Nüsse. Der alte Wenzl war so etwas wie der König des Tales, zumindest, seit er die Mühle gekauft hatte. Selbst der Bezirksobmann Seiner Majestät, des Kaisers, grüßte ihn ehrerbietig, wenn er ihn traf.

Von seinen Gedanken abgelenkt, setzte der Pfarrer die Messe mit weniger Temperament fort und ließ den Blick weiter über seine Gemeinde schweifen. Hinter den beiden Wenzls saßen diejenigen, die ebenfalls etwas zu sagen hatten, wie der Auer, dem der zweitgrößte Hof des Dorfes gehörte, und dessen Söhne. Knechte, Mägde und arme Bewohner hingegen mussten während des Gottesdienstes stehen. Ganz hinten stand der Kleinhäusler Riegler mit seiner Familie. Was Gott ihm und seiner Frau an irdischen Gütern versagt hatte, hatte er ihnen an Kindersegen reichlich gewährt: vierzehn Jungen und Mädchen, darunter zwei Zwillingspaare – und die Rieglerin war erneut gesegneten Leibes.

Mit Verwunderung bemerkte Hochwürden, dass Eva, die Älteste der Rieglerkinder, schon fast so groß war wie ihre Mutter. Wenn er sich recht erinnerte, war sie im Herbst sechzehn Jahre alt geworden. In den letzten Monaten war das Kindliche immer mehr geschwunden, und sie stand nun an der Stufe zur schönen jungen Frau.

Kaum hatte der Pfarrer dies gedacht, sah er, wie Karl Wenzl sich umdrehte und nach hinten blickte. Hochwürden hätte seinen Messkelch verwettet, dass der Blick Eva galt. O mein Gott und Herr, dachte er, lass nicht zu, dass der junge Wenzl auch noch die Eva in Schande bringt. Sie war sein liebstes Pfarrkind, denn sie war brav, freundlich und immer bereit, zu helfen, wenn es nötig war. Früher hatte sie als Gänsemädchen beim Wenzl gearbeitet, und vor drei Jahren war sie als Kindsmagd zu dessen Schwager Lamprecht ins Nachbardorf geschickt worden. Nun wurde sie dort nicht mehr gebraucht und musste daher als Tagelöhnerin ihr Brot verdienen.

Hoffentlich nicht beim Wenzl, sagte sich Hochwürden Maier, sprach das letzte Amen und entließ seine Kirchengemeinde in den Sonntag. Er sah die Bewohner eifrig der Kirchentür zustreben. Wie immer forderten die beiden Wenzls den Vortritt, und keiner wagte es, ihnen diesen streitig zu machen. Das rührte nicht zuletzt daher, dass gut die Hälfte der Dorfbewohner Schulden beim Großbauern hatte. Sei es, weil sie Geld gebraucht hatten, um ihren Verwandten das Erbe auszuzahlen, Pech mit dem Vieh oder mit der Ernte gehabt hatten oder krank geworden waren und Geld für den Arzt und für Arzneien benötigt hatten.

Die Dörfler folgten Vater und Sohn in höflichem Abstand, zuerst der Auer und weitere Honoratioren, dann der Rest. Die Riegler waren die Letzten. Es waren brave Leute, sie kamen aber trotz aller Arbeit auf keinen grünen Zweig. Der Pfarrer bedauerte dies, denn er hätte es ihnen vergönnt, ein besseres Leben zu führen.

Nach der Messe trafen sich die Dorfbewohner bei der großen Linde neben dem Friedhof, um dort miteinander zu reden, und gelegentlich kam der Pfarrer hinzu. An diesem Tag hatte er es eigentlich nicht vorgehabt. Aber als er aus der Kirche trat, sah er, dass der junge Wenzl sich zu Vater Riegler gesellte, und wollte wissen, was der Bauernsohn im Schilde führte.

Er beeilte sich, hinzuzutreten, und hörte noch, wie Karl Wenzl sagte: »Nachdem der Lamprecht die Evi nimmer als Kindsmagd für seinen Buben braucht, muss sie sich einen anderen Dienst suchen.«

»Sie wird erst einmal auf Tagelohn gehen«, antwortete die Rieglerin ablehnend, da sie vermutlich Karl Wenzls Gedanken erahnte.

»Ich könnte mit meinem Vater reden, sodass sie bei uns als Jungmagd einstehen kann. Da tät sie mehr verdienen denn als Tagelöhnerin. Sie würde bei uns auf dem Hof leben, damit hättet ihr ein Maul weniger zu stopfen und ein Bett frei. Es geht ja doch arg eng bei euch zu«, erklärte der junge Wenzl. Es war offenkundig, dass er keinen Widerspruch dulden wollte. Er hatte sich Eva in den Kopf gesetzt und würde alles tun, damit er sie bekam. Das Mädchen stand nahe genug, um Karl Wenzls Worte zu verstehen, und prompt nahm Hochwürden Evas ablehnende Miene wahr. Aber er erkannte auch, dass sie Angst vor dem jungen Mann hatte, der sich stets nahm, was er wollte, ohne sich um Sitte und Recht zu scheren. Und noch etwas bemerkte der Pfarrer an Eva, nämlich den Willen, sich nicht in ihr Schicksal zu fügen. Auch ihre Mutter schüttelte abwehrend den Kopf. Evas Vater hingegen schien über das Angebot nachzudenken. Schließlich zog er seine Frau ein wenig beiseite.

»Der junge Wenzl hat schon recht! Es geht arg eng bei uns zu. Wenn jetzt noch das Kleine kommt, wissen wir nimmer, wo wir die Kinder unterbringen sollen.«

»Aber dafür muss die Eva nicht zum Wenzl gehen!«, hörte der Pfarrer die Mutter sagen.

»Wenn wir den Wenzl verärgern, sorgt er dafür, dass keiner in der Gegend sie als Magd nimmt. Selbst als Tagelöhnerin müsste sie woanders hin«, sagte Riegler drängend und fasste nach den Händen seiner Frau. »Unsere Evi ist ein braves Mädel und wird sich den jungen Wenzl vom Hals zu halten wissen.«

»Und was ist, wenn er grob wird und sie dazu zwingt? Du weißt, bei der Geli hat er es getan!«, sagte seine Frau ebenso erregt wie verzweifelt.

»Das wird er schon nicht! Unser Hochwürden hat ihn damals streng ins Gebet genommen.«

Mit Schrecken hörte der Pfarrer, dass Riegler fast so weit war, Karl Wenzl nachzugeben, und er konnte sich bereits nur zu gut vorstellen, wie es weitergehen würde. Der junge Wenzl würde Riegler im Wirtshaus ein paar Krüge Bier bezahlen. Daraufhin würde dieser betrunken nach Hause kommen und darauf bestehen, dass Eva Magd auf dem Wenzlhof wurde. Bei Widerspruch würde er zu toben beginnen und seine Frau samt Kindern aus dem Haus jagen. Den Armen bliebe dann nichts übrig, als im Ziegenstall Zuflucht zu suchen, bis der Vater sich beruhigt hatte.

»O Gott im Himmel, warum hast du die Menschen nicht so geschaffen, dass sie dir stets ein Wohlgefallen sind?«, fragte der Pfarrer leise und wollte sich abwenden. Da sah er, wie Karl Wenzl neben Eva trat und ihr den Arm besitzergreifend um die Hüften legte.

»Mit wie vielen bist du schon im Heu gelegen? Das Alter hast ja dazu!«, fragte er grinsend.

Eva wand sich unter seinem Griff, ohne sich befreien zu können. »Lass mich in Ruh!«, fauchte sie leise.

»Wie es ausschaut, noch mit keinem. Das gefällt mir.« Karl Wenzl zog sie an sich und wollte sie auf den Mund küssen. Da drehte Eva das Gesicht weg, sodass er nur ihre Wange erwischte. Mit einem heftigen Ruck gelang es ihr dann doch, sich loszureißen, und sie eilte davon.

Karl Wenzl sah ihr lachend hinterher. Bis jetzt hatte er noch jede bekommen, die er hatte haben wollen. Hier im Dorf wagte keiner, etwas gegen ihn zu unternehmen. Selbst der Pfarrer hatte es bei mahnenden Worten belassen.

Doch im Augenblick juckte es Hochwürden Maier in der Faust, Karl Wenzl ein paar kräftige Hiebe zu verpassen. Er beherrschte sich jedoch und trat auf dessen Vater zu. »Dein Karl sollte sich schämen, sich so zu benehmen!«, sagte er in der Hoffnung, dieser werde seinen Sohn zur Mäßigung auffordern.

Der Großbauer drehte sich langsam zu ihm um und hakte seine Daumen in seine Joppentaschen ein. »Ein junger Bursch wie der Karl muss sich nun einmal die Hörner abstoßen. Da ist es mir lieber, er tut's bei einer Magd, als wenn er den Bauerntöchtern nachsteigt. Eine solche müsst er danach heiraten. Aber die Frau, die er einmal kriegt, such ich ihm aus.«

Hochwürden Maier erschütterte Wenzls abgrundtiefe Verachtung für jene Menschen, die er weit unter sich stehen sah. Trotzdem versuchte er, an die Vernunft des Bauern zu appellieren. »Der Karl soll die Eva in Ruhe lassen! Ihr Vater hat immerhin ein eigenes Haus.«

Wenzl musste lachen. »Haus nennen Sie das, Hochwürden? Das ist ein besserer Ziegenstall! Der Riegler hat mehr Kinder als Hühner, vom anderen Vieh ganz zu schweigen. Er und seine Familie sind Tagelöhner und Knechte, und das werden sie alleweil bleiben. Wen juckt das schon, wenn der Karl einer seiner Töchter einen dicken Bauch macht? Mich jedenfalls nicht.« Mit diesen Worten ließ Wenzl den Pfarrer stehen.

Aber mich juckt es, dachte der und verließ den Platz mit dem festen Willen, sein bravstes Schäflein vor dem bösen Wolf zu retten.

* * *

Der Tag war noch nicht vorüber, da klopfte es an die Tür des Pfarrhauses. Als seine Haushälterin öffnete, prallte sie mit einem erschrockenen Ruf zurück, denn die Rieglerin und ihre älteste Tochter standen draußen. Die rechte Wange der Mutter war auffallend rot, und Evas Gesicht tränennass.

»Hochwürden! Hochwürden! Kommen S' schnell!«, rief die Frau und wies, als der Pfarrer herbeieilte, auf die unerwarteten Gäste.

»Mein Gott, was ist denn passiert?«, fragte Hochwürden erschrocken.

»Geschlagen hat er mich, als ich gesagt hab, dass die Evi nicht zum Wenzl gehen wird«, berichtete die Rieglerin. »Ich weiß mir keinen Rat mehr, darum bin ich zu Ihnen gekommen.«

»Ich will ja gerne helfen«, sagte der Pfarrer, »aber noch weiß ich nicht, was ich tun kann. Bitte kommt herein und erzählt, was passiert ist. Vielleicht fällt mir dabei was ein. Anni, hol uns eine Flasche Johannisbeersaft und zwei Gläser!«

Seine Haushälterin eilte sogleich los, während er Mutter und Tochter in die Küche führte. Dort wies er auf zwei Stühle und forderte sie auf, zu berichten.

Mit einem zornigen Schnauben erzählte die Rieglerin, wie ihr Mann betrunken aus dem Wirtshaus gekommen sei und erklärt habe, er sei mit Karl Wenzl übereingekommen, dass Eva bereits am nächsten Sonntag auf dem Hof seines Vaters als Jungmagd einstehe.

»Ich habe ihm gesagt, dass ich das niemals zulass!«, setzte sie weinend hinzu. »Man weiß doch, was der Wenzl Karl für einer ist. Der will die Eva nicht als Magd, sondern als …« Sie brach ab, da es ihr in Gegenwart eines Geistlichen ungehörig schien, solche Worte in den Mund zu nehmen.

Der Pfarrer wusste auch so, was sie meinte. Wie der alte Wenzl dazu stand, hatte dieser ihm nach der Messe ja offen ins Gesicht gesagt. Zudem konnte der Riegler es sich in seiner wirtschaftlichen Not nicht erlauben, den größten Bauern und reichsten Mann des Bezirks gegen sich aufzubringen. Immerhin lasen dessen jüngere Kinder hinter Wenzls Knechten Ähren und

Erdäpfel, die auf den Feldern zurückgeblieben waren. Sie fanden zwar nicht viel, doch wenn Wenzl es ihnen verbot, würde bald der Hunger an Rieglers Haustür klopfen. Vielleicht half es, dachte der Pfarrer, wenn er mit dem Auer, dem zweitreichsten Bauern im Dorf sprach. Dieser war seit Langem mit Wenzl über Kreuz und womöglich bereit, Sepp Riegler zu unterstützen.

»Die Evi bräucht eine Stellung, in der sie vor dem jungen Wenzl sicher wär«, sagte die Mutter. »Ich hab gehofft, der Lamprecht würde sie als Magd einstellen, wo sie doch so für seinen Buben gesorgt hat. Aber das hat er nicht.«

»Der Lamprecht hätte dafür eine seiner Mägde entlassen müssen. Das wollte ich nicht«, erklärte das Mädchen.

Ihre Mutter sah sie empört an. »Sag bloß, er hat es dir angeboten! Wie hast du so dumm sein können, Nein zu sagen? Jetzt haben wir den jungen Wenzl am Hals.«

»Lass es gut sein, Rieglerin! Dass die Eva das nicht getan hat, zeigt, was für ein gutes Herz sie hat«, versuchte Hochwürden, die Mutter zu beruhigen.

»Es ist aber trotzdem eine Dummheit!«

Für einige Augenblicke dachte selbst der Pfarrer, dass Eva dieses Angebot hätte annehmen sollen. Die dortige Magd hätte gewiss eine neue Stellung gefunden oder auf Tagelohn gehen können. Eva hingegen schwebte in höchster Gefahr, Karl Wenzls nächstes Opfer zu werden. Aber so war es nun einmal. Wer reich und angesehen war, konnte sich vieles erlauben. Ein paar Kronen auf die Hand, und das war es dann für die junge Frau. Was das Kind betraf, so kümmerte es Wenzl und seinen Sohn nicht. Wenn die Mutter es nicht behalten wollte, sollte sie es eben ins Waisenhaus geben.

Der Pfarrer schüttelte diesen Gedanken ab und sah die beiden Frauen nachdenklich an. »Gibt es denn keine Möglichkeit, den Dienst beim Wenzl zu verweigern?«

»Der Vater hat gesagt, der junge Wenzl hätte ihm zehn Kronen als Einstandsgeld gegeben«, erklärte Eva. Sie atmete tief durch und versuchte zu lächeln. »Ich komm schon zurecht, Hochwürden! Was den jungen Wenzl angeht, fällt mir gewiss was ein.«

Der Pfarrer hätte es gerne geglaubt. Aber er kannte Karl Wenzl gut genug, um zu wissen, dass dieser das Nein eines Mädchens niemals ernst nehmen würde. Er hatte bereits eine Magd vergewaltigt und war nur davongekommen, weil diese es nicht gewagt hatte, ihn anzuzeigen. Eva würde es tun, dachte er. Aber dann wäre es zu spät.

»Am nächsten Sonntag sollst du beim Wenzl anfangen? Dann haben wir bloß noch eine Woche Zeit, in der uns was einfallen muss«, sagte er in der verzweifelten Hoffnung, dass Gott ihn und das Mädchen nicht im Stich lassen werde.

»Was sollen wir nur tun, hochwürdiger Herr?«, jammerte die Mutter.

»Nicht den Mut verlieren, Rieglerin«, antwortete Hochwürden. »Vertraut auf Gott!«

»Das habe ich schon ein paarmal zu oft getan«, sagte die Frau traurig.

Der Pfarrer nickte, denn Gott hätte es mit ihr wahrlich besser meinen können. So aber blieb ihr nur die Hoffnung auf den Lohn im Jenseits, den sie im Gegensatz zu Wenzl und seinem Sohn gewiss reichlich erhalten würde.

* * *

Es gelang dem Pfarrer, Evas Mutter so weit zu beruhigen, dass sie nach Hause gehen und sich um ihre Kinder kümmern konnte. Diese hatten sich vor ihrem zornigen Vater in den Ziegenstall geflüchtet. Zwei-, dreimal im Jahr kam der Riegler mit einer unbändigen Wut nach Hause und verfluchte Gott und die

Welt, weil er ein armer Mann war, der seine Familie nur mit Mühe satt machen konnte.

Eva nimmt das Ganze leichter hin als ihre Mutter, dachte der Pfarrer, denn sie weiß noch nichts von der Gemeinheit der Welt und glaubt, mit Gottvertrauen alle Heimsuchungen meistern zu können. Zwar half Gott durchaus, verlangte aber von den Menschen, sich auch selbst zu helfen. Doch gegen einen so kräftigen und rücksichtslosen Mann wie Karl Wenzl konnte ein Mädchen wie Eva nicht bestehen.

Für den Pfarrer war es wie eine schmerzende Wunde. Aufgeben aber wollte er nicht. Eva hatte bereits als Zwölfjährige der Kleinbäuerin Hasler beigestanden, als diese nach dem Tod ihres Mannes mit ihrem Hof nicht mehr zurechtgekommen war. Geld, sich einen Knecht oder eine Magd zu leisten, hatte die Haslerin damals nicht besessen. Mittlerweile sah es besser aus, und so machte Hochwürden sich noch am Sonntagabend auf den Weg zu dem kleinen Anwesen der Frau.

Er klopfte an die Tür und sah dann die Bäuerin vor sich.

»Grüß Gott, Hochwürden!«, rief die Haslerin verwundert, da sie keine war, die der Pfarrer gewöhnlich aufsuchte.

»Grüß Gott, Bäuerin!«, antwortete der Pfarrer, um der Frau zu schmeicheln. Um als richtige Bäuerin zu gelten, war ihr Anwesen nämlich zu klein.

»Kommen Sie doch herein! Die Zita hat einen Gugelhupf gebacken, und ich kann Ihnen auch einen Kaffee machen. Einen mit echten Bohnen sogar«, bot die Haslerin an.

Der Pfarrer nahm die Einladung an und folgte ihr in die Küche. Für eine gute Stube war das Haus zu klein, also spielte sich alles in der Küche ab. In der werkelte Zita, eine derb aussehende Mittdreißigerin mit schwachem Verstand. Sie hatte in der Schule weder lesen noch rechnen gelernt. Aufs Kuchenbacken allerdings verstand sie sich, wie er anerkennend feststellte.

»Wie geht es denn so, Haslerin?«, fragte er, um das Gespräch in Gang zu bringen.

»Ganz gut, Hochwürden. Das Vieh ist dank der Fürbitte an den heiligen Antonius von Padua gut gediehen. Die Zita und ich kommen mit der Arbeit zurecht, und da darf man nicht klagen.«

»Du wirst nicht jünger und könntest daher noch eine Magd gebrauchen«, wandte der Pfarrer ein.

Die Haslerin sah ihn nachdenklich an und schüttelte dann langsam den Kopf. »Ich ahne schon, worauf Sie hinauswollen, Hochwürden. Aber mit dem Wenzl und seinem Sohn lege ich mich nicht an.«

»Es wäre ein christliches Werk, die Eva auf den Hof zu nehmen«, sagte der Pfarrer in der Hoffnung, sie umstimmen zu können.

»Von mir wäre es vielleicht christlich! Ich glaub aber nicht, dass der Wenzl ähnlich christlich denkt. Er ist der Dorfobmann, und ihm gehört die Mühle. Selbst wenn er sich bloß weigern würde, mein Korn mahlen zu lassen, hätte ich den Schaden. Außerdem ist die Eva selber schuld! Der Lamprecht hätte sie als Magd genommen.«

»Er hätte dafür eine andere entlassen müssen, und das wollte das Mädchen keiner von ihnen antun«, gab der Pfarrer zu bedenken.

»Wer nicht auf sich schaut, kommt zu nichts, Hochwürden.«

»Denk doch dran, wie sie dir nach dem Tod deines Mannes geholfen hat!« Doch auch dieser Appell des Pfarrers verpuffte.

»Ich kann nicht, Hochwürden! Mit dem Wenzl legt sich hier keiner an. Auch Sie nicht! Sonst wären Sie nicht zu mir gekommen.«

Der Pfarrer war enttäuscht, hatte aber Verständnis für die Frau. »Ich habe es halt versucht! Gottvater, der Sohn und der Heilige Geist seien mit dir, Haslerin.«

»Vergessen Sie die Gottesmutter nicht und auch nicht den heiligen Antonius von Padua«, erklärte die Bäuerin. »Glauben Sie mir: Ich tät Ihnen gerne helfen. Aber es geht nicht.«

»Hat der Gugelhupf geschmeckt?«, fragte die Zita mit verwaschener Stimme.

Der Pfarrer wandte sich ihr mit einem gezwungenen Lächeln zu. »Das hat er, Zita! Das hat er wirklich.«

Dabei war ihm klar, dass er der Haslerin keine Vorwürfe machen durfte. Die Frau hatte sich auf seine Bitten hin der geistig Behinderten angenommen. Gott hatte es ihr gelohnt, denn Zita hatte sich als anstellig erwiesen und arbeitete so fleißig, dass die Haslerin ihren kleinen Betrieb mit Hilfe einer Tagelöhnerin bewältigen konnte.

Er verabschiedete sich und haderte ein weiteres Mal mit seiner Hilflosigkeit. Zwar war er der Pfarrer und stand für Gott. Wenzl aber stand für Geld, und das zählte auf der Welt nun einmal mehr.

* * *

Den Rest des Sonntags überlegte der Pfarrer, wie er Karl Wenzl doch noch ein Schnippchen schlagen konnte. Wenn Eva dessen Nachstellungen auf Dauer entgehen wollte, durfte sie nicht hier im Dorf bleiben. Aber ein Mädchen mit gerade sechzehn Jahren war zu jung, um in eine Welt hinauszugehen, in der ganz andere Gefahren drohten als ein übermäßig von sich eingenommener Bauernsohn.

Als die Nacht heraufzog, war der Pfarrer noch immer zu keinem Entschluss gelangt. Um sich abzulenken, nahm er sein Brevier zur Hand und versuchte, darin zu lesen. Es war vergebens. Sein Blick schweifte über die Seiten, ohne dass er überhaupt wahrnahm, was er las. Schließlich dachte er darüber nach, weshalb er gerade Eva vor dem jungen Wenzl beschützen wollte.

Bei den anderen Mädchen, die Karl Wenzl verführt hatte, war er zwar zornig gewesen, aber bei Weitem nicht so betroffen wie jetzt.

Der Pfarrer stellte sich die Frage, ob er womöglich selbst in Eva verliebt war und das Ganze von der Warte des verzweifelten Liebhabers aus betrachtete. Doch als er an sie dachte, fand er nichts Schlüpfriges in seinen Gedanken. Er mochte sie als braves Mädchen, das ihm mit ihrem freundlichen Wesen und ihrer Hilfsbereitschaft Freude bereitet hatte. Hätte er bei Karl Wenzl ehrliche Absichten vermutet, hätte er ihr sogar zugeraten, darauf einzugehen. Mit einer Frau wie Eva an seiner Seite wäre der junge Mann gewiss ein besserer Mensch geworden. Doch da stand schon der alte Wenzl davor. Der würde nur eine Schwiegertochter auf den Hof lassen, die ihre zwanzig- bis dreißigtausend Kronen Mitgift und etliches an Heiratsgut mitbrachte. Das konnte Eva nicht. Außerdem war sie zu jung, um zu heiraten.

»Sie ist aber auch zu jung, um diesem Lumpen als Spielzeug zu dienen!«, rief er zornig.

Kurz überlegte er, ob er sie nicht einem der Pfarrer, die er kannte, als Haushälterin empfehlen konnte. Doch zum einen war sie auch dafür zu jung, und zum anderen war sie zwar fleißig und geschickt, aber noch nicht in der Lage, einen solchen Posten so auszufüllen, wie es nötig gewesen wäre.

Enttäuscht legte er sein Brevier beiseite und griff nach einem Buch, das er vor ein paar Wochen begonnen, aber nie zu Ende gelesen hatte. Hoffentlich habe ich ein Lesezeichen eingelegt, dachte er, als er auch schon die Ecke eines Blattes aus den Seiten herausragen sah. Er schlug das Buch auf und wollte sein Lesezeichen auf den Tisch legen. Da stellte er fest, dass es sich um einen Brief handelte. Neugierig geworden las er ihn durch. Er stammte von seiner Cousine Josepha Pfnür. Diese lebte in Karlsbad, einem Ort, der ihm viel zu mondän war, und verdiente ihr Geld als Vermittlerin. In dem Brief hatte sie angefragt, ob er fromme, anständige, fleißige und geschickte Mädchen und junge Frauen kenne, die bereit seien, ein halbes Jahr lang in Karlsbad als Putzhilfe oder Zimmermädchen zu arbeiten. Sie könne den Mädchen gute Stellen vermitteln.

Damals hatte er den Brief nicht weiter beachtet, denn Karlsbad war kein Ort, an den er eines der jungen Mädchen aus seiner Kirchengemeinde schicken wollte. Da fürchtete er zu viele Verlockungen, die sie vom rechten Pfad abbringen konnten.

Er knüllte den Brief zusammen, um ihn ins Kaminfeuer zu werfen. Mitten in der Bewegung hielt er inne. Karlsbad war so weit weg, dass man dort vor Karl Wenzl in Sicherheit war. Was die anderen Gefahren betraf, so war Eva ein frommes, anständiges, fleißiges und geschicktes Mädchen, gerade so, wie seine Base es forderte. Zwar mochte es auch dort Anfechtungen geben, doch denen würde Eva gewiss widerstehen können.

Trotzdem fiel es dem Pfarrer nicht leicht, sich mit diesem Gedanken anzufreunden. Das Mädchen würde in die Fremde ziehen und damit die Heimat verlieren. Nein, wird sie nicht, sagte er sich. Josepha will die Mädchen ja nur für ein halbes Jahr.

»Bis dorthin hat der Wenzl Karl längst eine andere gefunden«, murmelte er und dachte erschrocken, dass er ein arger Pharisäer war, weil er das, was er Eva zu ersparen hoffte, einem anderen Mädchen zudachte.

»Ich werde noch einmal mit dem alten Wenzl reden und ihm klarmachen, dass es Zeit wird, dass sein Sohn heiratet«, sagte er mit überraschender Entschlossenheit.

Auch wenn der Großbauer fast wie ein König über das Tal herrschte, so musste er dennoch auf sein Ansehen achten. Beschwerte Hochwürden sich als zuständiger Seelsorger bei seinen Amtskollegen im Bezirk über Karl Wenzl, konnte es dessen

Vater schaden. Ihm allerdings auch, denn der alte Wenzl hätte ihm das nie vergessen. Doch um Evas willen war er bereit, es darauf ankommen zu lassen.

»Halt!«, rief er, um seine Gedanken zu ordnen.

Er konnte nicht ins Blaue hinein schießen. Erst einmal musste er in Erfahrung bringen, ob seine Base noch ein Mädchen brauchte. Er glättete den Brief und las ihn bis zum Ende, wo sie geschrieben hatte, dass er ihr, wenn er passende Mädchen kenne, diese nach Möglichkeit spätestens bis zum zwanzigsten April schicken möge. Ende April beginne die Kursaison, und bis dorthin müssten die Mädchen vermittelt sein, um bei den Vorbereitungen helfen zu können.

Ein Blick auf den Kalender an der Wand verriet ihm, dass es Sonntag, der vierzehnte April war. Wenn er rasch handelte, würde das Mädchen unterwegs sein, bevor der junge Wenzl überhaupt begriff, dass Eva ihm entgehen würde. Das hieß aber, heimlich an die Sache heranzugehen, dachte der Pfarrer.

Erst einmal musste er mit dem Riegler reden. Nein, nicht mit diesem, sondern mit dessen Frau. Dem Mann war zuzutrauen, dass er den Plan aus Angst an Karl Wenzl verriet. Evas Mutter hingegen würde jede Möglichkeit begrüßen, die ihre Tochter aus dessen Nähe schaffte. Auch würde er mit Eva sprechen und ihr erklären, wovor sie sich in Karlsbad zu hüten hatte. Es half wenig, wenn sie zwar dem jungen Wenzl entging, aber dann in Karlsbad auf die schiefe Bahn geriet.

»Morgen ist der fünfzehnte April. Spätestens Samstag sollte sie in Karlsbad sein. Nein, besser noch Donnerstag. Dann hat die Josepha Zeit, sich zu überlegen, wohin sie Eva vermitteln kann«, murmelte der Pfarrer. Er beschloss, seiner Base einen Brief zu schicken. Darin würde er sie bitten, auf seinen Schützling zu achten und ihm Bescheid zu geben, wie sie sich in Karlsbad machte.

Bevor Eva das Dorf verlassen konnte, mussten noch einige Vorbereitungen getroffen werden. So war es nötig, ihr ein Billett für die Eisenbahn zu besorgen. Auch musste sie zum Bahnhof gebracht werden. Am besten übernahm er das selbst mit seinem Wagen. Das aber sollte vom Nachbardorf aus geschehen, damit niemand hier im Dorf etwas bemerkte. Die drei Kilometer musste sie eben laufen. Mehr als ein wenig Ersatzwäsche würde sie wohl kaum bei sich haben.

Der Pfarrer plante Evas Reise nach Karlsbad wie ein General Seiner Majestät, Kaiser Franz Josephs, die nächste Schlacht.

»So machen wir es!«, sagte er zuletzt und beschloss, dass er sich ein Glas Wein verdient hatte.

Mangels eines Trinkgefährten hob er das Glas vor seinem Spiegelbild und war der Meinung, dass ein wacher Verstand und der Wille, das Schicksal zu zwingen, doch gelegentlich die Macht des Geldes brechen konnten.

* * *

Ein neuer Morgen zog auf und versprach einen sonnigen Apriltag. Als sich der Morgendunst gelichtet hatte, leuchtete das Tal im hellen Sonnenlicht, ein Bild des Friedens. Friedlich aber ging es im Häuschen der Rieglers nicht zu. Die Rieglerin hatte wieder einmal mit den meisten Kindern im Ziegenstall übernachtet. Nun musste sie dafür sorgen, dass diejenigen, die noch zur Schule gingen, nicht zu sehr nach den Tieren rochen, um nicht von den anderen Kindern deswegen verspottet zu werden. Ihrem Mann, der bleich und mit zuckenden Augenlidern an der Tür stand, gönnte sie keinen Blick.

Dem Riegler tat es leid, dass er sich am Vortag von Karl Wenzl einen solchen Mordsrausch hatte anhängen lassen. In seinem Suff hatte er diesem seine älteste Tochter regelrecht verkauft.

»Die Eva ist ein braves Mädel! Die wird sich schon zu helfen wissen«, murmelte er, als er seine Tochter beobachtete, die der Mutter bei der Versorgung der Kleinen half. Dabei wusste er genau, dass Karl Wenzl grob werden konnte, sobald man ihm etwas versagte.

»Wenn er ihr etwas antut, bring ich ihn um!«

Noch während er es aussprach, begriff er, dass es nur leere Worte waren. Selbst vor fünfzehn Jahren, als er noch auf der Höhe seiner Kraft gewesen war, wäre er Karl Wenzl niemals gewachsen gewesen. Der Mann war fast einen Kopf größer als er, stark wie ein Bär und rücksichtslos wie ein hungriger Wolf.

»Evi, geh in die Küche und mach die Morgensuppe!«, wies die Mutter Eva an. Ihr blieb nur die Hoffnung, dass ihr Mann wenigstens ein Mal für seine Familie eintrat und Karl Wenzl den Judaslohn, den dieser ihm gegeben hatte, vor die Füße warf. Wobei es sich nur um zehn Kronen handelte und nicht um die dreißig Silberlinge, die Christus den Hohepriestern Annas und Kaiphas wert gewesen war.

Eva gehorchte, und auf dem Weg ins Haus streifte ihr Blick den Vater. Sie war noch jung und unerfahren. Doch in dem kleinen, überfüllten Haus war es nicht zu übersehen, wenn der Vater und die Mutter gewisse Dinge miteinander taten. Auch hatte sie bei der Geburt ihrer jüngeren Geschwister Beistand leisten müssen. Sie wusste daher sehr wohl, worauf Karl Wenzl aus war, und ebenso, dass er bereits andere Mädchen in Schande gebracht hatte.

Mit einem gewissen Gottvertrauen hoffte sie, ihm dennoch entgehen zu können. Leicht würde es jedoch nicht werden. Mit diesem Gedanken setzte sie in der Küche Wasser auf, gab gequetschten Hafer und ein wenig Ziegenmilch dazu und rührte alles kräftig um, damit es nicht anbrannte. Es war ein schlichtes Mahl, aber zusammen mit einem Stück Brot füllte es den Magen.

Die Küche war zu klein, als dass alle darin hätten sitzen und essen können. Über ein eigenes Zimmer nur zum Essen verfügten im Dorf nur der Pfarrer und der Dorfobmann Wenzl. Bei ihrer Familie mussten die älteren Geschwister den Eltern und den Kleinsten den Platz am Küchentisch überlassen und im Stehen essen.

Auch Eva tat es. Ihr entging nicht, dass ihr Vater sie mehrmals musterte und schmerzlich das Gesicht verzog. Er ist kein schlechter Mensch, dachte sie. Sonntags trank er im Gasthof meist nur einen Krug Bier, bevor er zum Mittagessen nach Hause kam. Schlimm wurde es allerdings, wenn sich jemand einen Spaß daraus machte, ihm neben Bier auch noch Schnaps zu spendieren. Da er nicht gewöhnt war, viel zu trinken, wurde er laut und wütend und kannte bald keine Grenzen mehr.

Während Eva ihren Gedanken nachhing, bemerkte sie, dass sie immer noch nach Ziege roch. Das wunderte sie nicht, denn in dieser Nacht hatte sie direkt neben einer schlafen müssen.

»Ich bin ein Mädchen vom Land, und da ist das eben so«, sagte sie trotzig und machte sich daran, die vom Vater aus Holz geschnitzten Schüsseln zu waschen. Geschirr aus Steingut kostete Geld, das sie nicht hatten. Aber da der Vater im Winter nur selten auf Tagelohn gehen konnte, fand er genug Zeit, vieles von dem, was sie im Haushalt benötigten, selbst anzufertigen.

Wenig später verließ er das Haus, um bei Wenzl auf Tagelohn zu gehen. Die paar Tagwerk, die ihnen gehörten, waren Angelegenheit der Mutter, und wenn diese selbst als Tagelöhnerin Arbeit fand, die der Kinder.

Da kam die Mutter auf sie zu. »Heut wirst du zu Mittag kochen und nicht das Annerl.«

»Aber warum, Mutter? Die Eva können wir auf dem Feld besser brauchen«, wandte Joseph ein, der vom Alter her der Nächste nach Eva war.

»Weil ich es sag!«, antwortete die Mutter schroff.

Sie trieb nun die jüngeren Kinder an, zur Schule zu gehen. Joseph, Vitus und Annerl hatten diese bereits hinter sich und konnten ihr aufs Feld folgen, um dort die Saat für die neue Ernte auszubringen.

»Du kümmerst dich um die Kleinen!«, wies sie Eva noch an.

Dann nahm sie ihre Hacke und schritt los. Den kleinen Sack mit Saatgut musste Joseph tragen, da sie es wegen ihrer Schwangerschaft nicht mehr konnte.

Eva sah nach ihren kleinen Geschwistern. Sofort musste sie eingreifen, da die Zwillinge Ludwig und Bernhard sich mit dem ein Jahr älteren Reserl stritten.

Endlich hatte sie die Kleinen versorgt und machte sich ans Kochen. Es würde wie fast jeden Tag außer Sonntag Brotsuppe geben, und dafür musste sie Zwiebeln schneiden und dabei achtgeben, sich nicht wegen der tränenden Augen zu verletzen. Ein winziges Stückchen Speck wurde in noch winzigere Würfelchen geschnitten, damit die Suppe ein wenig Geschmack bekam. Danach musste sie das Brot schneiden und zur entsprechenden Zeit in den Kessel tun, der über dem Feuer hing. Ein paar getrocknete Kräuter und Pilze, die noch aus dem Vorjahr stammten, folgten.

Während das Essen köchelte, erledigte Eva die Hausarbeit und achtete darauf, dass die Kleinen brav blieben. Reserl konnte sie bereits eine überschaubare Aufgabe zumuten, denn das Mädchen war geschickt und von allen Geschwistern ihr am ähnlichsten. Vielleicht mochte sie es daher am meisten. Aber Eva wollte auch zu den anderen so sein, wie es sich gehörte. Da musste sie mal einen Klaps aufs Hinterteil geben, wenn Berni und Ludwig arg frech wurden. An diesem Tag aber blieben sie nach dem ersten Tadel brav.

Es klopfte an die Haustür, und ohne Abwarten wurde diese geöffnet. Eva zuckte zusammen. War es etwa Karl Wenzl? Rasch ergriff sie den größten Schöpflöffel, bereit, damit zuzuschlagen, wenn es nötig sein würde.

Da trat der Pfarrer ein und sagte: »Grüß Gott, Evi!«

Eva versuchte, den Löffel unauffällig beiseitezulegen. Der Pfarrer sah es trotzdem und lächelte freundlich. Auf den Kopf gefallen war das Mädchen nicht, dachte er. Vor allem aber war sie nicht bereit, eine leichte Beute für einen Lumpen wie Karl Wenzl zu werden.

»Grüß Gott, Hochwürden!«, sagte Eva. Sie klang erleichtert.

»Deine Mutter ist nicht hier?«

Eva schüttelte den Kopf. »Die Mam ist draußen auf dem Feld, um zu säen.«

»Dann muss ich zum Feld gehen. Ich habe etwas mit ihr zu bereden.« Noch während er es aussprach, dachte der Pfarrer, dass Eva als die Person, um die es am meisten ging, auch das Recht hatte, von seinen Plänen zu erfahren.

»Du bist doch ein braves und gottesfürchtiges Mädchen«, begann er.

»Das hoff ich! Oder klingt das arg eitel?«, antwortete Eva.

Der Pfarrer lächelte sanft. »Eitel wäre es, wenn du von dir selbst behauptest, brav und gottesfürchtig zu sein. Aber zu hoffen, es zu sein, zeigt, dass du dir deiner kleinen Fehler bewusst bist.«

»Ist es ein Fehler, dass ich mir überleg, dem Wenzl Karl den Schöpflöffel auf den Kopf zu schlagen, wenn er was von mir will, was ich nicht will?«, fragte Eva.

Diesmal schüttelte der Pfarrer den Kopf. »Diese Überlegung ist richtig, denn es zeigt, dass du ein sittsames Mädchen bleiben und deinen Jungfernkranz bewahren willst. Doch gerade deswegen will ich mit deiner Mutter reden. Solange du hier im Dorf bleibst, bist du vor dem Ungut nicht sicher!«

»Sie meinen, ich soll in einem der Nachbardörfer als Magd einstehen?«, fragte Eva in der Hoffnung, er wisse jemanden, der sie nehmen würde.

»Ich müsste lügen, wenn ich sagen würde, dass du dann sicher wärst«, antwortete der Pfarrer. »Der Wenzl hat im ganzen Bezirk Einfluss, und es will sich da keiner mit ihm oder seinem Sohn verderben. In deren Augen ist es eine lässliche Sünde, eine Magd zu bedrängen. Wenn es geschehen ist, gibt man ihr ein paar Kronen oder man jagt sie gleich vom Hof, wie es leider allzu oft geschieht. Nein, Eva, um vor dem jungen Wenzl sicher zu sein, musst du den Bezirk und damit deine Heimat verlassen.«

»Jesses, nur das nicht!«, entfuhr es dem Mädchen.

»Es muss leider sein!«, sagte der Pfarrer drängend. »Meine Base Josepha Pfnür ist Vermittlerin in Karlsbad und sucht brave, sittsame und arbeitswillige Mädchen für die Arbeit in den dortigen Hotels.«

»Was ist ein Hotel?«, fragte Eva.

»In ein Hotel kommen Gäste, um dort zu übernachten.«

»Also wie in einem Wirtshaus! In einem solchen arbeit ich nicht. Die Mam tät es auch nicht zulassen«, rief Eva entschlossen, denn die Bedienungen in einem Gasthof standen in keinem guten Ruf.

Der Pfarrer hob besänftigend die Hand. »Ein Hotel ist nicht mit unserem Gasthof im Dorf zu vergleichen. Dort geht es viel feiner und vornehmer zu. In Karlsbad gleich gar! Da kommen Gäste aus aller Welt hin. Auch wärst du dort keine Kellnerin, sondern würdest die Zimmer sauber machen und ähnliche Arbeiten verrichten. Auch kannst du dort mehr verdienen als hier als Magd oder gar auf Tagelohn. Wenn du bescheiden lebst, kannst du sogar deine Eltern unterstützen.«

»Ich möcht erst wissen, was die Mam dazu sagt.«

Evas Antwort verriet dem Pfarrer, dass die Mam, also die Mutter, für das Mädchen die Person war, auf die es hörte. Dem Vater stellte dies ein schlechtes Zeugnis aus. Allerdings konnte der Pfarrer es Eva nicht verdenken. Der Riegler war kein Mann, der sich in der Welt durchzusetzen verstand. Obwohl er Besitzer eines eigenen Hauses und von ein paar Tagwerk Grund war, blieb ihm nichts anderes übrig, als auf Tagelohn zu gehen, um die Familie halbwegs ernähren zu können. Der Pfarrer roch es bereits in der Küche. Hier wurde arm gekocht. Selbst am Sonntag kam nur selten Fleisch auf den Tisch, und wenn doch, blieb bei der großen Zahl der Kinder für jeden kaum mehr als ein kleiner Bissen.

»Wenn du brav, gottesfürchtig und arbeitsam bist, kannst du deinen Leuten das Leben leichter machen«, sagte er daher zu Eva und erklärte, dass er zum Feld gehen wolle, um mit ihrer Mutter zu sprechen. »Sie wird dir gewiss zureden, nach Karlsbad zu gehen«, setzte er mit einem aufmunternden Lächeln hinzu. »Es ist für euch alle das Beste!«

* * *

Die Rieglerin war im siebten Monat. Aber ein Grund, weniger zu arbeiten, war dies für sie nicht. Die Kinder konnten das Feld allein nicht bestellen, und ihr Mann musste auf Tagelohn Geld verdienen. Manche Nachbarin hatte sie bereits gewarnt, sie könne bei der harten Arbeit vom Kind kommen. Manchmal hatte sie sich früher sogar gewünscht, es würde so sein. Wenn sie dann jedoch das Neugeborene in den Armen hielt, war sie stets froh gewesen, dass Gott es ihr geschenkt hatte.

Auch diesmal hoffte sie, dass alles gut gehen würde. Ihr Joseph war ihr bereits eine große Hilfe, und auch Vitus und Anna mühten sich nach Kräften, die Familie zu unterstützen.

»Wenn der Herrgott es will, werden wir bis Mittag fertig«, sagte sie erleichtert.

»Schön wär's!«, stöhnte Joseph, dem der Schweiß in Strömen über das Gesicht lief. »Mit der Eva wär's aber leichter gegangen!« Es war eine gewisse Kritik an der Mutter, die seiner ältesten Schwester das Kochen angeschafft hatte, obwohl das auch Anna hätte übernehmen können.

Die Rieglerin kam zu keiner Antwort, denn da trat der Pfarrer auf sie zu. »Grüß Gott! Ich hätte gerne mit dir geredet.«

Evas Mutter seufzte. Falls das Gespräch länger dauerte, würden sie doch nicht bis Mittag fertig werden. Wenn sie dann erst später nach Hause kämen, würde das Essen verkocht sein. Doch das war immer noch besser, als noch einmal aufs Feld gehen zu müssen.

»Macht ihr derweil weiter!«, wies sie Joseph, Vitus und Anna an und sah den Pfarrer erwartungsvoll an.

»Die Eva ist ein blitzsauberes Mädchen geworden«, begann dieser.

»Mir wär es lieber, sie wär es nicht«, antwortete die Rieglerin, da Karl Wenzl sich dann gewiss eine andere ausgesucht hätte.

»Es ist ein Geschenk Gottes«, wies der Pfarrer sie sanft zurecht. »Er hat Eva zu einem schönen Mädchen werden lassen. Dies bringt natürlich Anfechtungen mit sich.«

Die Rieglerin lachte hart auf. »Sie sollten den Wenzl Karl dazu bringen, wie ein Christenmensch zu leben!«

Der Pfarrer seufzte angesichts dieses Vorwurfs, denn um den jungen Mann auf den Pfad der Tugend zurückführen zu können, hätte er von Gott die Wunderkraft eines Heiligen verliehen bekommen müssen. Er konnte nur das Seine beitragen und das Lamm Eva wegbringen, bevor es dem Wolf Karl Wenzl zum Opfer fiel.

»Wie du weißt, Rieglerin, gibt es im ganzen Bezirk keinen Reicheren als den Wenzl. Um dem was sagen zu können, müsste ich schon Bischof sein. Aber leider bin ich das nicht.«

»Jedenfalls ist es nicht recht, was er tut, und auch nicht, was er schon getan hat!«, rief die Rieglerin anklagend.

Ihre Empörung war greifbar, und der Pfarrer ahnte, dass auch sie überlegte, wie sie ihre Tochter vor dem lüsternen Kerl schützen konnte, und womöglich bereit war, die Sache selbst in die Hand zu nehmen. Doch wenn die Frau Karl Wenzl etwas antat, würde es auf sie und ihre Familie zurückfallen. Da hielt er seinen eigenen Plan für besser.

»Weißt du, Rieglerin«, begann er erneut, »eine Base von mir ist Stellenvermittlerin in Karlsbad, und sie hat mir letztens geschrieben, sie suche brave, geschickte und gottesfürchtige Mädchen, die in Karlsbad im Hotel arbeiten können. Das ist nicht wie die Bedienung in unserem Gasthaus. In einem Hotel geht es gesittet zu, und es wird auf die Mädchen geachtet, die dort arbeiten.«

»Sie meinen, die Eva sollte nach Karlsbad gehen?« Die Rieglerin klang hoffnungsvoll. Mit ihren bald vierzig Jahren hatte sie mehr Lebenserfahrung als ihre Tochter und kannte selbst eine Frau, die mehrere Jahre in der Kurstadt gearbeitet und sich dabei eine kleine Mitgift verschafft hatte. Wenn Eva dies ebenfalls gelang, konnte ihre Tochter auf ein besseres Leben hoffen, als sie selbst es führen musste.

»Ich hätt nichts dagegen, Hochwürden! Aber mein Mann hat dem Wenzl Karl versprochen, dass die Eva auf dem Wenzlhof einsteht. Er hat sogar Geld von ihm genommen. Das können wir nimmer zurückgeben, weil er noch am selben Tag Schulden damit bezahlt hat.«

»Es waren zehn Kronen, nicht wahr?«

Die Frau nickte verbissen, denn für sie war das viel Geld. Der Wenzl hingegen konnte tausend Kronen ausgeben, ohne dass er damit auch nur ein Fitzelchen ärmer wurde.

Der Pfarrer dachte nicht zum ersten Mal, dass Gott die Menschen wahrlich sehr unterschiedlich bedacht hatte. Auch wenn der Rieglerin aufgrund ihres gottesfürchtigen Lebens ein Platz im Paradies winkte, während Wenzl Vater und Sohn etliche Zeit im Fegefeuer würden verbringen müssen, so half ihr das in diesem Leben nichts.

»Wenn du nicht sagst, wo du sie herhast, kann ich dir die zehn Kronen geben«, bot er der Rieglerin an.

»Das kann ich niemals annehmen!«

In den Ohren des Pfarrers klang das eher wie: Das kann ich niemals zurückzahlen! Er hob beschwichtigend die Hand. »Lass dir davon das Leben nicht schwer machen, Rieglerin! Gott gibt mir zwar nicht die Macht, den Wolf zu verscheuchen, dafür aber das Geld, das Lämmlein auf eine sichere Weide zu bringen. Ich werde dadurch nicht ärmer, kann jedoch später mit gutem Gewissen vor den Herrgott treten und sagen, ich habe das Meine getan, damit die Riegler Eva ein sittsames Mädchen hat bleiben können.«

Evas Mutter schien nicht zu wissen, was sie sagen sollte. »Vergelt's Gott, Hochwürden!«, brachte sie mühsam heraus. »Wenn Sie das tun, tut mir ein Stein vom Herzen fallen. Sie brauchen nicht glauben, dass ich die zehn Kronen einfach so von Ihnen nehmen werde. Ich werde Heller für Heller sparen, um sie Ihnen irgendwann zurückgeben zu können.«

Das hatte der Pfarrer niemals fordern wollen, doch ihm wurde klar, dass er der Frau ihren Willen lassen musste. Immerhin ging es um Eva und, wie er mit einer gewissen Vorfreude dachte, auch darum, den Wenzl Karl so zu blamieren, dass sich danach vielleicht doch Leute gegen ihn behaupten konnten und ihn vom hohen Ross herunterholten.

»Mein Mann darf es aber nicht erfahren. Der hat zu viel Angst vor dem Wenzl!« Evas Mutter war bewusst, dass Karl Wenzl bei seinem Vater darauf dringen konnte, ihren Mann und sie nicht mehr im Tagelohn zu beschäftigen. Allerdings konnten sie dann beim Auer arbeiten oder zur Not ins nächste Dorf gehen.

»Ich werde ihm nichts verraten«, versprach der Pfarrer, denn er teilte ihre Befürchtungen. Aus Angst vor Karl Wenzl hätte der Riegler Eva dem Bauernsohn ausgeliefert. Die Mutter hingegen war aus einem härteren Stoff gemacht und wusste, dass ein Mensch kämpfen musste, wenn er nicht zu einem Wurm werden wollte, auf dem alle herumtrampeln konnten.

»Ich hoffe, Sie sind mir nicht böse, Hochwürden, aber ich muss weiterarbeiten, sonst werden wir bis Mittag nicht fertig. Vielleicht sollte ich heut Abend auf den Friedhof gehen und schauen, wie's mit dem Grab steht.«

Es war offensichtlich ein Angebot, sich dort mit ihm zu treffen und weiter über die Angelegenheit zu reden. Der Pfarrer beschloss, es anzunehmen, und verabschiedete sich mit dem Hinweis, dass er am Abend in der Kirche noch etwas zu tun habe.

Evas Mutter lächelte erleichtert. Ich habe meine Töchter nicht geboren, damit ein Lump wie der Wenzl Karl sie in Schande bringt, dachte sie und arbeitete mit doppeltem Einsatz weiter.

* * *

Eva gingen die Worte des Pfarrers nicht aus dem Kopf. Der Gedanke, die Heimat und damit die Eltern und Geschwister zu verlassen, war für sie erschreckend. Als sie im Nachbardorf als Kindsmagd beim Lamprecht gearbeitet hatte, war es nur ein Weg von einer halben Stunde bis nach Hause gewesen. Und nun wusste sie nicht einmal, wo Karlsbad überhaupt lag. Hier im Bezirk war es jedenfalls nicht.

Als die Mutter mit Joseph, Vitus und Annerl vom Feld zurückkam, wagte sie nicht zu fragen, ob Hochwürden mit der Mutter gesprochen hatte. Nachdem ihre anderen Geschwister aus der Schule gekommen waren, teilte sie das Essen aus und aß selbst gegen den Türrahmen gelehnt. Dabei beobachtete sie die Mutter. Der war nichts anzumerken.

Eva nahm daher an, dass der Pfarrer doch nicht zum Feld gegangen war. Obwohl sich in ihr alles dagegen sträubte, die Heimat zu verlassen, fühlte sie Enttäuschung in sich aufsteigen, denn Karl Wenzl jagte ihr Angst ein. Er war groß, stark wie ein Bär und kannte keine Rücksicht, wenn er etwas haben wollte. Nun wollte er sie. Vom Vater hatte sie keine Hilfe zu erwarten, und auch die Mutter vermochte ihr kaum zu helfen. Der hochwürdige Herr Pfarrer konnte es vielleicht. Aber würde er es tun? Diese Frage quälte sie den ganzen Nachmittag.

Die Mutter war mit den Kindern, die alt genug dafür waren, in den Wald gegangen, um Holz zu sammeln. Dabei hätte Eva sie gerne begleitet, um mit ihr reden zu können. Aber diese hatte ihr kurz angebunden erklärt, dass sie zu Hause zu bleiben habe. Das war wohl nicht die beste Entscheidung, stellte Eva in dem Augenblick fest, in dem sie Karl Wenzl auf das Haus zukommen sah. Rasch eilte sie zur Haustür und schob den Riegel vor.

Kurz darauf klopfte es. Eva reagierte nicht darauf.

Ein paar Atemzüge später klopfte es erneut, und diesmal weitaus kräftiger.

»He! Aufmachen!«, hörte Eva den jungen Mann rufen.

Sie blieb in der Küche stehen und hielt den Mund.

Das Reserl sah sie erstaunt an. »Warum hast du zugesperrt, Evi?«

»Weil es nötig war!«, antwortete Eva leise. Da sah sie einen Schatten am Küchenfenster. Karl Wenzl war des Wartens vor der Tür anscheinend überdrüssig geworden.

Er klopfte gegen den Fensterrahmen. »Ich seh dich, Evi. Mach auf!«

»Warum sollt ich?«, fragte sie angespannt.

»Ich wollt mit dir bereden, was dein Dienst bei uns auf dem Hof ist.«

»Was gibt es da zu bereden? Was ich zu tun hab, wird mir schon der Großknecht erklären«, antwortete sie herb.

Damit hatte Eva zwar recht, doch deswegen war Karl Wenzl nicht gekommen. Er hatte abklopfen wollen, wie leicht es sein würde, das Mädchen zu verführen. Wie es aussah, musste er sich ins Zeug legen. Das sollte ihm recht sein, denn er hatte Zeit. Eva war mit ihren sechzehn Jahren gerade alt genug, um einem Mann zu gefallen. Wenn sie sich zunächst zierte, erhöhte es nur den Reiz, sie zu besitzen. Karl Wenzl war bereit, jede Wette darauf einzugehen, dass sie ihm spätestens nach einem Monat aus der Hand fressen würde.

Mit einem spöttischen Lachen kehrte er dem kleinen, alten Haus den Rücken zu und schlenderte in Richtung Wirt. Einen Krug Bier, so sagte er sich, hatte er sich verdient.

Eva war erleichtert, als sie ihn gehen sah. Für einige Augenblicke hatte sie Angst gehabt, er könne die Tür aufbrechen. Eines aber war in ihren Augen nun so sicher wie das Amen in der Kirche: Seine Absichten auf sie würde er nicht aufgeben. Das flößte ihr große Angst ein.

* * *

Das Abendessen kochte die Mutter selbst, und Eva half im Ziegenstall. Sie molk die Tiere und brachte die Milch in den Keller, wo sie kühl lagerte, damit später Käse daraus bereitet werden konnte. Joseph und Annerl fütterten das Schwein, das in seinem Koben hungrig grunzte. Nachdem die Arbeit getan war, wuschen sich alle Gesicht und Hände am Hausbrunnen und warteten auf die Rückkehr des Vaters. Erst dann konnte gegessen werden.

Es dauerte, bis der Riegler kam. Gelegentlich brachte er etwas von seiner Arbeit mit, seien es ein paar Tauben und im Herbst auch Äpfel oder Birnen. Diesmal aber kam er mit leeren Händen. Seine Laune war schlecht, denn er war von Wenzls Knechten verspottet worden. Diese hatten ihm breit grinsend berichtet, was Karl Wenzl mit seiner Tochter anstellen würde, und ihm geraten, zu Hause anzubauen, weil gewiss bald Kinder von Eva zu erwarten seien.

Beim Abendessen betrachtete er das Mädchen und schämte sich. Am liebsten hätte er die Abmachung mit Karl Wenzl aufgekündigt, doch er hatte das Geld längst ausgegeben. Am Sonntag hatte er gierig danach gegriffen, um eine Schuld beim Schmied zu begleichen, die dieser vehement eingefordert hatte. Nun wünschte er sich, er wäre das Geld immer noch schuldig und müsste sich nicht vorwerfen lassen, seine Tochter an den Großbauernsohn verkauft zu haben.

Während die Kinder ihn immer wieder ängstlich musterten und sich fragten, ob ihnen eine weitere Nacht im Ziegenstall bevorstand, gab die Rieglerin nichts auf die schlechte Laune ihres Mannes. Kaum war das Essen fertig, wies sie auf Annerl. »Du und die Liesl, ihr wascht ab!«

»Warum kann das nicht die Eva machen? Die war doch den ganzen Tag daheim«, maulte Annerl.

»Weil sie mit mir zum Kirchhof gehen muss«, erklärte die Mutter und legte sich ihr Schultertuch um.

Eva tat es ihr gleich, wobei sie sich fragte, was die Mutter im Sinn hatte. Das Grab hatten sie erst letztens hergerichtet, und auch sonst war dort ihres Wissens nichts zu tun.

Der Riegler nahm nicht einmal wahr, dass seine Frau und seine älteste Tochter aufbrachen, denn er haderte weiter mit Gott, der ihm wahrlich ein besseres Schicksal hätte bescheren können.

Annerl und Liesel spülten unterdessen die Näpfe und den Kessel. Reserl half ihnen, während Joseph an seiner Angel schnitzte, mit der er schon den einen oder anderen Karpfen heimlich aus Wenzls Teich geangelt hatte. Erwischen lassen durfte er sich dabei nicht, das wusste er. Aber der Wenzl besaß so viel, da war es wohl keine Sünde, sich einen Fisch oder auch einmal ein Huhn von ihm zu holen.

Unbelastet von den Gedanken und Überlegungen ihres Vaters und ihres Bruders folgte Eva der Mutter zum Friedhof. Sie stiegen die steinerne Treppe nach oben und blieben im Schatten der großen Linde stehen.

Zu Evas Überraschung blickte die Mutter sich suchend um und verzog, als sie niemanden entdeckte, das Gesicht.

»Was gibt es, Mam?«, fragte das Mädchen.

»Unser Hochwürden wollt mit uns reden. Aber ich seh ihn nirgends!«

»Da kommt er!« Eva zeigte hinter sich, wo Hochwürden ohne Hast auf den Friedhof zukam, die Treppe emporstieg und dann so tat, als bemerke er sie erst jetzt. »Ja, grüß Gott, Rieglerin! Und auch dir Gott zum Gruße, Eva. Ihr wollt wohl wieder einmal nach euren Toten schauen?«

Nein, mit dir reden, wollte die Rieglerin schon sagen. Da sah sie eine Nachbarin am Friedhof vorbeigehen und begriff, warum der Pfarrer so getan hatte, als träfen sie sich hier zufällig.

»Ja, Hochwürden! Es ist bald der Namenstag einer Tante, und da wollten wir zwei beten«, sagte sie daher und trat auf den Pfarrer zu.

Eva folgte ihr angespannt. Sie sah, wie der Pfarrer sie freundlich musterte und sich danach umschaute, ob auch niemand in der Nähe war.

»Hast du schon mit der Eva gesprochen, Rieglerin?«, fragte er die Mutter.

Diese schüttelte den Kopf. »Nein, ich wollt nicht, dass eines der anderen Kinder etwas aufschnappt und zum falschen Zeitpunkt was sagt.«

»Das war gescheit von dir!«, lobte der Pfarrer sie. An die Geschwister hatte er nicht gedacht, die zur unpassenden Zeit damit hätten herausplatzen können, dass Eva bald nach Karlsbad fahre. Nun galt es, genau das zu vereinbaren. Er erklärte dem Mädchen noch einmal, dass seine Base ihr eine gute Stelle verschaffen werde, in der weder ihre Seele noch ihr Körper Schaden nähmen.

»Du wirst sittsam und brav bleiben und dich nicht von dem Tand, den du dort siehst, verführen lassen«, mahnte er streng.

Eva nickte ein wenig verschreckt. »Ich werd Ihnen keine Schande bereiten, Hochwürden!«

»Nein, das wirst du gewiss nicht.« Der Pfarrer unterdrückte den Wunsch, ihr übers Haar zu streichen, und erklärte dann, wie er sich Evas Abreise vorstellte.

»Eines muss euch beiden klar sein: Außer uns dreien darf niemand etwas davon wissen. Dein Mann, Rieglerin, aber auch der Wenzl Karl würden alles daransetzen, es zu verhindern.«

Bislang hatte Eva ein wenig damit gehadert, die Heimat verlassen zu müssen. Angesichts der Erinnerung, wie Karl Wenzl an diesem Nachmittag zum Haus gekommen war, wurde ihr jedoch schmerzhaft klar, dass ihr keine andere Wahl blieb.

Eva verlässt die Heimat

Der einzige Spiegel, den es im Rieglerhaus gab, war eine etwa handtellergroße Scherbe, die Evas Mutter geschenkt bekommen hatte. Der Vater hatte einen hölzernen Rahmen für sie gefertigt, und seither erfüllte die Scherbe ihren Dienst. Allerdings war man in diesem Haus nicht eitel und benutzte sie nur selten. An diesem Tag aber betrachtete Eva sich ausgiebig in dem Spiegelchen. Gerne hätte sie die kleidsame Tracht ihrer Heimat getragen, aber die besaß sie nicht, und ihre eigene Kleidung war verschlissen. Daher hatte die Mutter einen ihrer Röcke für sie abgeändert und ihr ihre neueste – oder, besser gesagt, die am wenigsten abgetragene Bluse gegeben. Dazu kamen ein gestricktes Schultertuch und ein Kopftuch aus bunter Baumwolle. Eva fand, dass sie darin eigenartig aussah. Aber da die Mutter es so für richtig hielt, würde sie ihr nicht widersprechen.

»Komm jetzt, Eva! Sonst wird es zu spät«, drängte die Mutter.

Eva legte den Spiegel beiseite und drehte sich um. »Ist es so weit?« Sie kämpfte gegen die Tränen an. Anstatt nach Karlsbad zu fahren, wäre sie in diesem Moment um so vieles lieber hiergeblieben, um bei einem der Bauern als Magd zu arbeiten. Es hätte jedoch keiner gewagt, sie einzustellen. Sie alle hatten viel zu viel Angst vor Wenzl und dessen Sohn. Von Karl war bekannt, dass er Kränkungen nicht so leicht vergaß.

Ihre Mutter umarmte sie. »Mach uns keine Schand!«

Eva nickte. »Ich versprech es.«

»Behüt dich Gott, da wir es nimmer können.« Die Rieglerin hatte Tränen in den Augen, und sie wünschte Karl Wenzl alles Böse, weil er sie zwang, die Tochter in die Ferne zu schicken. Das hatte sie sogar vor ihrem Mann geheim halten müssen. An diesem Tag arbeitete er beim Auer auf Tagelohn, und so würde er erst später erfahren, dass Eva fort war. Die älteren Kinder hatte sie unter Josephs Führung aufs Feld geschickt, damit keines von ihnen sie aus Unachtsamkeit verraten konnte. Daher konnte Eva sich weder vom Vater noch von den Geschwistern verabschieden. Das schmerzte sie am meisten, denn sie hätte das liebe Reserl und all die anderen gerne zum Abschied umarmt und hatte auch nicht ohne den Segen des Vaters gehen wollen. Nach Ansicht der Mutter musste es jedoch so sein.

»Du weißt, was du im Dorf sagen musst, wenn dich einer anspricht?«, fragte die Mutter.

Eva nickte. »Der Lamprecht hat mir ausrichten lassen, dass ich ein paar Tage bei ihm aushelfen soll.«

»Das werd ich zuerst auch dem Vater und deinen Geschwistern sagen. Und jetzt geh!« Die Rieglerin schob ihre Tochter förmlich zur Tür hinaus.

Auf der Schwelle zögerte Eva kurz. Dann aber straffte sie den Rücken und ging los. Außer einem kleinen Bündel hatte sie nichts bei sich. Die Tränen drückten, doch sie wusste, dass sie sich nichts anmerken lassen durfte. Für die Bewohner ging sie nur ins Nachbardorf, und das war kein Grund zum Weinen. Sie drehte sich auch nicht um, obwohl sie ahnte, dass die Mutter vor der Tür stand und hinter ihr herblickte.

Unterwegs traf sie auf die Haslerin. Die Bäuerin musterte sie erstaunt. »Wohin gehst du denn, Eva?«

»Ich soll für ein paar Tage beim Lamprecht aushelfen«, antwortete Eva. Es war eine Lüge, doch sie durfte sie mit Erlaubnis des Pfarrers aussprechen. Wer würde wohl dafür ins Fegefeuer kommen, fragte sie sich. Sie, weil sie es ausgesprochen hatte, oder Hochwürden Maier als Anstifter? Da sie den Pfarrer verehrte, hoffte sie, dass nicht er es sein würde. Immerhin war er ein geistlicher Herr und hatte es nur getan, um sie vor Karl Wenzls Nachstellungen zu retten.

»So, zum Lamprecht! Vielleicht behält er dich ganz. Er soll ja nicht so gut mit dem Wenzl stehen, auch wenn der sein Schwager ist«, erwiderte die Haslerin und ging weiter.

Eva war froh, als sie das Dorf hinter sich lassen konnte, ohne noch einmal angesprochen zu werden. Ein Stück entfernt entdeckte sie Karl Wenzl auf dem Feld. Er arbeitete nicht selbst mit, sondern schaffte den Knechten an, was diese zu tun hatten. Als er sich nach ihr umschaute, betete sie zur heiligen Jungfrau Maria, dass er ihr nicht folgte.

Zu ihrer Erleichterung wandte er sich wieder den Knechten zu und beachtete sie nicht weiter. Sie ging rasch, weil sie von niemandem aufgehalten werden wollte. Dennoch entging ihr nicht, dass der Pfarrer drüben beim Pfarrhaus auf den Bock seines Wagens kletterte. Gleich würde er ihr folgen. Da niemand sehen durfte, wie sie zu ihm in den Wagen stieg, musste sie sich noch weiter vom Dorf entfernen.

Evas Ängste waren unnötig, denn der Pfarrer wusste genau, wie er am besten jedes Aufsehen vermeiden konnte. Er hielt im Dorf mehrfach an, unterhielt sich eine Weile mit der Haslerin, dann mit einer weiteren Nachbarin und nahm den Weg ins Nachbardorf erst in Angriff, als Eva nur noch als winzige Gestalt am Horizont zu sehen war.

Auch dann hatte er es nicht eilig. Er winkte den Knechten auf den Feldern zu und ließ seinem Pferd erst ein wenig die

Zügel, als das Dorf bereits ein ordentliches Stück hinter ihm lag.

Unterdessen hatte Eva das Nachbardorf erreicht und überlegte, ob sie auf den Pfarrer warten oder weitergehen sollte. Sie entschied sich für Letzteres, um nicht aufzufallen. Mit einem Blick streifte sie den Lamprechthof und wünschte sich, sie hätte dort einstehen können. Bevor der Bauer dafür eine ältere Magd entlassen musste, ging sie lieber nach Karlsbad.

Es war auch aus anderen Gründen besser so. Denn selbst wenn sie auf einem anderen Hof gearbeitet hätte, Karl Wenzl hätte sie nicht in Ruhe gelassen. Mit diesem Gedanken schritt sie kräftig aus, ein wenig versöhnt mit dem heimlichen Abschied aus ihrer Heimat.

Nach einer Weile hörte sie hinter sich das Rollen von Rädern. Sie wagte einen Blick zurück und sah, dass es der Pfarrer mit seinem Wägelchen war. Er zügelte sein Pferd und fuhr so langsam, dass sie aufsteigen konnte, ohne dass er anhalten musste.

»Wie du siehst, ist alles gut gegangen«, sagte er lächelnd und ließ sein Pferd wieder einen leichten Trab anschlagen.

Eva nickte mit einem dankbaren Lächeln, doch ihr Hals war wie zugeschnürt. »Ich hab mich nicht verabschieden können«, sagte sie leise und wischte sich ein paar Tränen aus den Augen.

»Deine Mutter hat gemeint, es wäre besser so, und ich sage das auch. Wenn du in einem guten halben Jahr zurückkommst, wirst du die Deinen wiedersehen und in die Arme schließen können.«

»So lange soll ich wegbleiben?« Evas Tränenstrom verstärkte sich. »Ich hab sogar lügen müssen. Dabei ist das eine Sünd!«

»Bei einer kleinen Notlüge drückt unser Herrgott schon mal ein Auge zu.« Der Pfarrer reichte dem Mädchen sein Taschentuch und sah zu, wie sie den Tränen zu Leibe rückte.

»Ich habe meiner Base geschrieben, dass sie dich am Bahnhof abholen soll. Sie heißt Josepha Pfnür«, erklärte er.

Eva nickte. »Josepha Pfnür! Das werd ich mir merken.«

»Vielleicht ist es besser, ich schreibe es dir auf. Am Bahnhof haben wir Zeit genug dafür. Aber jetzt will ich dir ein paar Lehren mit auf dem Weg geben, damit du allen Versuchungen widerstehen kannst: Bleib brav und sittsam, bete fleißig, damit der Herrgott, unser Herr Jesus Christus und alle Heiligen dir beistehen, und erledige deine Arbeit so, dass man mit dir zufrieden ist.«

»Das werd ich, Hochwürden!«, versprach Eva.

»Das weiß ich, Eva. Du hast mich noch nie enttäuscht. Du bist die Beste im Religionsunterricht gewesen und hast dich, wie der Herr Lehrer gesagt hat, auch beim Lesen, Schreiben und Rechnen leichtgetan. Das wird dir in Karlsbad helfen. Da musst du nämlich lesen und rechnen können.«

Der Pfarrer lächelte dem Mädchen aufmunternd zu. Eva war fromm und brav, aber nicht dumm. Ein wenig naiv vielleicht, doch er hoffte, dass seine Cousine sie unter ihre Fittiche nahm. Nun hielt er ihr einen Vortrag darüber, was ihr in Karlsbad alles begegnen konnte. Es war immerhin ein bedeutender Badeort. Sogar er hatte dort vor etlichen Jahren einmal gekurt.

Dem Mädchen blieb vor Staunen der Mund offen stehen. So hatte sie sich Karlsbad nicht vorgestellt. Eher wie die Bezirksstadt, der sie sich langsam näherten, denn dort gab es ein paar gehobene Gasthäuser für Reisende. In Karlsbad sollte es gleich ein Dutzend großer Hotels geben, in denen teilweise bis zu hundert Gäste unterkommen konnten.

»Gleich so viele?«, fragte sie erstaunt.

»In Karlsbad trifft sich die Welt, so heißt es«, sagte der Pfarrer nachsichtig. »Dort sind nicht nur Leute aus Böhmen zu Gast, sondern auch aus Österreich, Ungarn, Polen, Frankreich, England, Russland und auch aus Bayern, Sachsen und Preußen.«

»Preußen auch? Aber das sind doch unsere Feinde!«, rief Eva erstaunt. So hatte sie es in der Schule gelernt. Da war nicht nur dieser entsetzliche Friedrich II. gewesen, der Ihrer Majestät, Kaiserin Maria Theresia, Schlesien mit Gewalt entrissen hatte. Vor etwa dreißig Jahren waren diese Preußen dann auch noch in Böhmen eingefallen und hatten das Heer Seiner Majestät, Kaiser Franz Josephs, bei Königgrätz besiegt. »Für solche Leute werd ich nicht arbeiten!«

Der Pfarrer kniff sie leicht in den Arm. »So darfst du nicht denken, Eva! Auch Preußen sind Geschöpfe Gottes. Wohl haben wir den einen oder anderen Strauß miteinander ausgefochten. Doch jetzt sind Ihre Majestäten Franz Joseph und Wilhelm Freunde geworden. Damit kannst du guten Gewissens auch einem Preußen das Zimmer sauber machen.«

Eva blieb skeptisch, denn ihr Lehrer hatte es anders berichtet. Die bösen Preußen hatten ihm bei Königgrätz den linken Arm abgeschossen, sodass er die Armee hatte verlassen und Landschullehrer werden müssen. Diese Verletzung trug er ihnen heute noch nach. Dennoch war ihr klar, dass sie sich die Worte des Pfarrers zu Herzen nehmen musste. Wenn Hochwürden sagte, dass sie zu einem Preußen freundlich sein sollte, würde sie es tun. Mögen würde sie diese trotzdem nicht.

* * *

Auf dem weiteren Weg setzte der Pfarrer seine Belehrungen fort. Eva war zuletzt ganz verzagt. »Kann ich dort überhaupt arbeiten, wenn da Engländer und Polen sind? Die reden doch nicht so wie wir. Wie soll ich die verstehen?«

»Man wird dir eine Arbeit zuweisen, die du bewältigen kannst«, sagte Hochwürden Philipp Maier. »Mit diesen Gästen wirst du kaum etwas zu tun bekommen. Es lohnt sich aber gewiss, das eine oder andere Wort in ihrer Sprache zu lernen,

›Grüß Gott‹ zum Beispiel, und ›Vergelt‹s Gott‹, wenn du einmal ein Trinkgeld bekommst. Auch wenn du mit deutschen Gästen redest, solltest du es so tun, dass sie dich verstehen. Ich weiß, du kannst es! Ich habe schließlich gehört, wie du in der Kirche gesungen hast.«

»Ganz so, wie's auf dem Papier steht, kann ich nicht reden«, wandte Eva besorgt ein.

»Aber du kannst es besser als die meisten im Dorf«, sagte der Pfarrer, um ihr Mut zu machen, und wies nach vorne. »Ich sehe schon die Stadt! Gleich sind wir dort, und das früh genug, sodass du deinen Zug gut erreichst.«

Der Gedanke an den Zug bereitete Eva Magenschmerzen. Noch nie war sie mit so einem Ding gefahren. Es gab auch nur wenige im Dorf, die es bereits getan hatten. Irrsinnig schnell sollte der Zug sein, sodass man mit dem Schauen nicht mehr nachkam. Außerdem musste man wissen, wo man auszusteigen hatte, sonst fuhr man damit bis ans Ende der Welt.

Ich darf keine Angst haben, ermahnte sie sich. Der hochwürdige Herr Pfarrer tut alles, damit es gut wird!

Sie blickte nun ebenfalls nach vorne. Laut dem, was der Lehrer ihr berichtet hatte, lebten in der Stadt dreitausend Menschen. Das war mehr als zehnmal so viel wie in ihrem Dorf und dem des Lamprechtbauern zusammen. Bis jetzt war sie erst zweimal hier gewesen, denn vom Dorf waren es fünfzehn Kilometer bis in die Bezirksstadt. Der Pfarrer konnte mit Pferd und Wagen fahren, ebenso der Wenzl, der Auer und die anderen großen Bauern. Doch arme Bewohner wie sie mussten zu Fuß gehen. Wenn man in der Stadt etwas zu erledigen hatte, brauchte man für den Hin- und Rückweg einen ganzen Tag, und der fehlte dann bei der Arbeit.

Eva musterte die Gebäude. Anders als die teilweise aus Holz errichteten Häuser ihres Dorfes hatten sie verputzte Ziegelmauern, und die Straßen waren gepflastert. Dadurch wurden sie bei Regen nicht matschig. Allerdings klang das Geräusch der darauf fahrenden Wagenräder lauter als auf den Straßen daheim.

Der Pfarrer lenkte den Wagen nun zum Bahnhof. Es war ein großes Gebäude mit einer breiten Tür, durch die gerade einige Reisende traten. Als der Wagen hielt, stieg Eva ab, nahm die Zügel entgegen und band sie an einen Pfosten.

»Hoffentlich sind sie fest genug, sonst läuft mir mein braver Brauner davon, und ich muss zu Fuß heimgehen«, sagte der Pfarrer, um das Mädchen ein wenig zu necken.

Sofort prüfte Eva nach und nickte. »Die halten, Hochwürden! Sie müssen am unteren Zügel ziehen, damit sie sich wieder lösen. Ziehen Sie am oberen, wird's nur fester.«

»Das werde ich mir hoffentlich merken können.« Hochwürden lächelte und stieg vom Wagen. »Gleich ist es so weit. Bleib brav und schreib mir, wie es dir geht!«, sagte er, doch dann fiel ihm ein, dass sie wohl kaum so viel verdienen würde, um Post aufgeben zu können. »Gib deinen Brief meiner Base! Die Josepha wird ihn mir schicken. Ich gebe ihn dann deiner Mutter und sorge dafür, dass auch sie dir schreibt. Du willst doch sicher wissen, wie es zu Hause steht.«

Eva nickte. »Das möcht ich schon, Hochwürden! Danke schön dafür …«

»Jetzt müssen wir zum Bahnsteig. Komm mit!«

Eva folgte dem Pfarrer zu einer langen, schmalen Plattform. An einer Halterung über ihren Köpfen war ein Schild mit dem Namen einer Stadt aufgehängt, den Eva zwar kannte, ohne aber zu wissen, wo die Stadt zu finden war.

Der Pfarrer sah ihren verwirrten Blick und beruhigte sie. »So weit musst du nicht fahren. Außerdem sage ich dem Kondukteur, dass er dir mitteilen soll, wann du aussteigen musst.«

Eva fiel ein Stein von Herzen. Jemanden, der ihr das sagte, brauchte sie wirklich.

»Fast hätte ich vergessen, dir dein Bahnbillett zu geben. Sie nehmen dich sonst nicht mit«, sagte der Pfarrer und reichte Eva die Fahrkarte. Danach zog er fünf Kronen aus seiner Geldbörse. »Nimm das, damit du nicht ganz ohne Geld nach Karlsbad kommst.«

»Aber Sie haben doch der Mam schon zehn Kronen gegeben, damit sie die dem Wenzl geben kann«, antwortete Eva ablehnend.

»Du kannst sie mir ja später zurückzahlen, wenn du genug Geld verdient hast.« Der Pfarrer hatte den Stolz der Armut oft genug erlebt, um zu wissen, wie er das Mädchen davon überzeugen konnte, das Geld anzunehmen.

Tatsächlich steckte Eva es ein. Hochwürden Maier schrieb ihr noch den Namen und die Adresse seiner Cousine auf, dann hörten sie auch schon das Tuten, mit dem die Lokomotive ihre Ankunft meldete.

Eva atmete tief durch, sagte sich, dass sie nicht schwach werden dürfe, und sah mit einem schmerzlichen Lächeln zum Pfarrer auf. »Grüßen Sie bitte meine Eltern und die Geschwister! Sagen Sie ihnen, ich werde immer an sie denken.«

»Das sollst du auch!« Dem Pfarrer fiel der Abschied ebenfalls schwer. Eva war fast noch ein Kind und sollte sich nun ganz allein in der Fremde zurechtfinden.

Der Zug fuhr ein und hielt. Sofort strömten die Fahrgäste darauf zu. Ein paar Eilige warteten nicht einmal darauf, bis diejenigen, die hier aussteigen wollten, es getan hatten, sondern zwängten sich an diesen vorbei.

Eva wusste nicht, was sie tun sollte. Doch da hielt der Pfarrer bereits Ausschau nach dem Waggon der dritten Klasse und winkte dem Mädchen, ihm zu folgen.

»Hier musst du einsteigen. Hoffentlich findest du noch einen Sitzplatz«, sagte er, da es im Innern ziemlich voll zu sein schien.

Eva nickte und trat auf die Waggontür zu. »Wollten Sie den Kondu…du…«

»Du meinst den Kondukteur«, meinte der Pfarrer lächelnd. »Freilich bitte ich ihn, dir zu sagen, wo du aussteigen musst! Aber jetzt steig ein. Behüt dich Gott, Eva! Komm so brav zurück, wie du jetzt wegfährst.«

»Das werd ich. Behüt Sie Gott!« Eva schluckte noch einmal und stieg in den Wagen. Aus den Augenwinkeln sah sie, wie der Pfarrer einen Mann in Uniform zu sich winkte, ein paar Worte zu ihm sagte und auf sie zeigte.

* * *

Das Innere des Waggons bestand aus einem schlichten Kasten mit eng stehenden hölzernen Bänken. Eva fand mit Mühe noch einen Platz in der Ecke und musste ihr Bündel auf den Schoß nehmen. Da sie solche Enge von zu Hause gewöhnt war, machte sie ihr nichts aus. Trotzdem brauchte sie eine gewisse Zeit, bis sie sich so weit beruhigt hatte, dass sie sich umschauen konnte.

Die meisten Fahrgäste waren einfach gekleidet. Eine Frau, die sie für eine Bäuerin hielt, hatte einen Käfig mit Hühnern vor sich auf den Boden gestellt. Nicht weit von ihr saß ein Mann mit einem Sack, der sich bewegte. Den Geräuschen nach mochten mehrere Ferkel darin stecken.

Ein schriller Pfiff ertönte, und der Zug setzte sich in Bewegung. Eva klammerte sich an ihrer Bank fest und schloss die Augen. So schlimm aber, wie sie befürchtet hatte, wurde es nicht. Es gab nur einen leichten Ruck. Daher öffnete sie die Augen wieder und wagte einen Blick durchs Fenster. Der Zug fuhr zwar schnell, aber sie gewöhnte sich bald daran.

Nicht weit von ihr saß eine Gruppe junger Frauen in adretten Kleidern. Gesprächsfetzen, die zu Eva drangen, verrieten ihr, dass sie gleich ihr nach Karlsbad fuhren, um dort den Sommer über zu arbeiten.

Da Eva alles interessierte, was mit der Kurstadt zu tun hatte, spitzte sie die Ohren. Sie nahm einige Namen auf – Grandhotel Pupp, Posthof und einige andere, die sie ebenfalls für Hotels und Gasthöfe hielt. Eine junge Frau, die Eva auf zwei bis drei Jahre älter schätzte, als sie selbst war, erklärte gerade, dass die Hausdame ihr versprochen habe, in diesem Jahr die Aufsicht über eine Gruppe Zimmermädchen im Hotel Adonis zu erhalten.

Eva überlegte, ob sie sagen sollte, dass auch sie nach Karlsbad unterwegs war. Doch sie hatte die Mahnung des Pfarrers im Ohr, sich niemand anderem anzuvertrauen als seiner Base, und daran wollte sie sich halten.

Der Kondukteur erschien und verlangte die Fahrausweise. Eva zog ihren hervor und reichte ihn dem Mann. Dieser zwickte eine Ecke ab und gab ihn zurück.

»Warum haben Sie das getan?«, fragte Eva verständnislos.

»Hör dir die Landpomeranze an!«, rief die junge Frau, die sich eben als Leiterin der Zimmermädchen bezeichnet hatte. »Die weiß nicht einmal, warum der Schaffner das Billett zwickt!«

Eva wurde rot. Gleichzeitig hoffte sie, nicht ebenfalls ins Hotel Adonis vermittelt zu werden.

»Du fährst wohl zum ersten Mal mit der Bahn?«, fragte der Kondukteur freundlich.

Eva nickte.

»Weißt du, ich zwicke die Karte, damit zu sehen ist, dass du heute mit dieser Bahn gefahren bist. Täte ich es nicht, könntest du immer wieder damit fahren.«

»Aber das wär doch Betrug!«, rief Eva aus.

»Ja, das wäre es. Aber weißt du, nicht alle Menschen sind ehrlich. Darum werden die Karten gezwickt.« Der Schaffner zwinkerte Eva freundlich zu und ging weiter.

Eva wandte ihre Aufmerksamkeit wieder den jungen Frauen zu. Nach einer Weile schnappte sie einige Namen auf. Ein stämmiges Mädchen mit einem bunten Kopftuch hieß Helga. Die Frau, die sie als Landpomeranze bezeichnet hatte, wurde von den anderen Thea genannt. Eben spottete diese über Helga und hieß sie einen Landtrampel, der höchstens zum Wäschewaschen zu brauchen sei. Eva fand die Bemerkung gemein, zumal ein paar nun über Helga lachten.

Das Mädchen saß mit hochrotem Kopf da und stotterte. »D... die Fr...au Zzzöpfel hat a...aber gesagt, i...ich kann w... wieder a...als Stubenmadl arbeiten.«

»Jetzt zischt sie auch noch wie eine Schlange, zzzzz, zzzzz«, höhnte Thea.

»Zzzzz, zzzzz!«, machten es ihr einige Gefährtinnen nach.

Ihr seid gemein, hätte Eva den jungen Frauen am liebsten ins Gesicht gesagt. Sie hielt zwar den Mund, lächelte dafür aber Helga aufmunternd zu. Gerade als sie überlegte, ob sie diese nicht ansprechen sollte, erklang das Tuten der Dampfpfeife, und der Zug fuhr in den nächsten Bahnhof ein.

Noch war Eva nicht so weit von ihrem Heimatdorf entfernt, als dass sie es nicht in einem strammen Fußmarsch hätte erreichen können. Und doch war sie noch nie so weit von zu Hause entfernt gewesen. Als neue Fahrgäste einstiegen und der Kondukteur kam, um auch deren Karten zu zwicken, hätte sie ihn am liebsten gefragt, wie weit es noch nach Karlsbad war. Sie traute sich aber nicht, sondern sah zu, wie ein junger Bursche in einer zu weiten Joppe nach einem freien Platz suchte. Fest hielt er einen Pappkarton umklammert.

Da die Frau, neben der Eva bislang gesessen hatte, ausgestiegen war, wollte sie ihn auf den freien Platz aufmerksam machen. Da hatte er ihn schon selbst entdeckt und kam auf sie zu. »Ist's erlaubt?«, fragte er und setzte sich, bevor Eva antworten konnte.

Der Zug fuhr wieder an. Diesmal schloss Eva die Augen nicht, sondern musterte ihren neuen Sitznachbarn. Er war ungefähr so alt wie sie und etwas mager, was durch die zu weite Kleidung noch betont wurde. Zwar wirkte sein Gesicht noch ein wenig unfertig, aber mit der leicht gebogenen Nase und den hellen Augen unter dunklen Brauen fand Eva es recht angenehm.

»Wo kommst du denn her?«, fragte Thea ihn, der es offenbar fad geworden war, weiter die wehrlose Helga zu verspotten.

Der junge Mann nannte einen Namen, den Eva nicht kannte.

»Und wo willst du hin?«, fragte Thea weiter.

Eva hielt die Fragerei für ungezogen. Immerhin hatte Hochwürden Maier erklärt, ein Mädchen solle eine gewisse Zurückhaltung üben. Dieses Wort aber schien Thea nicht zu kennen.

»Ich fahre nach Karlsbad«, erklärte der junge Mann.

»Und was willst du dort mit deiner Pappschachtel?«, bohrte Thea weiter. »Bist wohl ein Hausierer, was?«

»Nein, ich werde Page im Grandhotel Pupp!«

Das saß! Und dies begriff auch Eva. Zwar hatte sie diesen Namen zuvor noch nie gehört, doch so, wie Thea und ihre Mitreisenden ihn ausgesprochen hatten, musste dieses Pupp etwas Besonderes sein.

»Ins Pupp willst du? Glaubst du, dass die so einen wie dich nehmen?«, fragte Thea bissig.

Dort würdest du wohl auch gerne arbeiten, dachte Eva und freute sich, dass diesem spöttischen Ding die Grenzen aufgezeigt worden waren.

»Und wohin wollt ihr?«, fragte der junge Mann.

»Ich bin die Aufseherin der Stubenmadl im Hotel Adonis«, erklärte Thea.

Es entspann sich eine Unterhaltung zwischen der Gruppe um Thea und dem jungen Mann, an der sich nur Helga nicht beteiligte. Thea schien verlorenes Terrain wiedergutmachen zu wollen und stellte das Hotel Adonis als das beste Haus am Platz dar.

»Das kann nicht stimmen!«, widersprach der junge Mann. »Es heißt, das beste Hotel sei das Pupp. Das ist ja auch erst im letzten Jahr neu eröffnet worden.«

»So, und wer hat dir das gesagt?«, fragte Thea spitz.

»Mein Onkel! Der ist dort der Souschef.«

Eva wusste zwar nicht, was ein Souschef war, doch er musste etwas darstellen, denn Thea blieb für eine gute Minute still.

»Das Pupp ist wirklich was Besonderes«, sagte stattdessen eine ihrer Mitfahrerinnen. »Im letzten Jahr sind sie mit dem ersten Teil fertig geworden und bauen immer noch weiter. Trotzdem können sie jetzt schon über hundert Zimmer anbieten. Unsere Madame vom Adonis wird fuchsteufelswild, wenn sie den Namen bloß hört. Ihrem Vater haben sie verboten, das Hotel so auszubauen, wie er wollte, aber die Herren Pupp können sich alles erlauben, sagt sie alleweil.«

Eva begriff, dass die junge Frau hoffte, der junge Mann könne ihr den Weg in dieses sagenumwobene Hotel öffnen. So richtig zufrieden schien auch sie im Adonis nicht zu sein.

* * *

Schon bald erkannte Eva, dass sowohl der junge Mann wie auch Thea und deren Begleiterinnen nicht immer bei der Wahrheit blieben. Bei so vielen Geschwistern hatte sie gelernt zu erahnen, wenn jemand flunkerte. Die hier taten es alle bis auf Helga, die stumm vor sich hin schaute, und zwei weitere, die ebenfalls zum ersten Mal nach Karlsbad zu fahren schienen.

Da es sie allmählich langweilte, blickte Eva zum Fenster hinaus und sah die Landschaft an sich vorbeiziehen. Ihr Dorf lag in einem sanften Tal. Nun wurde das Land für eine Weile flacher. Nicht lange aber, dann sah sie steile Hügel vor sich, und gelegentlich fuhr der Zug über eine Brücke, unter der sich ein Fluss meerwärts wälzte. Es konnte die Eger sein, von der sie in der Schule gehört hatte.

Der Zug hielt noch mehrmals. Dann endlich fuhr er mit einem mehrfachen Tuten der Dampfpfeife langsam in einen großen Bahnhof ein.

»Bahnhof Fischern!«, rief ein uniformierter Mann auf dem Bahnsteig. »Alle Fahrgäste nach Karlsbad hier aussteigen!«

Eva brauchte den Kondukteur nun doch nicht, denn sie begriff auch so, dass sie an ihrem Ziel angelangt war. Sie fasste ihr Bündel und stand auf. Mit dem Aussteigen aber musste sie warten, weil Thea und ihre Begleiterinnen sich vordrängten. Auch der junge Mann tat es. Eva ärgerte sich darüber, denn trotz seines gelegentlichen Aufschneidens hatte sie ihn sympathisch gefunden.

Endlich gelangte auch sie zur Tür. Da stieß sie mit Helga zusammen.

»Tu…tut mir leid«, sagte diese.

»Es ist doch nichts passiert«, antwortete Eva lächelnd. »Aber komm jetzt! Wir müssen raus, bevor die Leute, die von hier wegfahren wollen, einsteigen wollen.«

Da Helga nicht gleich reagierte, schob sie sie zur Tür. Das Mädchen stieg aus, und sie folgte ihm auf dem Fuß. Draußen stellte sie fest, dass die Zahl der ankommenden Fahrgäste die der Abreisenden um ein Vielfaches übertraf.

Der junge Mann, Thea und ihre Begleiterinnen waren ihnen bereits ein ganzes Stück voraus. Nach Evas Meinung hätten sie auf Helga warten können. Immerhin war diese im selben Hotel angestellt wie mehrere aus dieser Gruppe.

Die meisten Fahrgäste schienen ihrer einfachen Kleidung nach zu urteilen in Karlsbad arbeiten zu wollen. Die wenigen Kurgäste fielen durch ihre bessere Kleidung auf, und sie riefen nach Dienstmännern, die ihr Gepäck übernehmen sollten. Eva wunderte sich, wie viele Koffer eine Familie mit zwei Kindern bei sich hatte. Auch ein einzeln reisender Herr winkte herrisch einen Dienstmann herbei und wies auf mehrere große Gepäckstücke. »Die müssen zum Goldenen Hirsch!«

»Sehr wohl, der Herr! Wollen der Herr einen Ein- oder Zweispänner?«, fragte der Dienstmann und begann, die Koffer und Taschen auf seinen Karren zu laden.

»Das ist belanglos! Ich will nur nicht warten müssen«, erklärte der Mann und stiefelte mit langen Schritten los.

Eva erinnerte sich daran, dass sie ja nicht zum Schauen hergekommen war, sondern um Hochwürden Philipp Maiers Cousine Josepha Pfnür zu treffen. Unruhig sah sie sich um.

»Was suchst du?«, fragte Helga, die bei ihr geblieben war. Eva fiel auf, dass sie nun nicht mehr stotterte.

»Ich muss zur Verdingerin!«, erklärte sie. »Die soll mir nämlich einen Dienst verschaffen.«

»Da musst du nach draußen auf den Vorplatz gehen. Dort warten sie meistens. Auf dem Bahnsteig ist nicht genug Platz«, erklärte Helga.

»Vergelt's Gott!«, sagte Eva.

Sie war froh über die Auskunft und eilte hinter den anderen Fahrgästen her. Während sie durch die Bahnhofshalle ging, sah sie, dass ein großes Bild Seiner Majestät, Kaiser Franz Josephs, dort hing. Mehr konnte sie nicht erkennen, denn sie musste sich beeilen, da sie eine der Letzten war, die das Gebäude verließen.

Weiter vorne standen mehrere Fiaker, von denen die meisten nur mit einem Pferd bespannt waren, wenige auch mit zweien. Eben lud ein Dienstmann das Gepäck der Familie auf einen Einspänner, während der allein reisende Herr sich für einen Zweispänner entschieden hatte.

Außer den Mietfiakern sah Eva einige Wagen neben Schildern stehen, auf denen Namen standen. Eva las »Grandhotel Pupp« und noch ein paar andere, darunter auch »Hotel Adonis«. Zuerst glaubte sie, diese Wagen seien gekommen, um die dort arbeitenden Leute abzuholen.

Stattdessen traten gut gekleidete Herren und Damen auf die wartenden Wagen zu und sprachen die Kutscher an. Anscheinend waren diese Fiaker für die Gäste des jeweiligen Hotels bestimmt, dachte sie und hielt dann nach Josepha Pfnür Ausschau.

Ein Stück weiter machte sie den jungen Mitreisenden aus, der eben auf einen Mann in einem schlichten Bratenrock zuging, und wandte sich unwillkürlich in diese Richtung.

»Da bin ich, Onkel!«, sagte der Jüngling gerade.

Der Ältere zog ein schiefes Gesicht. »Es ist ein Gfrett, dass ich es erst gestern Abend erfahren hab. Sonst hätt ich dir noch schreiben können, dass es mit dem Pupp nichts wird.«

»Aber du hast doch gesagt, ich könnt …«, brachte der junge Mann heraus und verstummte dann.

»Man hat es mir halbscharig versprochen gehabt. Aber jetzt hat einer der Kellner seinem Neffen den Platz verschafft, und gegen den kann ich nicht anstinken.«

»Aber der Souschef steht im Hotel doch höher als ein Kellner!«, platzte da Thea heraus, die hinzugetreten war.

»Wie kommst du auf Souschef?«, fragte der Mann verwirrt.

Thea zeigte auf den jungen Mann. »Er hat gesagt, sein Onkel wär der Souschef im Pupp!«

Verärgert wandte der Ältere sich seinem Neffen zu. »Bist du von allen guten Geistern verlassen, so zu lügen?« Er holte aus und versetzte ihm eine Ohrfeige, die sich gewaschen hatte.

»Jetzt kannst du schauen, wie du heimkommst«, sagte er noch, drehte sich um und ging.

»Aber Onkel, ich kann doch nicht heim! Die glauben doch alle, dass du mir eine Stelle verschafft hast.«

Der verzweifelte Appell rührte den zornigen Mann nicht. Thea und ihre Begleiterinnen wandten sich kichernd ab, nur Helga blieb stehen.

»An deiner Stell tät ich einen Verdinger oder eine Verdingerin fragen, ob sie nicht eine Stelle für dich wissen«, riet sie dem jungen Mann und hastete hinter den anderen her.

Eva fand die Strafe für ein wenig Flunkern zu hart. Allerdings hatte sie ihre eigenen Probleme. Der Bahnhofsplatz leerte sich, und sie hatte Josepha Pfnür noch immer nicht gefunden.

* * *

Ein Stück entfernt standen mehrere Neuankömmlinge um eine ältere Frau herum. Eva trat auf diese zu. »Entschuldigen Sie bitte, ich such die Frau Pfnür!«

»Die ist da drüben!«, erwiderte die Angesprochene nicht gerade freundlich, ohne in eine Richtung zu zeigen.

Trotzdem konnte Eva erkennen, wen die Frau meinte. Josepha Pfnür war eine große, stattliche Frau um die fünfzig und trug ein feines graues Kleid und eine gleichfarbige Jacke. Auf ihrem Kopf saß ein flacher Strohhut mit schmaler Krempe. Sie hatte mehrere junge Frauen um sich versammelt, schien aber nicht so recht zufrieden zu sein.

Eva eilte zu ihr hin und knickste. »Entschuldigen Sie! Sind Sie Frau Pfnür, die Cousine von unserem hochwürdigen Herrn Pfarrer Philipp Maier?«

Die Vermittlerin musterte sie kühl. »Bist du die Riegler Eva, von der mein Vetter geschrieben hat?«

Eva knickste ein weiteres Mal. »Die bin ich.«

»Wenigstens schaust du nicht so aus wie ein Bauerntrampel. Ich werde schon was für dich finden. Aber da es nicht so ausschaut, als wenn noch jemand kommt, können wir gehen. Bis ihr in Stellung seid, schlaft ihr bei mir im Haus. Das ist aber nicht umsonst!«

Es klang wie eine Drohung, und so fragte Eva sich, ob Hochwürden Maier ihr die fünf Kronen mitgegeben hatte, damit sie ein Quartier bei seiner Verwandten bezahlen konnte.

Es ging dieselbe Straße entlang, die Thea und ihre Begleiterinnen genommen hatten. Wenig später überquerten sie eine über einen Fluss führende Brücke und strebten einem schmalen Taleingang zu, aus dem ein kleinerer Fluss dem breiteren zuströmte und sich mit ihm vereinte.

Der Weg war länger, als Eva es erwartet hatte. Zwei der jungen Frauen, die schwerer an ihrem Gepäck trugen als sie, maulten schließlich.

Josepha Pfnür wandte sich mit abweisender Miene zu ihnen um. »Ich hab euch geschrieben, dass ihr nicht viel Zeug mitnehmen sollt. Was ihr hier braucht, bekommt ihr gestellt, und für sonst reicht ein Gewand. Ihr werdet eh nicht dazu kommen, hier zu strawanzen.«

Als Eva das hörte, war sie froh, nur ein kleines Bündel bei sich zu haben. Ein Kleid, in dem sie, wie Josepha Pfnür sagte, strawanzen, also herumspazieren konnte, besaß sie ohnehin nicht. In ihrem von der Mutter geliehenen Rock und der Bluse wirkte sie allerdings wohl doch wie ein Bauerntrampel.

Zu linker Hand sah sie auf dem Hügel ein Dorf. Die Häuser waren so gebaut, wie sie es von zu Hause kannte. Wenig später aber kam die Überraschung. Das Tal des kleinen Flusses war schmal und tief eingeschnitten. Und doch gab es darin Häuser, wie Eva sie noch nie gesehen hatte. Sie waren alle aus Stein erbaut, ihre Dächer mit Ziegeln oder Kupferplatten gedeckt, und nur ein paar verfügten über weniger als drei Stockwerke.

Viele Bewohner waren dabei, die Häuser neu zu streichen. Schilder, die an den meisten Gebäuden angebracht waren, wurden neu bemalt und beschriftet. Einige der Namen hatte sie von Thea und den anderen jungen Frauen gehört. Es sollten Hotels sein. Aber gleich so viele, dachte sie verwundert. Fast konnte man glauben, dass jedes Haus ein solches Hotel war.

Links auf den Fluss zu spendeten Kastanien Schatten, und jenseits des Flusses sah Eva auf einer kleinen Höhe eine wundervolle Kirche mit gleich zwei Zwiebeltürmen. Unweit davon lag ein großes Gebäude, bei dem sie selbst auf die Entfernung erkennen konnte, wie reich es mit Wandmalereien geschmückt war.

Das ist also Karlsbad, dachte sie. So hatte sie es sich jedenfalls nicht vorgestellt. Es schien direkt, als wollten die Häuser miteinander wetteifern, welches das schönere war. Die Straße, an der sie entlanggingen, war gepflastert, und viele Häuser hatten im Erdgeschoss große Fenster, in denen allerlei zu sehen war.

Eva kam mit dem Schauen kaum hinterher. Als sie ein langes, von Säulen flankiertes Gebäude erreichten, auf dessen Giebel Figuren angebracht waren, blieb sie staunend stehen.

»Los, weiter! Du bist hier nicht zum Glotzen da«, klang sogleich Josepha Pfnürs Stimme scheltend auf.

Erst auf den zweiten Blick erkannte Eva, dass es nicht ihr allein galt. Einige Mädchen hatten angehalten, um sich das eindrucksvolle Gebäude anzusehen.

»Das ist die Mühlbrunnenkolonnade«, erklärte Josepha Pfnür etwas freundlicher. »Hierher kommen die Kurgäste, um von dem Wasser zu trinken, das in die Becken fließt. Aber nun kommt!«

Keines der Mädchen wagte es mehr, stehen zu bleiben. Eva warf nur einmal einen Blick zurück und sah den jungen Mann aus dem Zug hinter ihnen herkommen. Schließlich hatte er sie eingeholt und sah Josepha Pfnür bittend an. »Entschuldigen Sie! Ich bin Franz Herbst und such eine Stellung in Karlsbad. Ein Mann, den ich am Bahnhof angesprochen hab, meinte, dass Sie mir vielleicht eine beschaffen können.«

Josepha Pfnür musterte ihn, ohne stehen zu bleiben. »Könnt schon sein. Zwar vermittle ich meistens weibliche Angestellte. Aber gelegentlich fragt man mich doch, ob ich nicht einen anstelligen jungen Mann weiß, der für den einen oder anderen Posten taugt. Du bist hoffentlich anstellig, oder?«

»Ich denk schon«, antwortete Franz Herbst aufatmend.

Jetzt kenne ich auch seinen Namen, dachte Eva und hoffte, dass es Josepha Pfnür gelingen würde, ihm eine Stellung zu verschaffen. Und mir hoffentlich auch, setzte sie in Gedanken hinzu.

Wenig später erreichten sie ein weiteres längliches Gebäude, das ein wenig verspielt aussah.

»Das ist die Marktkolonnade. Auch hier trinken die Kurgäste Heilwasser«, erklärte Josepha Pfnür und wies auf ein noch um einiges größeres Gebäude auf der anderen Seite des Flusses. »Und dort seht ihr die Sprudelkolonnade! In ihr gibt es das beste Heilwasser in Karlsbad. Aber lasst euch, wenn ihr in Lohn und Brot steht, nicht einfallen, euch unter die Kurgäste zu mischen. Es wird nicht gern gesehen!«

Von ihrem Dorf wusste Eva, dass es ungeschriebene Gesetze gab, die man besser nicht übertrat. So durfte ihr Vater sich im Wirtshaus nicht an denselben Tisch setzen wie der Wenzl oder die anderen Bauern, sondern musste bei den Häuslern und Tagelöhnern Platz nehmen.

Josepha Pfnür bog nun bei einem großen Denkmal ab, das sie die Pestsäule nannte, und ging den Hang hoch. Auch hier standen Häuser, die fremde Gäste aufzunehmen schienen. Vor einem etwas kleineren Haus blieb Josepha Pfnür stehen. »Da sind wir! Die Mädchen übernachten heut bei mir. Dich«, ihr

Blick suchte Franz Herbst, »quartiere ich bei meinem Nachbarn ein. Du hast hoffentlich Geld, um es bezahlen zu können.«

»Ein paar Kronen hab ich dabei, aber nicht viel«, antwortete Franz.

»Wird schon langen! Wenn nicht, lege ich den Rest aus, und du gibst es mir zurück, wenn du deinen ersten Lohn bekommst.«

Josepha Pfnür klang so bestimmt, dass Eva es für geraten hielt, ihr kein Geld schuldig zu bleiben. Nun klopfte die Vermittlerin an eine Tür. Eine ältere Frau öffnete.

»Grüß dich, Josepha. Was gibt's?«

»Ich hätt einen Logiergast für heute Nacht. Habt ihr ein Bett frei?«, fragte die Vermittlerin.

»Um die Jahreszeit schon noch. Willst ihn wohl vermitteln, was?«

Josepha Pfnür nickte. »Ich hab es vor! Und jetzt geh hinein, Franz! Wehe, ich hör morgen, dass du dich schlecht benommen hast. Dann kannst du fragen, wen du willst, ob er dir eine Stellung verschaffen kann. Ich tu es dann gewiss nimmer.«

Franz Herbst nickte unglücklich und folgte der Nachbarin ins Haus. Die Tür hatte sich noch nicht hinter ihnen geschlossen, da öffnete Josepha Pfnür die eigene Haustür und scheuchte Eva und die vier Mädchen, die ihr gefolgt waren, hinein.

»Die Leni wird euch zeigen, wo ihr schlafen könnt!«, erklärte sie, als sie im Flur standen. »Ihr werdet ihr dann helfen, die Zimmer herzurichten. Dabei kann ich gleich schauen, zu was ihr taugt.«

»Was ist mit dem Mittagessen? Wir haben den ganzen Tag noch nichts gekriegt«, wandte eines der Mädchen ein.

Auch Eva hatte Hunger, hätte aber niemals gewagt, nach etwas zu essen zu fragen.

Josepha Pfnür schien zu überlegen. »Macht erst einmal die Kammer fertig, in der ihr schlaft. Danach könnt ihr den Tisch decken. Schaut aber, dass ihr nichts zerbrecht! In den Hotels ist man da streng. Die meisten besitzen extra für sie angefertigtes Porzellan, und das muss sacht behandelt werden.«

Eva nickte unbewusst. Daheim hatte sie gelernt, gut auf die Sachen achtzugeben, damit nichts kaputt ging.

Einem der Mädchen hingegen schien der Kommandoton, den Josepha Pfnür anschlug, nicht zu passen. »Sie haben mir geschrieben, dass Sie mich in den Blauen Hecht vermittelt haben. Warum soll ich jetzt noch bei Ihnen arbeiten?«, fragte sie aufmüpfig.

»Weil ich es sage!«, erklärte die Vermittlerin streng. »Schreib dir gefälligst hinter die Ohren, dass du als Dienstbotin nach Karlsbad gekommen bist und nicht als Kurgast. Als solcher müsstest du zahlen, während du als Stubenmadl bezahlt wirst. Dafür aber hast du zu arbeiten, was man dir anschafft. Und jetzt will ich kein Wort mehr hören. Die Leni wird euch sagen, was ihr zu tun habt. Und damit basta!«

* * *

Das Ganze wurde nicht so schlimm, wie es geklungen hatte. Eva ging die Arbeit leicht von der Hand. Aber eines begriff sie rasch: Was man ihr auch anschaffte, es musste ordentlich gemacht werden. Josepha Pfnürs Hausmädchen Leni wies zwei Mädchen zurecht, weil diese ihre Leintücher nicht exakt gefaltet hatten.

»Schreibt euch auch das hinter die Ohren!«, erklärte sie. »Wenn ihr in einem Hotel arbeitet, wird eure Vorgesetzte genau darauf achten, ob alles so aussieht, wie sie es will. Also gebt euch gefälligst Mühe! Ihr könntet sonst entlassen werden, und das würde auf Frau Pfnür zurückfallen, weil sie euch vermittelt hat.«

»Ist es wirklich so streng?«, fragte Eva.

Leni nickte. »In den Hotels verkehren Gäste aus den höchsten Kreisen. Sie sind es gewöhnt, dass alles picobello in Ordnung ist. So, und jetzt kommt mit und deckt den Tisch! In den Hotels dürft ihr das vorerst nicht. Aber die eine oder andere von euch könnte so weit aufsteigen.« Sie führte die Mädchen in das Speisezimmer, das genug Plätze für acht Personen bot, und wies auf den Tisch. »Ihr werdet ihn abwaschen und trocken reiben! Danach holt ihr ein Tischtuch aus dem Schrank, breitet es auf dem Tisch aus und legt auf meine Anweisungen hin Geschirr und Besteck auf. Du fängst an! Hol dir in der Küche einen Lappen und warmes Wasser.« Lenis Finger zeigte auf Eva.

Diese machte sich mit klopfendem Herzen ans Werk. Zu Hause hatte sie den Tisch zwar oft gesäubert, aber hier musste alles, wie Leni gesagt hatte, picobello sein. Es war ein Wort, das sie zwar nicht kannte, aber im Gedächtnis behalten wollte.

Sobald der Tisch sauber war, mussten zwei Mädchen die Tischdecke auflegen und dann jede von ihnen Unterteller, Teller und Besteck für sich selbst. Eva und eine junge Frau namens Rosa mussten auch die Plätze für Leni und Frau Pfnür herrichten.

Das Essen war bereits fertig und wurde in der Röhre warmgehalten. Zwei Mädchen sollten auftischen. Auch dabei hatte Leni einiges zu kritisieren. Eva sah genau zu und wollte darauf warten, wie Frau Pfnür aß, während ihre Tischnachbarinnen bereits heißhungrig zugriffen.

»Spricht man bei euch daheim kein Tischgebet?«, fragte die Vermittlerin schneidend.

Die Mädchen ließen die Löffel fallen. Ein wenig Suppe spritzte auf das Tischtuch und brachte Josepha Pfnür zum Schnauben.

»Anscheinend hat man euch keine Manieren beigebracht!«

»Entschuldigung!«, sagte Eva hastig, obwohl sie nicht gemeint war.

»Wenn ich das Tischgebet gesprochen habe, esst ihr wie zivilisierte Menschen und nicht wie Bauerntrampel«, fuhr Josepha Pfnür fort. »Es heißt nicht umsonst, der eine Bauer frisst wie ein Ochse und der andere wie ein Schwein!«

Eva fand den Ausspruch gemein. Allerdings erinnerte sie sich daran, dass die Bauersleute in ihrem Dorf auf ihren Höfen die Suppe meist gemeinsam aus einer großen Schüssel löffelten und nur Fleisch und Knödel aufgeteilt wurden. Der Wenzl ließ für sich und seinen Sohn jedoch einzeln auftischen, so wie es die Städter taten. Bei ihr zu Hause hatten alle einen eigenen Napf, aber nicht, weil sie vornehm sein wollten, sondern weil sie nicht alle zusammen an den Tisch passten.

Damit hatte sie zumindest zwei Mädchen etwas voraus. Diese wollten schon mit ihren Löffeln in die große Suppenschüssel langen, zuckten aber nach einem mahnenden Räuspern der Vermittlerin zurück.

»Benehmt euch!«, sagte diese, nachdem sie das Tischgebet beendet hatte, und forderte Leni auf, allen die Teller zu füllen.

»Das müsst ihr bei den Gästen zwar nicht, aber wahrscheinlich im Dienstbotentrakt«, erklärte sie ihren Schützlingen. »Gewöhnt euch also Manieren an! Eure Vorgesetzten sehen zu und beurteilen euch auch danach, wie ihr euch bei Tisch benehmt.«

»Ja, Frau Pfnür!«, sagte Eva und war froh, dass sie sich zurückgehalten hatte. Sie sah zu, wie die Vermittlerin und Leni aßen, und versuchte, es ihnen gleichzutun. Dabei vermied sie es, zu schlürfen und zu schmatzen.

Weder Eva noch die vier übrigen Mädchen ahnten, wie genau Josepha Pfnür die Schar beobachtete. Die Vermittlerin maß sich ein gutes Gespür für die Angestellten zu, die sie an die Hotels vermittelte. Zwei Mädchen würden wohl in der Wäscherei oder der Spülküche beginnen müssen. Den drei anderen traute sie es zu, Zimmermädchen zu werden. Ihr

Interesse galt vor allem dem Mädchen, das ihr der Vetter empfohlen hatte. Mit den anderen hatte sie bereits Briefe gewechselt und sich dabei ein Bild von ihnen machen können. Eva Riegler hingegen war für sie noch ein unbeschriebenes Blatt.

Mit dem, was sie sah, konnte sie zufrieden sein. Das Mädchen war fleißig, geschickt und sichtlich bemüht, zu lernen und nicht anzuecken. Es half auch später willig beim Abräumen und fragte Leni sogar, ob noch was zu tun sei.

»Bist wohl eine arge Streberin!«, spottete eine andere deswegen. Es war eine von denen, die in Josepha Pfnürs Augen gerade dazu taugte, beim Spülen oder Waschen zu helfen.

»Wenn man in einem Hotel arbeitet, muss man flink, geschickt und gewissenhaft sein«, belehrte sie ihre Schützlinge. »Das schreibt euch ebenfalls hinter die Ohren! Tut ihr es nämlich nicht, sagt man im Herbst zu euch: Behüt dich Gott, brauchst nächstes Frühjahr nicht wiederzukommen.«

Ihre Worte schüchterten die Mädchen sichtlich ein. Alle fünf waren darauf angewiesen, in Karlsbad einen Verdienst zu finden und ihn nach Möglichkeit auch zu behalten. Einzig Eva überlegte, ob sie im nächsten Jahr überhaupt wiederkommen wollte. Doch wenn sie zu Hause bleiben und im Dorf als Magd arbeiten wollte, musste sie vor Karl Wenzls Nachstellungen sicher sein.

»So, jetzt macht ihr euch zur Nacht fertig und legt euch hin«, erklärte Josepha Pfnür, da es draußen dunkel geworden war.

Sie begleitete die Schar und sah zu, wie die Mädchen sich wuschen. Es durfte nicht anstößig sein. Vor ein paar Jahren hatte sie ein Mädchen erlebt, das sich ohne Scham vor den anderen ausgezogen hatte. Sie hatte ihm beibringen müssen, dass dies hier in Karlsbad nicht gerne gesehen wurde.

An diesem Tag gab es nichts zu tadeln. Drei Mädchen besaßen sogar richtige Nachthemden, die beiden anderen mussten mit ihrem Unterhemd vorliebnehmen. So auch Eva, die verwundert zugesehen hatte, wie die drei extra Hemden zum Schlafen aus dem Gepäck gezogen hatten. Da Josepha zufrieden genickt hatte, schien dies hier üblich zu sein. Für sie hieß es daher, sich rasch ein Stück Tuch zu besorgen und sich ein Nachthemd zu nähen.

Josepha Pfnür las Eva förmlich die Gedanken von der Stirn ab. Ihr Vetter hatte ihr das Mädchen als brav, folgsam und ein wenig naiv geschildert. All das mochte stimmen. Doch Eva war auch aufmerksam und klug. So wie das Mädchen sich benahm, konnte sie es guten Gewissens vermitteln. Dies erleichterte sie, denn die Besitzerin des Hotels Adonis hatte sie beauftragt, ihr noch ein paar Zimmermädchen zu besorgen. Wenn sie neben Eva auch Rosa nahm, konnte sie diesen Auftrag erfüllen und damit ihren Ruf als Vermittlerin festigen.

»Also, hört mir zu!«, sagte sie zu den fünfen. »Ihr schlaft hier alle in diesem Raum. Leni ist ebenfalls hier und passt auf euch auf. Wo der Abort ist, hat sie euch bereits gezeigt. Geht noch einmal nacheinander hin, und dann legt ihr euch ins Bett. Morgen werde ich entscheiden, wo ich euch unterbringen kann.«

Das Mädchen, das im Blauen Hecht einstehen wollte, verzog das Gesicht. »Sollen wir wirklich alle in dieser kleinen Kammer schlafen? Da stößt man ja gleich an die anderen Betten, wenn man sich umdreht.«

»Hast daheim wohl ein Himmelbett gehabt, was?«, fragte Josepha Pfnür verärgert. »Wenn es dir so nicht passt, kannst du morgen früh gleich zum Bahnhof gehen und wieder heimfahren!«

Das Mädchen zog den Kopf ein und legte sich sofort hin. Auch die anderen waren über den harschen Tonfall der Vermittlerin erschrocken. Heimfahren wollte keine von ihnen. Zu Hause gab es entweder zu viele Geschwister, sodass man froh war, wenn ein Kind eine gute Stellung fand, oder eben nur Arbeit als Tagelöhnerin. Das aber bedeutete Hunger und Not.

Daher nahm Eva sich ganz fest vor, alles zu tun, damit man mit ihr zufrieden war, und sprach ihr Nachtgebet. Sie ahnte nicht, dass die Vermittlerin genau darauf achtete, wer von ihnen betete, und nicht zuletzt, wie andächtig sie es taten.

Josepha Pfnür war zufrieden, denn alle sprachen ihr Gebet so, wie es sich gehörte. Bei Eva war es ein wenig mehr. Hinter dem sanften Gesicht nahm sie einen festen Willen wahr, der ihrem Vetter, dem Pfarrer, anscheinend entgangen war. Doch um hier in Karlsbad bestehen zu können, war es von Vorteil, zu wissen, was man erreichen wollte. Nun wünschte sie den Mädchen und ihrer Leni gute Nacht und verließ das Zimmer.

Ihre fünf Schützlinge blickten nachdenklich hinter ihr her. Nicht jede war glücklich, doch Lenis Anwesenheit verhinderte, dass sie darüber sprachen.

Als Evi die Augen schloss, dachte sie kurz daran, dass ihre Kindheit nun endgültig zu Ende gegangen war und am nächsten Tag ein neues Leben für sie begann. Was es ihr bringen würde, wusste sie nicht. Für einen Augenblick empfand sie Angst und wünschte sich, sie hätte zu Hause bleiben können. Dann aber dachte sie an Karl Wenzl und war froh, ihm entkommen zu sein. So schlimm, sagte sie sich, würde es in Karlsbad schon nicht werden. Vor allem lernte sie etwas Neues kennen, und darauf freute sie sich.

Der Ernst des Lebens

»Aufstehen! Ihr seid hier nicht zum Faulenzen da!«

Von dem harschen Ruf erschreckt fuhr Eva hoch. So streng hatte die Mutter sie noch nie geweckt, fuhr es ihr durch den Kopf. Es dauerte einen Augenblick, bis sie begriff, dass sie nicht die Mutter gehört hatte, sondern die Vermittlerin Josepha Pfnür.

Sie sprang aus dem Bett und folgte Lenis Wink in die Badestube. Es gab dort mehrere Wasserbecken mit Hähnen, aus denen kaltes Wasser kam, wenn man sie aufdrehte. Von zu Hause war sie gewöhnt, sich kalt zu waschen, und so machte es ihr nichts aus. Obwohl sie sich sorgfältig wusch und die Zähne putzte, war sie als Erste fertig. Sie wandte sich zur Tür und sah Josepha Pfnür mit unbewegter Miene dort stehen.

»Du brauchst ein paar Unterhemden und ein Nachthemd. Die wirst du im Hotel bekommen. Das Geld dafür wird dir vom Lohn abgezogen«, erklärte die Vermittlerin.

»Ich könnt sie mir in der freien Zeit selber nähen. Das käm gewiss billiger«, wandte Eva ein.

»Wirst nicht viel Zeit haben! In einem Hotel heißt es hurtig arbeiten – und das von früh bis spät«, erklärte Frau Pfnür. »Und jetzt geh in die Küche und hilf der Lena.« Sie musterte Eva einen Moment. »Und noch was«, setzte sie hinzu. »Wenn dir eine Vorgesetzte einen Auftrag erteilt, hast du zu knicksen, und ebenso, wenn dich ein Gast anspricht.«

Eva holte den Knicks nach und eilte in die Küche.

»Ich soll dir helfen!«, sagte sie zu Leni.

»Dann stell die Teller und die Tassen auf den Tisch. Es gibt Brot mit Topfen und Rübenkaffee«, sagte Leni und goss das Wasser, das eben auf dem Herd zu kochen begann, in eine große Kanne.

Eva gehorchte und gab acht, ja nichts zu zerbrechen. Als die anderen Mädchen kamen, war der Tisch gedeckt. Leni füllte die Tassen und stellte ein Kännchen Milch auf den Tisch. Es war ein Luxus, den Eva von zu Hause nicht kannte. Der Kaffee aus gerösteten Rüben und Gerste schmeckte daher besser, als sie es gewöhnt war. Auch das Brot war gut, und da der Topfen mit den ersten Frühlingskräutern bestreut worden war, mochte sie auch ihn.

Frau Pfnür ließ die Mädchen essen, dann klopfte sie mit den Fingerknöcheln auf den Tisch. »Du, du und du, ihr macht euch jetzt fertig! Ich bring euch zu den Hotels, in die ich euch vermittelt habe. Rosa und Eva bleiben noch. Die Leni wird ihnen beibringen, was sie lernen müssen, damit sie nicht als dumme Bauerntrampel in ihr Hotel kommen.«

Allmählich ärgerte Eva sich, weil Frau Pfnür sie immer wieder Bauerntrampel nannte. Dabei waren die Landleute Menschen wie alle anderen auch. Für das arme Leben, das sie führen mussten, konnten sie nichts. Sie hielt jedoch den Mund und sah zu, wie die Vermittlerin mit den anderen drei Mädchen das Haus verließ.

»Ihr werdet abräumen und abwaschen. Wehe, ihr zerbrecht was!«, erklärte nun Leni.

Rosa und Eva gehorchten. Es blieb nicht ohne den einen oder anderen Tadel von Leni, doch es ging weder etwas zu Bruch, noch ließen sie einen Löffel zu Boden fallen. Kaum waren sie mit der Küche fertig, scheuchte Leni sie in die Badekammer und befahl ihnen, diese sauber zu machen. Dabei stand sie wie ein altgedienter Feldwebel hinter ihnen und rüffelte sie bei jedem Fehler.

»Merkt euch eines!«, erklärte sie. »Der Ton in einem Hotel ist manchmal scharf, und man kommt auch manchmal nicht am …«, sie trat auf Eva zu und versetzte ihr eine schallende Ohrfeige, »… nicht am Watschenbaum vorbei!«

Noch während Eva sie empört anblitzte, erhielt Rosa ebenfalls eine kräftige Ohrfeige.

»Ihr werdet stillhalten und um Gottes willen nicht zurückschlagen!«, fuhr Leni in ihren Belehrungen fort. »Der Ober sticht den Unter, so war es alleweil und wird es auch weiterhin so sein.«

»Auch wenn der Ober im Unrecht ist?«, fragte Eva.

»Der Ober fragt nicht, ob er im Recht ist oder nicht. Ist es zu offensichtlich, könnt ihr euch bei dessen Ober beschweren. Aber helfen wird es kaum etwas.«

Rosa kicherte zu Lenis Worten. »Der Ober des Obers! Den gibt es im Kartenspiel aber nicht.«

»Das ist der König«, erwiderte Eva und sah Leni nicken.

»So ist es. Und über dem König gibt es immer noch das Ass.«

»Die Sau!«, platzte Rosa heraus.

»So sagt man bei euch Bauerntrampeln! Bei den feineren Leuten heißt es das Ass. Merkt euch das! Und jetzt rein in die Schlafkammer. Dort macht ihr die Betten, und zwar so, dass sie sowohl picobello wie auch akkurat sind.«

Akkurat war neben picobello Lenis zweites Lieblingswort. Was genau sie damit meinte, lernten Eva und Rosa in der nächsten Stunde. Immer, wenn sie glaubten, die Betten richtig gemacht zu haben, brachte Leni sie wieder in Unordnung, sodass sie von Neuem beginnen mussten.

»Ihr mögt glauben, dass ich euch schikanieren will«, erklärte Leni. »Da sag ich euch bloß, ihr kennt die Zimmeraufsicht in den Hotels nicht. Da reicht ein Staubkorn, dass diejenige sich einbildet, ihr müsst das ganze Zimmer noch einmal machen. Das geht dann von eurer Freizeit ab. Aber wie die Frau Pfnür schon gesagt hat, habt ihr davon nicht viel. Ein Stubenmadl muss damit rechnen, dass es von fünf Uhr in der Früh bis um zehn Uhr in der Nacht zur Arbeit angehalten wird.«

»So viel müssen wir arbeiten?«, rief Rosa entsetzt.

»Zwölf Stunden am Tag werden es schon sein«, erklärte Leni.

»Aber das wär dann trotzdem bloß bis um fünf Uhr am Nachmittag, wenn wir so früh anfangen müssen«, wandte Eva ein.

»Du vergisst Frühstück, Mittag- und Abendessen. Oder glaubst du, ihr werdet dafür auch noch bezahlt?«, fragte Leni harsch.

Eva begriff, dass es nicht Rosa und ihr persönlich galt, sondern Leni sie auf das vorbereiten sollte, was sie ihm Hotel erwartete. In dieser Hinsicht war sie Leni sogar dankbar. Bei den Bauern gab es zwar auch gelegentlich ein derbes Wort, aber man wurde nicht geschimpft, wenn ein Leintuch nicht akkurat auf den Millimeter genau gefaltet worden war. So viel zu Bauerntrampeln, dachte sie. Hier in der Stadt waren die Leute viel schlimmer. Da sie nun einmal hier war, musste sie die Zähne zusammenbeißen und sich damit abfinden.

* * *

Kurz vor Mittag kehrte Josepha Pfnür sichtlich zufrieden zurück. »Die drei Madl habe ich zu ihren Hotels gebracht, und der Herbst Franz ist jetzt Hausknecht im Goldenen Schlüssel. Damit kann er erst einmal zufrieden sein. Ihr zwei esst noch rasch ein Butterbrot. Dann will ich schauen, ob die Madame vom Adonis euch haben will! Ich hoffe, die Leni hat euch gezeigt, worauf es bei der Arbeit im Hotel ankommt.«

Eva nickte. »Das hat sie.«

»Direkt geschurigelt hat sie uns!«, beschwerte sich Rosa.

»Dann hat sie es richtig gemacht«, erwiderte Frau Pfnür und sah ihre Helferin lächeln.

»Die zwei sind recht anstellig«, erklärte Leni. »Ich hab sie alle drei Zimmer machen lassen, die wir an Kurgäste vermieten.«

»Sie vermieten auch Zimmer?«, fragte Eva erstaunt.

Frau Pfnür lachte. »Freilich! Das tut jeder in Karlsbad, der eine Kammer übrig hat. Die hiesigen Hotels reichen bei Weitem nicht aus. Außerdem sind sie einigen Gästen zu teuer, und die suchen sich ein Privatquartier. Das ist mein Hauptverdienst. Die Vermittlung von Dienstboten ist nur ein Nebenbrot.«

»Wie ist das Hotel Adonis so?«, fragte Eva, da sie mit Thea und Helga bereits zwei von dessen Zimmermädchen kennengelernt hatte. Während Helga ganz nett zu sein schien, fand sie Thea nicht gerade sympathisch.

»Es ist ein Hotel wie alle anderen auch«, erwiderte Leni, während sie zwei Scheiben Brot abschnitt und mit Butter bestrich.

»So ganz stimmt es nicht! Es gehört schon zu den größeren Hotels und hat fast hundert Zimmer«, korrigierte Frau Pfnür sie.

»Hundert Zimmer!« Das konnte Eva sich gar nicht vorstellen. Aber wenn die Vermittlerin es sagte, musste es wohl stimmen.

»Bis vor einem Jahr war es das modernste Hotel in Karlsbad. Dann aber hat die Familie Pupp ihren ersten neuen Flügel eröffnet und besitzt damit natürlich das Beste, was in Karlsbad zu finden ist«, sagte Frau Pfnür und hob den Zeigefinger. »Die Besitzerin vom Adonis will kein Lob für das Pupp hören! Das schreibt euch gefälligst hinter die Ohren.«

»Um es ehrlich zu sagen: Sie ist stocksauer auf die Pupps«, setzte Leni hinzu. »Sie hat nämlich im letzten Jahr nicht wenige Kellner und Stubenmadl an das Pupp verloren und zu ihrem großen Ärger auch einige hochrangige Gäste, die bisher bei ihr abgestiegen waren.«

Das verstand Eva. Auf dem Land hielten die Menschen auf einem Hof auch gegen die Nachbarn zusammen, wenn sie diese nicht mochten. Ein Spruch ihres Lehrers kam ihr in den Sinn:

»Wessen Brot ich ess, dessen Lied ich sing!« Unwillkürlich sagte sie es laut und sah Frau Pfnür nicken.

»Genauso ist es! Also richtet euch danach, und sucht keine Freundschaft zu den Beschäftigten im Pupp. Ihr würdet die Madame damit auf die Palme bringen.«

»Und jetzt esst! Ihr werdet erst am Abend wieder etwas bekommen«, sagte Leni und reichte Eva und Rosa je ein Butterbrot.

Hatte bereits das mit Topfen bestrichene Brot am Morgen gut geschmeckt, so war das hier für Eva ein besonderer Genuss. Butter hatte es im Dorf nur an den heiligsten Feiertagen gegeben, und die war viel dünner aufs Brot gestrichen worden. Sie aß mit gutem Appetit und folgte danach Frau Pfnür zum Hotel Adonis.

Ihr Bündel war kleiner als das von Rosa und ihre Erwartungen geringer. Außerdem war sie bereit, alle Arbeit zu tun, die man ihr auftrug. Rosa hingegen stellte sich das Leben in einem Hotel leichter vor, als es wahrscheinlich war. Daher hatte sie mehrmals über Leni gemault, wenn diese sie die Betten hatte machen lassen. Sie zog auch jetzt leise über Frau Pfnürs Hausmädchen her. »Die Leni hat uns die Gästezimmer herrichten lassen, damit sie es nicht selber tun muss.«

»Sie hat uns gezeigt, wie man es macht!«, antwortete Eva. »In einem Hotel muss es, wie sie sagt, akkurat und picobello zugehen.«

Frau Pfnür führte sie bis zum Schlossplatz, bog dann aber nicht in Richtung Tepl zur Marktkolonnade ab, von wo sie gestern gekommen waren, sondern blieb auf dieser Hangseite und stieg ein Stück den Schlossberg hoch. Schon bald kam ein lang gezogener Bau mit vier Stockwerken über dem Erdgeschoss in Sicht. Seine Wände waren beige getönt, das wuchtige Portal wurde von zwei Männerfiguren aus Stein flankiert, und darüber stand in schwungvollen Lettern »Hotel Adonis«.

Hier also würde sie arbeiten, dachte Eva. Sie nahm an, dass Frau Pfnür sie durch das Portal führen würde. Stattdessen aber ging die Vermittlerin daran vorbei, schritt die gesamte Länge des Gebäudes entlang und bog schließlich um die Ecke.

»Das hier ist der Personaleingang«, erklärte sie und zeigte auf eine große, schmucklose Tür. »Lasst euch nicht einfallen, durch den Haupteingang zu gehen. Der ist für euch verboten!«

»Aber warum?«, wollte Rosa wissen.

»Weil es so ist!« Josepha Pfnür klang verärgert, weil ihr das Mädchen zu rebellisch war. Wenn sie bei der Arbeit auch alles hinterfragte, würde die Madame es zu ihr zurückschicken. Das aber war ihr in all den Jahren, in denen sie Hotelangestellte vermittelt hatte, erst zwei Mal passiert.

Eva nahm den Hinweis zur Kenntnis und beschloss, ihn zu befolgen. Ganz fremd war ihr so etwas nicht, denn auf dem Land war es Knechten und Tagelöhnern verboten, die guten Stuben in den Wohnhäusern der Bauern zu betreten.

Unterdessen öffnete Frau Pfnür die Tür und scheuchte die beiden hindurch. Eva fand sich in einem langen, düsteren Flur wieder, von dem viele Türen abgingen.

»Hier sind die Wirtschaftsräume des Hotels«, erklärte Josepha Pfnür ihren Schützlingen. »Weiter vorne findet ihr die Küchen und vor ihnen die beiden Speisesäle und die Salons. Aber dort habt ihr nichts verloren!«

Eine Tür ging auf. Heraus trat Helga. Sie trug ein schwarzes Kleid mit einer weißen Schürze und hatte ein Häubchen auf den Kopf.

»Grüß Gott!«, sagte Josepha Pfnür. »Kannst du mir sagen, wo die Madame ist? Ich soll ihr noch zwei Stubenmadl bringen.«

»Di…die Chefin ist in ihrem Bü…büro. S…sie ist heut aber nicht gut drauf!«, antwortete Helga und sauste weiter.

»Ob sie jetzt guter Laune ist oder nicht, ändert nichts. Wir müssen zu ihr. Kommt mit!« Frau Pfnür ging weiter und sah aus den Augenwinkeln, dass Eva ihr als Erste folgte. Bei Rosa hingegen dauerte es ein paar Sekunden, bis auch sie sich in Bewegung setzte.

* * *

Vor einer von vielen Türen blieb Josepha Pfnür schließlich stehen und klopfte.

»Was ist?«, scholl es nicht gerade freundlich heraus.

Die Vermittlerin trat ein und winkte den beiden Mädchen, ihr zu folgen. »Einen schönen guten Tag, Frau Karch!«, grüßte sie freundlich.

»Wie soll ein Tag schön sein, wenn eine Absage nach der anderen hereinschneit?«, antwortete Isolde Karch sichtlich verärgert und musterte dann die beiden Mädchen, die schräg hinter der Vermittlerin standen. »Was Besseres als die beiden Landtrampel haben Sie mir nicht anzubieten?«

Es klang so ablehnend, dass Eva die Hoffnung aufgab, hier Arbeit zu finden.

»Da das Pupp heuer einen weiteren Flügel aufmacht und daher mehr Angestellte braucht, muss man nehmen, was man bekommt!«, antwortete Josepha Pfnür.

Eva wunderte sich darüber, denn die Vermittlerin hatte ihnen angeraten, den Namen Pupp hier nicht in den Mund zu nehmen.

Prompt färbte sich das Gesicht der Hotelbesitzerin rot, und sie ballte die Fäuste. »Das Pupp soll der Teufel holen! Jetzt haben schon wieder zwei meiner Gäste beschlossen, dorthin zu wechseln. Zwei bedeutende Gäste, wie ich betonen will! Dabei kochen die im Pupp auch bloß mit Wasser.«

Sie beruhigte sich jedoch wieder und fragte Frau Pfnür, was sich in den letzten Tagen in Karlsbad getan habe. Wenn hier jemand Neuigkeiten kannte, so war es die Vermittlerin, die ihre Ohren überall zu haben schien.

Für Eva bot sich dadurch die Gelegenheit, sich umzusehen. Das Zimmer war viel größer als der größte Raum im Haus ihrer Eltern. Zwischen den beiden Fenstern stand ein wuchtiger Schreibtisch aus dunklem Holz, und hinter diesem saß die Hotelbesitzerin. An der einen Wand befand sich ein deckenhoher Schrank und an der anderen mehrere Bilder in prunkvollen Rahmen. Eines zeigte Seine Majestät, Kaiser Franz Joseph, und die anderen Landschaften, die Eva fremdartig erschienen.

Eva schätzte, dass Frau Karch etwa Mitte fünfzig sein musste. Dabei war sie sehr schlank und das Gesicht schmal, aber durchaus ansprechend. Sie trug ein dunkles Kleid aus Samt, dazu eine goldene Kette mit einem fingerlangen Kreuz um den Hals. Das dunkelblonde Haar hatte sie gefällig frisiert, und an mehreren Fingern steckten Ringe mit großen Steinen.

»Sie meinen, die beiden könnten was taugen?«, fragte Isolde Karch gerade.

Die Vermittlerin nickte. »Das glaube ich! Hätte ich sie sonst zu Ihnen gebracht?«

»Dann werde ich es mit ihnen probieren.« Frau Karch klang um keinen Deut freundlicher, griff aber nun zu einer kleinen Glocke und läutete.

Kurz darauf kam eine Frau herein, die Eva auf etwa fünfzig schätzte. Sie trug ein graues Kleid mit einer grauen Schürze, aber kein Häubchen wie Helga. Sie musterte Eva und Rosa prüfend und wandte sich dann ihrer Herrin zu. »Sie wünschen, Frau Karch?«

»Das sind die beiden Neuen, Zöpfel! Was Besseres hat die Pfnür nicht gefunden. Weisen Sie ihnen einen Platz zum

Schlafen zu, kleiden Sie sie ein, und dann sollen sie zeigen, was sie können.«

»Wie Sie wünschen, Frau Karch«, antwortete die Frau und wies dann zur Tür. »Mitkommen!«

Eva folgte ihr, während Rosa stehen blieb. »Wir haben noch nicht darüber geredet, was uns hier bezahlt wird«, sagte diese.

Frau Karch sah aus, als würde sie gleich platzen, während Josepha Pfnür dem Mädchen einen Stoß versetzte.

»Bist du von allen guten Geistern verlassen?«, fauchte sie Rosa an. »Da hast noch nicht einmal gezeigt, ob du was taugst, und verlangst schon Geld?«

Rosa zögerte noch einen Augenblick, lief dann aber doch hinter Frau Zöpfel und Eva her.

Es ging noch ein Stockwerk tiefer in den Keller. Dort wies Frau Zöpfel auf ein paar Türen. »Das sind die Vorratsräume und der Weinkeller. Da habt ihr nichts verloren. Außerdem sind sie verschlossen, und die Schlüssel haben nur diejenigen, die dort zu tun haben.«

Ein paar Schritte weiter trennte eine Tür den Gang ab. »Dahinter liegt das Quartier des weiblichen Personals. Das des männlichen Personals ist auf der gegenüberliegenden Seite des Flurs. Merkt euch eines: Ihr habt bei den Mannsleuten nichts verloren, und die nichts bei euch. Wer dagegen verstößt, fliegt auf der Stelle!«

»Und wie ist es mit dem Essen?«, fragte Rosa, der ein Butterbrot zu Mittag zu wenig war.

»Gegessen wird oben, gleich neben der Küche. Auch da sitzen Männer und Frauen getrennt. Haltet euch daran!«

Während sie den Mädchen Anweisungen erteilte, öffnete Frau Zöpfel die Zwischentür. Vor ihnen lag ein Stück Flur, von dem noch einmal etliche Türen abgingen. Frau Zöpfel schritt an diesen vorbei und zeigte auf die hinterste Tür. »Dort ist der Abort! Ihr werdet nur diesen benützen, verstanden? Erwischt man euch dabei, dass ihr euch auf einen für die Gäste vorgesehenen Abort setzt, fliegt ihr auf der Stelle!«

Mit verkniffener Miene öffnete sie die Tür daneben. »Das hier ist der Waschraum. Hier werdet ihr euch jeden Morgen gründlich waschen und die Zähne putzen. Ihr müsst adrett aussehen, wenn ihr die Zimmer sauber macht. Falls ihr überhaupt als Stubenmadl genommen werdet und nicht in die Wäscherei oder zum Geschirrspülen kommt, heißt das. Die meisten fangen dort an.«

Eva war es gleichgültig, welche Arbeit ihr hier aufgetragen wurde, während Rosa empört schnaubte. Eine Verwandte von ihr arbeitete als Zimmermädchen in einem der Karlsbader Hotels und hatte ihr Wunder was erzählt, wie es dort zuging. Eines der Mädchen hatte sie am Vortag gefragt, weshalb die Verwandte ihr keine Stelle in dem Hotel verschafft hatte, in dem diese arbeitete. Auch Eva hatte sich darüber gewundert. Doch so, wie sie empfangen worden waren, glaubte sie nicht, dass sie einem anderen Mädchen, zum Beispiel ihrer Schwester Anna, hier eine Stellung würde verschaffen können.

»Kommt weiter!« Frau Zöpfels harsche Stimme beendete Evas Gedankengang.

Sie wurden in einen kleinen Raum geführt, der nur eine schmale Fensterluke unter der Decke aufwies. An den Längswänden standen zwei Gestelle mit drei übereinander liegenden Betten. Während das unterste knapp über dem Boden hing, konnten die beiden anderen nur über eine Leiter erreicht werden. An der kurzen Stirnseite unter dem Fenster befanden sich sechs schmale Schränke.

»Die beiden obersten Betten und die äußersten Schränke sind für euch«, erklärte Frau Zöpfel.

Rosa schüttelte den Kopf. »Da steig ich nicht hinauf!«

»Dann schlaf auf dem Boden! Wundere dich aber nicht, wenn die anderen auf dich treten«, sagte Frau Zöpfel kalt und befahl den beiden, ihr zu folgen.

»Was sagst du zu dem Ganzen? Das ist doch komisch«, sagte Rosa leise zu Eva.

»Damit müssen wir uns abfinden«, antwortete diese mit einem Achselzucken.

»Das ist ja schlimmer als in der Kaserne! Mein Bruder hat mir davon was erzählt«, maulte Rosa weiter.

Eva zuckte mit den Schultern. Das Leben war nun einmal so. Daran konnten weder sie noch Rosa etwas ändern.

»Helga, komm her!«

Erneut klang Frau Zöpfels Stimme im Kommandoton auf.

Helga hatte wohl gerade etwas holen wollen, hielt dabei aber inne und trat auf ihre Vorgesetzte zu.

»Die zwei sind neu! Sorg dafür, dass sie Kleider bekommen und sich umziehen. Anschließend sollen sie mit dir zusammen die Fußböden im dritten Stock putzen und bohnern!«

»J...jawohl, Frau Zz...zöpfel!«, antwortete Helga und reizte Rosa damit zu dem Ausspruch, dass es hier wirklich wie in einer Kaserne zugehe.

* * *

Helga führte Eva und Rosa in einen größeren Raum, in dem eine Reihe von Schränken stand. Deren Türen standen teilweise offen, und so sahen die Mädchen, dass sie mit allerlei Wäschestücken gefüllt waren. Eine ältere Frau saß auf einem Stuhl vor einem kleinen Tisch und hatte vor sich eine Liste, in die sie mit Bleistift etwas eintrug. Da sie sich dabei nicht stören ließ, räusperte Helga sich.

Die Frau sah kurz auf. »Du wirst warten können, bis ich fertig bin!«

»D...das geht nicht, Frau Heister. D...die Frau Zz...zöpfel hat angeschafft, dass die beiden Neuen was zum Anz...ziehen kriegen und dann mithelfen sollen, d…den dritten Stock sauber z…zu machen«, erklärte Helga.

»So, sollen sie das?« Frau Heister legte ihren Bleistift beiseite und musterte Eva und Rosa abschätzend. »Als was sind sie eingestellt?«

»Ich als Zimmermadl«, antwortete Rosa rasch.

»Das wird sich zeigen. Jetzt kriegt ihr erst einmal ein Gewand zum Putzen. Du«, Frau Heisters Zeigefinger deutete auf Eva, »brauchst auch noch Schuhe. Die Bauernstampfer, die du an den Füßen hast, kannst du im Hotel nicht tragen.«

»Aber wie komme ich an neue Schuhe?«, fragte Eva entsetzt, da selbst die fünf Kronen vom Pfarrer nicht ausgereicht hätten, um einen Schuster zu bezahlen.

Statt einer Antwort holte Frau Heister aus einem Schrank mehrere Paar Schuhe und stellte sie Eva hin. »Probier aus, welche dir passen. Wenn sie noch zu groß sind, musst du sie halt mit Papier ausstopfen.«

»Die Eva braucht auch ein Nachthemd«, sagte Rosa.

»Das kriegst du auch. Die Schuhe und das Nachthemd werden dir vom Lohn abgezogen, aber das Gewand wird gestellt.« Während sie es sagte, holte die Frau ein vom vielen Waschen ausgebleichtes Nachthemd und zwei graue Kleider und reichte sie den beiden.

Eva nahm die Kleidung mit einer gewissen Verzweiflung entgegen. Wenn sie das alles bezahlen musste, würde sie auf Wochen keinen einzigen Heller als Lohn bekommen, dachte sie.

»So, und jetzt muss ich weitermachen! Ihr habt mich lange genug aufgehalten.« Frau Heister griff wieder nach ihrem Bleistift.

Helga winkte den beiden, ihr zu folgen. »Wo seid ihr untergebracht?«

»In einer Kammer dahinten«, antwortete Rosa.

»Da sind etliche Kammern«, antwortete Helga mit einem leichten Schnauben. Es gab viel zu tun, und jede Minute, die sie vertrödelten, würden sie länger arbeiten müssen.

Eva öffnete eine Tür. »Ich glaub, es war dort.«

»Das könnt sein! In der Kammer schlaf ich auch, und die beiden obersten Betten sind leer«, meinte Helga und forderte sie auf, sich zu sputen. »Wenn wir nicht bald bei der Arbeit sind, wird die Zöpfel zum Drachen!«, mahnte sie.

Eva verstaute das Nachthemd und ihre eigenen Schuhe in dem ihr zugewiesenen Schrank, ebenso ihren Rock, ihre Bluse und ihr Schultertuch. Dann zog sie das graue Kleid an, das sie für die Arbeit erhalten hatte. Es war nicht mehr als ein besserer Kittel, aber sauber.

Rosa hingegen schüttelte den Kopf. »Da sehen wir aus, als hätten wir einen Sack angezogen.«

»Jetzt schick dich! Die Eva zieht schon ihre Schuhe an«, sagte Helga mit einer gewissen Schärfe.

Rosa gehorchte murrend, und dann folgten die beiden ihr auf den Flur. Unterwegs fiel Eva etwas ein. »Den Schrank kann man gar nicht zusperren. Kann da nichts gestohlen werden?«

»Solche Reichtümer, für die sich das lohnt, hat keine von uns«, antwortete Helga, die anscheinend nur dann zu stottern begann, wenn sie jemand vor sich hatte, der im Rang über ihr stand.

»Aber was ist mit dem Lohn?«, fragte Rosa.

»Ein bisserl was bekommen wir als Taschengeld. Das meiste aber behält die Frau Karch ein und zahlt uns am Ende der Saison aus«, sagte Helga.

Eva fand das vernünftig, denn auf diese Weise konnte nichts gestohlen werden. Ausgeben wollte sie ohnehin nichts.

Während sie ins Erdgeschoss hochstiegen, erklärte Helga, dass sie den Teil mit der Eingangshalle und dem großen Treppenhaus nicht betreten durften. »Der ist für die Gäste, und es dürfen nur die höheren Angestellten hinein. Lasst euch auch nicht erwischen, den Aufzug zu nehmen. Ihr bekommt es sonst mit Frau Zöpfel zu tun. Ich glaub zwar nicht, dass sie derzeit jemanden rausschmeißt, aber es gibt gewiss einen Lohnabzug.«

»Warum meinst du, dass sie keinen auf die Straße setzen würde?«, fragte Eva.

»Weil wir zu wenig Personal haben. Das Pupp eröffnet den zweiten Flügel, und dazu gibt es zwei ganz neue Hotels. Die brauchen auch Leut, und so haben einige, die letztes Jahr noch im Adonis gearbeitet haben, die Stellung gewechselt. Darum ist die Stimmung heuer auch so schlecht.«

»Wie wir bei der Frau Karch waren, hat sie gesagt, sie hätt Absagen bekommen. Was heißt das?«, fragte Eva weiter.

»Einige Gäste, die sonst immer ins Adonis gekommen sind, haben sich heuer für das Pupp entschieden«, erklärte Helga und stieg die hintere Treppe nach oben. Im dritten Stockwerk waren bereits einige Frauen dabei, den Flur zu reinigen. Andere hängten Bilder auf, die abgenommen worden waren, damit man die Wände und Decken des Flurs hatte neu streichen können.

»Jede von euch nimmt sich einen Eimer! Dann fangt ihr in dem Zimmer dort an. Zuerst arbeitet ihr mit dem Schrubber. Dort, wo Farbflecken zu sehen sind, nehmt ihr die Bürste«, sagte Helga.

Rosa sah sie erstaunt an. »Gibt es denn in dem Hotel keine Teppiche? Meine Base sagt, dort, wo sie arbeitet, sind welche.«

»Die Teppiche kommen schon noch. Aber zuerst muss der Boden sauber sein«, sagte Helga und drückte Rosa Eimer und Schrubber in die Hand.

Eva hatte ihr Zeug bereits an sich genommen und machte sich im ersten Zimmer an die Arbeit. Der Boden bestand aus fein säuberlich zusammengesetzten Holzstücken, die Helga Parkett nannte. Es durfte nicht zu nass gewischt werden, aber Flecken sollten ebenfalls keine zurückbleiben. Eva lernte rasch, wie sie vorgehen musste, während Rosa den einen oder anderen Tadel von Helga erntete, die ein Auge auf die beiden hielt.

Es war eine anstrengende Arbeit, die die drei Mädchen völlig in Anspruch nahm. Daher bekam keine von ihnen mit, dass Frau Zöpfel mehrmals vor der offenen Tür stehen blieb und ihnen zusah. Die Hausdame wollte sich davon überzeugen, wie sich die beiden Neuen machten. Mit Eva war sie sehr zufrieden. Doch auch Rosa arbeitete so, wie sie es sich erhofft hatte. Mit dieser Erkenntnis stieg sie nach unten, um es Frau Karch mitzuteilen. Den Aufzug mied sie, um anderen Hotelangestellten kein schlechtes Beispiel zu bieten. Einige davon waren zu gerne bereit, sich das Leben leichter zu machen, als es ihnen gestattet war.

* * *

Während sie die Böden schrubbten, erfuhren Eva und Rosa von Helga einiges über das Hotel. Das Adonis verfügte über sechsundneunzig Zimmer, verteilt auf vier Stockwerke, wobei die besseren Zimmer auf die Stadt zu lagen. Bei weniger guten Zimmern konnte man durch die Fenster nur die Felswand sehen, die hinter dem Hotel emporragte. Allerdings schauten die Gäste, die hinten wohnten, im obersten Stockwerk auf die grüne Kuppe des Hügels und auf den Himmel, der sich an diesem Tag milchig blau über Karlsbad spannte.

»Wer schläft denn in diesen Zimmern?«, fragte Eva verwundert.

»Die Leut, die nicht so viel Geld haben, um sich ein teureres Zimmer leisten zu können, und die Bediensteten der hohen Herrschaften. Die sind mit den Zimmern sehr zufrieden, denn die sind besser als viele andere, die in Karlsbad angeboten werden.«

Das leuchtete Eva ein. Allerdings wusste sie nicht viel über hohe Herrschaften. Gelegentlich war ein Wagen mit gut gekleideten Menschen ins Dorf gekommen, aber die Fahrgäste darin hatten höchstens mit dem Wenzl gesprochen, niemals mit jemandem wie ihren Eltern.

»Wenn wir hier fertig sind, müssen wir auf der anderen Seite weitermachen. Dann seht ihr auch, wie es drüben ausschaut«, sagte Helga und spornte damit nicht nur Eva, sondern auch die in ihrem Arbeitseifer etwas nachlassende Rosa an.

Einige Zeit später konnten sie über den Flur wechseln. Eva öffnete eines der Zimmer und staunte. Der Raum war in ihren Augen riesig, und von ihm ging ein weiteres, kleineres Zimmer ab, das Helga als Ankleideraum bezeichnete. Zudem gab es nicht für mehrere Zimmer einen gemeinsamen Baderaum, sondern jeweils ein eigenes Badezimmer mit einer Wanne und fließendem kaltem und warmem Wasser. Das Bett war groß genug, um Evas halbe Familie aufzunehmen, und wurde von einem Betthimmel beschirmt. Dazu gab es einen großen Kleiderschrank, Kommoden sowie einen Tisch mit mehreren Sesseln. Die Wände waren mit feinem, silbrig gemustertem Stoff überzogen, und die weiße Decke wies seltsam geformte weiße Verzierungen auf.

»Na, was sagt ihr jetzt?«, fragte Helga grinsend.

»Das sieht aus wie im Paradies!«, rief Eva voller Staunen.

»So tät ich auch einmal schlafen wollen«, entfuhr es Rosa.

»Da bleibt dir der Schnabel sauber! Das Zimmer kostet in einer Woche mehr, als wir drei zusammen in einem Jahr verdienen«, sagte Helga und wies zum Fenster hinaus. »Was sagt ihr zu dem Ausblick?«

Eva trat neben sie und sah auf Karlsbad hinab. Nicht weit entfernt entdeckte sie den lang gezogenen Bau der Sprudelkolonnade.

»Das dort drüben ist die Maria-Magdalena-Kirche, daneben steht das Theater, und dort hinten, wo die Tepl einen Bogen macht, liegt das Pupp.« Helga wies auf mehrere miteinander verbundene Gebäude, von denen sich ein Teil noch im Bau befand.

»Das ist ja viel größer als das Adonis«, rief Eva aus.

»Es soll einmal viermal so viele Zimmer haben wie unser Hotel«, erklärte Helga. »Darum brauchen sie auch so viel Personal, und so kommt es, dass wir knapp an Leuten sind. Mit euch zusammen gibt es hier sechzehn Stubenmadl. Da muss jede von uns sechs Zimmer am Tag aufräumen und sauber machen.«

»Aber dafür braucht man gewiss nicht den ganzen Tag«, wandte Eva ein.

»Wir müssen am Tag dreimal in jedes Zimmer. Zuerst in der Früh, wenn die Gäste aufgestanden sind und zu den Brunnen gehen, dann am Nachmittag und zuletzt am Abend, um aufzudecken.«

»Was bedeutet das?«, fragte Eva.

»Schau her, ich zeige es dir.« Helga trat an das Bett und schlug einen Teil der Bettdecke um. »Zudem müssen wir nachschauen, ob die Handtücher frisch sind und ob genug Mineralwasser bereitsteht. Bei besonderen Gästen heißt es auch noch, Obst und Konfekt zu bringen.«

»Ich sehe, du lernst die beiden schon an. Trotzdem solltet ihr das Arbeiten nicht vergessen!« Von den dreien unbemerkt war Frau Zöpfel zu ihnen getreten.

»Hier sind die Böden schon geputzt. Wir müssen nur noch bohnern«, sagte Helga und zeigte Eva und Rosa, wie sie das zu tun hatten.

Die Arbeit war schwer, und da Frau Zöpfel sie immer wieder kontrollierte, konnten sie kaum einmal durchatmen.

»Sobald das Hotel hergerichtet ist, wird es leichter«, tröstete Helga Eva und Rosa, als sie am Abend ihre Arbeitsutensilien wegräumten.

»Jetzt waschen wir uns, und dann gibt es Abendessen!« Helga war erleichtert, weil es sich mit Eva und Rosa gut arbeiten ließ. Tatsächlich hatte sie den ganzen Nachmittag kein einziges Mal gestottert.

Sie stiegen wieder nach unten in das Souterrain, wie Helga das Kellergeschoss nannte, und betraten die Badekammer. Dort hatten sich bereits mehr als ein Dutzend Mädchen und Frauen eingefunden und stritten sich um die Plätze am Waschbecken.

»Die Neuen kommen auf alle Fälle zuletzt dran«, rief Thea und wollte sich an Eva und Rosa vorbeidrängen.

»Wer zuerst da ist, kommt zuerst dran«, antwortete Rosa.

Da drehte Thea sich um und versetzte ihr eine Ohrfeige. »Jetzt weißt du, wer als Erste drankommt und wer als Letzte!«

Rosa wollte sich den Schlag nicht gefallen lassen, doch da zog Helga sie zurück. »Die Thea ist der Liebling von der Zöpfel. Wenn du nicht zu den Wäscherinnen gesteckt werden willst, solltest du sie besser nicht ärgern.«

»Gemein war es trotzdem!«, murmelte Eva und beschloss, sich vor Thea in Acht zu nehmen.

Nach einer Weile konnte auch sie sich Gesicht und Hände waschen. Danach ging es zurück ins Erdgeschoss, um dort in der Personalküche zu Abend zu essen. Auf dem Weg dorthin bemerkte Eva, dass die Zwischentür zu den Empfangsräumen des Hotels offen stand. Unwillkürlich ging sie ein paar Schritte darauf zu.

Da eilte Helga ihr nach und hielt sie fest. »Dort dürfen wir nicht hinein!«

Thea hörte es und lachte. »Ich war schon dort! Man darf sich bloß nicht erwischen lassen.«

»Man soll es nicht tun«, erwiderte Helga.

»Und warum nicht?«, fragte Thea spöttisch. »Selbst wenn man dabei gesehen wird, was ist schon dabei? Mehr als schimpfen kann die Zöpfel nicht. Oder glaubst du, die schmeißen einen deswegen raus, wo sie doch viel zu wenig Personal haben?«

»Ich tät es schon gerne sehen«, sagte Rosa mit einem sehnsüchtigen Blick auf die offene Zwischentür.

Auch Eva war neugierig, aber sie hatte zu viel Angst vor der Hausdame und der Hotelbesitzerin, sodass sie diesen Gedanken rasch beiseiteschob.

Der Speiseraum, den sie Augenblicke später betrat, war größer als ihr elterliches Haus samt Stall, trotzdem hatte man Tische und Stühle dicht an dicht gestellt. Vorne an der Durchreiche zur Küche standen zwei große Töpfe und daneben ein Stapel Teller. Zwei Frauen füllten die Teller und reichten sie den in Reihe anstehenden Hotelangestellten.

»Die Neuen müssen wieder nach hinten«, rief Thea und drängte sich vor.

Ein Mann in klein karierten Hosen, einer seitlich geknöpften weißen Jacke und einer hohen weißen Mütze auf dem Kopf wandte sich grinsend zu ihr um. »Stubenmadl nach hinten!«, sagte er. »Zuerst kommt das Küchenpersonal!«

»Gebt eine Ruh!«, rief ein älterer Mann, als mehrere zu rangeln begannen, um schneller ans Essen zu kommen.

Eva wandte sich staunend an Helga. »So viele Leut arbeiten im Hotel?«

»Es werden noch mehr! Der Küchenchef, der Chefkoch und der Oberkellner kommen erst nächste Woche. Bis dorthin muss alles picobello sein.«

»Du bist wohl auch von der Frau Pfnür vermittelt worden?«, fragte Eva und lachte.

Helga nickte und zupfte Eva am Ärmel, damit diese sich hinter ihr in die Reihe stellte. Es dauerte ein wenig, bis sie ihre vollen Teller bekamen. Dann wies Helga auf zwei Tische in der Ecke.

»Dort sitzen wir Stubenmadl. Jede Gruppe im Hotel hat ihren eigenen Platz. Also pass auf, dass du dich nicht zu den Falschen hinsetzt. Sonst wirst du geschimpft.«

»Ich werde darauf achten«, versprach Eva und trat zu den beiden Tischen.

Thea saß bereits dort und hob den Kopf. »Hier kannst du dich aber auch nicht hinsetzen, wo du willst. Das geht nach der Rangfolge, und als Neue bist du ganz hinten.«

»Und wo sind die Plätze für die Neuen?«, fragte Eva und bemühte sich darum, freundlich zu klingen. Thea war unangenehm genug, da half es gewiss nicht, sie zusätzlich zu verärgern.

»Du kannst dich neben die Helga setzen«, erklärte eine Frau mittleren Alters und bedachte Thea mit einem tadelnden Blick.

Diese Geste ließ Eva erleichtert aufatmen, denn wie es aussah, hatte Thea hier nicht nur Freunde. Sie nahm Platz, sprach ihr Tischgebet und begann zu essen. Es schmeckte ungewohnt, aber nicht schlecht.

Ihr entging nicht, dass Frau Zöpfel in der Tür stand und alles beobachtete. »Was ist eigentlich mit der Hausdame? Warum isst die nicht mit uns?«, fragte sie leise Helga.

»Das Führungspersonal hat seinen eigenen Speiseraum. Die müssen dort auch Sachen bereden können«, antwortete Helga und riet Eva, mit dem Essen nicht zu trödeln.

»Wir sollen noch alles für morgen vorbereiten. Übermorgen müssen die Zimmer fertig sein«, erklärte sie.

Eva nickte, doch dann fiel ihr noch etwas ein. »Was ist eigentlich mit den Gästen, die schon hier sind? Wer macht deren Zimmer?«

»Die säubert die Thea mit einigen Stubenmadln, die schon länger da sind.«

Helga sprach Theas Namen so aus, als werfe sie dieser vor, sich vor der Putzarbeit zu drücken.

Eva lagen noch hundert Fragen auf der Zunge. Die aber hatten Zeit, dachte sie und beeilte sich mit dem Essen, um nicht als Letzte damit fertig zu werden.

* * *

Die erste Nacht im Stockbett war ungewohnt, aber da sie das Bett für sich allein hatte, schlief Eva gut. Am Morgen allerdings erinnerte sie sich erst im letzten Augenblick daran, dass sie sich in luftiger Höhe aufhielt. Beinahe hätte sie sich aus dem Bett geschwungen und wäre tief gefallen. Sie nahm stattdessen die Leiter, eilte in die Badestube und fand ein freies Waschbecken.

Sie kam daher als eine der Ersten zum Frühstück, holte sich einen Kaffee und die Morgensuppe und setzte sich an denselben Platz wie am Vorabend. Wenig später tauchten Helga und Rosa auf.

»Müssen wir heut wieder so viel arbeiten wie gestern?«, fragte Rosa griesgrämig.

»Heut ist es das Doppelte! Gestern hast du ja bloß am Nachmittag gearbeitet. Heut kommt der Vormittag dazu«, erklärte Helga.

Rosa seufzte. »Wenn ich das gewusst hätt, wär ich daheimgeblieben und hätt als Küchenmagd gearbeitet.«

Eva fand den Ausspruch dumm. Zum einen war Rosa zu jung, um eine so verantwortungsvolle Stelle auf einem großen Bauernhof zu erhalten, und zum anderen musste eine Magd dort ebenfalls stramm arbeiten.

Gemäß Helgas gestriger Mahnung, beim Essen nicht zu trödeln, beeilte sie sich und war als eine der Ersten fertig. Bevor sie jedoch den Speiseraum verlassen konnte, erschien Frau Zöpfel. »Alle neuen Stubenmadl sollen sich ihre Kleidung abholen. Sie werden heute geschult!«

»Aber wer putzt dann?«, fragte Thea.

»Die anderen Stubenmadl, die nicht für die Zimmer der bereits angereisten Gäste eingeteilt sind. Du übernimmst die Aufsicht und arbeitest gefälligst mit!« Die Hausdame klang streng, während Thea unwillig das Gesicht verzog.

»Als wir im Herbst die Zimmer, die nimmer gebraucht worden sind, geputzt haben, hat die Thea ebenfalls die Aufsicht gehabt, aber bloß zugeschaut und uns kommandiert. Das hat der Frau Zöpfel anscheinend nicht gefallen«, raunte Helga Eva zu. Dann aber eilte sie los, da sie zu denen gehörte, die auch an diesem Tag putzen mussten.

Eva, Rosa und ein weiteres neu eingestelltes Mädchen stiegen nach unten und betraten den Wäscheraum. Frau Heister, die diesen verwaltete, hatte bereits Kleider herausgelegt. Sie half den dreien, sich umzuziehen, und gab ihnen Ratschläge, wie sie die Schürze zu binden und das Häubchen aufzusetzen hatten.

»Fesch schaut ihr aus!«, sagte sie schließlich. »Jetzt müsst ihr zuschauen, dass die Frau Zöpfel mit euch zufrieden ist. Sonst müsst ihr doch noch Wäsche waschen.«

»Und wer macht dann die Zimmer, wenn es eh schon zu wenig Stubenmadl gibt?«, fragte Rosa.

»Da findet sich schon wer«, erwiderte Frau Heister bissig. »Und jetzt hurtig nach oben! Die Frau Zöpfel wartet gewiss schon auf euch.«

Die drei Mädchen verließen den Raum und liefen die Treppen hoch. Unterwegs schnaubte Rosa ärgerlich. »Andauernd muss man rennen, dass man schier nimmer zum Schnaufen kommt!«

So schlimm empfand Eva es nicht. Sie war jedoch angespannt, denn wenn die Hausdame nicht mit ihr zufrieden war, würde sie Wäsche waschen oder Teller und Töpfe spülen müssen. Wie Leni erzählt hatte, wurden die Mädchen und Frauen, die das übernahmen, schlechter bezahlt als die Stubenmädchen. Sie wollte jedoch Geld verdienen, um ihre Familie zu unterstützen. Auch musste sie die Schulden für die Schuhe und ihr Nachthemd abbezahlen.

Frau Zöpfel wartete tatsächlich bereits im Erdgeschoss auf sie. Bei ihr war jene Frau, die Eva am Abend zuvor ihren Platz im Speiseraum gezeigt hatte.

»Das ist die Angelika. Sie wird euch erklären, wie ihr die Zimmer zu reinigen und aufzuräumen habt«, erklärte sie, als die drei Neuen vor ihr standen. Sie musterte jedes Mädchen mit scharfem Blick, hatte aber an ihrem Aussehen offenbar nichts auszusetzen.

»Wir fangen mit den kleinen Zimmern an. Ich zeig euch, wie es geht, und dann arbeitet ihr allein weiter«, sagte Angelika.

»Ich werde mir die Zimmer danach anschauen, und wehe, sie sind nicht so, wie es sein soll!« Frau Zöpfel klang streng und wies dann nach oben. »Und jetzt fangt an! Oder glaubt ihr, die Arbeit macht sich von selbst?«

»Kommt mit!« Angelika ging mit raschen Schritten voraus, und die drei Mädchen folgten ihr wie Entlein der Mutter.

Sie begannen hangseitig an einem Ende des ersten Stockwerks. Dort lagen die kleinsten Zimmer des Hotels, und deren Fenster boten keinen guten Ausblick. Auch gab es hier keinen besonderen Komfort. Für jeweils vier Zimmer existierten nur ein Abort und ein Badezimmer, die über den Flur zu erreichen waren. Diese Räume sauber zu machen, gehörte ebenfalls zu den Aufgaben der Zimmermädchen.

»Dafür nehmen wir eigene Eimer, Schrubber und Putztücher!«, sagte Angelika. »Lasst euch nicht dabei erwischen, dieselben in den Zimmern zu benutzen. Das gäb ein Donnerwetter, das sich gewaschen hat. Ihr könntet danach froh sein, wenn ihr noch als Hilfskraft in der Waschstube bleiben könnt.«

Mit den Toiletten, wie Angelika die Aborte nannte, und den Badezimmern fingen sie an. Auch wenn sie sorgfältig sein mussten, war es keine Arbeit, die allzu hohe Ansprüche an sie stellte. In den Zimmern hingegen sah es anders aus. Zuerst reinigte Angelika das erste und überzog die Betten neu, damit die drei sahen, was sie zu tun hatten. Im nächsten Zimmer aber forderte sie die dritte Neue auf, es ihr gleichzutun.

Das Mädchen war sichtlich nervös und stellte sich so dumm an, dass Angelika schließlich der Kragen platzte. »Du kannst zur Heister gehen und dein Stubenmadlgewand wieder gegen den Putzkittel tauschen.«

»Aber ich …«, begann das Mädchen und brach in Tränen aus.

»Jetzt heult sie auch noch! Geh runter und schau zu, dass du zwei, drei Tage fleißig und ordentlich arbeitest, dann kannst du es vielleicht noch einmal probieren«, sagte Angelika und wies auf Eva. »Du bist dran, das Zimmer in Ordnung zu bringen!«

Im ersten Augenblick hatte Eva das Gefühl, sich genauso tölpelhaft anzustellen wie ihre Vorgängerin. Sie biss sich auf die Lippen und versuchte, sich daran zu erinnern, was Angelika in welcher Reihenfolge getan hatte. Ich darf nichts vergessen, mahnte sie sich.

Es dauerte eine Weile, bis das Zimmer fertig war. Angelika überprüfte es, zupfte hier und da noch etwas zurecht und nickte dann. »So kann man es bei den einfachen Zimmern belassen. Mach jetzt im übernächsten Zimmer weiter. Im nächsten soll die Rosa zeigen, was sie kann!«

Erleichtert, weil Angelika sie nicht gescholten und weggeschickt hatte, verließ Eva das Zimmer und machte sich daran, den ihr genannten Raum zu säubern und die Betten zu überziehen. Diesmal achtete sie darauf, wirklich alles so umzusetzen, wie Angelika es ihnen gezeigt hatte.

Dabei konnte sie hören, wie diese mit Rosa schimpfte, weil das Mädchen einiges vergessen hatte. Weggeschickt wurde Rosa allerdings nicht. Da Eva früher fertig wurde als Rosa, machte sie im nächsten Zimmer weiter. Sie war dabei so in die Arbeit vertieft, dass sie nicht bemerkte, wie die Hausdame kurz auf dem Flur stehen blieb und ihr zusah.

Frau Zöpfel ging weiter, als Angelika mit Rosa aus dem anderen Zimmer kam.

»Du bist ja schon beim nächsten Zimmer!«, rief Angelika verwundert. »Und es schaut ordentlich aus. Mach noch eines, dann ist Mittag.«

»Das tu ich, Frau …«

»Breitenreiter. Aber hier im Hotel nennen mich alle beim Vornamen«, erklärte Angelika. Sie scheuchte Rosa in ein weiteres Zimmer, das diese unter ihrer Aufsicht zu säubern hatte.

* * *

Zu Mittag gab es eine Mehlspeise, die Eva schmeckte. Während ihre Kolleginnen beim Essen redeten, hielt sie sich zurück, hörte zu und beobachtete. Schließlich musste sie nicht nur ihre eigene Arbeit erlernen, sondern auch begreifen, wie die Hausangestellten miteinander umgingen. Sie wollte das interne Geflecht und die Hierarchie im Hotel, von der Angelika nebenbei gesprochen hatte, genau kennenlernen. Ganz oben stand Frau Karch, die Besitzerin. Die kannte sie bereits. Deren Neffe Ludwig Karch war der Hoteldirektor. Derzeit war er allerdings auf Reisen. Die nächste Stufe stellten der Küchenchef, die Hausdame und der Oberkellner dar. Ersterer war für die Küche verantwortlich, die Hausdame für die Zimmer und der Oberkellner für das Bedienungspersonal.

»Mir platzt bald der Kopf, wenn ich daran denk, was ich alles lernen soll«, sagte Eva, als sie spätabends mit Helga in den Waschraum ging, um sich für die Nacht zurechtzumachen.

»Mir ist es nicht anders ergangen!«, gab Helga ehrlich zu. »Weil ich mich einmal dumm angestellt hab, bin ich sogar in die Waschküche gesteckt worden. Dort arbeiten meist ältere Frauen, die froh sind, einen Verdienst zu haben. Wir jungen kommen nur dann hin, wenn wir was ausgefressen haben.«

»Oder was nicht richtig gemacht haben, wie die dritte Neue«, meinte Eva.

»Sie wird es in ein paar Tagen noch einmal probieren dürfen. Wir sind eh schon zu wenig Stubenmadl und kriegen sechs Zimmer zugeteilt. Dann wären es noch einmal sechs Zimmer, die wir zusätzlich machen müssten.«

Auch diesmal wunderte Eva sich, weil Helga bei der Unterhaltung mit ihr nicht stotterte, aber dafür jedes Mal, wenn sie mit Frau Zöpfel, Angelika oder Thea sprach. Sie wagte jedoch nicht zu fragen, sondern wollte warten, bis sie Helga besser kennengelernt hatte.

Eva wusch sich, machte sich für die Nacht zurecht und kletterte in ihr Bett. Anders als Rosa war sie mit diesem sehr zufrieden, denn sie hatte es für sich allein. Auch die Geräusche der Schläferinnen um sie herum störten sie nicht, denn zu Hause war es viel unruhiger gewesen. Sie war jedoch froh, dass sie nicht im selben Zimmer schlafen musste wie Thea.

Der nächste Tag kam, und erneut galt es, Zimmer für die zu erwartenden Gäste herzurichten. Laut Frau Zöpfel wurden für Anfang Mai eine Menge Gäste erwartet. Da musste alles fertig sein. Diejenigen, die bereits jetzt im Hotel wohnten, sah Eva nur von Ferne, denn deren Zimmer wurden von Thea und anderen erfahrenen Zimmermädchen betreut. Da Rosa und sie die Neuen waren, würde man ihnen erst dann Zimmer zuweisen, wenn das Haus voller wurde.

Als sie sich mit Helga darüber unterhielt, fauchte diese leise. »Ihr kriegt dann die Gäste, die die anderen nicht haben wollen.«

»Wie meinst du das?«, fragte Eva.

»Na die, die im Zimmer alles so dreckig hinterlassen, dass du die Wurzelbürste brauchst, damit alles wieder sauber wird, und die, die am wenigsten Trinkgeld geben. Die Gäste mit einer offenen Hand teilen die Thea und deren Freundinnen unter sich auf.«

»So ist nun einmal der Lauf der Welt. Der Ober sticht den Unter«, sagte Eva.

»Damit hast du zwar recht, aber die Thea tut alles, um sich die besten Zimmer zu sichern. Die wird heuer gewiss die Suiten im obersten Stockwerk zugeteilt bekommen.«

»Suiten? Was ist das?«, unterbrach Eva Helga.

»Das sind die ganz großen Zimmer auf den Fluss zu. Wir haben doch darin geputzt.«

Jetzt erinnerte Eva sich. Die geräumigen Zimmer hatten außer einem oder gar zwei Nebenräumen sogar eigene Toiletten und Badezimmer. »Wer sich eine solche Suite leisten kann, der muss wirklich reich sein«, meinte sie.

»Das kannst du laut sagen! Aber ich glaub, die anderen kommen. Wir sind jetzt besser still.«

Die Warnung war eindeutig, nicht zu offen mit ihren Stubenkameradinnen zu reden, und Eva fragte sich, weshalb. Wieder musste sie an Karl Wenzl denken, dem einige aus dem Dorf allein schon aus Furcht alles berichteten, was ihn interessieren konnte. War es möglich, dass Frau Zöpfel auch solche Zuträgerinnen hatte? Oder eher Thea, fuhr es ihr durch den Kopf.

Eines war ihr längst klar geworden: Sie musste hier so gut arbeiten, wie sie konnte, und gleichzeitig alles tun, um nicht anzuecken. Sie war die Neue und würde auch jene Arbeiten übernehmen müssen, die andere nicht tun mochten. Da sie gewöhnt war, die Hände zu rühren, schreckte sie das nicht. Besser als auf Wenzls Hof würde sie es hier auf jeden Fall haben.

* * *

Just zu der Zeit, zu der Eva an den Wenzlhof dachte, fuhr Karl Wenzl mit seinem Einspänner durch das Nachbardorf. Er war in der Bezirksstadt gewesen und nach der Erledigung seiner Aufgaben in einer Wirtschaft eingekehrt. Jetzt wurde es dunkel, und er eilte nach Hause.

Beim Anblick des Lamprechthofs erinnerte er sich daran, dass Eva dort für ein paar Tage aushelfen musste. Er zügelte sein Pferd und fand, dass er seinen Onkel besuchen sollte. Die Bitte um eine Laterne oder Fackel war eine gute Ausrede, um Eva zu sehen und das Gespräch mit ihr zu suchen.

Karl Wenzl bog in den Hof ein, stieg vom Wagen und hängte die Zügel an einen Balken neben der Haustür. Als er eintrat, schaute der Lamprecht aus der Küche heraus.

»Du bist es, Karl! Ich hab mich schon gefragt, wer um die Zeit noch zu uns kommt.«

»Ich war in der Stadt und bin spät dran. Darum wollt ich um eine Laterne oder eine Fackel fragen. Die Eva kann sie mir bringen«, antwortete Karl Wenzl.

»Die Eva? Wie kommst du denn auf die?«, fragte sein Onkel verwundert.

»Sie wird nächste Woch bei uns als Magd einstehen. Da kann ich ihr auch gleich sagen, wann sie kommen soll«, erklärte Karl Wenzl und wunderte sich, weil der Bauer den Kopf schüttelte.

»Da musst du schon zum Riegler fahren, um mit ihr zu reden.«

»Aber sie soll doch bei euch aushelfen!«, rief Karl Wenzl verdattert.

»Da hat dir einer einen Bären aufgebunden. Bei uns ist sie nicht.«

Karl Wenzl kniff die Augen zusammen und versuchte, seine Gedanken zu ordnen. An den Worten seines Onkels war nicht zu zweifeln. Wenn dieser sagte, Eva sei nicht hier, dann war sie es auch nicht. Aber warum hatte es dann so geheißen? Sauer, weil man ihn zum Narren gehalten hatte, drehte er sich um und verließ das Haus ohne Gruß.

»Was ist jetzt mit einer Laterne?«, rief der Lamprecht ihm noch nach.

Da löste Karl Wenzl bereits die Zügel vom Balken, stieg auf den Bock und trieb sein Pferd trotz der immer dunkler werdenden Nacht zu einem schnellen Trab. Schon nach kurzer Zeit sah er den nur schattenhaft zu erkennenden väterlichen Hof vor sich. Er fuhr jedoch vorbei, bis er zu Rieglers Hütte kam. Dort wickelte er die Zügel um einen Baum, trat auf die Tür zu und hämmerte fluchend dagegen.

»Was ist denn los?«, hörte er Sepp Riegler rufen. Augenblicke später öffnete dieser die Tür. Als er Karl Wenzl erkannte, wich er unbewusst einen halben Schritt zurück.

»Wo ist die Eva?«, fuhr Karl Wenzl ihn an.

»Doch beim Lamprecht!«, antwortete Evas Vater.

Karl Wenzl packte Riegler bei der Hemdbrust und schüttelte ihn. »Da ist sie nicht! Ich komm nämlich von dort! Also, wo ist sie?«

»Dort, wo du Ungut ihr nichts antun kannst, nämlich in Karlsbad«, erklärte Evas Mutter, die ebenfalls auf den Flur getreten war. In der Hand hielt sie ein Nudelholz.

»Glaubt ihr etwa, ihr könnt einen Wenzl an der Nasen herumführen?«, rief Karl Wenzl kochend vor Wut. »Am Sonntag kommt die Eva zu uns auf den Hof, habt ihr verstanden? Wenn nicht, könnt ihr was erleben. Also holt sie zurück, sonst …!«

Er beendete seine Drohung nicht, sondern wandte sich abrupt ab, stieg wieder auf seinen Wagen und fuhr zum Hof seines Vaters.

Unterdessen sah Sepp Riegler besorgt seine Frau an. »Was tun wir jetzt? Wenn der Karl zornig wird, lässt er uns nimmer auf dem Wenzlhof arbeiten!«

»Dann arbeiten wir eben beim Auer oder drüben beim Lamprecht! Das ist alles besser, als wenn er unser Dirndl in die Schand bringt«, antwortete Maria Riegler scharf.

Eines stand für sie felsenfest. Selbst wenn Karl Wenzl noch so tobte – niemals würde sie Eva aus Karlsbad zurückholen.

Die Saison beginnt

Eva befand sich seit einer guten Woche im Hotel Adonis. Da die Tage mit Arbeit erfüllt gewesen waren, hatte sie kaum an zu Hause denken, geschweige denn Heimweh empfinden können. Auch von der Stadt hatte sie nicht mehr gesehen als das, was sie bei einem raschen Blick durch die Fenster hatte erhaschen können.

Dafür hatte sie mittlerweile gelernt, die Zimmer aufzuräumen und sauber zu machen, und brauchte dafür nicht länger als die anderen Zimmermädchen. Rosa hingegen musste sich so manchen Tadel von Thea und von Frau Zöpfel anhören. Während die Hausdame schier allgegenwärtig war, hatte Eva die Hotelbesitzerin Isolde Karch nicht wieder zu Gesicht bekommen.

Dem Vernehmen nach sollte Frau Karchs Neffe Ludwig von seiner Reise zurückgekehrt sein. Doch auch ihm war Eva noch nicht begegnet. Da mehr und mehr Gäste ins Hotel kamen, hatte man ihr drei Zimmer im Erdgeschoss, Hangseite zugeteilt, die sie reinigen musste. Es waren die einfachsten Zimmer im Hotel, und diejenigen, die sie buchten, zählten nicht zu jenen, die mit Geld gesegnet waren.

Obwohl Eva angehalten war, die Zimmer zu Zeiten zu reinigen, in denen die Gäste nicht anwesend waren, so wusste sie doch, wer darin wohnte. Im hintersten Zimmer war es ein älterer Beamter, der seine Kur genau nach Stundenplan durchführte. Eva hatte sein Zimmer zwischen sieben Uhr und sieben Uhr und fünfundvierzig Minuten zu putzen und die Betten zu machen. Ab ein Uhr hatte sie dafür ein Zeitfenster von zwei Stunden, um nachzusehen und alles wieder in Ordnung zu bringen. Zwischen neunzehn und zwanzig Uhr musste sie aufbetten und eine frische Flasche Mineralwasser bringen.

Das zweite Zimmer hatte ein Ehepaar mittleren Alters belegt. Darin traf Eva öfter die Ehefrau an, denn diese blieb bis auf den Gang zu den Trinkbrunnen und zu den Mahlzeiten in ihrem Raum. Die Frau wirkte schwach und blass und klammerte sich daran, dass die Kur in Karlsbad ihr helfen werde.

Eva empfand die Kranke als zu redselig. Sie selbst durfte ihren Anweisungen zufolge kein Gespräch mit den Gästen beginnen, sondern nur fragen, ob sie etwas benötigten.

Daher wagte sie es nicht, den Redestrom der Kranken mit mehr als »Ach ja« zu beantworten oder sie gar zu unterbrechen.

»Hast du das Heilwasser aus den Brunnen bereits getrunken?«, fragte die Frau an diesem Morgen.

Eva putzte weiter und schüttelte dabei den Kopf. »Nein, gnädige Frau.«

Die Kranke war zwar bürgerlich, doch in diesem Hotel wurden alle Gäste mit »gnädiger Herr« und »gnädige Frau« angesprochen.

»Du bist ja auch noch so jung und gesund!« In der Stimme der Frau schwang ein wenig Neid mit. »Ich wäre schon froh, wenn ich meinem Karl Otto wieder die Frau sein könnte, die er verdient.«

»Wären gnädige Frau so freundlich, das Bett zu verlassen, damit ich es machen kann?«, fragte Eva.

»Ich liege gut darin! Du kannst es doch später machen«, kam die Antwort.

»Verzeihen Sie, gnädige Frau, aber unsere Hausdame würde mich zu Recht schelten, wenn ich meiner Pflicht so nachlässig nachkäme.«

Eva hatte von Angelika einige Phrasen gelernt, mit denen sie die Gäste höflich darauf aufmerksam machen sollte, dass sie ihre Arbeit zu tun hatte. Es klang in ihren Ohren arg geschwurbelt. Aber sie war nicht mehr in ihrem Dorf und musste sich nach den Gästen richten, die so angesprochen werden wollten.

Die Frau stand auf, und Eva stellte fest, dass die Kranke stark geschwitzt hatte. »Ich werde Ihr Bett neu überziehen, gnädige Frau. Dann fühlen Sie sich gewiss wohler darin.«

Sie holte frisches Bettzeug und machte sich ans Werk. Wenig später besorgte sie der Kranken noch eine Flasche Mineralwasser und eilte ins nächste Zimmer.

In diesem wohnte eine alte Dame, die bereits im Vorgängerhaus des Adonis genächtigt hatte. Laut Angelika konnte diese sich sehr wohl ein weitaus besseres Zimmer leisten, doch der Geiz war ihr in Fleisch und Blut übergegangen. Trotzdem wollte sie aufs Trefflichste bedient werden, und ihre Kritik war ätzend, sollte beim Putzen auch nur ein Staubkorn übersehen worden sein. Kein Zimmermädchen riss sich daher darum, ihr Zimmer zu übernehmen. Eva sagte sich jedoch, dass es schließlich eine von ihnen übernehmen musste. Daheim hatte sie sich ihre Arbeit auch nicht aussuchen können.

»Da bist du ja endlich!«, begrüßte die alte Frau sie mit verärgerter Miene. »Hat dich dieser halbe Leichnam von nebenan wieder aufgehalten?«

Was für ein boshaftes Weib, dachte Eva.

»Die Frau sollte nach dem Besuch des Trinkbrunnens nicht ins Zimmer zurückkehren, sondern spazieren gehen. Das hat auch mich gekräftigt«, erklärte die Alte.

Eva antwortete mit »Sehr wohl, gnädige Frau!« und begann ihre Arbeit.

»Da hinten ist ein Schmutzfleck!«, erklärte die Frau und wies in eine Ecke.

Eva nahm ein Tuch, wischte zweimal über die Stelle und wandte sich lächelnd der Frau zu. »Jetzt ist er weg.«

Gleichzeitig dachte sie, wie seltsam Menschen werden konnten. Dort war nämlich gar kein Fleck gewesen. Die alte Frau liebte es jedoch, ihre Macht auszuspielen, und sie musste es hinnehmen wie den Regen oder den Sonnenschein.

Als Eva fertig war, knickste sie. »Ich wünsche der gnädigen Frau noch einen angenehmen Tag.«

»Was ist mit einer frischen Flasche Mineralwasser?«, fragte die andere barsch.

»Die habe ich bereits auf die Kommode gestellt«, antwortete Eva, knickste noch einmal und verließ das Zimmer.

Für einige Minuten hatte sie jetzt Pause, dann musste sie Angelika bei der Reinigung zweier Suiten helfen. Da sie Durst bekommen hatte, eilte sie nach unten, trank einen Schluck Wasser und sah Thea, Rosa und zwei Mädchen, die ebenfalls neu eingestellt worden waren, auf dem Flur stehen.

»Ich würde so gerne einmal die große Eingangshalle und den Speisesaal sehen – und vielleicht auch den Festsaal, in dem nur die höchstrangigen Gäste speisen dürfen«, sagte Rosa gerade.

»Aber das dürfen wir nicht! Es ist uns verboten, sich dort aufzuhalten«, sagte eine.

Thea lachte. »Wenn es danach ginge, dürfte der Mensch überhaupt nichts mehr tun! Ich jedenfalls habe mir bereits in den ersten Tagen sowohl die Empfangshalle und den Kaffeesalon sowie die beiden Speisesäle angesehen.«

»Wie hast du das gemacht?«, fragte Rosa neugierig.

»Ich habe mich mit ein paar Stubenmadln früh am Morgen nach oben geschlichen. Alle anderen haben geschlafen. Nur der Nachtportier saß in seiner Kammer, aber der war zu müde, um uns zu bemerken.« Thea lächelte dabei auf eine Weise, die Eva nicht so recht gefiel.

Doch die übrigen Mädchen waren Feuer und Flamme. »Das sollten wir auch tun!«, schlug Rosa vor.

»Ja, genau«, stimmte ihr eines der Mädchen zu.

Eva wiegte den Kopf. »Ich weiß nicht … Wenn uns der Nachtportier nun doch sieht?«

»Der weiß doch, dass die Neuen neugierig sind, und verrät euch gewiss nicht«, sagte Thea.

»Trotzdem sollten wir es nicht tun«, wandte Eva ein.

»Bist du so feige?«, fragte Thea spöttisch.

»Nein, ich …« Eva verstummte. Natürlich reizte es auch sie, die ihnen verbotenen Räume zu betrachten. Außerdem hatte Thea recht. Untertags durften sie nicht dort hineingehen, um die Gäste nicht zu stören. So früh am Morgen würden sie jedoch niemandem im Weg sein.

»Bist du dabei?«, fragte Rosa.

Widerwillig nickte Eva. »Ja, aber wir müssen vorsichtig sein!«

»Das sind wir«, antwortete Rosa und fand, dass Thea recht hatte. Eva war wirklich ein feiges Stück.

* * *

Am nächsten Morgen erwachte Eva, weil jemand an ihrem großen Zeh zupfte. Sie öffnete die Augen und sah im ersten Dämmerlicht des Tages Rosa auf der Bettleiter stehen.

»Komm, wir schauen uns jetzt das Hotel an!«, raunte sie ihr zu.

Eva wünschte, sie hätte sich nicht breitschlagen lassen, mitzukommen. Wenn sie jedoch zurückgeblieben wäre, hätte sie die Achtung der anderen Mädchen verloren. Daher schlug sie die Bettdecke zurück und stieg nach unten. Ein weiteres Mädchen war bereits wach und wollte sich ihnen anschließen. Helga und die beiden anderen Mädchen schliefen fest. So bewegten sich die drei sehr leise, um sie nicht zu wecken.

Zu Evas Verwunderung hatten sich draußen schon einige Mädchen und Frauen eingefunden. Drei waren Zimmermädchen, andere arbeiteten in der Spülküche oder der Wäscherei. Alle waren neu im Hotel und neugierig auf das, was sie zu sehen bekämen.

»Kommt jetzt! Wir steigen ins Erdgeschoss hoch und schleichen nach vorne«, sagte Rosa und eilte los.

Die anderen folgten ihr aufgeregt. Einige kicherten sogar, und das klang in Evas Ohren viel zu laut.

»Könnt ihr nicht still sein?«, forderte sie besorgt.

Für einige Augenblicke verstummten die aufgeregten Stimmen. Doch als sie im Erdgeschoss den Flur entlanghuschten, begannen sie wieder zu tuscheln. Rosa öffnete vorsichtig die Zwischentür, die die Wirtschaftsräume vom Gastbereich trennte, und spähte hindurch. »Hier ist keiner!«, wisperte sie und schlüpfte in den nächsten Raum.

Sie betraten eine andere Welt. Hier war der Fußboden nicht mit einfachen Platten belegt, sondern mit Marmor. Die Wände glänzten in hellen Farben, und es hingen Bilder in schweren Rahmen daran. Dazu waren die Türrahmen mit kunstvollen Schnitzereien verziert.

Eva erinnerte sich, dass sie dies an ihrem ersten Tag, als sie zu Frau Karch geführt worden war, bereits gesehen hatte. Hinter einer der Türen befand sich das Kontor der Hotelbesitzerin. Sie konnte aber nicht mehr sagen, hinter welcher.

»Das dort ist der Speisesaal für die besonderen Gäste. In dem wollen wir anfangen«, erklärte Rosa, die von Thea einiges über die Einrichtung des Hotels gehört hatte.

Die Mädchen huschen auf blanken Sohlen hin. Keine von ihnen trug Schuhe, und sie steckten alle noch in ihren

Nachthemden. Rosa streckte die Rechte nach dem wie eine Löwenpranke geformten Türgriff aus, drückte ihn und öffnete die Tür einen Spalt.

»Auch da ist keiner!«, meldete sie und trat ein.

Die Mädchen folgten ihr und sahen sich mit großen Augen um. Die Saaldecke spannte sich hoch über ihnen und war mit farbenprächtigen Malereien verziert. Die Fenster waren riesig, und die Vorhänge bestanden aus schwerem rotem Samt. Zehn wuchtige Tische mit je vier Stühlen standen darin und dazu ein größerer Tisch, an dem die doppelte Zahl an Gästen Platz fanden.

»Was sind das für Bilder?«, fragte eines der Spülmädchen, da mehr als ein Dutzend davon kunstvoll gerahmt an den Wänden hingen.

»Das sind die Porträts der wichtigsten Gäste, die im Adonis und seinem Vorgängerhotel übernachtet haben«, erklärte Rosa. Auch das hatte sie von Thea erfahren.

Neugierig teilte die Gruppe sich auf und trat zu verschiedenen Bildern.

»Das hier ist ein Edvard Grieg, Komponist aus Norwegen. Wo ist denn das überhaupt?«, meldete eines der Mädchen.

»Das weiß ich nicht! Aber ich hab hier einen echten Erzherzog«, übertrumpfte eine andere sie.

»Und ich einen englischen Lord mit dem komischen Namen Augustus Beauvais.«

»Seid leiser!«, tadelte Eva sie. »Man hört euch sonst noch.«

»Wer soll uns schon hören? Hier schläft doch alles«, spottete Rosa.

Ihre Worte beruhigten die restlichen Mädchen, und so ließen diese sich Zeit, um zu schauen, welch illustre Gäste bereits im Adonis genächtigt hatten.

Eva wurde es zu viel. »Kommt jetzt! Es wird zu spät!«

Bereit, notfalls allein in ihr Zimmer zurückzugehen, trat sie auf die Tür zu. Noch bevor sie sie erreichte, wurde diese geöffnet, und Frau Karch kam mit einem jungen Mann, der Hausdame Zöpfel und einem weiteren Mann herein.

Die Mädchen, die sich heimlich hereingeschlichen hatte, erstarrten förmlich.

»Was soll denn das?«, fragte die Hotelbesitzerin mit hochgezogenen Augenbrauen.

»Was macht ihr hier?«, fuhr Frau Zöpfel die Gruppe an. »Ihr wisst, dass ihr hier nichts verloren habt!«

Evas schlimmste Befürchtung war wahr geworden.

»Wir hatten nichts Böses im Sinne, sondern wollten nur einen Blick in diesen herrlichen Raum werfen«, brachte sie mühsam hervor.

Frau Zöpfel musterte sie mit strengem Blick. »Anweisungen und Befehle sind dazu da, befolgt zu werden! Wer das nicht tut, muss bestraft werden. Wer von euch ist die Anstifterin?«

Das war zweifelsohne Rosa. Die aber hatte Angst vor der Strafe, und das brachte sie dazu, auf Eva zu zeigen. Zwei Mädchen folgten unwillkürlich ihrem Beispiel.

Eva wusste nicht, was sie tun sollte. Sagte sie, dass nicht sie, sondern Rosa den Vorschlag gemacht hatte, hierherzukommen, stand ihr Wort gegen Rosas, und sie würde als Lügnerin gelten. Damit aber würde sie Frau Zöpfel noch mehr gegen sich aufbringen. Da war es besser, den Mund zu halten und die Zähne zusammenzubeißen.

»Kümmern Sie sich darum, Zöpfel! Dann kommen Sie wieder. Machen Sie aber rasch!«, sagte Frau Karch und wies mit strenger Miene zur Tür. »Raus mit euch!«

Die Mädchen eilten wie verschreckte Hühner davon. Die Hausdame folgte ihnen langsamer, hielt sie dann aber vor der Treppe auf.

»Halt! Eva, du wirst zu Frau Heister gehen, dein Stubenmadlgewand abgeben und einen Arbeitskittel holen. Fürs Erste wirst du in der Spülküche arbeiten!«

»Ja, Frau Zöpfel.« Eva kämpfte mit den Tränen, während Rosa aufatmete, weil dieser Kelch an ihr vorübergegangen war.

Nun aber wandte die Hausdame sich ihr und den anderen Zimmermädchen zu. »Ihr werdet neben den euch zugewiesenen Zimmern auch diejenigen in Ordnung bringen, die Eva bis jetzt gereinigt hat. Habt ihr verstanden?«

»Das ist ungerecht!«, rief eines der Mädchen.

»Wenn du lieber in der Spülküche arbeiten willst, nur zu!«, erklärte Frau Zöpfel kühl. »Wenn nicht, dann tust du, was ich dir sage. Und jetzt macht, dass ihr nach unten kommt. Wehe, ihr kommt zu spät zur Arbeit!«

Eva ging als Erste. Sie war sauer auf Rosa, die sie als Anführerin bezeichnet hatte, und ebenso auf die anderen, die Rosa nicht widersprochen hatten.

Im Baderaum erwartete sie eine grinsende Thea, während Angelika den Kopf schüttelte. »Wie seid ihr bloß darauf gekommen, ausgerechnet heut den Festsaal anzuschauen? Die Frau Zöpfel hat doch gestern gesagt, dass Frau Karch und Herr Karch sich ihn am Morgen ansehen wollen, um Änderungen zu besprechen.«

Das hatte keine aus der Gruppe gewusst. Als Eva kurz zu Thea hinschaute, wurde ihr schlagartig klar, dass diese davon gehört und sie absichtlich in die Falle gelockt hatte.

Der Ober sticht den Unter, dachte sie, und Thea war nun einmal nach Angelika die Zweite in der Rangfolge der Stubenmadl. Wenn sie nur kein solches Miststück wäre!

* * *

Eva nahm den Kleidungswechsel vor und meldete sich nach dem Frühstück in der Spülküche. Frau Erlacher, der die Spülerinnen unterstanden, musterte sie mit schiefer Miene. »Ich hab schon gehört, dass man euch im Festsaal erwischt hat. Das hast du jetzt davon! Du wirst die großen Töpfe spülen. Bei denen kannst du nichts zerbrechen.«

Eva nickte. »Wo soll ich anfangen?«

Frau Erlacher wies auf ein großes Becken. »Du wirst warmes Wasser einlassen. Es kann ruhig noch ein bisserl heiß sein, damit sich das Fett löst. Danach fängst du an. Bürste und Lappen findest du dort! Verstanden?«

Erneut nickte Eva. Ich muss es halt so nehmen, wie es kommt, dachte sie. Außerdem war Töpfespülen immer noch besser, als Magd zu sein und in ständiger Angst vor Karl Wenzls Zudringlichkeiten sein zu müssen.

Die ersten Töpfe kamen, und Eva machte sich ans Werk. Die Arbeit war anstrengend, doch sie kam gut zurecht. Als Frau Erlacher nach einer Weile zu ihr kam, nickte sie anerkennend. »Die Töpfe sind sauber. So mag es der Chefkoch. Da muss alles picobello sein!«

»... und akkurat«, entfuhr es Eva.

Frau Erlacher lachte. »Auch das! Vor Mittag wird nicht mehr so viel kommen, danach aber geht es ordentlich zur Sache. Du wirst auch nach dem Abendessen spülen. Da kommt nämlich einiges!«

»Ja, Frau Erlacher.« Eva seufzte innerlich. Damit würde sie noch später fertig werden denn als Zimmermädchen. Auch war die Arbeit härter, denn am Abend hatte sie nur noch die Betten aufdecken und das Mineralwasser ergänzen müssen.

Während sie Töpfe schrubbte, stieg ihre Wut auf Rosa, der sie das zu verdanken hatte. Nein, schuld ist Thea, sagte sie sich. Diese hatte ihnen eingeredet, sich an diesem Morgen den Festsaal anzuschauen. Dabei hatte sie genau gewusst, dass Frau

Karch diesen zu so früher Stunde inspizieren wollte. Warum Thea so etwas tat, konnte Eva nicht sagen. Sie nahm sich aber fest vor, in Zukunft ihrem Gefühl zu folgen und sich nicht mehr zu Dingen verlocken zu lassen, die sie eigentlich nicht wollte. Was Thea betraf, würde sie sich von nun an vor dieser boshaften Person und ihren Schlichen hüten. Mit diesem Gedanken bürstete sie den nächsten Topf so kräftig, als hätte sie Thea vor sich.

Mittags ging sie mit den anderen Spülerinnen zum Essen. Aus Gewohnheit wollte sie sich zu Helga setzen. Da zupfte ein Spülmädchen sie am Ärmel und wies auf den Tisch, an dem bereits Frau Erlacher Platz genommen hatte. Das war nun auch ihr Tisch, dachte Eva und setzte sich auf den letzten Stuhl in der Reihe. Wie immer sprach sie ihr Tischgebet. Die meisten taten es ihr gleich, aber ein paar, darunter auch Thea, verzichteten darauf. Dafür schwang Thea am Tisch der Zimmermädchen das große Wort, und Eva hörte, dass zumindest zweimal ihr Name fiel.

Eva ärgerte sich und hoffte gleichzeitig, es würde eine Zeit kommen, in der sie Thea offen sagen konnte, was für ein Miststück sie war. Im Augenblick aber hieß es, den Mund zu halten und Töpfe zu schruppen.

Wie Frau Erlacher angekündigt hatte, kamen nach dem Essen viele Töpfe und Pfannen, und so hatte Eva gut zu tun. Am späten Nachmittag wurde es etwas weniger, und sie fragte eine der Frauen, ob sie woanders helfen könne.

»An Porzellan oder gar Glas darfst du nicht ran. Bleib also bei deinen Töpfen«, antwortete diese ablehnend.

Wenn ich denn welche hätte, dachte Eva. Doch da brachte einer der Küchenjungen zwei Stück, und so vertrieb sie sich den Rest der Zeit bis zum Abendessen damit, diese in aller Ruhe zu spülen.

Beim Abendessen schoss ihr ein anderer Gedanke durch den Kopf. »Wo soll ich denn heute schlafen?«, fragte sie Frau Erlacher.

»Frau Zöpfel hat gesagt, du wirst vorerst in dem Zimmer bleiben, in dem du bist«, antwortete ihre Vorgesetzte und musterte Eva nachdenklich. Sie hatte deren Eifer bei der Arbeit bemerkt und auch, wie sorgfältig das Mädchen ihre Aufgaben erfüllte. Wenn Eva wirklich bei den Spülerinnen blieb, würde sie ihr bald Arbeiten auftragen können, bei denen besondere Sorgfalt vonnöten war. Noch aber war es zu früh, dies zu entscheiden. Außerdem hatte die Hausdame auch dabei das letzte Wort. Da Frau Zöpfel Eva weiter bei den Zimmermädchen schlafen ließ, würde ihre Abstellung in die Spülküche wohl eher nicht von Dauer sein. Frau Erlacher bedauerte es, denn ein Mädchen wie Eva hätte sie gut gebrauchen können.

Nach dem Essen ging es zurück in die Spülküche. Da nun den Gästen in den beiden Speisesälen aufgetischt wurde, kamen bald die ersten Töpfe, etliche Pfannen und viel Geschirr herein und alles musste gesäubert werden. Während Eva ihre Töpfe reinigte, sah sie zu, wie einige Spülmägde vorsichtig Teller, Terrinen und Tassen bearbeiteten. Ein Stück weiter wurden unterschiedlichste Gläser gespült und dabei wie rohe Eier behandelt. Einige besondere Gläser spülte Frau Erlacher sogar eigenhändig und rieb sie mit einem feinen Tuch trocken.

Endlich stellte Eva den letzten Topf an seinen Platz. Als sie sich umschaute, waren viele Spülmädchen noch bei der Arbeit. Ein zweites Mal ihre Hilfe anbieten wollte sie wegen der harschen Antwort vom Nachmittag nicht mehr. Stattdessen putzte sie ihr Spülbecken, bis es glänzte.

Da stand auf einmal Frau Erlacher vor ihr. »Da du fertig bist, kannst du zu Bett gehen.«

»Danke, Frau Erlacher«, antwortete Eva und wünschte ihr und ihren Kolleginnen eine gute Nacht.

Als sie in die Kammer kam, die sie mit Helga, Rosa und drei weiteren Zimmermädchen teilte, hatten diese sich zwar schon zur Nacht fertig gemacht. An Schlafen dachte jedoch keine.

Rosa stand mit dem Rücken zu den Schränken und sah trotzig aus. Vor ihr hatten Helga und zwei andere sich aufgebaut.

»Ihr seid gemein!«, jammerte sie.

»Du warst gemein, als du Eva als Anstifterin genannt hast, obwohl du es selbst gewesen bist«, fauchte Helga sie an. »Du hättest den Mund halten sollen! Von uns hätte dich keine verraten.«

»Aber dann wären wir alle bestraft worden!«, stieß Rosa unter Tränen hervor.

»Du hast es also für besser gehalten, wenn statt deiner eine Unschuldige bestraft wurde, obwohl du alle angestiftet hast, sich den Festsaal anzusehen. So etwas ist niederträchtig!«

Helga war wütend, und sie war mit dieser Wut nicht allein. Gerade versetzte eines der anderen Mädchen Rosa einen heftigen Stoß.

»Das sage ich Thea!«, rief diese weinend.

»Du vergisst, dass wir fünf Angelika zuordnet worden sind und nicht Thea. Die hat uns überhaupt nichts zu sagen!«, sagte Helga spöttisch.

»Ihr seid so böse!«, jammerte Rosa.

Unterdessen wandte Helga sich zu Eva um. »Wir halten gerade Gericht über dieses Biest. Diese Gemeinheit gehört bestraft!«

»Ihr habt kein Recht dazu!«, zischte Rosa sie an.

»Du gehörst zu unserer Gruppe und schläfst mit uns in einer Kammer. Daher haben wir das Recht dazu«, behauptete Helga. »Da Spülerinnen schlechter bezahlt werden als wir, wirst du den Verlust, den Eva dadurch erleidet, von deinem Lohn ersetzen. Hast du verstanden?«

»Du kannst mich mal!« Rosa stieß sie zurück und wollte zur Leiter, um nach oben in ihr Bett zu steigen. Da hielten die Mädchen sie fest und drängten sie erneut gegen die Schränke.

»Du wirst es tun! Verstanden? Sonst bekommst du bei uns kein Bein mehr auf den Boden«, fuhr Helga sie an.

»Eva soll ihr ein paar reinhauen, und zwar so, dass es ihr richtig wehtut«, schlug eine der anderen vor.

»Das wäre die gerechte Strafe. Komm, mach es!«, sagte Helga und trat einen Schritt beiseite.

Eva musterte Rosa und schüttelte den Kopf. »Sie war zwar gemein, aber ich schlage sie trotzdem nicht. Dann wäre ich nicht besser als sie.«

»Blöde Kuh!«, schimpfte Rosa, nützte die Lücke, die sich vor ihr auftat, und eilte an ihnen vorbei zur Tür. Bevor jemand sie aufhalten konnte, war sie draußen.

»Ihr hättet sie in Ruhe lassen sollen. Jetzt wird sie zu Thea laufen und petzen«, sagte Eva besorgt.

»Wenn die sich hier einmischt, gehen wir fünf gemeinsam zum Pupp und fragen, ob sie dort noch Stubenmadl brauchen!«, rief Helga empört.

»Wir haben es ihr sagen müssen! Immerhin hat sie gelogen und dir damit geschadet«, sagte eines der Mädchen und legte den Arm um Eva. »Es ist ungerecht, dass du bestraft worden bist, während dieses Biest ungeschoren davongekommen ist.«

»Irgendwann wird auch sie vom Himmel ihre Strafe kriegen«, erwiderte Eva, fand aber dann, dass es wohl eitel war zu glauben, Gott, Jesus Christus oder die Jungfrau Maria würden ihretwegen auch nur einen Finger krümmen.

* * *

Rosa kam an dieser Nacht nicht mehr zurück. Doch am nächsten Tag musste sie im Zimmer gewesen sein. Denn als Eva, Helga und ihre Mitbewohnerinnen es nach dem Abendessen betraten, stand der Rosa zugewiesene Schrank offen und war leer, während ihre eigenen Besitztümer im Raum verstreut lagen.

»Wir hätten das Biest gestern verprügeln sollen, bis sie in die Unterhose gemacht hätte«, sagte Helga voller Wut.

»Wir sollten schnell aufräumen, denn ich muss gleich wieder in die Spülküche«, erklärte Eva und wollte sich ans Werk machen.

Da hielt Helga sie auf. »Lass das! Ich will es Angelika zeigen. Später helf ich dir, deinen Schrank einzuräumen.«

»So eine ungute Gustl!«, schimpfte eines der Zimmermädchen.

Eva nickte mit zusammengekniffenen Lippen. Schon bei Frau Pfnür hatte sie geahnt, dass Rosa und sie keine Freundinnen werden würden, und dieses Gefühl hatte sich bewahrheitet. Nun aber musste sie in die Spülküche gehen und dort ihre Arbeit tun.

Helga hingegen eilte los, um Angelika zu berichten, was geschehen war.

Als Eva später in ihre Schlafkammer zurückkam, war alles aufgeräumt, und ein fremdes Mädchen befand sich im Raum.

»Das ist die Zenzi! Die ist seit heut Stubenmadl bei uns«, stellte Helga sie vor. »Sie ersetzt in unserer Gruppe die Rosa. Die ist nämlich Thea zugeteilt worden. Bei der wird sie bald merken, wie der Wind weht. Da ist schon die eine oder andere Watschen drin.«

»Die vergönn ich ihr!«, sagte das Mädchen, das mit Eva und Rosa im Speisezimmer gewesen war.

»Sie hat es so haben wollen!« Helga fauchte leise und zwinkerte Eva zu. »Die Rosa hat heut schon wieder das Zimmer nicht gemacht, das ihr zusätzlich zugeteilt worden ist. Jetzt übernehme ich es!«

»Aber das ist ungerecht!«, empörte sich Eva.

Helga zwinkerte ihr zu. »Das tu ich, um bei der Angelika einen Stein im Brett zu haben. Ich will nämlich, dass sie mich auf Dauer in ihrer Gruppe behält und ich nicht wieder zur Thea zurückmuss.«

Das war ein Grund, den Eva verstand. Sie umarmte Helga kurz und wollte zu ihrem Bett hochsteigen.

»Hat die Frau Erlacher von der Spülküche es dir schon gesagt?«, fragte da Helga.

Eva drehte sich zu ihr um. »Was gesagt?«

»Wir sollen am Sonntag alle geschlossen in unserem besten Gewand in die Kirch gehen und für eine erfolgreiche Saison beten.«

»Im besten Gewand?«, fragte Eva erschrocken. Sie besaß nur den umgeänderten Rock ihrer Mutter und deren Bluse, die ihr zu weit war. Damit würde sie auffallen wie ein räudiges Schaf.

»Ich hab kein bestes Gewand«, sagte sie leise.

»Dann solltest du morgen zu Frau Heister in die Wäscheausgabe gehen. Die hat gewiss was für dich«, riet ihr Helga.

Eva schluckte. Wenn sie sich dort noch ein Kleid holte, würden ihre Schulden, die sie bereits wegen der Schuhe und des Nachthemds hatte, weiter ansteigen. Um den unangenehmen Gedanken zu verdrängen, stellte sie die Frage, die sie schon länger beschäftigte. »Wieso hat Frau Heister solche Kleidung vorrätig?«

»Wenn Gäste abreisen, bleibt im Hotel gelegentlich was zurück. Wertvolle Sachen werden ihnen nachgeschickt, aber alte Kleider und so etwas lässt Frau Zöpfel waschen und wenn nötig ausbessern. Schuhe werden geputzt und mit Papier ausgestopft. Die Kleidungsstücke werden dann billig an die Angestellten abgegeben, die sie brauchen.«

Das Wort billig hätte Eva beruhigen können, doch ihre Gedanken galten etwas anderem. »Aber was ist, wenn die

Gäste wiederkommen und sehen, wie wir in ihren Sachen herumlaufen?«

Helga lachte. »Zum einen tragen wir im Hotel unser Stubenmadlgewand, und zum anderen wird kaum jemand erkennen, dass du dasselbe Kleid trägst wie einer von ihnen vor einem Jahr oder zweien.«

»Ich hoffe, du hast recht.« Eva seufzte, sagte sich dann aber, dass es hier nun einmal so üblich war. Zwar war sie schon in ihrer einfachen Kleidung in die Kirche gegangen, aber allein. Wenn die Hotelangestellten es geschlossen tun mussten, brauchte sie etwas Besseres zum Anziehen. Es störte sie nicht, dass es sich um gebrauchte Sachen handelte, denn zu Hause hatte sie oft genug geschenkte Kleidungsstücke getragen. Eines aber nahm sie sich vor: Wenn sie einmal genug Geld verdiente, wollte sie sich ein Kleid nähen, das noch keine Frau und kein Mädchen vor ihr getragen hatte.

* * *

»Ich kann mir schon denken, warum du kommst«, begrüßte Frau Heister Eva, als diese die Wäscheausgabe betrat.

»Ich brauche ein Gewand für den Kirchgang am Sonntag«, antwortete Eva angespannt.

»Du bist die Erste, die deswegen kommt. Das ist gut für dich, denn jetzt hast du noch die Auswahl. Komm mit!«

Eva folgte Frau Heister, bis diese vor einem großen Schrank stehen blieb und ihn öffnete. Zu Evas Verwunderung hingen mehr als ein Dutzend Kleider darin, die einen leicht stechenden Geruch nach Mottenpulver verströmten.

»Ich glaub, das blaue da könnte dir passen«, sagte Frau Heister. »Zieh es einmal an!«

»Aber …« Eva wollte etwas sagen, verstummte aber und zog ihren Arbeitskittel aus. Als sie das Kleid überstreifte, stimmte die Größe. Nur an Brust und Hüften war es ein wenig zu weit. »Ich weiß nicht, ob ich das bis zum Sonntag noch ändern kann«, sagte sie besorgt.

»Das übernehme ich für dich«, bot Frau Heister ihr an. »Die Farbe steht dir gut. Wenn ich wieder einmal ein ähnliches Kleid hereinkriege, lege ich es für dich zurück.«

»So viel kann ich mir nicht leisten!«

»So teuer ist das nicht! Die Frau Karch will, dass ihre Angestellten adrett angezogen sind. Daher verlangt sie nicht viel für die Kleidung. Sie hat sie ja quasi umsonst bekommen. Das Zeug muss nur gewaschen und ein bisserl ausgebessert werden.« Frau Heister zwinkerte Eva freundlich zu und nahm noch ein Unterhemd und ein Nachthemd aus dem Schrank.

»Du brauchst auch was zum Wechseln«, sagte sie. »Und mach dir jetzt keine Sorgen ums Geld. Die Saison ist lang, und du wirst froh sein, genug Kleidung zu haben, damit sie gewaschen werden kann. Was meinst du, was die Angelika und vor allem die Frau Zöpfel sagen täten, wenn dein Unterrock irgendwann streng zu riechen anfängt? Sobald die Gäste sich deswegen beschweren würden, gäbe es Ärger!«

»Wie soll ich den Gästen begegnen, wenn ich in der Spülküche Töpfe schrubbe?«, fragte Eva bitter. Sie sagte sich aber, dass Frau Heister recht hatte. Sie brauchte Kleidung zum Wechseln. Da musste sie wohl in den sauren Apfel beißen und sich hier das Notwendige besorgen. Ein wenig tröstete sie sich mit Frau Heisters Auskunft, dass die im Hotel zurückgelassenen und umgeänderten Kleidungsstücke nicht viel kosteten.

Sie zog das blaue Kleid wieder aus und streifte den Arbeitskittel über. »Muss ich es noch einmal anprobieren, wenn Sie das Kleid ändern?«, fragte sie Frau Heister.

»Komm heut Abend vorbei«, sagte die Frau lächelnd und sah Eva zu, wie diese sich verabschiedete und den Raum wieder verließ.

Eva spürte, dass sie in Frau Heister eine Freundin gefunden hatte. Es erleichterte sie, denn dies war nach Helga bereits die zweite Person, die es hier gut mit ihr meinte. Womöglich gehörte auch Angelika dazu, auch wenn sie der nicht mehr als Zimmermädchen unterstellt war. Dagegen fielen Rosa und Thea nicht ins Gewicht, sagte sie sich und eilte in die Spülküche, um ihre Töpfe und Pfannen zu schrubben. Sie musste ein wenig von dem feinen Sand holen, den sie dafür brauchte, und machte sich ans Werk.

Es war eine stupide Arbeit. Eva beherzigte jedoch den Spruch ihrer Mutter, dass jede Arbeit es wert war, so getan zu werden, wie es sich gehörte. Während sie Topf um Topf und Pfanne um Pfanne säuberte, dachte sie an ihre Familie. Dabei fiel ihr ein, dass sie noch keinen Brief nach Hause geschickt hatte. Hochwürden Maier wird enttäuscht sein, und Mama gleich gar, dachte sie bedrückt.

»Ich muss unbedingt einen Brief schreiben, Frau Erlacher, und ihn dann der Frau Pfnür geben, damit sie ihn zur Post bringt. Kann ich da vielleicht eine Viertelstunde Pause haben?«, fragte sie ihre Vorgesetzte, als diese kam, um zu schauen, wie weit sie mit ihrer Arbeit war.

»Warum willst du ihn zu Frau Pfnür bringen? Du kannst ihn genauso gut Frau Zöpfel geben. Die sorgt dafür, dass er zur Post kommt. Das Porto wird dir dann vom Lohn abgezogen«, erklärte Frau Erlacher.

»Aber Frau Pfnür …«, begann Eva, wurde aber von ihrer Vorgesetzten unterbrochen.

»Glaubst du, die bezahlt das Porto für dich? Das verlangt sie schon von dir!« Noch während Frau Erlacher es sagte, sah sie den Schatten auf Evas Gesicht. »Hast du überhaupt Schreibzeug?«

Eva schüttelte unglücklich den Kopf. »Daran hab ich nicht gedacht.«

»Ich besorg dir etwas. Du kannst den Brief nach dem Abendessen schreiben. Bis dann die Töpfe und Pfannen kommen, dauert es eh ein wenig. Du musst dich hinterher ein bisserl sputen!«

»Das werde ich tun!«, versprach Eva und fügte der Liste derer, die sie mochten, auch Frau Erlacher hinzu.

Während sie weiter schrubbte, ließ sie ihre Gedanken erneut zu ihren Lieben wandern. Auf einmal hörte sie etwas klirren. Nur Augenblicke später klang Frau Erlachers Stimme zornig auf: »Bist du von allen guten Geistern verlassen? Das ist jetzt schon das zweite Mal in der Woche, dass du was zerbrochen hast. Diesmal ist es ausgerechnet die große Terrine vom schönsten Service! Frau Zöpfel wird schimpfen, wenn sie das erfährt. Nächste Woche kommt die Gräfin Andreny auf Kur, und die besteht darauf, nur von diesem Service zu essen. Ich weiß nicht, ob wir so schnell Ersatz für die Terrine bekommen.«

»Ich hab es doch nicht extra gemacht«, hörte Eva die Sünderin unter Tränen sagen.

»Es ist ein Kreuz mit dir! Im letzten Jahr warst du so aufmerksam, und heuer machst du alles kaputt.« Frau Erlacher sah sich kurz um, bemerkte, dass Eva mit ihrer Arbeit fast fertig war, und rief sie zu sich. »Mach du mit dem feinen Geschirr weiter, und gib Obacht, dass du nichts zerbrichst. Du«, Frau Erlachers Finger wanderte zu der unglücklichen Spülerin, »schrubbst jetzt die Töpfe und die Pfannen. Die kannst du wenigstens nicht ruinieren!«

Eva starrte auf die Teller, Unterteller, Schalen, Tassen und was sonst noch zu dem Service gehörte und wünschte sich hundert Kilometer weit weg. Das kann ich nicht, fuhr es ihr durch den Kopf. Gewiss würde sie noch mehr zerbrechen als ihre Kollegin.

»Das feine Porzellan darf nur mit diesem Mittel gespült werden«, erklärte ihr Frau Erlacher. »Dafür darfst du auch nur diese Bürsten nehmen! Schwenk alles gut in sauberem Wasser aus, und trockne mit den Tüchern dort ab. Mit keinen anderen! Hast du verstanden?«

Eva nickte, obwohl sie den Tränen näher war als die Frau, die sie ablösen sollte. Vorsichtig nahm sie den ersten Teller und begann, ihn zu spülen. Frau Erlacher blieb zunächst neben ihr stehen und sah ihr zu. »Das machst du gut. Wenn du fertig bist, räumst du das Geschirr in jenen Schrank dort ein!«

»Ich werde es tun«, versprach Eva und äugte kurz zu dem Schrank mit einem unbenutzten Service hinüber, um zu sehen, wie es eingeräumt war. Genauso wollte sie es mit diesem Service halten.

»Ich muss jetzt zu Frau Zöpfel und ihr mitteilen, dass die große Terrine des Grafengeschirrs zerbrochen worden ist«, sagte Frau Erlacher zu Eva und wandte sich der Spülerin zu, die diese Terrine zerbrochen hatte. »Du wirst von Glück sagen können, wenn die Madame dir die Terrine nicht vom Gehalt abzieht. Du müsstest sonst drei Jahre lang umsonst arbeiten!«

Die Frau brach in Tränen aus. »Aber ich habe es doch nicht extra getan!«

»Kaputt ist sie trotzdem«, antwortete Frau Erlacher kühl und verließ die Spülküche.

Eva blieb als Opfer grässlicher Gedanken zurück. Wenn die Terrine so viel wert war, dass man drei Jahre dafür arbeiten müsste, würde es bei den Tellern und Tassen ähnlich sein. Ich darf nichts zerbrechen, mahnte sie sich, sonst habe ich am Ende des Jahres entsetzliche Schulden bei Madame Karch, anstatt Lohn von ihr zu bekommen.

Sie arbeitete so vorsichtig weiter, als spülte sie rohe Eier. Bis sie die letzte Untertasse in den Schrank stellen konnte, waren alle Spülerinnen bereits fertig und hatten den Raum verlassen. Eva störte es nicht, dass sie länger gebraucht hatte. Dafür war sie viel zu froh, weil alles heil geblieben war.

* * *

Auch an den folgenden Tagen musste Eva das feine Porzellan spülen. Sie wurde zunehmend sicherer, verlor aber ihre Vorsicht nicht. Frau Erlacher sah ihr immer wieder zu und lobte sie gelegentlich.

Als der Sonntag anbrach, hieß es, rasch die nötigste Arbeit zu erledigen, damit alle fertig waren, wenn es zur Kirche ging. Evas neues Kleid passte nun wie angegossen. Es machte ihr auch nichts aus, dass ein junger weiblicher Gast es als unmodisch geworden im Hotel zurückgelassen hatte, denn ein so schönes Kleid hatte sie noch nie besessen. Sie war froh darum, als sich die Hotelangestellten vor dem Hotel versammelten. Alle trugen ihre beste Kleidung, und sie wäre mit dem mütterlichen Rock und der Bluse aufgefallen wie ein struppiges Haushuhn unter fein geputzten Fasanen. So aber konnte sie sich sehen lassen, dachte sie und spottete insgeheim über diesen kleinen Anfall von Eitelkeit.

Helga winkte ihr lächelnd zu, und so wollte Eva sich schon zu ihr gesellen. Da aber stellten sich die Angestellten so auf, wie sie gruppenweise zusammengehörten. Da Eva nicht mehr zu den Zimmermädchen zählte, nickte sie Helga grüßend zu und stellte sich zu Frau Erlachers Untergebenen.

Es war wie eine Prozession, nur dass an der Spitze anstelle eines Pfarrers Frau Karch ging, die von allen nur achtungsvoll »Die Madame« genannt wurde. Ihr folgte ihr Neffe Ludwig, der sich bereits als ihr Erbe und Nachfolger fühlen konnte, und danach die höheren Angestellten wie die Hausdame Zöpfel, der Küchenchef und der Oberkellner. Dahinter reihten sich die einzelnen Gruppen ein. Zuerst kamen die Kellner, dann die Köche, die Zimmermädchen und als Letzte die Wäscherinnen und Spülerinnen.

Frau Karch führte sie den Schlossberg hinab bis zur Marktkolonnade. Dort überquerte sie die Teplbrücke und wandte sich der Kirche zu. Die Beschäftigten des Adonis waren nicht die Einzigen, die geschlossen die Messe besuchen wollten. Eva sah andere Gruppen herankommen, die ähnlich zusammengestellt schienen wie die ihre. Bei einer kleineren Gruppe kam ihr ein junger Mann bekannt vor. Es dauerte einen Augenblick, bis sie in ihm Franz Herbst erkannte, der neben ihr im Zug nach Karlsbad gesessen hatte. In welchem Hotel hat Frau Pfnür ihn untergebracht, überlegte sie und hätte am liebsten eine ihrer Kolleginnen gefragt, zu welchem Hotel diese Gruppe gehörte.

Der Goldene Schlüssel, fuhr es ihr durch den Kopf. Es hätte sie interessiert, was Franz über dieses Hotel zu berichten wusste. Dann aber erinnerte sie sich an den Rat, den Angelika allen Neuen gegeben hatte. Man konnte sich über Dinge im Hotel ärgern, doch es jemandem sagen, der nicht zum Hotel gehörte, war verboten. Man durfte nur Gutes berichten, sonst sollte man den Mund halten.

Franz wird daher auch nur sagen, was er sagen darf, dachte sie und betrat die Kirche. Sie war schon am letzten Sonntag hier gewesen, hatte sich aber ganz hinten in eine Ecke gedrückt und nicht gewagt, sich umzusehen. Jetzt holte sie dies nach und wollte kaum glauben, was sie sah. Gegen die hier herrschende Pracht an vergoldeten Heiligenfiguren und dem kunstvollen Altar war die Kirche im heimatlichen Dorf nicht mehr als eine Hütte. Sie schämte sich dieses Gedankens und zwang ihre Aufmerksamkeit auf die Messe, die eben begann.

Das Gefühl der Unterlegenheit verlor sich bald, denn mit Hochwürden Philipp Maier konnte sich der hiesige Pfarrer nicht messen. Seine Predigt war längst nicht so donnernd, und er strich auch nicht die Sünden heraus, die es zu verhindern galt. Allerdings hat Hochwürden Maier damit wenig Erfolg gehabt, dachte Eva traurig, denn es war ihm nicht gelungen, Karl Wenzl auf dem rechten Weg zu halten.

In ihre Gedanken versunken hätte Eva beinahe das Ende der Messe verpasst. Erst als um sie herum alle aufstanden und zum Ausgang eilten, erhob auch sie sich. Wie die anderen Angestellten des Adonis hatte sie nun eine halbe Stunde Zeit für sich, bevor es zurück ins Hotel und an die Arbeit ging.

Eva überlegte, ob sie auf dieser Seite der Tepl die Straße ein Stück hinauf und auf der anderen Seite wieder herabgehen sollte. Da sah sie Franz Herbst in der Nähe stehen.

»Grüß Gott, Franz!«, sprach sie ihn an.

Franz drehte sich zu ihr um und kniff überrascht die Augen zusammen. »Ja grüß dich, Rosa! Du bist es! Hast du aber ein schönes Kleid an! Meine Schwestern täten vor Neid vergehen, wenn sie dich so sehen würden.«

Über Evas Gesicht huschte ein leichter Schatten. »Ich bin nicht die Rosa! Das ist die dort vorne.«

Sie wies auf Rosa, die mit Thea und zwei Mädchen auf einen Stand zuging, an dem es Leckereien zu kaufen gab. Da sie selbst noch keinen Lohn erhalten hatte und die fünf Kronen von Hochwürden Maier nicht für Süßes oder schlichten Tand ausgeben wollte, wandte sie dem Stand den Rücken zu.

»Du bist die Eva, entschuldige! Aber die Rosa hat damals so viel geschwätzt, dass sie mir stärker im Gedächtnis geblieben ist als du.«

Irgendwie fühlte Eva sich gekränkt. Gleichgültig, was war, immer musste sie hinter Rosa zurückstehen. »Wie geht es dir so?«, fragte sie, da sie das Gespräch nun einmal angefangen hatte.

»Ich kann nicht klagen. Und du?«

»Ich kann auch nicht klagen«, antwortete Eva, obwohl sie dieses Biest Rosa am liebsten an den Haaren gezerrt hätte. Immerhin hatte das Mädchen dafür gesorgt, dass sie in die Spülküche versetzt worden war und dort achtgeben musste, ja nicht das teure Porzellan zu zerbrechen. Längst ärgerte sie sich, Franz überhaupt angesprochen zu haben.

»Du bist doch ins Adonis vermittelt worden! Das ist ein größeres und feineres Hotel als der Goldene Schlüssel«, sagte Franz.

»Hat man dir nicht beigebracht, dass man das eigene Hotel nicht schlechtreden soll?«, antwortete Eva spitz.

»Das sagt der Hotelier selber! Er will in der nächsten Zeit auch modernisieren, aber nicht alles auf einmal, sondern pö a pö, wie er sagt.«

»Aber an das Adonis wird er trotzdem nicht herankommen, geschweige denn ans Pupp«, sagte Eva und wies mit dem Kinn zu der gewaltigen Häuserfront oben am Teplbogen.

»Ich glaub auch nicht, dass unser Hotelier das will. Um so was wie das Pupp hinzustellen, brauchst du mehr Geld, als unsereiner sich überhaupt vorstellen kann.« Franz lachte auf und winkte dann ab. »Für uns zwei ist selbst so was wie Der Goldene Schlüssel jenseits aller Möglichkeiten. Du weißt ja: Wer nichts erheiratet oder ererbt, bleibt ein armer Hund, bis er sterbt!«

Dieser Spruch stieß etwas in Eva an. »Man sollte sich trotzdem bemühen, zu was zu kommen«, erwiderte sie und spottete im nächsten Moment über sich selbst. Ausgerechnet sie, die Tochter armer Häuslleut, musste das sagen. Ihr Vater und ihre Mutter hatten ihr Lebtag hart gearbeitet und waren dennoch arm geblieben.

Da es an der Zeit war, wieder ins Hotel zurückzukehren, sagte sie zu Franz »Behüt dich Gott!« und eilte davon.

* * *

Während ihre Angestellten zurück zum Hotel strömten, um an ihre Arbeit zu gehen, saß Frau Karch mit ihrem Neffen Ludwig und dem Küchenchef unter den Kastanien am Teplufer und besprach mit ihnen die Speisekarte der nächsten Wochen. An einem anderen Tisch hatte Frau Zöpfel ihre Vorarbeiterinnen versammelt. Neben Angelika Breitenreiter, Babette Erlacher und Wanda Heister zählte zum ersten Mal auch Thea Schroll dazu – und sie war entsprechend stolz darauf.

»Mit der Personalsituation können wir halbwegs zufrieden sein«, begann Frau Zöpfel das Gespräch.

»Zwei weitere Stubenmadl wären besser«, wandte Angelika ein.

»Da die Saison bereits begonnen hat, wird es nicht leicht sein, noch jemanden zu finden. Wenn jetzt eine kommt, müssen wir damit rechnen, dass sie auf ihrem bisherigen Posten schlecht gearbeitet hat und deshalb entlassen wurde«, sagte Frau Zöpfel.

»Wir sollten trotzdem zusehen, dass wir Verstärkung erhalten. Jedes unserer Stubenmadl muss ein Zimmer mehr übernehmen als im letzten Jahr. Das könnte sie dazu bringen, sich nächstes Jahr ein anderes Hotel zu suchen, in dem sie arbeiten können.« Angelika war nicht bereit, so einfach nachzugeben. Nun traf ihr Blick Thea. »Ich möchte mich übrigens beschweren!«, fuhr sie fort. »Rosa ist in Theas Gruppe übergewechselt und glaubt anscheinend, sie müsste deswegen das zusätzliche Zimmer, das sie nach der Angelegenheit im Festsaal zugewiesen bekommen hat, nicht mehr übernehmen.«

»Es ist ja auch nicht unser Stockwerk!«, warf Thea ein.

»Man wird von der Rosa wohl noch verlangen können, die eine Treppe zu steigen. Ich sehe jedenfalls nicht ein, warum eines meiner Stubenmadl, das mit der Sache nichts zu tun hat, auf einmal für die Rosa mitarbeiten soll«, erklärte Angelika streng. »Entweder arbeitet die Rosa so, wie es sich gehört, oder ihr muss der Lohn gekürzt werden, damit diejenige, die für sie arbeiten muss, einen Ausgleich bekommt.«

»Ich werde mit ihr reden«, sagte Thea grummelnd. Ebenso wie Rosa hatte auch sie gehofft, die von Frau Zöpfel ausgesprochene Strafe nach Rosas Wechsel auf Angelikas Gruppe abwälzen zu können. Da Angelika jedoch einen solchen Zirkus daraus machte, musste sie Rosa anweisen, das zusätzliche Zimmer zu übernehmen.

»Das ist insgesamt ein Problem«, erklärte Frau Zöpfel. »So hat sich einer der Gäste beschwert, dass das neue Zimmermädchen noch nicht fertig war, als er vom Frühstück zurückkam. Bei Eva wäre das nicht vorgekommen.«

»Dann sollte man sie wieder als Stubenmadl arbeiten lassen«, schlug Angelika vor.

»Ich tät sie gerne behalten«, sagte Babette Erlacher. »Sie ist fleißig und aufmerksam. Nachdem die dumme Karin die Terrine zerbrochen hat, hab ich der Eva das feine Porzellan anvertraut, und sie macht es ausgezeichnet.«

»Ich bin auch der Meinung, dass die Eva dort bleiben soll, wo sie jetzt ist. Als sie bei uns Stubenmadl war, hat es mit ihr nur Unfrieden gegeben!«, behauptete Thea. Ihr passte das Ansehen nicht, das Eva sich bei Angelika erworben hatte, und traute dieser zu, sie selbst in zwei Jahren durch Eva ersetzen zu wollen. Dann war sie wieder ein einfaches Zimmermädchen wie die anderen, und ihr großer Traum, im Lauf der Zeit einmal Frau Zöpfel als Hausdame nachfolgen zu können, wäre in weite Ferne gerückt.

»Ich werde darüber nachdenken, wie wir diese Angelegenheit lösen können«, erklärte Frau Zöpfel und fragte nach weiteren Problemen, die es zu lösen galt.

Ein paar gab es, doch die waren nicht so schwerwiegend, dass sie Kopfschmerzen bereitet hätten. Daher konnte die Hausdame die Runde bald auflösen und sich auf den Rückweg zum Hotel machen.

Angelika folgte ihr und schloss bei der Pestsäule zu ihr auf. »Entschuldigen Sie, Frau Zöpfel! Aber ich tät gern unter vier Augen mit Ihnen reden.«

»Was gibt es so Schwerwiegendes?«, fragte Frau Zöpfel.

»Es geht um Eva! Eines der Stubenmadl, das mit im Festsaal dabei war, hat zugegeben, dass nicht die Eva, sondern die Rosa die Anstifterin war. Die Eva ist daher unschuldig zu den Spülerinnen gesteckt worden.«

»Ganz unschuldig wohl nicht. Sie war immerhin dabei«, erwiderte Frau Zöpfel ungehalten.

Angelika dachte jedoch nicht daran, so einfach aufzugeben. »Jedenfalls kriegt sie weniger Lohn, als wenn sie ein Stubenmadl geblieben wäre! Die anderen, die dabei waren, bekommen noch immer ihren alten Lohn, auch die Rosa, obwohl sie eigentlich diejenige ist, die in die Spülküche hätte gesteckt werden müssen.«

»Warum hat das dumme Stück nicht gesagt, dass sie es nicht war?«, fragte die Hausdame mit verkniffener Miene.

Angelika musterte sie spöttisch. »Hätten Sie Eva geglaubt, wenn alle anderen sie aus Angst beschuldigt hätten, sonst selbst bestraft zu werden?«

Die Bemerkung traf. Frau Zöpfel war ehrlich genug, sich einzugestehen, dass sie Eva in dem Fall für eine Lügnerin gehalten hätte. Die Strafe wäre noch höher ausgefallen, vielleicht hätte sie das Mädchen sogar ohne Zeugnis auf die Straße gesetzt.

Trotzdem schüttelte sie den Kopf. »Wir sollten die Sache nicht noch einmal aufrühren, nachdem sich alles beruhigt hat. Das brächte nur weiteren Unfrieden.«

»Mir geht es nicht um eine Strafe für Rosa. Die ist eine dumme Kuh. Was ich will, ist Gerechtigkeit für Eva«, sagte Angelika mit Nachdruck.

»Ich werde darüber nachdenken.« Frau Zöpfel ging schneller und erreichte wenig später das Hotel. Ihre Gedanken drehten sich dabei um Eva. Das Mädchen war noch nicht lange im Adonis, und doch wollten sowohl Babette Erlacher wie auch Angelika Breitenreiter es in ihren Arbeitsgruppen haben.

Das Zimmermädchen

Ein Blick auf den Kalender zeigte Eva, dass sie nun bereits seit über einem Monat im Hotel Adonis arbeitete. Sie war wieder als Zimmermädchen eingeteilt worden und nun für sieben Zimmer im ersten Stock zuständig. Alle waren belegt, da das Hotel bereits gut besucht war. Wie man unterschwellig vernehmen konnte, war Frau Karch dennoch nicht zufrieden. Für ihr Empfinden gab es zu viele bürgerliche Gäste im Hotel, und von denen waren nur wenige reich genug, um sich die großen, teuren Suiten leisten zu können. Der hohe Adel hingegen zog dem Adonis in diesem Jahr das Pupp vor. Daher wurden die wenigen Damen und Herren von Stand, die noch im Adonis wohnten, von Frau Karch regelrecht umschwärmt.

»Die Madame hofft halt, dass sie im nächsten Jahr wiederkommen und ihren Bekannten berichten, wie schön sie es bei uns hatten«, sagte Helga, als sie und Eva gemeinsam Pause machten.

»Ich habe weder mit den Herrschaften mit dem ›von‹ im Namen noch mit den Bürgerlichen mit viel Geld zu tun. In den Zimmern, die ich betreue, wohnen Leute, die sich einen Kuraufenthalt in Karlsbad gerade noch leisten können«, antwortete Eva und lachte. »Aber die mag ich ohnehin lieber! Die sind nämlich nicht so hochnäsig wie manche andere.«

»Das kannst du laut sagen!«, stimmte Helga ihr zu. »Erst gestern haben die Herrschaften in der kleinen Suite so getan, als wäre ich nicht vorhanden. Es hätte mich nicht gewundert, wenn sie … hm … äh, du weißt schon, was ich meine, angefangen hätten, obwohl ich im Zimmer war. Die Dame hat nicht mehr als ihr Unterhemd getragen, und das war voller Löcher!«

»Dann hätte sie ein anderes anziehen und es flicken lassen sollen«, erwiderte Eva.

Helga grinste. »Das verstehst du nicht richtig! Das Unterhemd war mit Spitzen verziert, bei denen man an einigen Stellen hat durchschauen können.«

»Aber so was zieht man doch nicht an!«, rief Eva verwundert.

»Wir nicht, die feinen Herrschaften anscheinend schon.« Helgas Lachen ging in ein Kichern über, als sie sich vorstellte, Eva wäre mit ihr in dem Zimmer mit dem seltsamen Paar gewesen. Dann hätte sie das Unterhemd mit Löchern ebenfalls sehen können. Jedenfalls war sie erleichtert, weil Eva wieder bei ihnen war, denn mit ihr kam sie am besten zurecht. Thea und Rosa hingegen stichelten ständig gegen sie und machten sie schlecht. Manchmal regte sie sich darüber so auf, dass sie wieder zu stottern begann. Da war es gut, dass Eva ihr bei der Arbeit half, wenn sie aus Ärger über Thea nicht rechtzeitig fertig wurde.

»Wie weit bist du?«, fragte Eva eben.

»Heute werde ich allein fertig«, behauptete Helga. Sie wollte nicht, dass Eva ihr ständig unter die Arme griff. Schließlich sollte die Freundin sich nicht ausgenützt fühlen.

»Heute haben wir vor dem Abendessen eine halbe Stunde Zeit. Wollen wir ein bisserl spazieren gehen?«, fragte Eva.

»Du wolltest doch einen Brief an deine Leute schreiben.«

Eva lachte leise. »Das habe ich bereits vor dem Mittagessen erledigt. Da ich gut vorwärtsgekommen bin, hatte ich ein paar Minuten Zeit.«

»Du wirst mit deiner Arbeit alleweil schnell fertig. Dabei hast du mehr Zimmer herzurichten als die anderen«, sagte Helga anerkennend.

»Dafür sind die meinen kleiner«, erwiderte Eva und sah ihre Freundin auffordernd an. »Wenn wir vor dem Abendessen noch ein bisserl flanieren wollen, sollten wir uns jetzt sputen.«

Helga zog ein wenig den Kopf ein. »Ich werde nicht früher fertig werden.«

»Ich helfe dir!« Eva zwinkerte Helga zu und machte sich wieder ans Werk.

Auch Helga beeilte sich, damit sie ein halbes Stündchen Freizeit hatten. So war sie fast so weit, als Eva zu ihr kam.

»Wenn du so lieb sein könntest, noch je eine Flasche Mineralwasser für die Zimmer zwölf, vierzehn und sechzehn zu holen, dann wär alles erledigt«, bat Helga.

»Du bist heut aber schnell gewesen!«, lobte Eva sie und eilte los.

Keine fünf Minuten später konnten die beiden nach unten in ihre Kammer gehen und sich umziehen. Auf Helgas Rat hin hatte Eva sich noch ein zweites, etwas schlichteres Kleid besorgt, mit dem sie in der Freizeit in die Stadt gehen konnte. Zu ihrer Erleichterung hatte man ihr für die Kleidungsstücke nur wenig Geld in Rechnung gestellt. Frau Karch hätte die zurückgelassenen Kleider auch zu einem Altkleiderhändler bringen lassen können. Da ihr dies den Gästen ihres Hotels gegenüber respektlos erschien, durften ihre Angestellten sie auftragen.

Davon profitierten Eva und Helga, denn von ihrem Lohn hätten sie sich solche Kleider nicht leisten können. So aber fielen sie unter den vielen Kurgästen, die durch die Stadt spazierten, nicht auf.

Sie verließen das Hotel, wandten sich der Tepl zu und gingen an der geschlossenen Häuserfront der Alten Wiese entlang. Die meisten Häuser waren Hotels, Pensionen oder Gaststätten. Eva las einige Namen laut vor und wies Helga lachend darauf hin, dass die sehr vieler Hotels mit Goldener oder Goldene begannen.

»Da gibt es Das Goldene Schiff, Die Goldene Krone, Das Goldene Zepter, Die Goldene Harfe …«

»Und Der Goldene Schlüssel, in dem der Herbst Franz arbeitet«, unterbrach Helga sie lachend.

»Es gibt aber auch Hotels mit anderen Farben im Namen«, rief Eva fröhlich, »da drüben Der Blaue Hecht und dort Zum Roten Kreuz!«

Während sie so dahinschlenderten, entdeckten sie viele kleine Geschäfte, in denen man von Nippes bis zu wertvollem Schmuck alles erwerben konnte. Für zwei Zimmermädchen wie Eva und Helga war das meiste unerschwinglich. Zwei Oblaten aber, die hier so vorzüglich hergestellt wurden, konnten sie sich Helgas Ansicht nach leisten.

Sie kauften sich welche und schlenderten weiter. Wenig später erreichten sie den Goldenen Schlüssel. Im Gegensatz zum Adonis war es ein kleines Hotel, eingezwängt in die Häuserzeile, die sich an der Alten Wiese entlang zog. Einen Vorteil aber konnte es vorweisen, nämlich einen kleinen Wirtsgarten direkt an der Tepl.

Eben fuhr ein Einspänner vor, in dem eine korpulente Frau und zwei Mädchen saßen, die nur wenig jünger schienen als Eva.

»Da sind wir!«, sagte der Fiaker zu der Frau.

Diese musterte das Hotel misstrauisch. »Das schaut aus, als hätte es viele Treppen! Die kann ich nicht so gut steigen.«

»Aber Mama, der Herr Doktor Knittl hat doch gesagt, dass du bei der Kur dringend Bewegung brauchst. Deshalb hat er dir auch dieses Hotel empfohlen. Dazu sollst du in der ersten Woche eine Stunde am Tag spazieren gehen, in der zweiten Woche zwei und in der dritten drei!«, erklärte das ältere der beiden Mädchen.

Eva und Helga blieben stehen und taten so, als würden sie die Auslage im Schaufenster des neben dem Hotel liegenden

Geschäftslokals betrachten. Da sah Eva Franz Herbst in einem langen blauen Rock und mit Zylinder aus dem Hoteleingang treten. Er verbeugte sich höflich vor der Frau und ihren Töchtern. »Herzlich willkommen im Goldenen Schlüssel, gnädige Frau! Darf ich Ihnen beim Aussteigen behilflich sein?«

»Du darfst«, antwortete die Frau und stand schwerfällig auf.

Franz musste sie festhalten, damit sie nicht vom Wagen fiel. Während die Töchter ausstiegen, lud er ihr Gepäck aus und brachte es ins Hotel. Dabei fand er Zeit, Eva und Helga kurz zuzuwinken.

Die beiden winkten zurück. Helga stupste Eva an. »Hast du nicht erzählt, dass der Franz der Hausknecht ist? Dabei ist er der Portier!«

»Als ich am letzten Sonntag nach der Messe mit ihm gesprochen habe, erzählte er, dass er im Hotel überall eingesetzt wird, wo jemand gebraucht wird. Ihm sei es recht, denn dadurch lernt er viel und kann für das nächste Jahr auf eine bessere Stellung hoffen.«

»Du triffst dich oft mit ihm?«, fragte Helga neugierig.

Eva schüttelte den Kopf. »Natürlich nicht! Ich seh ihn bloß am Sonntag nach der Messe, und da auch nur ganz kurz.«

»Aber du kennst ihn gut?«, fragte Helga weiter.

»Nein, tu ich nicht! Er war im selben Zug nach Karlsbad wie wir, und die Frau Pfnür hat ihm die Stelle im Goldenen Schlüssel verschafft. Sein Onkel hatte damit angegeben, er könnte ihm eine im Pupp besorgen, aber das hat nicht geklappt.«

»Das kommt davon, wenn man daheim Wunder wie angibt, was man in Karlsbad geworden ist, obwohl es nicht stimmt«, sagte Helga und schüttelte lachend den Kopf.

Sie gingen weiter bis zu dem wuchtigen Gebäudekomplex des Pupp.

»Dort brauche ich mich nicht einmal vorzustellen, denn denen wär ich auf jeden Fall zu tollpatschig. Aber du könntest es vielleicht im nächsten Jahr versuchen!« Helga wünschte sich zwar, Eva würde im Adonis bleiben, hätte aber verstanden, wenn sie sich für eine bessere Stelle entschieden hätte.

Erneut musste Eva hellauf lachen. »Jetzt bin ich erst ein paar Wochen im Hotel, und du willst mich schon loswerden!«

»Nein, will ich nicht!«, rief Helga empört, beruhigte sich aber rasch und fiel in das Lachen ein. »Jetzt müssen wir erst einmal diese Saison hinter uns bringen, bevor wir uns überlegen können, was im nächsten Jahr werden soll.«

* * *

Während das Personal oft für etliche Jahre blieb, war das Hotel für die Gäste nur eine Heimat für kurze Zeit. Längst hatten der alte Beamte, das Paar mit der kranken Frau und die geizige alte Dame das Adonis wieder verlassen und andere Gäste die Zimmer belegt. Eva war immer noch für sieben Zimmer im ersten Stock, Hangseite, verantwortlich. Trödeln durfte sie bei dieser Arbeit nicht. Allerdings kam sie stets gut voran, und es gab daher keinen Tadel von Angelika oder gar von Frau Zöpfel.

Für ein freundliches Wort sollte immer Zeit sein, fand Eva. Auch ein Lächeln kostete nichts, bereitete jedoch Freude. Noch immer erledigte sie ihre Arbeit, wenn es möglich war, in Abwesenheit der Gäste, um diese nicht zu stören. Die meisten traf sie irgendwann doch an, und wenn es an dem Tag war, an dem die Abreise bevorstand.

Sie wunderte sich, als sie die ältere Dame aus Zimmer drei, die sonst um diese Zeit frühstückte, noch im Zimmer vorfand.

»Einen schönen guten Morgen, gnädige Frau«, grüßte sie höflich.

»Mein Ring!«, antwortete diese anstatt eines Grußes. »Er ist mir heruntergefallen und irgendwohin gerollt. Ich finde ihn nicht! Dabei war er das erste Geschenk meines verstorbenen Mannes nach unserer Hochzeit.«

»Können Sie mir sagen, von wo er herabgefallen ist?«, fragte Eva.

Die Dame wies auf den Nachttisch. »Bevor ich mich am Morgen wasche, lege ich ihn dorthin! Beim Zurückkommen habe ich ihn mit meinem Morgenrock herabgestreift, und jetzt finde ich ihn nicht mehr.«

»Lassen Sie mich nachsehen.« Eva kniete neben dem Bett nieder und sah darunter. Die Dame hatte recht. Dort war er nicht. Sie rückte nun das Nachtkästchen beiseite. Auch da war kein Ring zu sehen.

»Ich weiß nicht, wo er hingekommen sein kann!«, jammerte die Dame verzweifelt.

Eva sah sich noch einmal um und schaute dabei sogar unter den Schrank. Danach konnte sie mit Sicherheit sagen, dass der Ring nirgends auf dem Boden lag. Irgendwo aber musste er sein. »Sie sind sicher, dass Sie den Ring heute Morgen auf das Nachtkästchen gelegt haben?«

Die Dame nickte. »Ich habe ihn gegen sechs Uhr abgenommen. Eine halbe Stunde später war ich im Badezimmer fertig und bin ins Zimmer zurückgekommen. Als ich den Morgenmantel ausgezogen habe, muss es passiert sein!«

Eva musterte den Nachttisch. Wenn der Ring von dort herabgefallen wäre, hätte sie ihn finden müssen. Ihr Blick wanderte weiter zum Bett. »Haben Sie hier schon gesucht?«

»Freilich habe ich das! Ich habe sogar das Kissen ausgeschlagen. Auch da war der Ring nicht«, erklärte die Frau.

Eva sah auf die zurückgeschlagene Bettdecke. Darunter lag der Morgenmantel der Dame fast ganz begraben. Ein Gedanke stieg in ihr auf. Zuerst erschien er ihr unwahrscheinlich. Dann aber bat sie die Dame, die Bettdecke wieder hochzuschlagen.

»Das habe ich schon getan! Da ist nichts«, sagte diese.

»Könnten Sie so freundlich sein, bei Ihrem Morgenmantel nachzusehen?«

Die Dame griff nach dem Morgenmantel und schüttelte ihn. »Da ist nichts!«, wiederholte sie.

Im nächsten Augenblick fiel etwas aus dem Ärmel und blieb auf dem Bett liegen. Es war der vermisste Ring.

»Aber wie ist das möglich?«, rief die Frau verblüfft.

»Wie es aussieht, ist der Ring nicht vom Nachtkästchen gefallen, sondern in den Ärmel geraten, ohne dass Sie es bemerkt haben.«

Im nächsten Moment wurde Eva klar, wie viel Zeit sie bei der Suche nach dem Ring verloren hatte, und sie arbeitete rasch weiter.

Die Dame streifte den Ring über, zog sich vollständig an und erklärte, zum Frühstück zu gehen.

»Ich wünsche Ihnen einen guten Appetit!«, erklärte Eva und war froh, dass sie diesem Gast hatte helfen können.

* * *

Durch den Zwischenfall hatte Eva Zeit verloren. Beim letzten Zimmer erschien daher der Gast, während sie noch darin beschäftigt war.

»Entschuldigen Sie, Herr Major! Es dauert nicht mehr lange«, sagte sie.

Der Offizier höheren Alters, der wegen einiger Beschwerden nach Karlsbad gekommen war, hob begütigend die Hand. »Mach dir keine Sorgen, Mädchen! Frau Jaswig hat beim Frühstück berichtet, dass du ihr geholfen hast, ihren Ring wiederzufinden.«

Eva wunderte sich, da der Mann sich bislang bei ihren wenigen Begegnungen stets abweisend, teilweise sogar ungehalten gezeigt hatte. Es mochte sein, dass die Kur in Karlsbad nicht nur die Leiden der Gäste milderte, sondern sie auch freundlicher werden ließ.

»Wünschen Sie noch eine Flasche Mineralwasser?«, fragte sie, während sie ihre Putzutensilien zusammenpackte.

»Eine Flasche Rheinwein wäre mir lieber, aber den hat mein Arzt mir verboten. Also muss ich es den Pferden gleichtun und Wasser trinken.«

Auch diesmal antwortete der Mann unerwartet freundlich. Eva knickste und versprach, das Mineralwasser umgehend zu besorgen. Sie verließ das Zimmer, räumte ihren Besen und die anderen Utensilien weg und holte das Wasser.

Als sie damit nach oben ging, winkte Angelika ihr zu. »Kannst du noch Zimmer zwei im zweiten Stock übernehmen? Gisela schafft es nicht. Du weißt, es reißt sie jeden Monat einen Tag ziemlich herunter!«

Eva nickte. »Natürlich, Angelika! Ich bringe nur dem Herrn Major rasch sein Mineralwasser.«

»Dann tu das, und nichts für ungut. Aber von den anderen ist noch keine so weit wie du.« Angelika nickte Eva kurz zu und ging erleichtert weiter.

Eva kam der Gedanke, dass ihre Kolleginnen genau wussten, wann Gisela ihre Tage hatte, und deswegen extra langsam arbeiteten, um ihr nicht helfen zu müssen. Sie war schneller gewesen, obwohl sie Frau Jaswigs Ring gesucht hatte. Es störte sie jedoch nicht, vor dem Mittagessen noch ein weiteres Zimmer zu reinigen. Auf diese Weise lernte sie einen anderen Teil des Hotels kennen, und zum Zweiten bekam sie sowohl bei Angelika wie auch bei Gisela einen Stein im Brett.

Als sie das Zimmer des Majors erreicht hatte, klopfte sie und trat ein. Der ältere Herr saß im Sessel und mühte sich damit ab, seinen linken Schuh zuzubinden.

»Wegen einer alten Verletzung kann ich das Knie nicht mehr so beugen wie früher und tue mich daher schwer«, sagte er knurrig.

Eva stellte die Mineralwasserflasche auf die Kommode und trat auf den Major zu. »Darf ich Ihnen helfen?«

»Es gibt nichts, was mir lieber wäre, außer ich könnte es selbst tun! Gestern ging es noch, doch habe ich mir dann beim Spaziergang das Knie verdreht, und das macht mir jetzt Schwierigkeiten«, erklärte der Major.

»Mit einer solchen Sache ist nicht zu spaßen. Sie sollten zum Arzt gehen«, riet Eva, während sie sich hinkniete und ihm die rebellischen Schnürsenkel band. »So, fertig! Jetzt sind Sie gestiefelt und gespornt.«

Der Major lachte. »Eher geschuht, denn ich habe weder Stiefel noch Sporen an. Das Reiten würde mir derzeit auch ein wenig schwerfallen, denn das Knie hält das nicht mehr aus.«

»Haben Sie es schon einmal mit einem Gehstock versucht?«, fragte Eva.

»Da würde ich aussehen wie ein alter Mann!«

»Besser gut bestockt als schlecht gehumpelt«, sagte Eva und brachte ihn damit zum Lachen.

»Du überzeugst mich noch davon, tatsächlich einen Stock zu nehmen, Mädchen. Wer weiß, vielleicht geht es dann wirklich besser.«

»Ich denke schon! Der alte Herr, der vor einem Monat in diesem Zimmer gewohnt hat, ging keinen Schritt ohne seinen Stock. Er ist damit sogar dreimal in der Woche bis zum Posthof spaziert, um dort ein Seidel Bier zu trinken!«

»War ihm das erlaubt?«, fragte der Major.

Eva zog eine verschmitzte Miene. »Der Herr meinte, was der Doktor nicht sieht, weiß er nicht!«

»Der meine würde es merken«, antwortete der Major seufzend.

Unterdessen erinnerte Eva sich daran, dass sie Gisela helfen musste, und wünschte dem Major einen guten Tag. Sie verließ den Raum, stieg einen Stock höher und fand ihre Kollegin im

Zimmer vier. Giselas Gesicht war schmerzverzerrt, trotzdem versuchte sie, ihre Arbeit zu erledigen.

Eva nahm ihr den Lappen aus der Hand. »Geh in deine Kammer, und leg dich hin! Ich übernehme das. Nachmittags wird es dann für dich leichter. Ich kann dir auch dabei helfen.«

»Diesmal ist es besonders schlimm!«, jammerte Gisela. »Die Thea und die Rosi spotten schon über mich und meinen, man solle mir den Lohn kürzen, weil ich im Monat immer einen Tag weniger arbeite als die anderen. Deshalb hat Thea mich auch aus ihrer Gruppe gedrängt! Ich hätte an diesem Tag nie meine Zimmer gemacht, haben sie behauptet. Dabei kann ich doch nichts dafür, dass ich dann langsamer bin. Es ist nun einmal so. Ich markiere das nicht.«

»Sei froh, dass du nimmer bei der Thea bist! Die Angelika ist anders. Die hat mich extra gefragt, ob ich dir helfen will«, sagte Eva und machte sich an die Arbeit.

Auch Gisela mühte sich weiter ab. Eva hätte ihr am liebsten geraten, es gut sein zu lassen und sich auf einen Stuhl zu setzen. Allerdings verstand sie ihre Kollegin. Auch sie selbst hätte die Zähne zusammengebissen und so lange weitergearbeitet, wie es nur ging.

Als sie mit Gisela zusammen das letzte Zimmer betrat, schoss ihr ein Gedanke durch den Kopf. »Warum trinkst du nicht das Heilwasser von den Brunnen? Das hilft doch gegen so vieles, vielleicht auch dagegen.«

»Aber ich kann doch nicht mit den Kurgästen zusammen zum Brunnen gehen«, rief Gisela erschrocken.

»Warum nicht? Die Angelika sagt gewiss nichts dagegen, weil du es ja für deine Gesundheit tust. Weißt du was? Nach dem Mittagessen haben wir ein bisserl Zeit. Da gehen wir zum Marktbrunnen, und du trinkst einen Becher oder zwei. Um die Zeit ist noch nicht so viel los wie vormittags oder am späteren Nachmittag.«

Eva klang so überzeugend, dass Gisela nachgab. »Also gut. Aber du musst auch einen Becher davon trinken! Das schaut besser aus, als wenn nur ich es tu.«

»Also gut, ich trinke ebenfalls. Und wir können Helga mitnehmen. Dann sind wir zwei nicht allein«, meinte Eva.

Gisela lachte trotz ihrer Schmerzen. »Als wenn du dich fürchten würdest! Aber machen wir es so. Vielleicht kann ich Helga sagen, dass es mir wirklich schlecht geht. Euch anderen merkt man nichts an, aber mich haut es wirklich zusammen.«

»Ein bisserl was spüre ich auch. Da bin ich ganz froh, wenn ich meine Arbeit schaffe«, gab Eva zu und legte wieder los, damit sie fertig wurden.

Da es Gisela nun doch etwas besser ging, half sie mit, und so kamen sie beide rechtzeitig zum Mittagessen.

»Hast du der Gisela wieder geholfen?«, fragte Helga, als Eva sich zu ihr setzte. Es hörte sich so an, als würde sie sich darüber ärgern.

Eva sah sie lächelnd an. »Ich habe der Gisela so geholfen, wie ich auch dir und allen anderen helfen würde.«

Prompt zuckte Helga zusammen. »Ich meine ja nur, weil wir anderen unsere Arbeit schaffen, auch wenn wir das haben.«

»Nicht jeder Mensch ist gleich«, antwortete Eva. »Oder hast du die Gisela während des Monats jemals faul erlebt?«

Helga schüttelte den Kopf. »Nein, sie ist eine der Fleißigsten! Ich an Theas Stelle hätte sie nicht aus meiner Gruppe gedrängt. Der eine Tag im Monat macht das Kraut wirklich nicht fett.«

»Darum sollten wir alle zusammenhelfen! Es kann auch eine andere krank werden. Die wird sich dann freuen, wenn wir sie unterstützen.«

Evas Appell fand bei mehreren Zimmermädchen Zuspruch, und als sie vorschlug, nach dem Mittagessen mit Gisela zusammen zum Marktbrunnen zu gehen, damit diese von dem heilenden Wasser trinken konnte, fanden sich neben Helga drei weitere bereit, mitzukommen.

Während Thea spöttisch das Gesicht verzog, musterte Angelika die Gruppe und fand, dass nicht zuletzt durch Evas Bemühungen der Zusammenhalt unter ihren Mädchen zu wachsen begann.

* * *

Die sechs jungen Mädchen, die fröhlich der Marktkolonnade entgegenstrebten, boten einen angenehmen Anblick. Viele Kurgäste blickten ihnen wohlgefällig nach, und einige Frauen wünschten sich, so jung und unbeschwert sein zu können.

Zwar waren sie alle schon etliche Male durch die Stadt gestreift, aber von einem der Heilbrunnen hatte noch keine getrunken. An diesem Tag aber wollten sie es tun, um Gisela nicht allein zu lassen. Für diesen Zweck hatte Eva mehrere einfache Tassen aus dem Hotel besorgt und mahnte sie, damit vorsichtig umzugehen. »Ich will sie nicht als Scherben zurückbringen müssen«, sagte sie, als Helga ihre Tasse schwang und dabei einer Hauswand sehr nahe kam.

»Müsstest du sie dann bezahlen?«, schloss Gisela aus Evas Worten.

»Ich glaub schon.« Eva lächelte dabei, obwohl sie bei jeder Ausgabe lange überlegte, ob sie wirklich Geld ausgeben sollte. Auch wenn die Tassen nicht teuer waren, hätte sie es doch in ihrem Portemonnaie gespürt.

»Schau dir den Herrn dort an! Der trägt seine Tasse in einem Lederfutteral spazieren«, sagte Helga staunend.

»Das tun einige«, wandte Eva ein. »Es ist ja auch richtig, denn viele haben recht schöne Tassen oder Becher.«

»Einige lassen sich sogar extra welche für sich anfertigen«, berichtete Zenzi. »Ich bin ja ganz oben bei den Suiten. Da fallen dir schier die Augen raus, wenn du siehst, was die Herrschaften alles mitbringen. Die Gräfin Krötenfeld hat sogar ihre eigenen Gläser und ihr Geschirr bei sich, da ihr das vom Hotel zu poplig ist.«

»Was du nicht sagst!« Gisela schüttelte den Kopf angesichts einer solchen Extravaganz. Auch wenn sie immer noch Beschwerden hatte, fühlte sie sich besser. Ein Teil ihres Leidens wurde von der Angst verstärkt, von den anderen getadelt oder verspottet zu werden. Nun war sie gespannt, ob das Heilwasser des Marktbrunnens ihr helfen würde.

Die sechs stellten sich in der Reihe an, die langsam auf den Trinkbrunnen zurückte. Für Eva blieb Zeit, einen Blick auf die Kurgäste zu werfen. Vom eigenen Hotel war niemand zu sehen. Den Gesprächsfetzen nach, die zu ihr drangen, nächtigten nicht wenige im Pupp. Doch auch andere Hotelnamen fielen, darunter der Blaue Hecht. In das Hotel hatte Frau Pfnür doch eines der Mädchen vermittelt, die mit ihr zusammen nach Karlsbad gekommen waren. Sie hatte es seitdem nicht wiedergesehen.

Die letzte Frau vor Gisela war an der Reihe. Diese ließ sich lange Zeit, spülte ihre Tasse mehrmals mit dem Heilwasser aus und trank dann einige Tassen hintereinander. Die Gruppe um Eva wurde unruhig, da sie nur wenig Zeit hatten und bald an die Arbeit zurückkehren mussten.

Endlich konnte Gisela ihre Tasse füllen. Sie trat sogleich beiseite, um nicht im Weg zu stehen. Als sie trank, verzog sie das Gesicht, würgte das warme Wasser aber mit Todesverachtung hinunter.

Auch Eva tat es, während Helga dastand, als hätte der Donner sie gerührt. »Wegen der Brühe kommen die Leute von so weit her?«, keuchte sie schließlich und musste sich zwingen, das entsetzlich schmeckende Wasser nicht auszuspucken.

»Für irgendwas muss das Wasser gut sein, sonst würden nicht so viele Kurgäste kommen«, sagte Eva. Doch auch sie beschloss, die Trinkbrunnen mit dem Heilwasser vorerst zu meiden.

Auch Gisela hätte dies gerne getan. Doch wenn sie das Wasser nicht trank und beim nächsten Mal während ihrer Tage mit ihrer Arbeit erneut nicht fertig wurde, hätten ihre Kolleginnen ihr das angekreidet.

»Gut schmecken tut es ja nicht«, meinte sie.

»Das kannst du laut sagen!« Helga schüttelte es bei dem Gedanken an das Heilwasser, das sie getrunken hatte. Gleichzeitig wunderte sie sich, weil die Kurgäste, die um sie herum von dem Brunnen tranken, nicht so aussahen, als würden sie es unter Zwang tun.

»Wahrscheinlich gewöhnt man sich daran«, vermutete Eva laut, als Helga dies aussprach. »Jetzt aber sollten wir zum Hotel zurückgehen. Wie sagt die Angelika alleweil? Die Arbeit macht sich nicht von selbst!«

»Schön wäre es, wenn sie es täte«, sagte Zenzi seufzend, lachte dann aber. »Mir ist es trotzdem lieber, dass die Arbeit sich nicht von selbst tut. Dann bräuchte die Madame uns nicht, und wir würden auf der Straße stehen.«

»Was wir im Augenblick auch tun«, rief Helga scherzhaft.

»Verschrei es nicht!«, wies Gisela sie zurecht.

»Nun, sie hat ja recht! Aber nimmer lang, dann sind wir wieder im Hotel«, sagte Eva und lachte.

Wenig später hatten sie ihre Kammern erreicht und zogen sich für die Arbeit um. Als Eva den Raum betrat, in dem alles aufbewahrt wurde, was sie zum Reinigen der Zimmer brauchten, trat Angelika auf sie zu. »Der Postbote war vorhin da! Du hast einen Brief gekriegt.«

»Der kommt sicher von Hochwürden Maier«, meinte Eva.

»Nein, den hat deine Mutter geschrieben«, erklärte Angelika.

»Die Mam!« Jetzt wunderte Eva sich doch, da ihre Mutter ihr zwar gelegentlich ein paar Zeilen schrieb, diese aber dann Hochwürden Philipp Maier übergab, damit dieser sie seinen eigenen Briefen beilegte. Am liebsten hätte sie sich den Brief geholt und ihn gleich gelesen. Durch den Ausflug zum Marktbrunnen war sie jedoch spät dran und wollte nicht noch mehr Zeit verlieren.

»Ich lese ihn vor dem Abendessen«, sagte sie zu Angelika.

»Wie du willst! Ich lege ihn dir in deine Kammer«, sagte Angelika und dachte, dass Eva es mit ihrem Pflichtbewusstsein manchmal übertrieb.

Trotz ihrer Neugier auf das, was ihre Mutter geschrieben hatte, zwang Eva sich auch diesmal, ordentlich zu arbeiten, und half zuletzt noch Gisela, damit diese rechtzeitig fertig wurde. Kurz vor dem Abendessen konnte sie schließlich den Brief holen und verzog sich in eine Ecke, um dort zu lesen.

* * *

Auch in Evas Heimatort war die Zeit nicht stehen geblieben. Hatte man dort ein, zwei Wochen lang über ihr Verschwinden geredet, beherrschten mittlerweile andere Themen die Gespräche.

Der Einzige, den die Sache immer noch wurmte, war Karl Wenzl, denn er konnte nicht begreifen, dass eine Häuslertochter wie Eva lieber die Heimat verließ, als mit ihm ins Heu zu gehen. Immerhin war er der Sohn des Dorfobmanns und damit jemand, den man sich besser nicht zum Feind machen sollte. Und doch waren der Auer und einige andere Bauern immer noch bereit, Evas Vater und ihren ältesten Bruder als Tagelöhner zu beschäftigen. Selbst sein Vater war ins Grübeln gekommen, denn Sepp Riegler war ein fleißiger Arbeiter und zudem geschickt darin, Sachen zu reparieren, die auf den Feldern kaputt gingen. Daher hatte der alte Wenzl seinem Sohn geraten, mit einem Achselzucken über die Sache hinwegzugehen und eines der Mädchen zu heiraten, die er ihm als mögliche Braut vorschlug. Keine davon war jedoch so schön wie Eva und eine sogar älter als Karl, aber wegen ihrer Mitgift und den Verbindungen ihrer Familie die Favoritin seines Vaters.

An diesem Tag hatte der alte Wenzel seinem Sohn erklärt, dass er die Frau noch vor dem Winter zu heiraten habe. Aus Wut darüber ging Karl ins Wirtshaus und setzte sich zu den anderen Großbauernsöhnen an ihren Stammtisch. Dort trank er sein Bier, ohne sich an dem lebhaften Gespräch zu beteiligen.

Im Lauf der nächsten Stunde kamen sein Vater, der Auer und andere Honoratioren zu ihrem eigenen Stammtisch, während jene, die geringer im Ansehen standen, in einer fernen Ecke sitzen mussten. Zu diesen gehörte Sepp Riegler, der sich nach einer harten Arbeitswoche einen Krug Bier im Wirtshaus leisten wollte. Schließlich kam Hochwürden Maier hinzu und nahm am Tisch des alten Wenzl Platz.

Mittlerweile trank dessen Sohn bereits seinen siebten Krug Bier. Die anderen Gäste begriffen, wie es in ihm wühlte, und ließen ihn zunächst in Ruhe.

Doch dann brachte einer die Rede auf Eva. »Wie geht es eigentlich deiner Tochter in Karlsbad, Riegler?«

»Der Eva geht es gut«, antwortete deren Vater mit einem Seitenblick auf Hochwürden Maier am Tisch der Honoratioren.

Als Karl Wenzl Evas Namen hörte, fuhr er auf und drehte sich zu Sepp Riegler um. »Das werd ich dir nicht vergessen, du Hungerleider! Einen Wenzl schiebt in dem Bezirk hier keiner auf die Seite. Da du die Eva nicht zurückgeholt hast, wie ich es dir gesagt hab, hol ich mir eben die Nächste. Du kannst der Anna sagen, sie soll am nächsten Sonntag bei uns einstehen.«

»Das wird sie nicht!«, antwortete Riegler zornerfüllt. »Erstens ist sie noch viel zu jung für einen wie dich, und zum anderen schick ich sie lieber zur Eva nach Karlsbad als auf den Wenzlhof.«

»Das hast du nicht umsonst gesagt!« Karl Wenzl sprang so hastig auf, dass sein Stuhl nach hinten kippte und laut auf dem

Fußboden aufschlug. Mit vier Schritten war er bei Riegler und schlug zu.

»Bist du närrisch!«, rief einer. Doch keiner wagte es, Evas Vater beizustehen.

Sepp Riegler war ein kräftiger, hart arbeitender Mann und setzte sich verbissen zur Wehr. Karl Wenzl war jedoch größer, etliche Pfund schwerer und hatte vor allem weitaus mehr Erfahrung im Raufen. Schon bald blutete Riegler aus der Nase und einer Platzwunde über dem Auge, und es war abzusehen, dass er nicht mehr lange standhalten würde.

»Jetzt ist es gut!«, rief der Wirt in dem Versuch, Karl Wenzl zur Vernunft zu bringen.

Der schlug jedoch zu, bis Riegler am Boden lag, und hob dann den Fuß, um zuzutreten.

Hochwürden Maier hatte entsetzt zugesehen, wie Evas Vater zusammengeschlagen wurde. Nun aber eilte er hinzu und wollte Karl Wenzl von ihm wegzerren.

Blind vor Wut, weil sich jemand einmischte, drehte Karl Wenzl sich um und schlug mit aller Kraft zu.

Der Pfarrer wurde nach hinten geschleudert und prallte hart auf den Boden.

Für Augenblicke wurde es in der Gaststube still wie auf einem Friedhof um Mitternacht.

»Jetzt hast du unseren Hochwürden erschlagen!«, rief einer erschrocken, weil der Pfarrer sich nicht mehr rührte.

Am Honoratiorentisch saß der alte Wenzl mit einer Miene, als wäre ihm am heutigen Tag außer Frau und Kindern auch sämtliches Vieh weggestorben. Es juckte keinen, wenn sein Sohn einen Häusler wie Sepp Riegler verprügelte. Die Hand an den Pfarrer zu legen, war jedoch eine Tat, die niemand verzeihen würde.

»Jemand muss den Doktor aus der Stadt holen!«, schlug einer vor.

Der Wirt winkte seinen Sohn zu sich. »Spann ein und fahr los, und zwar so schnell, wie du kannst!«

Der Junge nickte und rannte zur Gaststube hinaus.

»Wir brauchen die Wehmutter! Die versteht noch am meisten, wenn sich einer was getan hat«, rief einer der Gäste.

»Der Riegler braucht die auch! Was für eine Lumperei, ihn so zuzurichten!«, erklärte der Auer am Honoratiorentisch.

Es war eine offene Rebellion gegen ihn und seinen Sohn, das war dem alten Wenzl bewusst. Bis zum heutigen Tag hatte er wie ein König im Dorf geherrscht. Wegen seines hemmungslosen Sohnes war dies nun vorbei. Er musste sogar damit rechnen, als Dorfobmann abgesetzt zu werden.

Während der alte Wenzl mit seinem Sohn haderte, der in seinem Rausch vor sich hin stierte, ohne so recht zu begreifen, was er getan hatte, eilte einer der jüngeren Gäste los, um die Hebamme zu holen.

Als diese kam, brachte sie Maria Riegler mit. Ihrem Willen nach sollte diese einmal ihre Nachfolgerin werden. Mit vierzehn Kindern und dem erwarteten fünfzehnten hätte die Kleinhäuslerin die meiste Erfahrung mit Geburten, erklärte sie immer wieder mit einem Augenzwinkern. Sie selbst hatte es nur auf sieben gebracht, aber einer weitaus größeren Zahl ans Licht der Welt geholfen.

Jetzt sah sie sich um und riss erschrocken die Augen auf, als sie den Pfarrer regungslos am Boden liegen sah. Sie bemerkte auch Rieglers zerschundenes Gesicht und wies auf ihn.

»Kümmere dich um deinen Mann, Ria! Der hat's offenbar auch nötig! Ich schau derweil nach unserem Hochwürden. Hoffentlich braucht der noch meine Hilfe. Nicht, dass er bereits vor unserem Herrgott steht.«

Maria Riegler betrachtete den Pfarrer und schlug das Kreuz, dann wandte sie sich ihrem Mann zu. »Was ist geschehen? Hast du das getan?«

Riegler schüttelte den Kopf. »Nein, der junge Wenzl war's! Der ist auf mich losgegangen, als ich gesagt hab, dass ich die Anna niemals als Jungdirn auf seinen Hof lass. Der Herr Pfarrer wollt ihm Einhalt gebieten, da hat er ihn niedergeschlagen.«

Die Tatsache, dass Karl Wenzl nicht einmal vor dem Pfarrer Halt gemacht hatte, erschütterte Maria Riegler fast mehr als die Tatsache, dass der Kerl nun auch ihrer nächstjüngeren Tochter nachstellen wollte. Sie blickte ihren Mann an und stellte fest, dass er übel aussah. So würde er bestimmt eine Weile nicht arbeiten können. Dennoch freute es sie, dass er diesmal nicht vor dem jungen Wenzl eingeknickt war, sondern sich zur Wehr gesetzt hatte.

Sie sah die Hebamme an, die neben dem Pfarrer kniete und das Ohr auf dessen Brustkorb legte. Nach ein paar Augenblicken stand sie erleichtert auf. »Sein Herz schlägt noch! Er ist also nicht tot, sondern nur bewusstlos. Es kann aber trotzdem was Schlimmes sein, ein Schädelbruch zum Beispiel. Wir dürfen ihn nicht hier liegen lassen. Hast du ein Bett, auf das wir ihn legen können?«, fragte sie den Wirt.

Dieser nickte eifrig. »Freilich! Wenn ihn ein paar Männer tragen, können wir ihn nach oben bringen.«

Sofort standen mehrere Gäste auf, um zu helfen. Während sie den Pfarrer ins erste Stockwerk schafften, fiel dem alten Wenzl ein Stein vom Herzen, weil der Pfarrer noch lebte. Nun hoffte er, dass diesem kein böser Schaden blieb. Sobald Hochwürden Maier wieder auf den Beinen war, würde er sich schon irgendwie mit ihm einigen können.

Unterdessen hatte Maria Riegler ihren Mann so weit verarztet, wie sie es vermochte. Er würde zwar ein paar Tage nicht arbeiten können, aber das zählte für sie nicht, denn er war in ihrer Achtung gestiegen und glich endlich wieder dem Mann, den sie einst geheiratet hatte. Eines aber galt es noch zu tun. Mit funkelnden Augen drehte sie sich zu Karl Wenzl um und trat auf ihn zu. »Hör mir gut zu!«, sagte sie mit leiser, schneidender Stimme. »Wenn du auch nur einer meiner Töchter etwas antust, bring ich dich um!«

Während Karl Wenzl es nicht zu verstehen schien, begriff sein Vater durchaus, wie ernst es ihr damit war.

Einer der Gäste, der auch nicht mehr ganz nüchtern war, lachte. »Wenn du das machst, Ria, hat keiner von uns was gesehen!« Es lag so viel Verachtung für Karl Wenzl in diesen Worten, dass dessen Vater am liebsten mit der Faust auf den Tisch geschlagen hätte.

Noch aber hatte Evas Mutter nicht alles gesagt. »Du bist auf meinen Mann losgegangen und hast ihn so zusammengeschlagen, dass er einige Zeit nicht arbeiten kann. Auch hast du den hochwürdigen Pfarrer fast umgebracht. Das muss der Gendarmerie gemeldet werden.«

»Wenn du willst, kannst du ein paar Watschen haben!«, drohte Karl Wenzl und holte aus.

»Schlag zu, und du wirst deines Lebens nie mehr froh werden!«, antwortete Maria Riegler herausfordernd.

Ihr Mann stand trotz seiner Schmerzen auf und griff nach einem leeren Bierkrug. »Rühr meine Frau an, und ich zertrümmer dir den Schädel!«

Auch diese Drohung war ernst gemeint. Um zu verhindern, dass die Situation außer Kontrolle geriet, erhob sich der alte Wenzl und schlug auf den Tisch. »Eine Ruh ist, und du setzt dich hin!« Das Zweite galt seinem Sohn, der angesichts des harschen Tonfalls nun doch den Kopf einzog.

Danach wandte sein Vater sich an Maria Riegler und deren Mann. »Der Arbeitsausfall deines Mannes und ein Schmerzensgeld werden bezahlt.«

»Aber die Gendarmerie braucht es trotzdem! Schon wegen dem Herrn Pfarrer. Man weiß ja nicht, ob ein bleibender Schaden zu befürchten ist«, sagte der Auer, der sich als zweitgrößter Bauer im Ort Hoffnungen machte, den alten Wenzl als Dorfobmann ablösen zu können.

Wenzl begriff, dass sein Sohn eine Lawine losgetreten hatte, die weder mit guten Worten noch mit Geld aufzuhalten war. Sepp Riegler und dessen Frau konnte er vielleicht noch mit einer gewissen Summe zufriedenstellen. Jene aber, die nach seinem Amt strebten, würde er damit nicht aufhalten können.

In seiner Jugend war auch der alte Wenzl kein Kostverächter gewesen. Doch als er darüber nachdachte, fand er, dass er anders als sein Sohn innerhalb gewisser Grenzen geblieben war. Karl hingegen hatte diese bedenkenlos überschritten und sich damit im Dorf verhasst gemacht. Auch wenn er selbst das Amt des Dorfobmanns behielt, würde er es niemals an seinen Sohn weitergeben können. Für einen Augenblick dachte er an Eva, die mit ihrer Flucht nach Karlsbad wohl den Ausschlag dafür gegeben hatte, dass die Dorfbewohner die Angst vor seinem Sohn verloren hatten. Nun wagte es sogar ein Fretter wie Sepp Riegler, sich ihm entgegenzustellen.

* * *

Um Eva nicht das Gefühl zu vermitteln, sie könne der Anlass für den Zwischenfall im Dorfwirtshaus gewesen sein, hatte ihre Mutter den Brief so verfasst, als sei die Schlägerei aus nichtigem Anlass entstanden. Auch hatte sie in erster Linie über Hochwürden Philipp Maiers Zustand berichtet, der ins Spital der Bezirksstadt gebracht worden war und sich mittlerweile auf dem Weg der Besserung befand. Eva erfuhr, dass der Pfarrer nach seiner Genesung in Kur gehen würde und sich für Karlsbad entschieden hatte.

»Er kommt in unser Hotel!«, erzählte sie Helga, als sie wenig später zum Abendessen gingen.

Sie hatte ein wenig Bammel davor, er könne mit ihr nicht zufrieden sein. Zwar ging sie an jedem Sonntag zur Messe, aber der Glanz der Stadt und die wunderschönen Dinge in den Schaufenstern waren nicht ohne Wirkung geblieben. Sie konnte sich kaum etwas von diesen Dingen leisten, dennoch liebte sie den Blick in die Auslagen. Überhaupt gefiel ihr die Stadt, die in das Tal der Tepl eingebettet lag und mit ihren schmucken Gebäuden und dem von Kastanien beschatteten Ufer des Flusses einen wunderschönen Anblick bot.

Und dann gab es noch Franz Herbst, mit dem sie sich jeden Sonntag nach der Messe traf, um dann eine halbe Stunde durch die Stadt zu schlendern. Seinen Vorschlag, sich in eines der Cafés zu setzen, eine Tasse Schokolade zu trinken und ein Stück Kuchen zu essen, hatte sie jedoch bis jetzt abgelehnt.

»Unser Hochwürden kommt in unser Hotel«, wiederholte sie, da ihre Gedanken abgeschweift waren.

»So ein Dorfpfarrer ist doch nicht besonders reich, im Vergleich zu einem Bischof oder Monsignore, mein ich. Vielleicht nimmt er eines der Zimmer, die unter deiner Obhut stehen«, rief Helga aufgeregt. »Wenn das bei mir wär, mir tät das Herz in die Hose rutschen.«

»Dabei hast du gar keine an, sondern ein Kleid«, antwortete Eva und beschloss, dass ihr das Herz nicht in die Hose rutschen sollte. Wenn Hochwürden Maier kam, würde sie ihre Arbeit so verrichten, dass er damit zufrieden war.

Mit diesem Gedanken aß sie zu Abend und machte sich hinterher mit Helga erneut ans Werk. Angelika kam vorbei und warf einen Blick auf ihre Arbeit. Im letzten Jahr wäre Helga als Zimmermädchen beinahe durch den Rost gefallen. Man hatte sie nur behalten, weil etliche gekündigt hatten. In diesem Jahr aber hatte sie sich deutlich verbessert, und das lag vor allem an Eva. Deren ruhige Art strahlte nicht nur auf Helga, Gisela und Zenzi aus. Angelika fand, dass ihre gesamte Gruppe besser arbeitete als in den vergangenen Jahren. Dabei hatte es im letzten Jahr noch so ausgesehen, als würden sie hinter den Zimmermädchen zurückbleiben, die nun Thea anführte. Dank Eva war es ganz anders gekommen.

»Gut macht ihr das!«, lobte sie. »Wenn ihr fertig seid, kommt ihr dann alle nach unten in den Festsaal.«

»Aber den dürfen wir doch nicht betreten«, wandte Helga ein.

»Diesmal schon! Es gibt einen Grund dafür«, erklärte Angelika. »Die Madame lässt uns alle zusammenrufen, um etwas zu verkünden. Das geht am besten in diesem Speisesaal, da die Gäste frühestens ab sechs Uhr zum Abendessen kommen. Bis dorthin ist die Madame fertig, und wir haben den Festsaal wieder so zu verlassen, wie er war, als wir ihn betreten haben.«

Kaum war Angelika gegangen, hob Helga den Kopf. »Was meinst du, was die Frau Karch uns sagen wird?«

»Das weiß ich doch nicht!«, antwortete Eva kopfschüttelnd. »Ich bezweifle sogar, dass Angelika es schon gehört hat. Sonst hätte sie eine Andeutung gemacht.«

»Auf jeden Fall muss es etwas Bedeutsames sein, sonst würde die Madame uns nicht im Festsaal versammeln. Der ist doch ihr Heiligtum«, erwiderte Helga. Sie war ebenso neugierig wie Eva und wollte rasch mit der Arbeit fertig werden.

»Sei nicht so hastig!«, mahnte Eva sie. »Frau Zöpfel wird unsere Zimmer inspizieren. Wenn sie etwas findet, das ihr nicht passt, werden wir gescholten.«

»Da hast du recht«, stimmte Helga ihr zu und bezähmte ihre Ungeduld, um sorgfältiger zu arbeiten.

* * *

Bislang hatte Frau Zöpfel höchstens einzelne Gruppen um sich versammelt, um Anweisungen zu geben oder Tadel zu verteilen, und das hatte niemals im Festsaal stattgefunden. Die gesamte Belegschaft des Hotels war, seit Eva hier war, noch nie zusammengerufen worden. Umso mehr machten Gerüchte die Runde. Die einen glaubten, Frau Karch wolle sich zur Ruhe setzen und ihrem Neffen das Hotel übergeben. Andere bezweifelten es, denn das Hotel war für Madame das Leben.

Doch welch wichtigen Grund konnte es sonst geben? Selbst eine Beförderung wurde im kleineren Kreis verkündet. Die Spannung war schier unerträglich, als die Zimmermädchen, Spülerinnen, Köche, Kellner und sonstigen Angestellten in den besten Speisesaal des Adonis strömten.

Vor einigen Wochen hatte Eva sich noch mit mehreren neu eingestellten Zimmermädchen hineingeschlichen, um die Pracht zu sehen, die für die hochrangigsten Gäste betrieben wurde. Damals war sie von den herrlichen Stuckarbeiten, den golddurchwirkten Stofftapeten und den riesigen Gemälden fasziniert gewesen. Nun aber warf sie nur einen kurzen Blick darauf und achtete mehr auf die Angestellten, die sich hier versammelten.

Obwohl Eva sich schon etliche Wochen im Hotel befand, war sie immer noch beeindruckt, wie viele Menschen hier beschäftigt wurden. Am meisten wunderte sie sich über die Anwesenheit mehrerer Herren, die sie ihrer Kleidung nach eher für Hotelgäste gehalten hätte.

»Wer sind denn die?«, fragte sie Helga, die ihr immerhin ein Jahr im Adonis voraushatte.

Doch auch die Freundin vermochte es ihr nicht zu sagen. Angelika hatte jedoch ihre Frage vernommen und gab Antwort. »Der ältere Herr im Frack ist Paolo, unser Pianist. Ihr habt ihn sicher bereits spielen gehört.«

»Gehört schon, gesehen noch nicht«, gab Eva zu.

»Er hält sich im Allgemeinen vom Personal fern und isst im Speisesaal der geringeren Gäste«, erklärte Angelika.

Eva meinte zu spüren, dass ihre Vorgesetzte den Mann nicht sonderlich mochte. Tatsächlich erweckte er den Eindruck, als fühle er sich unter Stubenmädchen und den anderen Angestellten unwohl. Auch die beiden anderen gut gekleideten Männer wirkten so. Beide sahen gepflegt aus, und ihnen war anzusehen, dass sie hier keine Arbeit leisteten, die Spuren an Händen und Gesicht hinterließ.

»Gehören die etwa auch zum Personal?«, fragte sie Angelika, da Frau Karch und deren Neffe noch nicht eingetroffen waren.

»Offiziell nicht, aber es sind trotzdem Angestellte. Das sind unsere beiden Eintänzer. Ihre Aufgabe ist es, Damen, die keine Tanzpartner finden, zum Tanz zu führen, damit diese sich nicht als Mauerblümchen fühlen. Ihr wisst ja: Dem Wohl des Gastes gilt unser aller Bestreben!«

Eva nickte, obwohl sie es eigenartig fand, extra Männer einzustellen, die mit den weiblichen Gästen tanzen sollten. Im Hotel wurde zudem nur an fünf Abenden in der Woche getanzt, und das auch höchstens für zwei bis drei Stunden. Wenn die beiden Männer keine weitere Beschäftigung hatten, konnten sie sich für den Rest der Zeit einen faulen Lenz machen.

Frau Karchs Eintreten beendete Evas Gedankengang, und sie sah, dass Ludwig Karch seiner Tante im Respektabstand von zwei Schritten folgte. Eva hatte gehört, dass er sich sehr bemühte, die Aufgaben zu erfüllen, welche die Madame ihm auftrug. Da er mangels leiblicher Erben nach Frau Karchs Ausscheiden oder ihrem Tod das Hotel einmal übernehmen würde, hatte er allen Grund, sie zu unterstützen.

Die Madame wartete, bis das erwartungsfrohe Getuschel ihrer Angestellten verstummt war, und hob die Hand. »Ich habe heute Morgen einen Brief erhalten, dass Lord Augustus Beauvais uns die Ehre erweist, nach fünf Jahren Abwesenheit wieder seinen Kuraufenthalt in meinem Hotel zu verbringen. Er wird sechs Wochen bleiben. In dieser Zeit ist er ›der Gast‹!

All seine Wünsche sind umgehend und auf der Stelle zu erfüllen. Mein Neffe, der Küchenchef, der Oberkellner und die Hausdame werden das Personal bestimmen, das in erster Linie Lord Augustus zur Verfügung stehen wird.«

»Wer ist dieser Ogastes Boweh?«, fragte Eva leise Angelika.

»So wird es ausgesprochen. Geschrieben aber wird es Augustus Beauvais«, erklärte ihr diese.

Helga kicherte. »Boweh klingt fast wie Poweh!«

»Gib acht, dass dir nicht gleich dein Po wehtut!«, mahnte Angelika sie.

Untergebene mussten damit rechnen, gelegentlich eine Ohrfeige zu erhalten, und Helga hatte erzählt, dass sie im letzten Jahr einige Schläge mit dem Teppichklopfer auf den Hintern erhalten hatte.

»Damals hat Thea mich hineingeritten!«, zischte sie leise.

»Was sagst du?«, fragte Eva.

»Helga tat damals der Po weh«, erklärte Angelika mit einem bitteren Lächeln, »denn sie hat aus Ungeschicklichkeit eine wertvolle Porzellanfigur zerbrochen. Prompt hat die Hausdame sie zu zehn Hieben mit dem Teppichklopfer auf den Allerwertesten verurteilt, und zwar vor allen Stubenmadln und den Spülerinnen. Als warnendes Beispiel, wie sie sagte.«

»Dabei war die Figur schon kaputt!«, warf Helga erregt ein. »Ich bin kaum dagegengeraten, lag der obere Teil schon am Boden. Ich bin sicher, dass die Thea es getan und die Figur wieder zusammengesetzt hat. Die hat nämlich am Tag vorher das Zimmer gemacht. Als der Gast abgereist ist, hat sie zu mir gesagt, ich solle das Zimmer sauber machen.«

»Aber das hättest du erklären müssen«, erklärte Eva.

»Das habe ich doch! Mir hat aber keiner geglaubt.« Helga kamen die Tränen, als sie daran dachte, und Angelika senkte den Kopf. Offensichtlich hatte auch sie an Helgas Worten gezweifelt. Aber wenn es so war, wie das Mädchen es erzählte, hatte

Thea die eigene Schuld eiskalt auf das als tollpatschig geltende Mädchen abgewälzt, um selbst unbeschadet davonzukommen. Es war ein übles Verhalten – und das Schlimme war, dass Eva es Thea zutraute.

»Es muss arg für dich gewesen sein«, sagte sie mitleidig.

Helga zuckte hilflos die Schultern. »Was hätte ich tun sollen? Sie hätten mich sonst entlassen, und das konnte ich meinen Eltern nicht antun. Die waren doch froh, dass ich eine Stellung gefunden hatte.«

»So, aber jetzt husch raus! Die Madame ist fertig, und die Gäste kommen gleich zum Abendessen. Die täten schauen, wenn sie uns Zimmermadl in ihrem Speisesaal antreffen«, drängte Angelika.

Eva und Helga folgten ihr nach draußen. Um die trübe Stimmung ein wenig aufzuhellen, wandte Eva sich an Angelika. »Und wann kommt dann der Poweh?«

»Das hat die Madame nicht gesagt. Doch du kannst sicher sein, dass wir es rechtzeitig erfahren«, erwiderte ihre Vorgesetzte.

»Eigentlich kümmert es mich nicht, denn wir werden mit dem hohen Herrn gewiss nichts zu tun haben«, sagte Eva.

»Wenn du dich da nur nicht täuschst!«, wandte Angelika ein. »Da dem Lord ein persönliches Zimmermädchen zugeteilt wird, haben wir anderen mehr zu arbeiten.«

»Und wenn es dann Trinkgeld gibt, schauen wir mit dem Ofenrohr ins Gebirge«, setzte Helga bissig hinzu und sah Eva an. »Um was wetten wir, dass die Schlange Thea diesen Posten bekommt?«

»Um nichts! Ich kann nämlich mein Geld besser ausgeben, als dagegen zu wetten«, wehrte Eva ab.

»Als wenn du überhaupt viel ausgeben würdest! Ich glaub, du sparst alles für daheim«, sagte Helga und konnte sogar schon wieder lachen.

Der kranke Diener

Eva hätte die Wette verloren, denn Frau Zöpfel vertraute Thea tatsächlich die Pflege der Suite an, die Lord Augustus Beauvais bei seiner sechswöchigen Kur zu bewohnen gedachte. Thea wurde sogar noch Rosa als Helferin an die Seite gestellt. Diese sollte auch das Zimmer des Dieners, der den Lord begleitete, sauber halten.

Da zwei Zimmermädchen für den normalen Dienst ausfielen, mussten die anderen für die beiden mitarbeiten. Eva und Helga wurde daher von Frau Zöpfel je ein weiteres Zimmer zugewiesen. Während Erstere es mit einem gewissen Gleichmut hinnahm, ärgerte Helga sich darüber. Daran ändern konnte sie jedoch nichts. Die Hausdame kam gleich nach Frau Karch und deren Neffen, und wer nicht spurte, musste sehen, wie er anderwärtig sein Auskommen fand.

Bereits zwei Tage vor der angekündigten Ankunft des hohen Gastes mussten Thea und Rosa die Suite auf Hochglanz bringen. Da der Lord aus England auf nichts verzichten sollte, beschloss Frau Karch, mit Jean auch ihren besten Kellner und einen Pikkolo allein zu seiner Bedienung abzustellen.

Am Abend vor dem Erscheinen des englischen Gastes versammelte Frau Zöpfel noch einmal ihre Angestellten um sich.

»Ich erwarte von euch allen allerbeste Manieren!«, begann sie ihre Belehrung. »Auch wenn die wenigsten von euch Seiner Lordschaft begegnen werden, müsst ihr wissen, wie ihr ihn anzusprechen habt. Die Frauen knicksen, und die Männer haben sich zu verbeugen. Von selbst darf ihn niemand ansprechen!«

»Warum sollen wir es dann lernen?«, fragte Helga mürrisch. Sie ärgerte sich, weil Thea es wieder einmal geschafft hatte, sich die angenehmste Arbeit zu sichern.

»Es dürfte gewiss nichts schaden«, antwortete Eva leise und richtete ihre Aufmerksamkeit wieder auf die Hausdame.

»Sollte Lord Augustus euch wider Erwarten ansprechen, so antwortete ihr am Morgen mit ›*Good morning,* Euer Lordschaft‹, *good* wie gut mit d statt t«, erklärte Frau Zöpfel eben. »Untertags sagt ihr ›*Good day, Mylord*‹, gud de-i ausgesprochen, und Meilord statt Mühlord! Habt ihr verstanden? Und nun zu dir, Thea!« Frau Zöpfel winkte dieser, vorzutreten.

Thea tat es, sank in einen graziösen Knicks und senkte demütig den Kopf. »*Good morning, Mylord, good day,* Euer Lordschaft, *good night, Sir* ...«

»*Night* wie Neid, nur mit t«, unterbrach Frau Zöpfel sie kurz und hieß sie dann weiterzusprechen.

Dies tat Thea dann auch, wobei sie unverhohlen die Aufmerksamkeit genoss, die ihr zuteilwurde. Zuletzt knickste sie noch einmal und breitete die Arme aus. »Danke schön heißt *Thank you*«, erklärte sie.

»Senk ju«, murmelte Helga verärgert, während Eva leise versuchte, es so wie Thea auszusprechen.

»Wenn jemand dem hochgeehrten Gast aus England begegnet und ihn stören muss, sagt ihr: *Excuse me.* Das heißt entschuldigen Sie, oder, noch besser, ihr bittet ihn mit *I beg your pardon* um Verzeihung«, sagte Thea, die sichtlich stolz war auf ihr Können.

»Ekskjus mi, Ei bäg jur parden«, sprach Eva die Worte nach.

»Warum tust du das?«, fragte Helga. »Wir bekommen den Engländer höchstens aus der Ferne zu sehen. Reden werden wir mit dem sicher nicht.«

»Ich bin der Ansicht, dass man immer lernen soll, wenn man die Gelegenheit dazu hat«, antwortete Eva, während Frau Zöpfel Thea mit einer Geste anwies, wieder zu den anderen Zimmermädchen zurückzukehren.

»Dieser Gast ist wirklich sehr wichtig«, erklärte die Hausdame anschließend eindringlich. »Wenn sein Name auf der Kurgastliste steht und unser Hotel daneben, werden sich einige Kurgäste überlegen, ob sie nächstes Jahr nicht doch im Adonis nächtigen sollten. Es ist wichtig für uns, denn das Pupp zieht solche Gäste an wie ein Magnet.«

»Eher wie ein Kuhfladen die Schmeißfliegen«, murmelte ein Zimmermädchen, das sich heimlich beim Pupp beworben hatte und nicht genommen worden war.

Eva fand den Vergleich unpassend, erkannte aber, dass die Abneigung, die Frau Karch gegenüber dieser Konkurrenz empfand, schon ein wenig auf sie selbst übergegriffen hatte.

Frau Zöpfel hob zwar kurz die Augenbrauen, ließ den Ausspruch aber unkommentiert. Stattdessen erteilte sie noch einige Anweisungen und wies Thea und Rosa an, ebenso wie der Kellner und der Pikkolo bereits am nächsten Morgen bereitzustehen, um jederzeit eingreifen zu können, wenn es nötig wurde.

»Wenn der Lord erst mit dem Abendzug kommt, können die Thea und die Rosa sich morgen einen faulen Lenz machen«, flüsterte Helga missgelaunt.

Eva zuckte mit den Schultern. »Sich darüber aufzuregen, ist sinnlos. Die Welt ist nun einmal so.«

»Wenn sie gerecht wär, wär sie anders«, stieß Helga hervor.

Sie hatte die zehn Hiebe mit dem Teppichklopfer noch immer nicht vergessen, und auch nicht, dass sie nur das Opfer gewesen war und Thea als die eigentlich Schuldige diesen Schlägen entgangen war. Wie gerne hätte sie es ihr heimgezahlt. Dafür aber war Thea zu geschickt. Auch hätte Helga sich, wenn sie es versucht hätte, so dämlich angestellt, dass Frau Zöpfel es mitbekommen hätte. Dann jedoch wäre es nicht bei ein paar Hieben mit dem Teppichklopfer geblieben. Mitten in der Saison eine neue Stellung zu finden, war so gut wie unmöglich.

Ihr Blick streifte Eva. Die hätte Thea einen solchen Streich spielen können. Allerdings hätte sie es gewiss nicht getan. Sie dazu aufzufordern, war daher sinnlos. Auch hätte es die Freundschaft und das Vertrauen gestört, das zwischen ihnen gewachsen war. Auf eines aber konnte sie vertrauen: Sollte Thea noch einmal versuchen, sie auf so üble Art hereinzulegen, würde Eva ihr mit aller Kraft beistehen, und wenn sie selbst dafür Schläge erwarten musste.

* * *

Das Hotel glich einem Bienenkorb. Nicht nur Frau Karch und ihre Belegschaft, auch die Gäste erwarteten aufgeregt den englischen Lord. Der alte Major, dessen Zimmer Eva reinigen musste, überwand sogar seine Abneigung gegen einen bürgerlichen Gymnasiallehrer und unterhielt sich beim Frühstück mit diesem auf Englisch, um seine Kenntnisse in dieser Sprache aufzufrischen. Der Lehrer selbst hoffte, mit dem Engländer ins Gespräch zu kommen, um mehr über das dortige Regierungssystem zu erfahren. In seinen Augen waren die Parlamente in Wien und Budapest lediglich Feigenblätter, mit denen Franz Joseph, Kaiser von Österreich und König von Ungarn, seine absolutistische Macht allenfalls kaschierte. In England hingegen verfügte das Parlament über wahre Macht, und der König konnte nichts gegen dessen Beschlüsse unternehmen. So hätte es seiner Meinung auch in Österreich-Ungarn sein sollen. Allerdings war er unter den Gästen im Adonis der Einzige, der so dachte. Für die anderen war der Kaiser der Kaiser und die Untertanen dazu verpflichtet, diesem zu gehorchen. Wozu es führte, wenn Tollköpfe aus dem Volk gegen das herrschende System aufbegehrten, hatte man doch anno 1848 erlebt.

Zu ihrer Erleichterung blieb Eva von solchen Diskussionen verschont. Sie machte ihre Arbeit, ohne sich durch einen Gedanken an den Lord aus England stören zu lassen. Doch sie bekam mit, dass der Vormittag verging, ohne dass der so sehnsüchtig Erwartete sich blicken ließ, und dann verstrich auch der größte Teil des Nachmittags. Im Hotel wuchs die Unruhe. Frau Karch rang ein ums andere Mal die Hände, wenn der Kutscher, den sie zum Bahnhof geschickt hatte, mit leerem Wagen zurückkehrte.

»Vielleicht hat der Engländer es sich anders überlegt und kommt gar nicht. Dann muss die Thea morgen wieder ihre normalen Zimmer putzen«, sagte Helga mit einer gewissen Gehässigkeit.

»Mir wär es lieber, er kommt doch«, wandte Eva ein. »Kannst du dir vorstellen, mit was für einer Laune die Madame sonst herumlaufen würde?«

»Lieber nicht«, erwiderte Helga und schüttelte sich. »Ich glaube, danach gäbe es einiges an Poweh! Man würde selbst kleinste Vergehen mit dem Teppichklopfer bestrafen.«

Dieser Meinung war Eva auch. Doch als sie zum Abendessen gingen, war der Engländer noch immer nicht erschienen. Sonst gab es im Speisesaal der Angestellten fröhliche Gespräche, an diesem Tag aber blieb selbst das größte Plappermaul still.

Auch Eva wurde von der um sich greifenden Enttäuschung erfasst. Das hat das Adonis nicht verdient, dachte sie. Gleichzeitig fielen ihr ein halbes Dutzend Gründe ein, die den Lord daran gehindert haben mochten, nach Karlsbad zu kommen. Ein Zugunglück zum Beispiel, vielleicht Krankheit. Alles war möglich.

Mit diesen Gedanken machte sie sich nach dem Essen an ihre Abendrunde. Sie wechselte ein paar Worte mit Frau Jaswig, die zu ihrem Bedauern am nächsten Tag abreiste und den englischen Lord doch liebend gerne gesehen hätte.

»Vielleicht kommt er spät! Es wird heute ja noch ein Zug erwartet«, sagte Eva, um sie zu trösten.

»Aber dann ist das Abendessen schon vorüber«, wandte Frau Jaswig ein.

»Dann bleibt ja noch das morgige Frühstück«, sagte Eva.

Frau Jaswig lachte. »Da hast du auch wieder recht! Da fällt mir ein – ich habe dir noch nicht richtig dafür gedankt, dass du meinen Ring wiedergefunden hast.«

»Doch, das haben Sie«, erklärte Eva. »Außerdem war es kein großes Kunststück. Sie hätten den Ring in dem Augenblick wiedergefunden, in dem Sie den Morgenmantel angezogen hätten.«

»Ich meine einen sichtbaren Dank, auch dafür, dass du mein Zimmer immer so schön hergerichtet hast.« Frau Jaswig griff in ihr Portemonnaie und zog eine Banknote heraus. »Hier! Das ist für dich.«

»Das ist viel zu viel!«, rief Eva erschrocken, da es sich um einen Zwanzigkronenschein handelte.

»Du hast es verdient.« Die alte Dame drückte ihr das Geld in die Hand und wandte sich zur Tür. »Jetzt muss ich aber zum Abendessen hinuntergehen. Ich habe extra gewartet, weil ich hoffte, Lord Beauvais würde doch noch kommen. Den Gefallen hat er mir leider nicht getan.« Sie seufzte und verließ das Zimmer.

Eva blickte zum Fenster hinaus. Unten fuhr eben der Kutscher des Adonis in Richtung Bahnhof los, auch wenn er wenig Hoffnung hatte, mit dem Lord zurückzukehren.

Als Eva weiterarbeitete, fand sie keinen der Gäste in seinem Zimmer vor. Ihr war es recht, denn sie alle hätten sicher gefragt, weshalb der englische Gast noch nicht erschienen war. Da Thea und Rosa jedoch abgezogen worden waren, hatte sie mehr zu tun als sonst und wollte zu einer halbwegs christlichen Zeit fertig werden.

Sie war gerade im letzten Zimmer auf der Straßenseite beschäftigt, als sie den Wagen zurückkommen hörte. Bei seinen vergeblichen Fahrten hatte der Kutscher die Pferde im müden Schritt gehen lassen. Diesmal trabten sie munter heran.

Eva eilte ans Fenster und sah hinaus. Tatsächlich, es saßen zwei Männer im Wagen. Diesem folgte ein Gefährt mit mehreren großen Reisekoffern, in denen Evas Meinung zufolge ein ganzer Haushalt verstaut werden konnte. Neugierig blieb sie am Fenster stehen.

Als der Wagen hielt, eilte Frau Karch hinaus, um den Gast höchstpersönlich zu begrüßen. Einer der beiden Männer stieg aus, machte eine unwillige Handbewegung und wies auf seinen Begleiter.

Was gesagt wurde, konnte Eva nicht hören. Eines aber wurde ihr klar: Der zweite Mann war sichtlich krank. Es war so schlimm, dass er nicht einmal allein aus dem Wagen steigen konnte, sondern vom Portier und einem Hausknecht herausgehoben werden musste.

War das der Lord, fragte Eva sich. Wenn ja, würde er wohl die meiste Zeit in seinem Zimmer liegen und sich nicht so unter die anderen Gäste mischen, wie Frau Karch es sich erhoffte.

* * *

Frau Karch hatte für einen Augenblick befürchtet, der Lord könnte krank sein. Als sie dann aber erkannte, dass es nur dessen Diener war, atmete sie erleichtert auf.

»Ich muss Jones schelten!«, erklärte ihr der Lord. »Andererseits muss ich ihn auch für seine Treue loben. Obwohl er krank war, wollte er mich begleiten und tat so, als hätte er sich nur einen leichten Schnupfen zugezogen. Unterwegs wurde es jedoch schlimmer. Ich überlegte bereits, umzukehren. Dann aber sagte ich mir, dass mein guter Jones hier die beste Pflege erwarten kann und das Heilwasser der Quellen ihm guttun wird.«

»Ihr Diener wird die beste Pflege erhalten!«, versprach Frau Karch und winkte die Hausdame zu sich. »Kümmern Sie sich darum, Zöpfel!«

»Sehr wohl, Madame!« Die Hausdame knickste und wies die Männer, die dem Diener aus dem Wagen geholfen hatten, an, diesen in das für ihn vorbereitete Zimmer zu bringen. Anschließend suchte sie Thea und Rosa auf, denen bei der Ankunft des englischen Lords ebenfalls ein Stein vom Herzen gefallen war.

»Der Lord ist angekommen!«, berichtete Frau Zöpfel. »Bedauerlicherweise ist sein Diener schwer krank und muss gepflegt werden. Das wirst du übernehmen, Rosa!«

Rosa starrte die Hausdame entsetzt an. »Der Diener ist schwer krank, sagen Sie? Aber was ist, wenn wir wegen ihm alle krank werden?«

»Es wird schon nicht so schlimm sein«, antwortete Frau Zöpfel, wirkte jedoch nun ein wenig besorgt.

»Das mache ich nicht!«, flüsterte Rosa Thea zu. »Da hab ich zu viel Angst, dass ich mich anstecke – und dann dich und die anderen.« Das Letzte setzte sie hinzu, damit es nicht so aussah, als würde sie nur an ihr eigenes Wohl denken.

Thea hatte bereits beschlossen, Rosa die unangenehmen Aufgaben in der Suite des Lords erledigen zu lassen und selbst nur die leichten Arbeiten zu tun. Wenn Rosa jedoch den Diener pflegen musste, blieb alles an ihr hängen. Außerdem hatte auch sie Angst, selbst krank zu werden.

»Entschuldigen Sie, Frau Zöpfel, aber wenn wir es so machen, wie Sie sagen, muss ich die ganze Arbeit allein erledigen. Ob mir das zur Zufriedenheit Seiner Lordschaft gelingt, weiß ich nicht. Daher brauche ich Rosa als Unterstützung.«

»Und wer soll sich dann um den armen, kranken Diener kümmern? Ich vielleicht oder gar Frau Karch?«, fragte die Hausdame scharf.

Thea begriff, dass sie sich rasch etwas einfallen lassen musste, wenn sie Frau Zöpfel nicht verärgern wollte. »Da die Rosa bei mir bleibt, muss eine andere für den Kranken sorgen. Die sollte dann für sich bleiben und nicht mehr bei uns anderen essen und schlafen.«

»Und ihre Arbeit? Übernimmt die dann der Heilige Geist?« Die Hausdame klang schroff, doch im Augenblick war Thea bereit, notfalls ihre besten Freundinnen zu opfern, um nicht mit dem Kranken oder derjenigen, die für diesen sorgte, zusammenzukommen.

»Da die Rosa und ich aus unserer Gruppe herausgenommen worden sind, sollte es eines von Angelikas Stubenmadln sein. Die Arbeit von der können die anderen mit erledigen.« Die Madln der anderen Gruppe werden sich sicher beschweren, dachte Thea. Aber auf Dauer würde es sich keine von ihnen mit ihr verderben wollen.

»Wie wäre es mit der Eva? Die ist die Älteste von zwei Dutzend Kindern und hat ihre jüngeren Geschwister gepflegt, wenn die krank gewesen sind. Da kann sie sich gewiss sehr gut um den Diener kümmern«, schlug Rosa vor.

Frau Zöpfel wollte ihr schon über den Mund fahren, als Thea zu sprechen begann. »Das ist ein ausgezeichneter Vorschlag.«

»Und was ist, wenn sie Angelikas Stubenmadln ansteckt? Macht ihr dann die Arbeit für alle mit?«, fragte die Hausdame mit ärgerlichem Spott.

»Ich habe doch vorgeschlagen, dass sie nicht mit uns isst und schläft!«, rief Thea rasch. »Das Zimmer neben dem des Dieners ist noch frei, und die Eva könnte dort schlafen. Dann wär sie auch nah bei dem Kranken.«

»Dafür erledigt deine Gruppe Evas Arbeit mit, und wehe, sie macht es nicht gut! Dann wirst du im nächsten Jahr wieder als einfaches Stubenmadl arbeiten«, bestimmte Frau Zöpfel. Zugleich ärgerte sie sich, weil sie Thea und Rosa nachgab. Die Sache duldete jedoch keinen Verzug, und es brachte nichts, wenn sie die widerstrebende Rosa als Pflegerin einsetzte. Da war die Gefahr groß, dass diese den Kranken aus Angst vernachlässigte und damit den Zorn des Lords auf das Hotel lenkte.

Als die Hausdame mit raschen Schritten davonging, atmete Rosa erleichtert auf. »Das haben wir geschafft!«

»Wegen dir habe ich Frau Zöpfel verärgern müssen. Dafür bist du mir einiges schuldig!«, antwortete Thea bissig. Im letzten Jahr war es ihr gelungen, sich bei der Hausdame lieb Kind zu machen. Heuer wehte jedoch ein schärferer Wind, und sie musste aufpassen, dass er nicht ihre gesamten Zukunftspläne wegblies.

* * *

Eva hatte gerade den von Frau Jaswig erhaltenen Geldschein unter ihrer Matratze versteckt, als die Hausdame eintrat. Da Frau Zöpfel verärgert wirkte, fragte Eva sich, ob sie etwas falsch gemacht hatte. Im Allgemeinen betrat die Hausdame die Schlafzimmer der Stubenmadln nicht, sondern ließ diese zu sich holen.

»Du hast sicher bereits gehört, dass der englische Lord eingetroffen ist«, begann Frau Zöpfel.

Eva nickte.

»Sein Diener ist krank! Wie schwer, wissen wir noch nicht. Jedenfalls benötigt er Pflege, und die wirst du übernehmen. Da wir nicht wissen, ob die Krankheit ansteckend ist, wirst du während dieser Zeit den Kontakt zum anderen Hauspersonal meiden. Daher schläfst du in dem Zimmer neben dem des Dieners und wirst dort auch essen.«

»In einem Gästezimmer?«, fragte Eva erschrocken. Diese durfte sie zwar sauber machen, doch sich länger darin aufzuhalten war strikt verboten.

»Ja, es geht nicht anders. Man wird dir alles, was du für den Kranken und dich brauchst, vor die Tür stellen. Und nun komm mit! Ich will nicht, dass der Diener zu lange allein gelassen wird.«

Frau Zöpfel klang so drängend, dass Eva gerade noch die wichtigsten Sachen zusammensuchen konnte, bevor sie ihr folgte. Es ging ins oberste Stockwerk. Dort war Eva bislang nur selten gewesen, um auszuhelfen, denn die Suiten und die dazugehörigen Diener- und Zofenzimmer wurden in der Regel von erfahrenen Zimmermädchen betreut.

»Das dort ist das Zimmer, in dem du schlafen wirst. Für den Fall, dass es nötig sein sollte, lasse ich einen Ohrensessel in das Zimmer des Dieners stellen. Dann bist du jederzeit bei der Hand, wenn der Mann dich braucht«, erklärte Eva.

»Aber wie kann ich mich mit ihm verständigen? Ich kann doch kein Englisch«, sagte Eva besorgt.

»Das ist im Augenblick unwichtig«, wischte Frau Zöpfel diesen Einwand beiseite und öffnete die Tür des Dienerzimmers. »Tritt ein! Ich bleibe vor der geöffneten Tür stehen und übersetze, damit du weißt, was der Kranke wünscht.«

Da ihr nichts anderes übrig blieb, gehorchte Eva und betrat das Zimmer. Zu ihrer Überraschung befand sich darin nicht nur der kranke Diener, sondern auch dessen Herr. Der Lord war ein hochgewachsener, hagerer Mann mit knochigem Gesicht und einem buschigen Schnurrbart. Auch seine Augenbrauen waren buschig, und der Blick seiner tief liegenden Augen durchdringend.

Frau Zöpfel knickste und wies auf Eva, die es ihr nun anmutig gleichtat.

»Das ist Eva! Sie wird Ihren Diener pflegen, *Mylord*«, sagte sie zunächst auf Englisch und wiederholte es dann auf Deutsch, damit auch Eva es verstand.

Der Lord antwortete etwas, das die Hausdame als »So, wird sie das?« übersetzte.

Die Frage von Lord Beauvais, ob Eva Englisch verstünde, verneinte Frau Zöpfel. »Das ist aber auch nicht notwendig, da sie mich jederzeit rufen kann, damit ich dolmetsche. Was die Versorgung des Kranken betrifft, wird ihr der Arzt die entsprechenden Anweisungen geben. Frau Karch hat bereits nach ihm schicken lassen«, erklärte die Hausdame, um den Lord zu beruhigen.

»Es geht schon, Euer Lordschaft! Gehen Sie ruhig zum Abendessen«, sagte der Kranke schwächlich auf Englisch.

Da Frau Zöpfel auch das übersetzte, verstand Eva die Worte.

»Können Sie den Mann fragen, was er braucht?«, bat diese die Hausdame.

»Ich habe Durst«, antwortete der Diener kurz darauf.

»Besorge etwas!«, sagte Frau Zöpfel, erinnerte sich dann aber daran, dass Eva nicht mit den anderen Hotelangestellten in Berührung kommen sollte, und hob die Hand. »Ich werde dafür Sorge tragen, dass etwas gebracht wird.«

»Gibt es im Hotel Kamillen- und Lindenblütentee?«, fragte Eva. »Wenn möglich, auch einen Aufguss von Holunderblüten?

Die hat unsere Mutter uns zum Trinken gegeben, wenn wir erkältet waren.«

Die Hausdame sah sie misstrauisch an, erinnerte sich dann aber daran, dass Eva sich um ihre vielen jungen Geschwisterchen gekümmert hatte.

Unterdessen goss Eva ein wenig Mineralwasser in ein Glas und setzte es dem Kranken an die Lippen. Dieser trank durstig, doch sie entzog ihm immer wieder den Becher, um zu verhindern, dass er zu gierig wurde und sich verschluckte. Sie merkte dabei nicht, dass Lord Augustus neben der Tür lehnte und ihr aufmerksam zuschaute. Schließlich schien er der Meinung zu sein, dass Jones in guter Obhut war, und verließ das Zimmer, um sich zu einem späten Abendessen umzuziehen. Der Pikkolo, den Frau Zöpfel für ihn abgestellt hatte, musste die Pflichten eines Kammerdieners erfüllen.

* * *

Die von Eva erbetenen Tees und Aufgüsse wurden vor die Tür gestellt, ebenso eine Schüssel mit Hühnersuppe, die für den Kranken gedacht war. In den nächsten Minuten sorgte Eva dafür, dass Jones ausreichend trank, und flößte ihm Hühnersuppe ein.

Er sagte etwas, das sie nicht verstand, sie antwortete auf Deutsch und klang dabei so beruhigend, dass der Kranke sich ihren Händen überließ. Wenig später erschien der Arzt. Als er die verschiedenen Tees sah, zog er die Stirn kraus, entspannte sich aber, als er an den Kannen gerochen hatte.

»Da der Mann viel trinken muss, ist das genau das Richtige«, sagte er und forderte Eva auf, zurückzutreten, damit er den Kranken untersuchen konnte.

Es dauerte eine Weile, und der Arzt wirkte danach sehr besorgt. »Pneumonia!«, sagte er leise. »Lungenentzündung. Daran sind schon viele gestorben. Ich werde die besten

Medikamente aufschreiben. Er muss vor allem sehr gut gepflegt werden.«

»Das übernehme ich«, sagte Eva.

Der Arzt sah das Mädchen an und dachte, dass viel Verantwortung auf ihren noch recht jungen Schultern lag. Dann aber nickte er. »Tu das! Sorge dafür, dass er genug trinkt. Flöße ihm auch so viel Hühnersuppe ein, wie er nur essen kann. Und nun erkläre ich dir, wie die Medikamente angewendet werden müssen. Höre also genau zu.«

Es folgte ein längerer Vortrag, bei dem Eva sich einige Notizen machte, um ja nichts zu vergessen. Als der Arzt schließlich ging, schickte die Hausdame einen Pikkolo zur Apotheke, und nach dessen Rückkehr sah sie von der Tür aus zu, wie Eva dem Kranken die Arzneien eingab und ihm mit einer stark riechenden Salbe die Brust einrieb.

»Entschuldigen Sie, Frau Zöpfel, könnten Sie mir eine Decke bringen lassen? Ich will die erste Nacht im Zimmer bleiben und im Ohrensessel schlafen.«

»Du darfst aber nicht die ganze Nacht durchschlafen, sondern musst immer wieder nach dem Kranken schauen!«, sagte die Hausdame streng.

Eva nickte eifrig. »Das werde ich, Frau Zöpfel.«

Da Jones etwas murmelte, dass sie als »Ich habe Durst« interpretierte, füllte sie eine Tasse mit Lindenblütentee und setzte sie ihm an die Lippen. Sie war so in ihre Aufgabe vertieft, dass sie nicht mitbekam, dass die Hausdame wegging.

Erst als die Tür recht schwungvoll geöffnet wurde, blickte sie wieder auf. Es war der Lord. Anders als Frau Zöpfel blieb er nicht an der Tür stehen, sondern trat neben sie. Sie erklärte, dass der Arzt hier gewesen sei und die von ihm verschriebenen Arzneien bereits geholt worden seien.

Zwar glaubte Eva nicht, dass Lord Augustus verstand, was sie sagte, wollte aber zeigen, dass alles getan worden war, um seinen Diener so gut wie möglich zu versorgen.

Schließlich nickte der Lord, klopfte ihr leicht auf die Schulter und ging in seine Suite. Ein Blick auf die Uhr an der Wand verriet ihr, dass Mitternacht nicht mehr fern war. Da der Kranke ruhig dalag und zu schlafen schien, wollte sie ein wenig die Augen schließen. Sie setzte sich in den Ohrensessel und deckte sich zu.

Zu Hause hatte sie immer gut und tief geschlafen, ebenso in der Kammer, die sie mit Helga und ihren Kameradinnen teilte. Hier aber horchte sie im Unterbewusstsein auf jedes Geräusch und wachte regelmäßig auf, um Jones etwas zu trinken zu geben. Sie legte ihm mehrfach die Hand auf die Stirn, die viel zu heiß schien, und hoffte, dass der Lindenblütentee ihn bald ins Schwitzen brachte. Nach Ansicht ihrer Mutter war es das beste Mittel, das Fieber zu senken.

Es gab aber noch ein anderes Mittel – und das waren kalte Wadenwickel. Als ihr die Stirn arg heiß erschien, holte sie Tücher aus dem Schrank und war froh, dass das Zimmer ein eigenes Bad hatte.

Als Frau Zöpfel, die vor Sorge nicht hatte einschlafen können, wenig später ins Zimmer schaute, sah sie, wie Eva dem Mann die Wadenwickel anlegte. Erneut kam ihr die Bemerkung mit den vielen Geschwistern in den Sinn. So aufzuwachsen steigert wohl das Verantwortungsgefühl, dachte sie. Auch schien Eva einiges über Krankenpflege gelernt zu haben. Dies erleichterte sie, denn Lord Augustus' Diener war damit in guten Händen.

* * *

War Jones bei seiner Ankunft im Adonis noch ansprechbar gewesen, fiel er bereits am zweiten Tag ins Delirium. Für Eva wurde es daher schwerer, ihn zu versorgen. Der Arzt kam jeden Tag und schien mit dem baldigen Ableben seines Patienten zu rechnen. Jones erwies sich jedoch als zäh, und so verging die erste Woche, ohne dass er starb.

Eva tat alles für ihn. Daher benutzte sie das ihr zugewiesene Zimmer nur, um sich am Morgen und am Abend rasch zu waschen und die Zähne zu putzen. Die Nächte verbrachte sie im Ohrensessel und wagte dabei kaum zu schlafen.

Als Lord Augustus sie näher betrachtete, stellte er fest, wie eingefallen und erschöpft sie aussah. Er bewunderte die junge Frau, die kaum dem Mädchenalter entwachsen war, und war ihr dankbar, weil sie seinen Diener so gut pflegte.

Als er nach einem Abendessen in Jones' Zimmer kam, legte er die rechte Hand schwer auf die Schulter des Mädchens und wies mit der anderen auf die Wand, hinter der das Eva zugewiesene Zimmer lag.

»Heute wirst du schlafen!«, sagte er auf Englisch. »Ich bleibe die Nacht über bei Jones.«

Obwohl Eva ihn nicht verstand, begriff sie doch, was er meinte, und schüttelte den Kopf. »Das geht nicht. Ich …«

»Wirst du wohl gehorchen?«, fragte er streng und schob sie auf die Tür zu.

Eva war viel zu müde und ausgelaugt, um sich dem Willen des Lords widersetzen zu können. Mit hängendem Kopf verließ sie das Zimmer, ging in das Nachbarzimmer und machte sich zum Schlafen bereit. Sie war zu erschöpft, um zu begreifen, dass sie zum ersten Mal in ihrem Leben ein Zimmer für sich allein hatte.

In der Nacht träumte sie wirr. Immer wieder wurde sie zum Kranken gerufen. Frau Zöpfel schalt sie, weil sie diesem nicht die nötige Aufmerksamkeit widmete, und jedes Mal sagte der

Lord in seiner fremden Sprache etwas, das sich nicht gerade wie ein Lob anhörte.

Am Morgen wachte sie wie zerschlagen auf. Ein Blick auf die Uhr zeigte ihr, dass es die Zeit war, zu der sie im Allgemeinen aufstand. Eva wollte von ihrem Etagenbett herabsteigen, merkte dann, dass sie in einem Gastzimmer lag, und zuckte im ersten Augenblick zusammen. Dann erst erinnerte sie sich daran, von Lord Augustus aus Jones' Zimmer geschickt worden zu sein. Dabei hätte sie doch bei diesem wachen sollen! Rasch schlüpfte sie aus dem Bett und machte es, damit es so aussah, als sei es nicht berührt worden. Nachdem sie sich noch schnell die Zähne geputzt und sich gewaschen hatte, eilte sie in das Zimmer des Kranken.

Jones lag ruhig auf seinem Bett und atmete ihrem Empfinden nach etwas leichter als die Tage zuvor. Dafür saß der Lord im Ohrensessel, die Decke um sich geschlungen, und schlief. Vorsichtig trat sie auf ihn zu und stupste ihn an.

Es dauerte einen Augenblick, bis der alte Mann reagierte. Dann aber zwinkerte er ihr zu, als wollte er sagen, dass dies ihr kleines Geheimnis bleiben sollte. Er sah nach seinem Diener und schien zufrieden zu sein. Dann klopfte er Eva auf die Schulter. Die Geste mit der anderen Hand zeigte, dass sie Jones etwas zu trinken geben möge. Damit sie sich nicht zu schwer tat, stützte er den Oberkörper des Kranken und hielt ihm den Kopf.

Erst als Eva seinem Diener eine Tasse Kamillentee eingeflößt hatte, verließ er das Zimmer und kehrte in sein eigenes zurück.

* * *

Eine weitere Woche verging. In dieser Zeit löste Lord Augustus Eva noch zweimal bei der Nachtwache ab, musste aber nicht mehr tun, als seinem Diener ab und an etwas zu trinken einzuflößen. In einer der anderen Nächte wurde Jones unruhig. Er wälzte sich hin und her und stieß Worte aus, die Eva nicht verstand. Um ihn zu beruhigen, redete sie sanft auf ihn ein. Plötzlich öffnete er die Augen, starrte sie an und stieß einen gellenden Schrei aus.

»Bei Gott, was haben Sie?«, rief Eva erschrocken.

Da stürzte Lord Augustus herein, den Morgenmantel hastig übergeworfen. »Was ist geschehen?«, fragte er besorgt.

Sein Diener starrte ihn mit großen Augen an. »Sie sind auch im Himmel, Mylord? Ich wusste nicht, dass dort Deutsch gesprochen wird!«

»Dummkopf!«, wies sein Herr ihn zurecht. »Im Himmelreich wird selbstverständlich gutes Oxford-Englisch gesprochen. Aber dort bist du noch nicht, sondern immer noch auf der guten alten Erde. Allerdings hast du es wahrlich einem Engel zu verdanken, dass du noch lebst. Dieses Mädchen hier hat dich seit zwei Wochen so gut betreut, als hätte Florence Nightingale höchstpersönlich sie angelernt.«

Lord Augustus tätschelte Evas Schulter und fragte den Kranken, ob er etwas wünsche.

»Durst hätte ich!« Jones grinste. »Glauben Sie, dass ich einen Krug dieses in Pilsen gebrauten Bieres bekommen könnte?«

»Jetzt noch nicht, aber wenn das Hotel erwacht, gewiss!« Lord Augustus war zutiefst erleichtert. Wenn sein Diener Appetit auf Bier hatte, hieß dies, dass die Krise vorbei war und er sich auf dem Weg der Besserung befand. »Hätte mich auch geärgert, wenn es anders gewesen wäre. Ich hätte mich dann an einen neuen Kammerdiener gewöhnen müssen, und das nach vierzig Jahren, die du mir treu gedient hast«, sagte er mit einem erleichterten Grinsen und forderte Eva auf, Jones eine Tasse Kamillentee zu reichen.

Der trank einen Schluck und verzog das Gesicht. »Pilsener Bier wäre mir sehr viel lieber!«, sagte er, trank aber diese Tasse und eine weitere anstandslos leer.

Auf das Bier musste Jones allerdings ein wenig warten. Als Eva es schließlich bestellte, tat sie so, als sei es für Lord Augustus bestimmt, um dumme Fragen zu vermeiden. Man hätte sonst meinen können, dass sie es trinken wolle.

Jones genoss das Bier mit vollen Zügen und war danach sogar ein wenig angetrunken. Dies half ihm, bald wieder einzuschlafen. Als er das nächste Mal erwachte, war der Arzt gekommen und behauptete selbstgefällig, dass seine Behandlung den Diener von der Schwelle des Todes zurückgerissen habe.

Eva schwieg, und Lord Augustus ließ ihn reden. Schließlich erklärte der Arzt, dass die Ansteckungsgefahr vorbei sei und der Kranke und seine Pflegerin nicht mehr isoliert werden müssten. Lord Augustus tat diese Worte mit einer verächtlichen Handbewegung ab. Er hatte seinen Diener etliche Male aufgesucht und war nicht krank geworden.

Thea, die gerade Lord Augustus' Suite betreten wollte, um sie mit Rosa zusammen in Ordnung zu bringen, hörte es ebenfalls und sprach wenig später die Hausdame an.

»Entschuldigen Sie, Frau Zöpfel, aber wenn jetzt wieder alle zu Lord Beauvais' Diener dürfen, könnte doch die Rosa die Pflege übernehmen. Wenn die Eva wieder normal arbeitet, haben die anderen Stubenmadl weniger zu tun.«

»Ich werde darüber nachdenken«, erwiderte die Hausdame. Sie hatte nicht vergessen, dass Rosa sich geweigert hatte, den Kranken zu pflegen. Andererseits hatte Thea recht. Wenn Eva wieder als Zimmermädchen arbeitete, hatten es alle leichter.

Da Lord Augustus gesehen hatte, wie die Hausdame mit Thea redete, winkte er Frau Zöpfel herrisch zu sich. »Was sagt sie?«

»Die Thea schlägt vor, dass Rosa sich ab jetzt um Ihren Diener kümmern soll, damit Eva wieder als Zimmermädchen arbeiten kann«, berichtete Frau Zöpfel.

Der Lord verzog unwirsch das Gesicht. Weder Thea noch Rosa waren ihm mit ihrer kriecherischen Art sympathisch geworden. Zudem war ihm zu Ohren gekommen, dass Rosa sich geweigert hatte, Jones zu pflegen.

»Ich glaube, es bleibt besser so, wie es ist«, erklärte er. »Jones hat sich an seine Pflegerin gewöhnt. Würde diese nun ersetzt, könnte es zu einem Rückschlag kommen.«

Im Adonis war der Gast König und dieser gleich gar. Frau Zöpfel blieb daher nichts anderes übrig, als »Wie Sie wünschen, *Mylord*!« zu sagen.

Außerdem, sagte sie sich, hatten Thea und Rosa sich die Sache selbst eingebrockt und mussten nun damit leben.

* * *

Auf Lord Augustus' Wunsch pflegte Eva Jones auch die dritte Woche. Sie musste allerdings nicht mehr die Nächte bei dem Kranken wachen, sondern konnte im Nebenzimmer schlafen. Allerdings hatte sie sich von Lord Augustus dessen Wecker ausgeliehen und stellte ihn so, dass sie zweimal in der Nacht nach Jones schauen konnte.

Diesem ging es von Tag zu Tag besser, und ihm wurde daher bald langweilig. Der Arzt bestand jedoch darauf, dass er noch im Bett blieb, und so vertrieb er sich die Zeit, indem er Eva englische Wörter und Begriffe beibrachte. Lord Augustus, der zweimal am Tag nach seinem Diener schaute, beteiligte sich an diesem munteren Spiel. Dies ärgerte Thea, da er sie und Rosa, die immerhin seine Suite in Ordnung hielten, keines Blickes würdigte.

Trotz der Sorge um seinen Diener hatte Lord Augustus den Grund nicht vergessen, der ihn nach Karlsbad geführt hatte. Zweimal am Tag machte er sich daher auf den Weg zur Kolonnade, um dort von dem heilenden Wasser zu trinken. Der Pikkolo, den Frau Zöpfel zu seiner Bedienung abgestellt hatte, begleitete ihn dabei und trug seine Tasse. Diese war extra für den Lord angefertigt worden und hatte am Griff einen Schnabel, durch den er wie durch einen Strohhalm trinken konnte.

An der Sprudelkolonnade angekommen, setzte der Lord sich auf eine Bank, während der Pikkolo sich am Sprudel anstellte, um die Tasse von einem der Brunnenmädchen füllen zu lassen. Zu Beauvais' Ärger war er nicht besonders aufmerksam. Immer wieder verstrickte der junge Bursche sich in eine Unterhaltung mit Nebenleuten und vergaß, vorzurücken. Mehrmals wurde er von den hinter ihm stehenden Kurgästen ermahnt, noch öfter einfach übergangen, sodass Lord Augustus länger in der Sprudelkolonnade bleiben musste, als es nötig gewesen wäre.

Zur gleichen Zeit war Franz Herbst losgeschickt worden, um für einen Gast etwas zu holen. Als er beim Sprudel den Pikkolo entdeckte, sprach er ihn an: »Du bist doch vom Adonis?«

Der junge Mann nickte. »Das bin ich.«

»Kannst du mir sagen, wie es der Riegler Eva geht? Sie war jetzt schon zwei Sonntage nicht in der heiligen Messe. Ihr ist doch hoffentlich nichts passiert. Oder ist sie gar entlassen worden?«

Diesmal schüttelte der Pikkolo den Kopf. »Die Eva muss den Diener des Lords pflegen. Der ist schwer krank, und der Doktor hat schon gemeint, er kommt nimmer auf die Füße. Aber jetzt schaut es so aus, als tät er es doch schaffen. Aber woher kennst du die Eva?«

Franz erklärte, dass er im selben Zug wie Eva nach Karlsbad gekommen und seine Stelle von derselben Vermittlerin erhalten habe. Er war erleichtert, weil Eva noch im Adonis war, und ärgerte sich nun ein wenig, dass sie nicht in die Kirche gekommen war. Als ihm der Pikkolo jedoch berichtete, der Arzt habe die Krankheit ansteckend genannt und gefordert, den Diener und dessen Pflegerin zu isolieren, verstand er, warum sie gefehlt hatte.

»Wenn du sie siehst, richte ihr einen schönen Gruß von mir aus. Ich bin der Herbst Franz! Und jetzt solltest du weitergehen. Es sind schon zwei Leute an dir vorbeigeschlüpft!« Franz versetzte dem Pikkolo einen aufmunternden Klaps auf den Rücken und verabschiedete sich, um seinen Auftrag auszuführen.

Lord Augustus hatte die kleine Szene beobachtet und sprach den Pikkolo darauf an, als dieser mit der gefüllten Tasse zu ihm kam.

Das Englisch des Pikkolos war schlecht, reichte aber aus, um Lord Augustus zu vermitteln, dass der fremde junge Mann nach Eva gefragt hatte. Lord Augustus hielt Eva mit ihren nicht ganz siebzehn Jahren für zu jung für eine feste Bindung. Allerdings musste er sich sagen, dass ihm der junge Mann gefallen hatte.

»Weißt du, wo dieser Bursche her ist?«, fragte er.

»Ich glaube, er ist Hausknecht im Goldenen Schlüssel«, berichtete der Pikkolo.

Ein Hausknecht hatte nicht gerade eine Stellung, mit der ein Mann sich selbst und eine Familie ernähren konnte. Andererseits hatte Franz nicht wie ein dröger Knecht gewirkt. Lord Augustus beschloss, sich den Goldenen Schlüssel einmal anzusehen. Er trank seine Tasse mit dem Heilwasser leer, schickte den Pikkolo zurück zum Adonis und schlenderte die Alte Wiese entlang in Richtung Pupp.

Schon bald traf er auf den Goldenen Schlüssel. Wie das Adonis war es ein eigentümergeführtes Hotel, jedoch um einiges kleiner. Davor befand sich eine kleine Terrasse, auf der Getränke ausgeschenkt wurden. Lord Augustus setzte sich, bestellte eine Tasse Tee und beobachtete den Hoteleingang. Noch während er sich fragte, weshalb er sich die Mühe machte, hier zu warten, trat Franz Herbst heraus. Er trug den langen Rock und den Zylinder des Portiers. Das war eine Aufgabe, mit der man keinen einfachen Knecht betraute, dachte der Lord. Sein Interesse an Franz Herbst stieg, und so trat er, als er ausgetrunken und bezahlt hatte, auf diesen zu.

»Hello, my boy!«, sprach er diesen auf Englisch an.

Nun wohnten im Goldenen Schlüssel vor allem deutschsprachige Gäste. Franz hatte im Hotel jedoch ein Englischlehrbuch gefunden und damit begonnen, sich die Sprache anzueignen. Seine Betonung war für Lord Augustus gewöhnungsbedürftig. Ihm gefiel jedoch der Ehrgeiz, den der junge Mann an den Tag legte. Vorerst allerdings ging es ihm um Eva.

»Ich habe zufällig gehört, wie du dich nach Eva erkundigt hast. Mein Diener ist der Patient, den sie betreut hat. Ohne ihre Pflege wäre er wahrscheinlich gestorben. Sie ist ein Engel!«

»Das ist sie!«, stimmte Franz ihm mit leuchtenden Augen zu.

»Eva ist noch sehr jung, und in diesem Alter sind Mädchen noch arg verletzlich. Auch du bist noch jung und solltest Erfahrungen sammeln.«

»Yes, Sir!« Franz wusste nicht, wo ihm der Kopf stand. Aber er begriff, dass der Engländer keine Erfahrungen mit anderen Frauen meinte, sondern im Beruf. Ihm war selbst klar, dass er als einfacher Hausknecht weder eine Frau noch eine Familie versorgen konnte. Deshalb wollte er auch so viel lernen, wie es nur ging.

»Ich habe genug Einfluss auf Frau Karch, um dir eine bessere Stelle im Adonis verschaffen zu können«, bot der Lord Franz an.

Dieser überlegte kurz und dachte sich, dass er im Adonis nur als Pikkolo eingesetzt würde, während er hier mehr als das lernen konnte. Außerdem dachte er an seinen Arbeitgeber. Daher schüttelte er den Kopf. »Das wäre nicht ehrenhaft den Besitzern des Goldenen Schlüssel gegenüber. Sie haben mich angestellt, als mein Onkel mir die versprochene Stelle im Pupp nicht verschaffen konnte.«

Lord Augustus nickte zufrieden. Der junge Mann hatte Prinzipien und war nicht bereit, jemand wegen eines scheinbar leichteren Weges zu enttäuschen. Er wollte noch etwas sagen, da kam die Chefin des Hotels heraus.

»Franz, hast du ganz vergessen, dass du zum Bahnhof fahren musst, um die Frau Kommerzienrat abzuholen?«, fragte sie tadelnd.

Dann sah sie, mit wem ihr Hausknecht sprach, und presste sich die Hand auf den Mund. Auch wenn Augustus Beauvais im Adonis untergekommen war, so hatte sie von seiner Ankunft erfahren und ihn auch schon bei der Sprudelkolonnade gesehen.

»Verzeihen Sie, Eure Lordschaft, dass ich so dazwischengeplatzt bin. Ich wollte nur …«

Lord Augustus hob beschwichtigend die Hand. »Ich muss mich entschuldigen, weil ich Ihren Portier aufgehalten habe. Ich habe ihn um eine Auskunft gebeten!«

»Aber der Franz kann doch gar kein Englisch«, sagte die Frau verwundert.

»Es war genug, um mir sagen zu können, was ich wissen wollte. Und nun auf Wiedersehen.« Lord Augustus tippte mit dem rechten Zeigefinger kurz an seinen Zylinderhut und ging.

Seltsamerweise hatte Franz das Gefühl, als gelte die Geste mehr ihm als seiner Chefin. Nun aber beeilte er sich, um zum Bahnhof zu gelangen. Die Frau Kommerzienrat sollte nicht warten müssen.

* * *

Im Lauf der nächsten Woche rief Frau Zöpfel Eva zu sich. »Laut dem Arzt befindet Mister Jones sich auf dem Weg der Besserung und kann sich wieder selbst behelfen. Er benötigt daher deine Pflege nicht mehr. Das trifft sich gut, denn das Zimmer, das ich dir zur Verfügung gestellt habe, wird ab Freitag gebraucht. Du wirst daher wieder unten schlafen und als Stubenmadl arbeiten.«

Eva knickste. »Sehr wohl, Frau Zöpfel! Soll ich gleich das Zimmer in Ordnung bringen?«

»Das wird wohl das Beste sein. Heute bleibst du noch oben, um Mister Jones zu helfen. Am Abend ziehst du dann nach unten«, erklärte die Hausdame.

Eva nickte und überlegte, was alles getan werden musste, damit Jones sich ohne sie behelfen konnte. Auch wollte sie das Zimmer, in dem sie geschlafen hatte, so herrichten, als wäre sie nie darin gewesen.

Eva machte sich an die Arbeit. Als Erstes half sie Jones beim Rasieren und erklärte ihm, dass er es ab dem nächsten Tag ohne ihre Unterstützung tun müsse.

»Ich sorge dafür, dass Sie so wenig Aufwand wie möglich betreiben müssen«, erklärte sie und war froh, wenigstens so viel Englisch gelernt zu haben, um es ihm mit einfachen Worten erklären zu können.

Jones sah sie bedauernd an. »Es tut mir leid, dass du wieder gehen musst.«

»Mir nicht«, antwortete Eva lächelnd. »Es heißt nämlich, dass Sie wieder gesund sind.«

»So gut fühle ich mich nun wieder nicht«, gab Jones zu.

»Der Arzt sagt, Sie werden noch ein paar Wochen brauchen, bis Sie wieder ganz auf der Höhe sind. Aber mehr als den halben Weg haben Sie geschafft. Und das ist doch schön!«

Jones nickte. »Das ist mir auch lieber, als vor dem Himmelstor oder gar dem Tor der Hölle stehen und um Einlass bitten zu müssen. Aber jetzt sollte ich mich selbst rasieren, damit ich mich wieder daran gewöhne.«

Er nahm Eva das Rasiermesser aus der Hand und bezahlte seinen Versuch damit, dass er sich in die Wange schnitt.

»Goddam!«, fluchte er und entschuldigte sich sogleich. »Tut mir leid.«

»Ich würde auch schimpfen, wenn mir so etwas passieren würde«, meinte Eva und nahm ein Stück Weinstein, um das Blut zu stillen.

Genau in dieser Situation betrat Lord Augustus den Raum. »Ein Mädchen ist eben doch kein Barbier«, sagte er nachsichtig.

»Das war nicht Eva! Ich habe versucht, mich selbst zu rasieren, da Eva mir ab morgen nicht mehr zur Verfügung steht«, erklärte Jones.

»So, tut sie das nicht mehr?« Lord Augustus zog die Stirn kraus.

»Die Hausdame sagt, ich soll ab morgen wieder als Stubenmadl arbeiten. Ich muss noch das Zimmer drüben in Ordnung bringen. Es kommen Gäste«, sagte Eva und fragte Jones, ob sie ihn nicht doch besser rasieren solle.

Jones schüttelte den Kopf. »Ab morgen muss ich es ohnehin selbst tun. Also kann ich es auch sofort machen.«

»Wie Sie wünschen.« Eva trat zurück und machte sich daran, das kleine Badezimmer aufzuräumen.

Lord Augustus beobachtete sie und bemerkte die dunklen Ringe um ihre Augen, die von zu wenig Schlaf kündeten, und ihr schmal gewordenes Gesicht. Eva hatte Jones aufopfernd gepflegt und sich dabei vollkommen verausgabt. Eigentlich brauchte sie eine Woche Ruhe, um sich zu erholen. Rücksicht auf die eigenen Angestellten war in einem Hotel wie diesem jedoch das Letzte, was zählte.

»Ab morgen kannst du dein Frühstück im Frühstücksraum einnehmen«, sagte er zu Jones. »Mein Frühstückssalon ist gleich daneben.«

»Sehr wohl, *Mylord*!«, antwortete Jones, der sich nach den drei Wochen, die er in diesem Zimmer eingesperrt gewesen war, darauf freute, es endlich verlassen zu können.

* * *

Nachdem sie Jones das Frühstück gebracht und selbst etwas gegessen hatte, richtete Eva das ihr zur Verfügung gestellte Zimmer so her, dass es selbst bei einer scharfen Inspektion durch Frau Karch keinen Tadel geben konnte. Immerhin war es ein Gastzimmer, das in den nächsten Tagen wieder gebraucht wurde. Jemand wie sie hätte hier gar nicht schlafen dürfen. Nur weil Frau Zöpfel befürchtet hatte, Jones' Krankheit könne ansteckend sein, war sie hier einquartiert worden. Es war für sie ungewohnt gewesen, allein zu schlafen. Wenn sie einmal wach geworden war, hatten ihr die gewohnten Atemgeräusche anderer gefehlt. Allerdings war es angenehm gewesen, beim Waschen und Zähneputzen auf niemanden Rücksicht nehmen zu müssen. »Ab heute Abend werde ich wieder unten schlafen. Das ist auch gut so«, sagte sie sich.

Kurz darauf verließ sie das Gastzimmer und widmete sich Jones' Reisegepäck, das wegen seiner Erkrankung nur teilweise ausgepackt worden war. Einiges musste gewaschen werden, andere Utensilien legte sie so zurecht, dass er es mit wenig Mühe greifen konnte.

Als es auf den Abend zuging, tat es ihr doch leid, sich von ihm verabschieden zu müssen.

Die Zeit bleibt nicht stehen, dachte sie, als sie ihm die Hand reichte. »Jetzt werden wir uns wohl nicht mehr sehen, da ich in einem anderen Stockwerk des Hotels eingeteilt bin.«

»Ich hoffe doch«, antwortete er und sah sie lächelnd an. »Hätte ich eine Tochter oder Enkelin gehabt, sie hätte so sein sollen wie du.«

»Sagen Sie so etwas nicht!«, antwortete Eva und wünschte ihm von Herzen alles Gute. Dann verließ sie das Zimmer mit dem kleinen Bündel an persönlichen Dingen, die sie hier oben gebraucht hatte, und stieg die Treppe hinab.

Thea schaute gerade zur Tür der Suite heraus und verzog das Gesicht zu einer höhnischen Grimasse. »Jetzt kann sie wieder unten die Zimmer der Gäste putzen, die sich das Adonis gerade noch leisten können«, sagte sie zu Rosa.

»Da gehört sie auch hin«, kommentierte diese gehässig, musste sich dann aber beeilen, mit der Arbeit fertig zu werden, die Thea ihr zugeteilt hatte.

Unterdessen kehrte Eva in den Raum zurück, den sie mit Helga und vier anderen jungen Frauen teilte, und räumte ihre Habseligkeiten ein. Dabei erinnerte sie sich an die zwanzig Kronen, die sie von Frau Jaswig erhalten hatte. Rasch stieg sie zu ihrem Bett hoch und griff unter die Matratze.

Der Geldschein war nicht mehr dort!

Eva durchsuchte das ganze Bett, doch die zwanzig Kronen blieben verschwunden. Sie brauchte einige Augenblicke, um ihre wirbelnden Gedanken unter Kontrolle zu bringen. Wer konnte das getan haben, fragte sie sich. Ihren Zimmergenossinnen traute sie den Diebstahl nicht zu. Da die Tür jedoch kein Schloss hatte, konnte jeder hereinkommen. Etwas unter der Matratze zu verstecken, war nicht gerade klug gewesen.

Da betrat Helga die Kammer. »Als ich gehört habe, dass du wieder bei uns schläfst, bin ich gleich hergekommen. Es geht um die zwanzig Kronen, die ich unter deiner Matratze gefunden habe. Eigentlich wollte ich sie dort liegen lassen. Aber als eine aus Theas Gruppe neugierig in unsere Kammer geschaut hat, habe ich mir gedacht, ich bringe das Geld lieber zur

Hausdame, damit sie es für dich aufhebt. Du sollst deswegen zu ihr kommen.«

Eva fiel ein Stein vom Herzen, denn sie hatte von diesen zwanzig Kronen Geschenke für ihre Lieben zu Hause kaufen wollen. Daher umarmte sie Helga erleichtert. »Danke schön! Dafür gebe ich dir in den nächsten Tagen eine Tasse Schokolade aus.«

»Ich werde dich daran erinnern!«, antwortete Helga feixend.

Eva eilte unterdessen los, um die Hausdame aufzusuchen. Um diese Zeit war Frau Zöpfel meist in ihrem Büro, um die Abrechnung zu erledigen.

Eva klopfte vorsichtig an und trat nach Aufforderung ein. »Guten Abend, Frau Zöpfel«, grüßte sie.

»Guten Abend! Was willst du?«, fragte die Hausdame, die sich in ihrer Arbeit gestört fühlte.

»Es geht um die zwanzig Kronen! Die Helga hat gesagt, sie hätte sie Ihnen gegeben«, begann Eva.

Frau Zöpfel kniff kurz die Augen zusammen. »Das stimmt. Sie hat gesagt, das Geld gehört dir. Woher hast du das?«

»Die Frau Jaswig hat es mir gegeben, weil ich ihr geholfen habe, ihren Ring wiederzufinden.«

Die Hausdame erinnerte sich daran, wie die Frau bei ihrer Abreise Eva sehr gelobt und es bedauert hatte, dass sie sich nicht persönlich von ihr hatte verabschieden können, da die junge Frau bereits zu Jones' Pflege eingeteilt und von der Belegschaft und den übrigen Gästen abgesondert worden war. Es handelte sich um eine Erklärung, die jederzeit nachgeprüft werden konnte, und war daher glaubhaft.

»Ich werde das Geld deinem Konto gutschreiben. Du bekommst es im Herbst, wenn die Saison endet«, sagte sie zu Eva und wandte sich wieder ihren Berechnungen zu.

»Herzlichen Dank und gute Nacht.« Eva knickste und verließ den Raum.

Lange hatte Frau Zöpfel jedoch nicht Ruhe, da klopfte es erneut.

»Was ist denn jetzt los? Herein«, rief diese ungehalten und schluckte, als Lord Augustus die Tür öffnete und auf sie zutrat.

Rasch stand sie auf und knickste. »Euer Lordschaft! Gibt es Beschwerden?«, fragte sie auf Englisch.

Augustus Beauvais hob beschwichtigend die Hand. »Zum Glück nicht! Ich bin aus einem anderen Grund gekommen. Mein Diener hat Gott sei es gedankt seine Krankheit überwunden, wird aber seine Pflichten mir gegenüber während meines Aufenthalts in Karlsbad nicht so schnell wieder erfüllen können. Nun will ich Ihnen aber nicht für die gesamte Dauer einen Ihrer wichtigen Pikkolos entziehen. Es genügt, wenn dieser mir am Morgen, Mittag und Abend beim Ankleiden hilft und sonst seiner normalen Tätigkeit im Hotel nachgeht.«

»Aber wer begleitet Sie dann zu den Quellen?«, fragte Frau Zöpfel verwirrt.

»Ich glaube, es reicht aus, wenn die junge Frau, die meinen guten Jones aufs Beste gepflegt hat, dies übernimmt. Den Rest der Zeit kann sie sich um Jones und um meine Garderobe kümmern.«

Die Hausdame traute ihren Ohren kaum und fragte sich, ob der Lord auf seine alten Tage noch einmal von Amors Pfeil getroffen worden war. Dabei war er doch gut fünfzig Jahre älter als Eva. Frau Zöpfel hätte ihm erklären können, dass im Augenblick ein Zimmermädchen für sie weitaus wichtiger war als ein Pikkolo. Dies aber Lord Augustus ins Gesicht zu sagen, verbot sich von selbst.

Daher knickste sie erneut. »Es wird selbstverständlich so geschehen, wie Sie es wünschen, *Mylord*!«

Der Spleen des Lords

Eva fühlte sich unwohl, während sie mit der Tasse in der Hand hinter Lord Augustus herging. Am Morgen hatte Frau Zöpfel ihr den Befehl erteilt, ihn auf seinem Weg zu den Brunnen zu begleiten. Auch sollte sie darauf achten, dass sein Diener Jones immer gut versorgt wurde.

Von Thea, Rosa und deren Anhängerinnen hatte sie sich einige anzügliche Worte anhören müssen. Dabei war sie ganz sicher, dass Lord Augustus nicht daran dachte, sie zu unanständigen Dingen aufzufordern, wie Karl Wenzl es in ihrem Heimatdorf getan hatte.

Helga hatte ihr erklärt, sie solle nichts auf die Bosheiten der Kolleginnen geben. Die seien bloß neidisch, weil nicht sie den Lord begleiten durften. Außerdem habe sie sich ein paar leichtere Tage verdient. Sie sehe noch sehr spitz im Gesicht aus.

Eva dachte an das fröhliche Lachen ihrer Freundin, an Gisela und Zenzi, die ihr ebenfalls zugeraten hatten. Alle Zimmermädchen aus Angelikas Schar waren eine verschworene Gruppe, und sie erledigten ihre Arbeit freudiger und leichter als jene, die unter Theas Fuchtel standen. Deren Zimmermädchen ärgerten sich wahrscheinlich fürchterlich, weil Thea und Rosa nicht im Geringsten daran dachten, sie zu unterstützen, obwohl sie zu zweit nur Lord Augustus' Suite und das Zimmer seines Dieners herrichten mussten. Sie hätte beides noch nebenbei erledigt, dachte Eva, rief sich dann aber zur Ordnung. Es stand ihr nicht zu, eine schlechte Meinung von den anderen zu haben.

Die Ankunft bei der Sprudelkolonnade beendete ihren Gedankengang. Während Lord Augustus sich auf eine Bank setzte, stellte sie sich in die Schlange und sah den Brunnenmädchen zu, die das heilende Wasser aus dem Bassin schöpften.

Eva wunderte sich darüber, da beim Marktbrunnen das Wasser als dünner Strahl in ein Becken floss, damit die Kurgäste es mit ihren Tassen auffangen konnten. Hier aber schoss das heiße Wasser mehr als mannshoch aus dem Rohr. Jeder, der versucht hätte, seine Tasse selbst zu füllen, wäre unweigerlich nass geworden oder hätte sich gar verbrüht.

Daher schöpften die weiß gekleideten Brunnenmädchen das Wasser mit Gefäßen, die an langen Stangen befestigt waren, und gossen es in die Tassen der Kurgäste. Die Arbeit war nicht schwer, aber wegen der Hitze des fast kochenden Wassers und des Schwefelgeruchs lag ein Dampf in der Luft, der Eva schier den Atem nahm. Die Brunnenmädchen hingegen schienen ihn nicht einmal zu bemerken.

Endlich war Eva an der Reihe, ließ sich die Tasse füllen und kehrte zu Lord Augustus zurück.

»Sie sollten mit dem Trinken noch einen Augenblick warten, denn das Wasser ist noch sehr heiß«, riet sie ihm.

Beauvais nahm die Tasse entgegen und sah auf das längliche Gebäude der Wandelhalle. »Darum gehen die Leute auch mehrfach die Kolonnade hin und her, damit ein wenig Zeit vergeht. Vielleicht sollte ich das auch tun.«

»Ein wenig Bewegung ist gewiss nicht von Übel«, erwiderte Eva.

Der Lord lächelte und stand auf. »Dann komm!«

»Aber …«, begann Eva.

»Du bleibst selbstverständlich an meiner Seite! Schließlich musst du mir noch zwei weitere Tassen dieses äußerst köstlichen Wassers bringen«, unterbrach sie Beauvais.

»Es schmeckt scheußlich, nicht wahr?«, fragte Eva.

»Du hast es schon probiert?«

Eva nickte. »Ein Mal! Eines der Zimmermädchen fühlte sich nicht wohl, und da haben wir ihr geraten, das Wasser zu trinken. Allein hat sie sich nicht getraut, darum sind wir mitgekommen. Aber nicht zum großen Sprudel, sondern zu den kleinen Quellen in der Marktkolonnade. Da war es unauffälliger.«

»Der Vorschlag kam wahrscheinlich von dir, nicht wahr?« Der Lord lachte, denn das sah Eva ähnlich.

Sie nickte verschämt. »Die anderen waren böse mit ihr, weil sie ihre Arbeit nicht erledigen konnte. Da dachte ich, vielleicht wird es durch das Wasser besser.«

»Und hat es geholfen?«, fragte der Lord.

»Ein wenig schon. Aber ich sehe, Sie haben mittlerweile Ihr Wasser getrunken. Ich hole Ihnen rasch eine neue Tasse.« Eva griff nach dem Gefäß.

»Lass dir Zeit! Es kann ruhig ein wenig dauern, bis ich das nächste Mal trinke. So köstlich ist dieses Wasser nicht, um sich danach zu verzehren.«

Eva lachte. »Da haben Eure Lordschaft recht!«

Während sie loszog, um die Tasse am Sprudel füllen zu lassen, sagte Lord Augustus sich, dass sie die englische Sprache rasch und fast spielerisch leicht gelernt hatte, denn er konnte sich mit ihr schon recht gut unterhalten. Auch war sie stets bereit, anderen zu helfen, ob dies nun eines der Zimmermädchen war, sein Diener oder aber er selbst.

Als Eva zurückkam, bat er sie, die Tasse vorerst zu halten, bis das Wasser kühl genug war, und reihte sich in die durch die Kolonnade wandelnden Kurgäste ein. Eva folgte ihm wie ein Entenküken der Mutter und wirkte in ihrem blauen Kleid wie eine Enkelin, die dem Großvater brav die Tasse mit dem Heilwasser nachtrug.

* * *

Lord Augustus empfand den Besuch beim Sprudel mit Eva zusammen als weitaus angenehmer denn die vorangegangenen mit dem Pikkolo. Dieser hatte sich allzu gerne in Gespräche verstrickt und ihn warten lassen. Die Gefahr bestand bei Eva nicht. Bei ihr musste er eher darauf achten, dass sie nicht zu eifrig wurde und ihm das Heilwasser schneller brachte, als ihm lieb war. Allerdings hatte er bereits während seiner früheren Besuche festgestellt, dass es seiner Gesundheit guttat. Das hieß jedoch nicht, dass er es jeden Tag in neuer Rekordzeit trinken musste.

Auch wenn Lord Augustus niemand war, der von sich aus Kontakte suchte, war seine Anwesenheit in Karlsbad durch die Kurgastlisten bekannt geworden, und er wurde neugierig beäugt. Viele wunderten sich, ihn anstatt wie bisher mit einem Hotelpikkolo in Begleitung eines jungen Mädchens zu sehen, das ihm das Wasser brachte. Einige Blicke verrieten schlüpfriges Interesse, während die meisten wahrnahmen, dass seine Begleiterin ihre Pflichten weitaus besser erfüllte als jener Pikkolo.

Lord Augustus war der Meinung, dass sich der gemeinsame Gang durch die Wandelhalle ausgezeichnet dafür eignete, Eva die englische Sprache noch näher zu bringen. Daher winkte er sie zu sich und begann ein Gespräch, in dem er immer neue Worte verwendete und sie korrigierte, wenn sie sich in Grammatik und Aussprache irrte. Damit gelang es ihm auch, die Pausen einzulegen, die er sich wünschte.

Als er schließlich seine letzte Tasse für diesen Sprudelbesuch getrunken hatte, deutete er auf eine kleine Gruppe, die sich vor einer Anschlagtafel zusammengefunden hatte.

»Die Kurgastliste scheint heute wieder sehr interessant zu sein!«, sagte er mit einem gewissen Spott. »Die Menschen dort stellen sich an, als wäre Kaiser Franz Joseph höchstpersönlich erschienen.«

»Da wäre hier schon einiges mehr los!«, antwortete Eva lächelnd. »Aber die Kurgastliste zeigt den Leuten zum Beispiel, dass Seine Lordschaft Sir Augustus Beauvais im Adonis eingetroffen ist.«

»Seitdem sind sicher noch ein paar Hundert Gäste dazugekommen, von denen einige weit bedeutender sein dürften als ich«, sagte Lord Augustus und schüttelte den Kopf. »Was für eine Mode, die Namen der neu eingetroffenen Kurgäste auf eine Liste zu drucken und hier und an anderen Stellen der Stadt auszuhängen. Wenn jemand nicht belästigt werden will, kann er nicht verhindern, dass er es doch wird.«

»Andererseits kann jeder nachsehen, ob Bekannte von ihm angekommen sind oder jemand, den man bewundert und gerne kennenlernen würde«, erklärte Eva.

»Schon gut«, erwiderte er. »Ich werde jedenfalls nicht darauf schauen. Komm jetzt!«

Statt ins Adonis zurückzukehren, schlenderte Lord Augustus die Alte Wiese entlang in Richtung des Pupp.

»Sollte ich nicht besser Ihre Tasse ins Hotel zurückbringen?«, fragte Eva.

Und dort Zimmer putzen, bis ich wiederkomme, dachte der Lord und schüttelte den Kopf. »Keineswegs!«, sagte er. »Es macht mir Freude, ein wenig mit dir zu parlieren. Warum sollte ich mir dies versagen?«

Darauf wusste Eva nichts zu erwidern. Auch ihr gefiel es, sich mit dem alten Herrn zu unterhalten. Er wusste so viel von der Welt und sie so wenig. Außerdem war er freundlich, und ein wenig hoffte sie auf ein kleines Trinkgeld, wenn er Karlsbad wieder verlassen würde. Dann würde sie nach der Saison mit mehr Geld nach Hause zurückkehren, als sie es je erhofft hatte.

Evas gute Stimmung hielt genau so lange an, bis sie den Goldenen Schlüssel erreichten und sie Franz vor dessen Tür stehen sah. Was wird er von mir halten, wenn er mich mit Seiner Lordschaft sieht, dachte sie erschrocken. Hoffentlich glaubt er nicht das, was Thea und deren Freundinnen mir in ihrer Bosheit vorwerfen. Sie hätte allerdings nicht zu sagen vermocht, weshalb es ihr so wichtig war, dass Franz nichts Schlechtes von ihr annahm.

Zu ihrer Verwunderung trat Lord Augustus direkt auf Franz zu und grüßte ihn. *»Hello, my boy! How are you doing?«*

»Thank you, Mylord, very good!«, antwortete Franz und wandte sich Eva zu. »Ich freue mich, dich zu sehen! Wie geht es dir?«

»Du kannst Englisch?«, fragte Eva verwundert, ohne auf Franz' Frage einzugehen.

»Ein wenig. Weißt du, ich möchte lernen, um irgendwann mehr werden zu können als nur Hausknecht in einem Hotel.«

»Das schaffst du auch!«, sagte Eva, hielt es dann aber für unhöflich, sich in das Gespräch zwischen dem Lord und Franz eingemischt zu haben, und trat einen Schritt zurück.

Beauvais bemerkte es und nickte unwillkürlich. Eva war taktvoll, und das war eine seltene Gabe. Selbst die Angehörigen der besseren Gesellschaft waren oft frei davon, obwohl man sich redlich bemühte, es ihnen in der Jugend beizubringen. Er sprach noch ein wenig mit Franz, bezog dann aber Eva ein, die zu Franz' Überraschung besser Englisch konnte als er selbst, und war schließlich der Meinung, dass die beiden tatsächlich gut zueinanderpassten. Zwar waren sie noch recht jung, verstanden sich aber bestens, und Franz zeigte den Willen, mehr zu werden. Auch Eva war ehrgeizig, was ihr im Augenblick wohl noch nicht bewusst war. Für ihn war jetzt schon sonnenklar: Weder würde Franz ein einfacher Hoteldiener bleiben noch Eva auf Dauer ein Zimmermädchen.

Schließlich erklärte der Lord, weitergehen zu wollen. Sofort verabschiedete Eva sich von Franz. Beiden war anzumerken, dass sie gerne länger miteinander gesprochen hätten, doch sie waren höflich genug, sich nach ihm zu richten.

»Kommst du diesmal am Sonntag in die heilige Messe?«, fragte Franz noch rasch.

Eva drehte sich zu ihm um und nickte. »Ich glaube schon.«

»Wir sehen uns!«, rief Franz ihr nach und musste sich beeilen, um einem zurückkehrenden Hotelgast die Tür zu öffnen.

Lord Augustus ging bereits weiter an der Tepl aufwärts, und Eva musterte seine hohe, aufrechte Gestalt. Dabei wunderte sie sich, dass er trotz seines gehobenen Alters keinen Stock benötigte. Allerdings wusste sie, dass er einen nach Karlsbad mitgebracht hatte. Den benutze er nur für längere Spaziergänge, hatte er ihr erklärt. Doch was war für Lord Augustus ein längerer Spaziergang, fragte sie sich, als sie sich dem Teplknie und damit dem Pupp näherten.

»Ich sehe, der Cafépavillon des Pupp ist bereits fertig. Das ist gut, denn nun können wir dort eine Tasse Tee zu uns nehmen«, sagte er unvermittelt.

Eva starrte auf den großen, am Teplufer stehenden Pavillon mit den riesigen Glasfenstern und seiner aufwendigen Ausstattung und blieb stehen. »Wenn Sie hier Tee trinken wollen, kehre ich besser ins Adonis zurück.«

»Das wäre mir nicht recht. Ich wünsche mir nämlich, mich weiter mit dir zu unterhalten«, erklärte Beauvais.

»Sie meinen, ich soll mit hineingehen? Nein, das darf ich nicht!«, rief Eva erschrocken.

»Und warum nicht?«, fragte Lord Augustus knapp.

»Ich kann mich doch als Stubenmadl nicht zu den feinen Leuten setzen.«

»Du kannst es, und du wirst es tun, weil ich es so wünsche!«, erklärte er streng und trat ein.

Unglücklich folgte Eva ihm und sagte sich, dass sie kein Aufsehen erregen und ihn blamieren durfte. Daher nahm sie auf dem Stuhl Platz, den er ihr anwies, und sah dann die Serviererin kommen, um ihre Bestellung aufzunehmen. Dies überließ Eva dem Lord und sah kurz darauf zu, wie das Kaffeemädchen, das mit einem schwarzen Kleid, einer weißen Schürze, bauschigen weißen Ärmelschützern und einem weißen Häubchen bekleidet war, ihnen das Gewünschte brachte. Während der Lord seinen Tee und ein Stück Sandkuchen erhielt, stellte es ihr eine Trinkschokolade und ein Stück Sahnetorte hin.

Der Lord zahlte auch gleich und gab dabei der Bedienung ein so gutes Trinkgeld, dass Eva sich wünschte, kein Stubenmadl, sondern ein Kaffeemädchen zu sein, wenigstens hier im Pupp, schränkte sie ein. Im Adonis gab es zwar einen Kaffeesalon, aber keinen einzeln stehenden Pavillon wie hier. Auch bedienten dort keine Frauen, sondern einige Kellner. Rasch schob sie den Gedanken von sich und richtete ihre Aufmerksamkeit auf die anderen Gäste.

Beauvais hatte Eva nicht zuletzt deshalb mit in den Kaffeepavillon des angesagtesten Hotels von Karlsbad gebracht, um herauszufinden, wie sie sich in einer ihr unbekannten Umgebung verhielt. Er wurde nicht enttäuscht, denn bevor Eva den ersten Schluck trank und den ersten Bissen der Torte zum Mund führte, achtete sie genau darauf, wie die anwesenden Damen dies taten, und machte es ihnen nach.

In Gedanken klatschte der Lord Beifall. Dieses Mädchen konnte es zu etwas bringen, sagte er sich. Für einen Augenblick dachte er an seine verstorbene Frau und daran, dass er keine Kinder hatte, und empfand eine gewisse Traurigkeit. Irgendwann musste er mit jemandem darüber sprechen. Vielleicht würde er Eva das Herz ausschütten. Sie hatte ein mitfühlendes Wesen und würde ihm die Freude machen, ihn während seiner Zeit in Karlsbad noch das eine oder andere Mal in eines der Cafés oder Restaurants der Stadt zu begleiten.

* * *

Auch wenn Eva im Cafépavillon des Pupp nicht unangenehm aufgefallen war, so hatte ihr Aufenthalt die Aufmerksamkeit einiger Leute erregt. Noch bevor der Tag zur Neige ging, erfuhr es Frau Karch. Dieser ging es weniger um Eva, sondern sie fragte sich besorgt, was Lord Augustus angetrieben hatte, bei der verhassten Konkurrenz einzukehren. Da sie ihn jedoch nicht befragen konnte, ließ sie am Abend Eva zu sich kommen. Frau Zöpfel war bei ihr, um das Mädchen ins Gebet zu nehmen.

Eva trat ein, knickste und blieb an der Tür stehen.

Frau Karch musterte sie durchdringend. Obwohl die junge Frau erst wenige Monate im Adonis arbeitete, so spürte sie doch eine gewisse Veränderung in ihr. Sie war selbstsicherer geworden und wirkte erwachsener, und das konnte auch Lord Augustus aufgefallen sein.

»Tritt näher!«, befahl sie.

Verunsichert trat Eva zwei Schritte auf sie zu und blieb erneut stehen. Sie konnte sich keinen Reim darauf machen, weshalb die Madame sie zu sich gerufen hatte.

»Du bist heute im Pupp gewesen?«, fragte Frau Karch streng.

Evas Miene nahm einen abwehrenden Zug an. »Es war der Wille Seiner Lordschaft! Er wollte dort eine Tasse Tee trinken.«

»Aber deshalb hätte er nicht dich mitnehmen müssen«, wandte Frau Zöpfel ein.

»Ich wollte ins Adonis zurückkehren, doch Seine Lordschaft bestand darauf, dass ich ihn begleite.«

Frau Karch sah sie durchdringend an. »Seine Lordschaft bestand also darauf. Bestand oder besteht er noch auf anderen Dingen? Sollst du ihn in seine Suite begleiten und dort eine gewisse Zeit mit ihm verbringen?«

Eva brauchte einen Augenblick, um zu begreifen, was die Hotelbesitzerin da andeutete, und schüttelte empört den Kopf. »Das tat und tut er nicht!«

»Wenn ich einen Einwand bringen darf, Frau Karch«, meldete sich die Hausdame zu Wort. »Seine Lordschaft zeigte nie Anzeichen, dass er in Eva mehr sehen könnte als die aufopfernde Pflegerin seines Kammerdieners. Daher sehe ich die Tatsache, dass er sich jetzt von ihr begleiten lässt, als Dankesgeste an.«

»Wollen wir hoffen, dass dem so ist! Sollte Lord Augustus jedoch erkennen lassen, dass er sich von dir mehr wünscht als nur deine Begleitung, so wirst du ablehnen, verstanden?«, sagte Frau Karch zu Eva, die mit zunehmend störrischer Miene vor ihr stand.

»Es wird Seiner Lordschaft niemals einfallen, etwas von mir zu verlangen, das gegen Gottes Gebot ist. Er ist ein wahrer Gentleman!«

»Wir sollten es dabei belassen, Madame! Würde Seine Lordschaft erfahren, welchen Verdacht Sie gegen ihn hegen, wird er im nächsten Jahr ein anderes Hotel in Karlsbad mit seiner Anwesenheit beehren«, sagte Frau Zöpfel, um die Hotelbesitzerin zu besänftigen.

Frau Karch war jedoch weit davon entfernt, ruhiger zu werden. »Wenn er es nicht schon vorhat! Weshalb wäre er sonst heute im Pupp eingekehrt?«

»Er war nicht im Hotel, Madame, sondern nur in dem davor stehenden Cafépavillon, und er hat auch keinerlei Interesse an jenem Hotel gezeigt.«

Eva war das Verhör und die Verdächtigungen leid und antwortete daher nicht so ehrerbietig, wie es einem Zimmermädchen der Hotelbesitzerin gegenüber angemessen war.

Frau Zöpfel sah sich erneut bemüßigt, einzugreifen. »Der Cafépavillon des Pupp wird von vielen aufgesucht, Madame, auch von anderen Gästen unseres Hotels.«

»Es wäre ein immenser Schaden für unser Ansehen, wenn Lord Augustus im nächsten Jahr ein anderes Hotel als das unsere beehrt«, erklärte Frau Karch besorgt.

»Aus diesem Grund sollten wir alles moralisch Vertretbare tun, damit Seine Lordschaft sich in unserem Hause wohlfühlt, und wenn dies – in aller Unschuld natürlich! – Evas Gesellschaft ist.«

Frau Zöpfel glaubte den Lord gut genug zu kennen, um sicher sagen zu können, dass dieser kein amouröses Interesse an Eva hatte. Und falls Augustus Beauvais großväterliche Gefühle für die junge Frau hegte, sollte man diese nicht überflüssigerweise beschneiden. Dies aber wollte sie der Hotelbesitzerin unter vier Augen erklären.

»Wenn dies alles ist, Madame, so könnte Eva wieder gehen«, schlug sie vor.

Als Frau Karch nickte, wandte die Hausdame sich an Eva. »Du wirst Seiner Lordschaft die freundliche, aber auch zurückhaltende Begleiterin sein, die er sich wünscht. Sorge dafür, dass er sich wohlfühlt, und teile mir umgehend mit, wenn ihm etwas missfällt.«

»Das werde ich«, versprach Eva, deren Ärger mittlerweile abgeklungen war. Sie hielt Theas Andeutungen für den Grund, weshalb Frau Karch und die Hausdame so besorgt waren. Nun hoffte sie nur, dass diese nicht auch Lord Augustus zu Ohren kamen. Denn das wäre für ihn gewiss ein Grund gewesen, das Adonis im nächsten Jahr zu meiden.

»Da kannst gehen!«, erklärte Frau Karch und wies zur Tür.

Eva knickste, wünschte den beiden Frauen eine gute Nacht und verließ das Zimmer.

Kaum hatte sie die Tür hinter sich geschlossen, presste Frau Zöpfel die Hände gegeneinander. »Ich werde ein ernstes Wort mit Thea reden! Dummes Geschwätz hat hier im Hotel nichts verloren. Auf die Dauer würde es nicht nur Seine Lordschaft dazu bringen, uns zu verlassen, sondern auch andere Gäste, die auf Sitte und Anstand Wert legen.«

»Tun Sie das! Sagen Sie ihr, dass sie sich mit ihrem impertinenten Gerede nur selbst schadet. Dabei war sie im letzten Jahr so eifrig, dass Sie sie über einige andere hinweg zur Leiterin der zweiten Gruppe der Stubenmadln gemacht haben!« Frau Karch führte damit einen Stich gegen ihre Hausdame, da diese ihr Thea empfohlen hatte.

Frau Zöpfel spürte ihre Kritik und fragte sich, ob sie damals nicht voreilig gehandelt hatte. Im Nachhinein waren ihr doch einige Dinge aufgefallen, die sie besser hätte hinterfragen sollen. Sie hatte Thea jedoch befördert und musste nun zusehen, dass sie selbst nicht den Schaden davontrug.

* * *

Als Eva den Schlafraum betrat, fand sie sich im Zentrum allgemeinen Interesses wieder.

»Du bist im Pupp gewesen! Ich hätte mich das niemals getraut«, rief Gisela bewundernd.

»Seine Lordschaft war mit mir nicht im Pupp, sondern nur in dem dazugehörigen Cafépavillon am Teplufer«, rückte Eva die Tatsache zurecht.

»Auch das hätte ich niemals gewagt«, rief Helga. »Wie schaut er denn innen aus? Es heißt, in Karlsbad soll es nichts Besseres geben!«

Eva versuchte, sich daran zu erinnern, begriff aber, dass sie in ihrer Anspannung ganz vergessen hatte, darauf zu achten. Hilflos zuckte sie mit den Schultern. »Ich weiß es nicht so recht! Es war auf alle Fälle sehr gediegen. Durch die großen Glasfenster hat man direkt auf die Tepl schauen können und auf den Neubau, der dahinter errichtet wird.«

»Das neue Kaiserbad!«, erklärte Zenzi, die bereits davon gehört hatte.

»Auch kann man auf die Alte und die Neue Wiese hinunterschauen – sogar bis über die Sprudelkolonnade hinaus«, berichtete Eva weiter und schaffte es nun doch, die Neugier ihrer Freundinnen zu stillen. Als sie zu Bett ging, dachte sie daran, dass sie die Tage mit Lord Augustus nicht missen wollte, aber trotzdem froh sein würde, wenn sie wieder ihrer normalen Arbeit nachgehen konnte.

Auch am nächsten Tag erfüllte sie ihre Pflichten dem Lord gegenüber. Sie trug ihm die Tasse nach, holte das Heilwasser vom Sprudel und begleitete ihn auf die schattig gelegene Terrasse des Elephant. Da sein Diener nun jeden Tag kräftiger wurde, war Lord Augustus auch wieder für die Schönheiten der Stadt offen. Er empfand Eva als angenehme Begleiterin. Sie drängte sich weder vor, noch äußerte sie irgendwelche Wünsche. Um sie dazu zu bringen, eine der Oblaten von ihm anzunehmen, musste er mindestens die doppelte Anzahl für sich kaufen. In den Cafés trank sie nie mehr als eine Tasse Schokolade und aß auch nur ein Stück Kuchen, und das nur dann, wenn er selbst eines wählte.

Zwar hätte er für sie bestellen können, doch er nahm ihren festen Willen wahr, nicht als jemand zu gelten, der die Bekanntschaft mit ihm ausnützen wollte. Einmal sprach er sie dann aber doch darauf an. »Du solltest ein Stück Torte essen, auch wenn ich es nicht tue.«

Eva sah ihn mit einem feinen Lächeln an. »Eure Lordschaft sind zu freundlich! Sie sollten allerdings auch bedenken, dass Sie Karlsbad in zwei Wochen wieder verlassen werden. Ich halte es daher für besser, mir nicht Genüsse anzugewöhnen, denen ich später nachtrauern muss, da ich sie mir nicht leisten kann.«

»Das ist sehr spartanisch gedacht«, erwiderte der Lord.

»Spartanisch? Was ist das?«, fragte Eva.

Bevor Lord Augustus sich dessen bewusst wurde, berichtete er Eva von der alten griechischen Stadt Sparta, in der sowohl Männer wie auch Frauen von Kindesbeinen einem harten Drill unterworfen wurden.

Dass Männer als Soldaten exerzieren mussten, verstand Eva ja noch. »Aber warum mussten die Mädchen ebenfalls laufen lernen und bekamen nur karges Essen?«, fragte sie.

»Die Spartaner waren ein hartes Geschlecht, und allein die Besten waren gut genug, ihm anzugehören. Daher sollten die Mütter starke Frauen sein, die nicht bei jedem Windstoß in Tränen ausbrachen, wie es bei den feinen Damen der Gesellschaft heute oft genug der Fall ist.«

Ehe Lord Augustus sich versah, hatte er Eva mehr als zwei Stunden von den alten Griechen berichtet, ohne dass sie auch nur ein Anzeichen von Langeweile gezeigt hätte.

»Ich glaube, wir sollten ins Hotel zurückkehren. Man wird uns dort bereits vermissen«, sagte er schließlich und dachte, dass er selten einen angenehmeren Vormittag verbracht hatte.

Im Adonis angekommen, wartete Jones bereits darauf, Lord Augustus beim Umziehen zu helfen. Den Pikkolo hatte er, wie er knurrig sagte, zum Teufel gejagt.

»Der Bursche hätte doch glatt den Rock Eurer Lordschaft für heute Mittag verdorben. Ich konnte ihm gerade noch das Plätteisen aus der Hand winden!«, setzte er als Erklärung hinzu.

»Aber der Rock sollte geplättet werden«, sagte Eva nach einem Blick darauf.

»Das ja, aber nicht mit einem Eisen, das förmlich glüht!«, erwiderte Jones schnaubend.

»Wenn Sie erlauben, bringe ich den Rock zu Frau Heister. Die kann das ausgezeichnet«, sagte Eva, und als der Lord nickte, nahm sie den Rock und eilte hinaus.

»Eva ist ein fixes Mädchen!«, sagte Jones anerkennend. »Schade, dass sie kein junger Bursche ist. Den könnten wir nach England mitnehmen und als meinen Nachfolger für Seiner Lordschaft Kammerdiener ausbilden.«

Lord Augustus lachte. »Mein Guter, ich habe dir mehr als zehn Jahre voraus. Daher glaube ich nicht, dass ich noch einen anderen Kammerdiener brauchen werde. Du brauchst vielleicht einmal einen Helfer, aber das kann Eva nicht sein.«

»Das kann sie leider wirklich nicht«, bestätigte Jones bedauernd.

Lord Augustus lächelte. Eine englische Lady hätte Eva vielleicht als Zofe einstellen können. Für einen Mann wie ihn aber war es unmöglich, es sei denn, er wäre bereit gewesen, sich über alle Schranken der Sitte und Moral hinwegzusetzen. Dafür aber war er zu alt. Auch hätte er es Eva nicht antun wollen, in einen schlechten Ruf zu geraten.

Er wunderte sich, wohin sich seine Gedanken verirrten. Offenbar lag ihm doch etwas an dem jungen Mädchen.

»Da mir der Aufenthalt hier gutgetan hat, werden wir auch nächstes Jahr wieder hierher zurückkommen«, sagte er zu Jones und setzte für sich hinzu, dass er dann das Mädchen wiedersehen und seine Entwicklung verfolgen konnte.

Eva kam bereits mit dem frisch gebügelten Rock zurück und berichtete voller Freude, dass Frau Heister sich bereit erklärt habe, sie in die Kunst des Plättens einzuführen.

»Das ist etwas, das kaum ein Stubenmadl kann«, sagte sie und sah zu, wie Jones seinem Herrn in den Rock half.

»Es ist richtig, zu lernen«, erklärte ihr Lord Augustus und fand nach einem Blick auf seine Taschenuhr, dass es für ihn Zeit war, aufzubrechen.

Auch Jones machte sich zum Mittagessen bereit. Für ihn würde im größeren der beiden Speisesäle gedeckt werden, während für seinen Herrn ein Platz im Festsaal freigehalten wurde, in dem nur ein erlesener Teil der Gäste des Adonis speisen durfte.

Eva hingegen strebte der Gesindeküche zu, in der für die Angestellten aufgetischt wurde. Als sie eintrat, wurde sie von Thea mit einem bitterbösen Blick empfangen. Frau Zöpfel hatte dieser kurz zuvor klipp und klar erklärt, dass sie hier im Hotel kein dummes Gerede über Eva und den Lord mehr zu hören wünsche.

* * *

Am Sonntag konnte Eva endlich wieder die heilige Messe besuchen. Während der Predigt drehte sie sich nach Franz um. Er sah im gleichen Augenblick zu ihr herüber. Zu winken wagte er nicht. Als jedoch der Gottesdienst vorbei war, kam er sofort zu ihr.

»Grüß dich, Eva! Es ist schön, dass ich dich wieder treffe«, sagte er.

Sie lächelte. »Aber wir haben uns doch erst vor ein paar Tagen gesehen.«

»Da war der Lord aus England dabei.«

»Als wenn wir, wenn wir allein sind, über Verbotenes reden würden! Wie geht es dir so? Bist du jetzt ganz der Portier im Goldenen Schlüssel oder immer noch der Hausknecht?«

»Ich bin noch Hausknecht, mache aber alles, was anfällt. Ich hab sogar einmal gekellnert oder, besser gesagt, das Essen aus der Küche in den Speisesaal getragen, damit die Kellner es servieren konnten. Und ich hab auch schon Bier ausgeschenkt und den Gästen vorgesetzt. Weißt du, in einem kleinen Hotel wie dem Goldenen Schlüssel muss jeder mit anpacken.«

»Das muss man bei uns auch.«

Franz lachte leise. »Aber ihr Stubenmadl müsst nicht auch noch Bier ausschenken oder Gäste empfangen. Eigentlich bin ich ganz froh, dass es mit dem Pupp nichts geworden ist. Dort wäre ich ein Pikkolo unter mehreren. Im Goldenen Schlüssel aber bin ich der Franz, dem man jede Arbeit anschaffen kann.«

»Bleibst du auch die nächste Saison im Goldenen Schlüssel?«, fragte Eva.

Franz wiegte unschlüssig den Kopf. »Behalten würden sie mich schon! Ich bekäm sicher auch ein bisserl mehr Geld. Allerdings will ich weiterkommen. Sonst wäre ich doch nur wieder das Mädchen für alles.«

Bei dem Begriff musste Eva kichern. Ein Mädchen war Franz sicher nicht. Er war im Gegenteil erwachsener und männlicher geworden als zu der Zeit, in der sie ihn kennengelernt hatte.

»Ich möchte im nächsten Jahr auf jeden Fall im Adonis bleiben«, erklärte sie. »Bis auf ein paar Mädels komme ich mit allen gut aus, und vielleicht werde ich sogar für ein Stockwerk eingeteilt, in dem es bessere Trinkgelder gibt. Allerdings darf ich nicht klagen. Bis jetzt habe ich fast von jedem Gast eine Kleinigkeit bekommen.«

Das Schlagen der Kirchturmuhr ließ sie aufschrecken. »Ich muss gleich los, denn ich habe Seiner Lordschaft versprochen, ihn und Jones in die englische Kirche zu begleiten. Behüt dich Gott, Franz! Bis zum nächsten Mal.«

»Bis zum nächsten Mal«, antwortete Franz und hoffte, dass sie dann mehr Zeit hatten, miteinander zu reden.

Eva eilte unterdessen zum Hotel und sah Lord Augustus und seinen Diener bereits in der Halle stehen.

»Da bist du ja schon!«, rief Beauvais ihr zu.

»Ich habe mich leider ein wenig versäumt«, berichtete Eva.

Lord Augustus lachte. »Du bist zehn Minuten früher, als ich es erwartet habe, und selbst das nannte ich eine optimistische Schätzung. Aber da wir nun mehr Zeit haben, müssen wir uns nicht eilen. Der gute Jones wird dankbar dafür sein. Es ist das erste Mal, dass er auf dieser Reise zur Kirche geht.«

»Dann bin ich froh, dass ich früh genug gekommen bin.«

»So geeilt hätte es wirklich nicht«, erklärte Jones beschwichtigend.

Sie verließen das Hotel, wandten sich aber nicht der Tepl zu, sondern stiegen den Schlossberg hoch, bis sie zur anglikanischen Kirche kamen. Dort hatten sich bereits etliche englische Kurgäste eingefunden. Einige kannten den Lord und begrüßten ihn je nach Stand freundschaftlich oder ehrerbietig.

Eva begriff, dass er in seiner Heimat ein angesehener Mann sein musste, und wünschte sich direkt, unsichtbar zu sein. Mehrere Landsleute, vor allem Frauen, musterten sie nämlich neugierig. Ihr war anzusehen, dass sie keine Engländerin war, und man hatte sie auch schon anderenorts mit Lord Augustus zusammen gesehen. Dieser dachte jedoch nicht daran, den Wissensdurst der Damen zu stillen. Stattdessen unterhielt er sich mit ein paar älteren Herren und betrat, als der Pfarrer kam, als einer der Ersten die Kirche.

Eva blieb verunsichert draußen stehen, da es keine katholische Kirche war. Da fasste Jones sie am Arm. »Du solltest mitkommen! Es sähe seltsam aus, wenn du die ganze Zeit vor der Kirchentür warten würdest.«

Das fand Eva auch und folgte Jones ins Innere der Kirche. Dort suchte sie sich einen Platz ganz hinten und sah sich vorsichtig um. Gegen die Maria-Magdalenen-Kirche auf der anderen Teplseite war sie äußerst schlicht eingerichtet. Hier will man den Leuten den Glanz des Paradieses nicht bereits auf

Erden zeigen, fuhr es ihr durch den Kopf. Doch die Gläubigen sangen und beteten ähnlich wie die drüben, und auch der Ritus, mit dem der Pfarrer den Gottesdienst hielt, war ihr weitgehend vertraut.

Eva musterte unauffällig die hier versammelten Kurgäste. Unter den Herren herrschte bei Hosen und Sakkos die Farbe Grau vor. Zwei trugen sogar Kleidung mit Quadraten in verschiedenen Grautönen. Kariert – so nannte man das, fiel ihr bei dem Anblick ein. Selbst Lord Augustus trug mit Vorliebe Grau, und er besaß mindestens eine Hose und den dazu passenden Rock in dieser karierten Form.

Bei den Damen kniff Eva leicht die Augen zusammen. In den Brunnenkolonnaden oder beim Flanieren auf der Großen Wiese waren ihr die Engländerinnen nicht aufgefallen. Nun begriff sie auch, warum dies so war. Im Vergleich zu den aufwendig gekleideten Russinnen, Französinnen und deutschen Frauen besseren Standes wirkten sie wie braune Wachteln unter bunten Vögeln. Sie waren sicher teuer gekleidet, aber mit nur wenig Eleganz. Allerdings hätte sie selbst sich glücklich geschätzt, wenn sie einmal in ihrem Leben ein halbwegs ähnliches Kleid besessen hätte.

Dann aber lachte sie in Gedanken über diese Vorstellung. Stubenmadl, die wünschten, sich wie eine Dame kleiden zu können, mochte es viele geben. Erreichen aber würde es wohl keine.

* * *

Nach dem Gottesdienst traf Eva vor der Kirche mit dem Lord und Jones zusammen.

»Noch ein Mal, mein Guter, werden wir hier beten. Dann fahren wir wieder nach Hause«, sagte Lord Augustus zu seinem Diener.

Eva zählte nach und kam darauf, dass er nun schon seit fast fünf Wochen im Adonis weilte. Seit jenen Tagen hatte sie nicht mehr als Zimmermädchen gearbeitet. Es wurde Zeit, dass sie ihre gewohnte Arbeit wieder aufnahm. Gleichzeitig empfand sie angesichts der nahenden Trennung eine gewisse Traurigkeit.

»Da du die jüngsten Beine von uns hast, kannst du zum Hotel zurücklaufen und unsere Tassen holen, damit wir das köstliche Wasser des Sprudels genießen können«, sagte der Lord.

Jones schnaufte abwehrend. »Das schlechteste Bier, das ich je getrunken habe, schmeckte besser als dieses von Ihnen köstlich genannte Wasser!«

»Aber es tut gut, mein Lieber! Das alleine zählt. Du wirst dann die Tassen zum Hotel bringen, da Eva und ich anschließend weitergehen werden.«

»Weitergehen? Wohin?«, fragte Eva verwundert, da sie die Tassen sonst immer mitgenommen hatte.

»Zum Posthof«, erklärte der Lord. »Als ich in früheren Jahren mit meiner Frau zusammen in Karlsbad war, sind wir jeden Sonntag dorthin gewandert und haben in jenem Restaurant zu Mittag gegessen. Zumindest ein Mal will ich es auch heuer tun. Das heißt, du musst auch meinen Gehstock mitbringen. Ohne den ist mir der Weg zu weit.«

Der Posthof war ein bei den Gästen sehr beliebtes Ausflugsziel ein wenig südlich der Stadt. Von hier aus musste man dorthin etwas mehr als doppelt so weit gehen wie zum Pupp. Für einen alten Herrn wie Lord Augustus war dies eine lange Strecke. Mehr aber erschreckte Eva, dass er sie mitnehmen wollte. Sie hatte bereits im Cafépavillon des Pupp und auf der Terrasse des Elephant Aufsehen erregt. Wenn der Lord sie in den Posthof mitnahm, würde dies noch mehr auffallen.

Bei diesem Gedanken erinnerte sie sich an ein Marionettenspiel, das sie bei einem ihrer Besuche in der Bezirksstadt auf dem Markt gesehen hatte, und sie kam sich vor wie eine der Puppen dort. Der Lord zupfte am Faden, und sie musste tun, was er wollte. Auch jetzt knickste sie und eilte voraus, um das Verlangte zu holen.

Eva hatte sich bereits bei der Sprudelkolonnade angestellt, als Lord Augustus und Jones noch darauf zu schlenderten. Trotz des störenden Stocks gelang es ihr, die Tassen von einem Brunnenmädchen füllen zu lassen, und brachte sie den beiden Männern.

»Wohl bekomme es!«, sagte sie, während sie dem Lord als Erstem die Tasse reichte. Seinen Stock hatte sie sich unter den linken Arm geklemmt.

Lord Augustus zog ihn heraus und lehnte ihn neben sich an die Bank, bevor er die Tasse entgegennahm. Während er mit unbewegter Miene trank, verzog Jones das Gesicht. »Wieso kann das Heilwasser nicht so gut schmecken wie das Bier, das hier ausgeschenkt wird? Dann würden alle es weitaus lieber trinken!«

»Du weißt doch, mein Bester: Alles, was guttut, schmeckt bitter. Dies ist allein Evas Schuld!«

»Ich habe nichts damit zu tun!«, protestierte Eva empört.

Lord Augustus musste lachen. »Natürlich nicht! Ich meinte auch die Urmutter Eva, die Gott dem Adam als Gefährtin schuf. Wäre sie nicht von der Schlange verführt worden, würden wir Menschen noch im Paradies leben.«

»Anstatt den Apfel der Erkenntnis zu essen, hätte Adam Eva kräftig den Hintern versohlen sollen. Dann würde wahrscheinlich auch diese Brühe schmecken.« Jones schüttelte es kurz, dann trank er aber doch.

Eva zog eine Schnute. »Warum soll Eva allein schuld sein? Adam hätte doch Charakter zeigen und den Apfel verweigern können.«

Lord Augustus musste lachen. »Hüte dich vor dem Tag, an dem Frauen Priester werden, mein guter Jones! Dann ist es mit unserer Männerherrlichkeit vorbei. Dann wird nämlich uns die Schuld dafür gegeben werden, dass wir das irdische Jammertal durchmessen müssen.«

»Die Hälfte der Schuld könnt ihr nicht abstreiten!«, sagte Eva kämpferisch.

»Bevor wir uns über die Auslegung der Bibel in die Haare geraten, solltest du lieber die nächsten Tassen mit dem Heilwasser holen«, erklärte Lord Augustus nachsichtig.

Eva zuckte zusammen, knickste und entriss ihm und Jones förmlich die Tassen. »Verzeihen Sie, Euer Lordschaft!«, rief sie und eilte los.

»Ein prachtvolles Mädchen!«, sagte Lord Augustus.

»Das ist sie! Aber wenn Euer Lordschaft mir ein ehrliches Wort erlauben: Sie verwöhnen Eva zu sehr! Wenn wir wieder fort sind, wird es schwer für sie werden, sich wieder in das Leben einzufinden, das sie vorher geführt hat.« Jones klang besorgt, denn er mochte Eva und wollte nicht, dass sie sich später nach Dingen sehnte, die nicht mehr möglich waren.

Lord Augustus lächelte nur. Er kannte Eva besser und wusste, dass sie sich stets bemühte, mit beiden Beinen fest auf dem Boden zu bleiben. Sie würde sich gerne an diese Zeit erinnern, sich aber nicht davon blenden lassen. Sein Wunsch, im nächsten Jahr wiederzukehren und zu sehen, was aus Eva geworden war, wurde noch stärker, und er freute sich bereits jetzt auf das Wiedersehen.

Eva kam mit den vollen Tassen zurück. Diesmal war das Wasser noch heißer, und sie mussten ein wenig warten, bis sie es trinken konnten. Das Gespräch aber nahmen sie nicht mehr auf. Stattdessen fragte Jones, warum auf einem Felsen, der Hirschsprung hieß, eine Gämse als Denkmal verewigt worden war.

»Es hätte doch ein Hirsch sein müssen, mit einem mächtigen Geweih und so weiter«, setzte er munter hinzu.

Eva zuckte mit den Schultern. »Ich habe dieses Standbild zwar gesehen, mir aber nichts dabei gedacht.«

»Das ist ganz einfach«, erklärte der Lord. »Ein reicher Mann bot der Stadt an, auf diesem Felsen eine Statue zu errichten. Der Magistrat nahm das Angebot an und glaubte, es würde ein Hirsch werden. Der Mann, der das Denkmal errichten ließ, sagte jedoch, der Felsen sei zu steil, als dass ein Hirsch ihn erklimmen könnte. Dies sei nur einer Gämse möglich. Daher habe er eine Gämse in Bronze gießen lassen.«

»Kam der Magistrat sich nicht betrogen vor?«, fragte Eva.

Der Lord hob lächelnd die Arme. »Das mag sein! Doch wie heißt es so schön? Einem geschenkten Gaul – beziehungsweise einer Gämse – schaut man nicht ins Maul.«

Nun musste auch Eva lächeln. »Es ist auch eine hübsche Gämse.«

»Vor allem hat man hier einiges für Denkmäler übrig!«, erklärte Jones grinsend. »Würde hier jemand eines für Queen Victoria aufstellen und es auch bezahlen wollen, würde man ihm den besten Platz dafür geben.«

»Was wohl auch angemessen wäre!« Der Lord nickte und fand dann, dass das Heilwasser nun kühl genug war, um getrunken werden zu können. Er leerte seine Tasse, steckte diese Jones zu, der sichtlich mit seinem Trunk kämpfte, und forderte Eva auf, mitzukommen.

»Der Posthof wartet!«, setzte er fröhlich hinzu und spürte, dass der Aufenthalt in Karlsbad ihm noch weitaus besser tat, als er es sich erhofft hatte.

* * *

Der Weg zum Posthof führte am Pupp und der Baustelle des monumentalen Kaiserbads vorbei die Tepl aufwärts. Lord Augustus schritt stramm aus und verringerte seine

Geschwindigkeit nur, wenn er auf jemand Bekanntes traf. Dabei handelte es sich nicht nur um Engländer und Engländerinnen. Bei seinen früheren Besuchen in Karlsbad hatte er etliche Bekanntschaften gemacht, von denen nun einige auf ihn zutraten.

Dem jungen Mädchen an seiner Seite galten immer wieder fragende Blicke. Auch wenn Lord Augustus sich nicht für die Gäste auf der Kurgastliste interessierte, taten diese es umso mehr, und so war allgemein bekannt, dass er sich auf seinem täglichen Weg zu Sprudel und auf seinen Spaziergängen von einem Zimmermädchen aus dem Adonis begleiten ließ. Es war dies, wie eine deutsche Gräfin erklärt hatte, eine Marotte, wie sie nur einem der von Natur aus verrückten Engländer einfallen könne.

Der Weg führte weiter durch das schmale Tal der Tepl mit seinen grünen Hängen. Die Wanderung gefiel Eva, und sie beschloss, in ihrer kargen Freizeit von nun an mehr spazieren zu gehen.

An einer Stelle, an der sich das Tal am linken Ufer ein wenig weitete, lag der Posthof. Es war ein stattliches Gebäude, das zu Zeiten der Überlandpostkutschen als Wechselstation für Pferde errichtet worden war. Mittlerweile brachte die Eisenbahn die Kurgäste nach Karlsbad, und so war der Posthof zu einem sehenswerten Gasthaus umgebaut worden. Eva bewunderte den großen Saal mit seinen eindrucksvollen Gemälden, die deutlich zeigten, dass auch höhere Herrschaften gerne hierherkamen, um zu speisen, sich zu unterhalten und den Kapellen zu lauschen, die hier aufspielten.

Im Adonis gab es nur einen Pianisten, und gelegentlich hatte Eva ihn spielen hören. Die Musik hier war jedoch etwas ganz anderes. Auch Lord Augustus schien so zu empfinden, denn er wippte mit dem rechten Fuß im Takt, schien aber in Gedanken versunken zu sein. Eva wagte nicht, ihn zu stören. Mit feinem

Empfinden begriff sie, dass er an jene Zeiten dachte, in denen seine Ehefrau ihn hierher begleitet hatte. Diese war nun seit fünf Jahren tot, und ebenso lange hatte er Karlsbad gemieden.

Er bestellte und blieb eine Stunde lang sitzen, ohne mehr als ein halbes Dutzend Worte zu sprechen. Gelegentlich betrachtete er Eva. Diese tat erneut alles, um nicht aufzufallen. Um es ihr leicht zu machen, hatte er auch hier die Speisen bestellt, die sie ohne Mühe essen konnte, denn er wollte sie nicht blamieren. Allerdings tat sie das Ihre dazu. Eva war intelligent, aber ebenso freundlich und hilfsbereit. Auch – und das rechnete er ihr hoch an – war sie nicht krampfhaft auf Belohnungen und Trinkgelder aus. Diese Gier war ein schlechter Charakterzug und verdarb den Menschen, bis er nur noch auf das Geld starrte, das er für seine Gefälligkeiten bekommen wollte, und entwertete damit diese zu einer käuflichen Ware.

»In den ersten Jahren sind meine Frau und ich noch ein Stück weiter bis zum Freundschaftssaal gegangen. In den letzten drei, vier Jahren, in denen wir in Karlsbad weilten, war uns der Weg dorthin zu beschwerlich, und so wurde der Posthof unser entferntestes Ziel«, erklärte Lord Augustus, als er mit Eva wieder heimwärts strebte.

»Hätte ich mehr Freizeit, würde ich diese Wege wohl auch gehen«, antwortete Eva.

»Du solltest wirklich spazieren gehen!«, riet ihr der Lord. »Auch solltest du zusehen, so viel zu lernen, wie es dir nur möglich ist, und auch Bücher lesen, um deinen Horizont zu erweitern.«

Obwohl Bücher teuer waren, nickte Eva. Wenn sie kräftig sparte, konnte sie sich ein oder zwei kaufen. Nun aber fragte sie den Lord nach England aus und wandelte auf dem restlichen Weg in Gedanken durch den großen Park von Beauvais Hall, von dem Lord Augustus ihr erzählte.

* * *

Die Tage vergingen, und ehe Eva sich versah, stand der Wagen vor der Tür, der Lord Augustus zum Bahnhof bringen sollte. Jones war bereits mit dem Gepäck vorausgefahren, und Frau Karch hatte einige ihrer Getreuen um sich versammelt, um den geehrten Gast zu verabschieden. Dazu gehörten zuvorderst ihr Neffe und die Hausdame. Eva war ebenfalls hinzugeholt worden, weil Frau Zöpfel ahnte, dass es dem Lord nicht gefallen hätte, wenn sie das Mädchen, welches ihn zuvor stets begleitet hatte, nun ausgeschlossen hätte.

»Auf Wiedersehen, Euer Lordschaft, und eine angenehme Reise«, sagte Frau Karch mit freundlichster Stimme.

»*Good bye* und bis zum nächsten Jahr!« Lord Augustus reichte erst Frau Karch die Hand, dann deren Neffen Ludwig und zuletzt Frau Zöpfel. Als Nächstes winkte er Franz zu sich, den er für diese Stunde vom Goldenen Schlüssel ausgeliehen hatte. Franz hatte für ihn mehrere Bücher gekauft, die er nun Eva reichte.

»Ich sagte dir, du sollst lesen, und habe Franz einige Bücher besorgen lassen, von denen ich hoffe, dass sie dir nicht nur Freude beim Lesen bereiten, sondern dich auch weiter blicken lassen, als es bei einem Zimmermädchen im Allgemeinen der Fall ist.«

Eva knickste und nahm die Bücher entgegen. »Ich danke Eurer Lordschaft!«

Lord Augustus reichte nun auch ihr die Hand. »Auf Wiedersehen im nächsten Jahr, Eva! Ich lasse mir dann von dir berichten, wie dir die Bücher gefallen haben.«

Eva wagte kaum, seine Hand zu ergreifen, und knickste erneut. Nun verabschiedete sich der Lord von Franz, stieg in den Wagen und hob die Hand zum Zeichen, dass die Fahrt beginnen könne. Eine kurze Weile sah Eva ihm noch nach, dann bog der Wagen um die Ecke, und Lord Augustus Beauvais war für dieses Jahr Vergangenheit.

»Ich muss jetzt auch gehen! Bis zum Sonntag nach der Messe«, sagte Franz. Er vergaß dabei nicht, seinen Bückling vor Frau Karch und deren Neffen zu machen.

Eva sah auch ihm nach, dann wandte sie sich an Frau Zöpfel. »Ich bringe die Bücher in meinen Schrank und frage dann Angelika, wozu sie mich ab heute einteilt.« Sie knickste und lief zur Treppe ins Souterrain.

Ludwig Karch sah ihr interessiert nach. »Das ist wirklich ein hübsches Dingelchen.«

»Du wirst dich beherrschen können!«, fuhr seine Tante ihn an. Sie klang streng. Zum einen duldete sie keine Liebschaften unter ihrem Dach, und zum anderen hatte sie für ihren Neffen gewisse Pläne. Und vor allem wusste sie eines: Wenn Lord Augustus im nächsten Jahr ins Adonis zurückkehrte, wollte er Eva hier antreffen. Daher hielt sie es für klug, ihrem Neffen von Anfang an klarzumachen, dass er die Finger von dem Mädchen zu lassen hatte.

Unterdessen verstaute Eva ihre Bücher und suchte dann Angelika. »Da bin ich wieder! Wo soll ich arbeiten?«, fragte sie, als sie ihre Vorgesetzte fand.

Angelika sah sie kopfschüttelnd an. »Du kannst es wohl nicht erwarten, wieder Zimmer sauber zu machen, was? Hilf Gisela, und wenn ihr fertig seid, den anderen.«

»Ich bin schon unterwegs!«, antwortete Eva fröhlich und eilte los.

Gisela war mit ihren Zimmern fast fertig, und so suchte Eva eine andere, der sie helfen konnte. Viel bekam sie nicht mehr zu tun, denn Angelikas Gruppe hatte die Arbeit am Vormittag fast erledigt und sammelte sich im letzten Zimmer, das noch zu reinigen war.

»Ich werde jeden Tag ein Zimmer mehr machen, weil ihr in den letzten Wochen für mich mitgearbeitet habt«, bot Eva an.

»Nichts da!«, rief Helga lachend. »Sonst fordert Theas Bande, dass du auch für sie mitarbeitest. Dabei haben sich bei denen Thea und Rosa, also gleich zwei einen faulen Lenz machen können. Wir dagegen sind gut durchgekommen. Wenn du jetzt jeder von uns ein paar Oblaten zahlst, ist es genug.«

»Die Eva wird nicht viel Geld haben, denn der Lord hat ihr nur ein paar Bücher als Trinkgeld gegeben«, wandte Gisela ein.

Eva senkte den Kopf. Lord Augustus hatte ihr bereits am Vorabend mehrere Goldmünzen in die Hand gedrückt. Sie kannte deren Wert nicht, doch war sie sicher, dass es mehr Geld war als die zwanzig Kronen, die sie von Frau Jaswig erhalten hatte. Nun befanden die Münzen sich in Frau Karchs Geldschrank und warteten darauf, dass sie sie am Ende der Saison mitnahm. Sie wollte weder an diese Münzen noch an die zwanzig Kronen von Frau Jaswig gehen. Da sie in den letzten Wochen jedoch kaum etwas ausgegeben hatte, verfügte sie über genug Geld, um ihre Freundinnen nicht nur zu ein paar Oblaten, sondern auch zu einer Tasse Trinkschokolade einladen zu können.

»Wenn wir am Nachmittag früh genug fertig werden, könnten wir uns eine Schokolade und sogar ein Stück Kuchen leisten«, schlug sie vor.

»Vielleicht sogar im Cafépavillon von Pupp?«, fragte Zenzi.

»Wenn wir das tun, schnappt die Madame über«, meinte Helga burschikos und nannte ein einfacheres Café, das sie gelegentlich aufgesucht hatten.

Gisela sammelte ihre Arbeitsutensilien ein und sah die anderen an. »Jetzt hab ich Hunger!«

»Nicht nur du!«, rief Helga.

Sie räumten ihre Sachen auf und strebten der Personalküche zu. Da sie die Ersten waren, halfen sie, die Tische zu decken, und erhielten dafür sofort ihr Essen.

Wenig später kamen Thea und deren Truppe hinzu. Sechs Wochen lang war Thea nur für Lord Augustus' Suite und Jones' Zimmer verantwortlich gewesen, hatte die Arbeit aber so geschickt verteilt, dass Rosa das meiste hatte erledigen müssen. An diesem Tag musste auch sie wieder wie gewohnt mit anpacken. Ihre Laune war schlecht, und sie ärgerte sich, weil Eva und ihre Freundinnen fröhlich lachten.

»Besonders gut muss der Lord auf Eva nicht zu sprechen sein. Wisst ihr, was er ihr als Trinkgeld gegeben hat? Ein paar Bücher! Der Rosa und mir hat er jeder einen Haufen Kronen in die Hand gedrückt. Aber wir haben seine Suite auch in bester Ordnung gehalten.«

Eva hätte nun sagen können, dass sie das eine oder andere hatte nacharbeiten müssen, doch sie hielt den Mund. Anders als sie nahm Helga die Gelegenheit wahr, es Thea doch einmal ein wenig heimzahlen zu können.

»Wenn die Rosa und du so viel Trinkgeld bekommen habt, könnt ihr uns andere auch einmal ins Café einladen. Immerhin haben wir für euch zwei mitarbeiten müssen.«

Thea machte ein säuerliches Gesicht. »Wie käme ich dazu, euch was zu spendieren? Ihr gehört ja schließlich nicht zu meiner Gruppe!«

»Das zu sagen war ein Fehler«, sagte Eva leise zu Helga und grinste. »Jetzt hat sie ihre eigenen Stubenmadln am Hals.«

Hochwürdens Irrtum

Lord Augustus Beauvais hatte Karlsbad wieder verlassen, und nun ging der Kurbetrieb im Adonis genauso weiter wie vor seinem Erscheinen. Zwar stand die Grande Suite derzeit leer, aber es gab bereits eine Reservierung für die nächste Woche. Diesmal hatte Frau Zöpfel verfügt, dass die Suite im Rahmen der allgemeinen Arbeit sauber gemacht werden müsse. Theas Hoffnung auf weitere angenehme Wochen, in denen sie ihre Pflichten auf andere abwälzen konnte, erfüllte sich daher nicht. Auch wenn Frau Zöpfel viele Aufgaben erledigen musste, hatte sie scharfe Augen und war nicht gewillt, den allgemeinen Tagesablauf noch einmal zu ändern, nur damit Thea sich die Arbeit leichter machen konnte. Dadurch wären die anderen Zimmermädchen über Gebühr belastet worden, und das hätte den Frieden im Hotel mehr gestört als Theas Schmollen.

Rosa war mit dieser Entscheidung sehr einverstanden. Ihre Verehrung für Thea hatte in den sechs Wochen, in denen Augustus Beauvais im Hotel gewohnt hatte, stark nachgelassen. Zudem hatte Thea das gesamte Trinkgeld des Lords an sich genommen und ihr nur eine kleine Summe abgetreten. Auch auf eine Einladung zu Kakao und Kuchen hatte Theas Gruppe vergeblich gewartet. Deren Stimmung war daher schlecht.

Während sich in Angelikas Truppe alle gegenseitig unterstützten, dachte von Theas Zimmermädchen keine daran, ihren Mitstreiterinnen zu helfen. Dies merkte auch Thea, die früher ihre Kolleginnen dazu gebracht hatte, für sie mitzuarbeiten, um sich ihre Gunst zu erhalten.

Eva bekam von diesen Befindlichkeiten kaum etwas mit. Sorgfältig erledigte sie ihre Arbeit und erhielt ebenso wie die anderen Zimmermädchen aus Angelikas Gruppe so manches Lob, während es doch gelegentlich Beschwerden über Thea und deren Untergebene gab. Noch war Frau Zöpfel nicht so weit, den Gruppen andere Zimmer zuzuweisen. Sie ließ sich jedoch öfter sehen und erteilte den einen oder anderen Tadel.

Zu Beginn der nächsten Woche erschien dann ein Gast, bei dem Eva sich freute, dass dessen Zimmer zu ihrem Aufgabenbereich zählte. Es handelte sich um Hochwürden Philipp Maier aus ihrem Heimatdorf, der nach längerer Genesungszeit seinen Kuraufenthalt in Karlsbad antrat. Da er als einfacher Landpfarrer nicht zu jenen zählte, die sich die besseren Zimmer oder gar Suiten im Adonis leisten konnten, war er damit zufrieden, ein einfaches, auf den Hang zu gelegenes Zimmerchen im ersten Stock zu erhalten.

Er meldete sich an und wurde von einem Pikkolo zu seinem Zimmer geführt. Unterwegs sah er sich aufmerksam um. Auch wenn das Adonis mittlerweile vom Pupp und ein paar anderen neuen Hotels übertroffen wurde, so zählte es zu den besseren Häusern in Karlsbad, und seine Einrichtung bewies Geschmack. So gediegen, wie es sich ihm darbot, hatte er es gar nicht erwartet.

In seinem Zimmer angekommen, blickte er durch das Fenster auf den grünen Hang, der wenige Meter dahinter in die Höhe stieg. Es war kein großartiger Ausblick, ihm aber lieber als ein Zimmer, das auf die Straße hinausging. An die Ruhe seines Dorfes gewöhnt, hätte ihn der Lärm der Passanten und das Geräusch rollender Räder gestört.

Mit diesem Gedanken trank er einen Schluck von dem bereitgestellten Mineralwasser und begann, seine Sachen einzuräumen. Da klopfte es an die Tür.

»Herein!«, rief er und sah Eva eintreten.

Im ersten Moment hätte er sie fast nicht erkannt, so verändert wirkte sie in ihrem schwarzen Kleid, der weißen Schürze und dem Häubchen.

»Grüß Gott, Hochwürden! Ich will Ihnen helfen, Ihre Sachen in den Schrank zu hängen«, sagte sie lächelnd.

»Eva! Bei Gott, wie schön, dich zu sehen!«

»Auch ich freue mich sehr«, antwortete sie. »Als ich in der Personalküche gehört habe, dass Sie kommen, habe ich es vor Ungeduld fast nicht mehr ausgehalten.«

Eva sprach anders als früher, fuhr es dem Pfarrer durch den Kopf, irgendwie städtischer. Das war kein Wunder, denn sie lebte nun schon etliche Monate in Karlsbad und hatte es mit vielen Kurgästen zu tun.

»Wie geht es Ihnen, Hochwürden? Die Mama hat geschrieben, dass dieser Ungut Karl Wenzl Sie schwer verletzt haben soll«, sagte Eva, während sie seinen Koffer auspackte.

»Ich bin lange im Spital gewesen«, berichtete Pfarrer Maier. »Anschließend habe ich mehrere Wochen in einem Kloster verbracht, mich dann aber entschlossen, in Karlsbad auf Kur zu gehen. Danach, so hoffe ich, werde ich eine kleine Pfarrei erhalten, die ich mit meinen Kräften noch bewältigen kann.«

»Sie kommen also nimmer zu uns heim?«, fragte Eva bedrückt.

Hochwürden Maier schüttelte den Kopf. »Leider nein! Es wäre auch zu belastend für mich, da mich dort alles daran erinnern würde, was damals geschehen ist.«

»Mir tut es so leid, dass Sie uns verlassen müssen!« Eva kamen die Tränen, und sie musste sich die Augen trocken reiben, bevor sie weiterarbeiten konnte.

»Mir tut es auch leid«, antwortete Hochwürden Maier. »Aber es ist nun einmal so. Hätte der alte Wenzl seinen Sohn zu einem ehrlichen Menschen erzogen, hättest du nicht vor Karl nach Karlsbad fliehen müssen – und er hätte mich wohl auch nicht niedergeschlagen.«

Damit hatte der Pfarrer zwar recht, und zu Beginn ihrer Zeit in Karlsbad hätte Eva ihm zugestimmt. Mittlerweile aber hatte sie sich an die Stadt gewöhnt und hier Freundinnen gewonnen. Auch erhielt sie mehr Lohn als eine Bauernmagd – und sie hätte Franz Herbst niemals kennengelernt. Sie fand es schön, sich mit dem jungen Mann nach der heiligen Messe zu treffen, gemeinsam mit ihm über die Alte Wiese zu schlendern und an einer Oblate zu knabbern.

»Ja, wäre Karl Wenzl nicht so, wie er ist, wäre vieles nicht passiert oder anders geschehen«, sagte sie mit einem gewissen Unterton, der sowohl traurig wie auch erleichtert klang. »Was wissen Sie von meinen Eltern, Hochwürden? Die Mam schreibt mir nur selten einen Brief, weil das Schicken doch teuer kommt.«

Der Pfarrer hob bedauernd die Hände. »Ich bin nach meiner Genesung nicht mehr ins Dorf gekommen. Ein paar Bewohner schreiben mir, aber da geht es mehr um Wenzl. Es ist ihm durch seine Beziehungen gelungen, seinen Sohn vor dem Zuchthaus zu bewahren. Allerdings ist jetzt sein Nachbar Auer der neue Dorfobmann, und der achtet streng darauf, dass Wenzl und sein Sohn brav unter ihm bleiben. Die dürfen auch deiner Familie nichts tun, da sonst sofort alles wieder aufgerollt würde. Dann würde Karl Wenzl der Strafe nicht mehr entgehen.«

Während der Pfarrer berichtete, war Eva fertig geworden. »Entschuldigen Sie, Hochwürden, wenn ich jetzt wieder gehe.

Aber ich muss noch zwei weiteren Gästen beim Einräumen helfen«, sagte sie und verabschiedete sich.

* * *

Sosehr Eva sich über Hochwürden Maiers Anwesenheit freute, so blieb doch eine gewisse Anspannung. Sie wollte ihm den Aufenthalt so angenehm wie möglich gestalten, wusste aber auch, dass sie es nicht übertreiben durfte. Er war kein Lord Augustus, bei dem die Hausdame oder Frau Karch beide Augen zugedrückt hätten, wenn sie sich in erster Linie ihm gewidmet hätte. Auch hätten die anderen Kurgäste, deren Zimmer ihr anvertraut waren, es ihr verübelt, wenn sie diese zugunsten des Pfarrers vernachlässigt hätte. Da sich dies in den Trinkgeldern auswirken konnte, wäre es zudem ein Schaden für sie selbst gewesen.

Dies erinnerte sie an die fünf Kronen, die Hochwürden Maier ihr bei ihrer Abreise aus der Heimat mitgegeben hatte. Inzwischen hatte sie genug Geld gespart, um diese Summe zurückzahlen zu können. Als sie damit zu ihm kam, sah er sie verwundert an. »Aber das war doch ein Geschenk!«

»Ich sagte damals, dass Sie es wiederbekommen würden, sobald ich genug verdient habe«, erklärte Eva. »Das habe ich mittlerweile! Ich habe sogar ein wenig mehr, sodass ich meinen Eltern und meinen Geschwistern kleine Geschenke mitbringen kann, wenn ich nach der Saison wieder nach Hause fahre.«

»Wirst du dann daheimbleiben und als Bauernmagd arbeiten?«, fragte der Pfarrer.

Eva schüttelte den Kopf. »Frau Zöpfel, unsere Hausdame, hat bereits gemeint, dass ich auch in der nächsten Saison hier arbeiten kann.«

»Karlsbad ist aber nicht deine Heimat«, wandte der Pfarrer ein.

»Unser Dorf war auch nicht Ihre Heimat, und doch waren Sie mehr als zwanzig Jahre unser Pfarrer! Sie haben meine Eltern getraut, mich getauft, die Kommunion gehalten und waren bei meiner Firmung dabei.«

»Es ist doch ein Unterschied zwischen einem Priester und einem Stubenmadl«, erklärte Maier. »Ich kam in euer Dorf, weil es meine Pflicht war, dort über die Seelen der Menschen zu wachen. Du aber bist ein Mädchen, das dort bleiben sollte, wo es aufgewachsen ist.«

In Evas Ohren klang dies überheblich und war zudem falsch. Der Kurbetrieb in Karlsbad konnte nur gedeihen, wenn aus dem Umland Stubenmadl, Kellner und andere hierherkamen, um zu arbeiten. In ihrem Heimatdorf hätte sie nur als Bauernmagd ihr Auskommen gefunden oder gar auf Tagelohn gehen müssen. Ihren Eltern war es oft schwergefallen, sie und ihre Geschwister zu ernähren. Da war es doch besser, wenn sie hier in Karlsbad gutes Geld verdiente und einen Teil davon nach Hause mitbringen konnte, damit die ihren es leichter hatten.

Es war der Beginn etlicher Gespräche, die sie mit Hochwürden Maier führte. Obwohl sein Verstand ihm sagte, dass es für ihre Familie von Vorteil war, wenn Eva hier in Karlsbad Geld verdiente, so wehrte sich sein Gefühl dagegen.

»Es wäre besser, dein Bruder Joseph würde nach Karlsbad kommen und als Hausknecht arbeiten, während du in der Heimat bleibst«, meinte er einmal. »Ein junger Mann kommt besser zurecht als ein Mädchen, und ihm begegnen auch nicht so viele Anfechtungen.«

Eva lag bereits eine harsche Antwort auf der Zunge, doch sie beherrschte sich. Junge Männer waren nicht weniger all den Verlockungen ausgeliefert als junge Frauen. Ihnen aber sah man vieles nach, was bei einem Mädchen gleich als Schande galt. Sie dachte an die Mägde, die Karl Wenzl geschwängert hatte. Ihm hatte keiner einen Vorwurf gemacht. Die Frauen hingegen waren als Verworfene angesehen worden, obwohl sie weitaus weniger Schuld trugen als ihr Verführer oder gar Vergewaltiger.

Ganz vermochte sie aber nicht zu schweigen. »Sie haben den Wenzl Karl vergessen, Hochwürden. Wäre ich zu Hause geblieben, hätte ich ihm nicht entgehen können. Hier in Karlsbad aber konnte ich es.«

»Karl Wenzl ist ein Sünder. Wenn er jedoch bereut, wird Gott auch ihm verzeihen«, sagte der Pfarrer.

»So, wie er den Frauen verzeiht, die Karl Wenzl ins Unglück gestürzt hat?« Eva klang etwas schärfer, als sie eigentlich wollte. Obwohl Karl Wenzl den Pfarrer geschlagen und schwer verletzt hatte, zeigte dieser mehr Mitleid mit ihm, als er es bei den geschwängerten Mädchen getan hatte.

Der Pfarrer hob mahnend die Hand. »Gott wird jeden Menschen nach seinen Taten richten.«

Eva sah es als Mahnung, wenn nicht gar als Vorwurf an, so als wäre sie selbst schuld gewesen, dass Karl Wenzl ihr nachgestellt hatte. Lag es an der schweren Verletzung des Pfarrers, dass er so anders wirkte als früher, fragte sie sich. In ihrem Dorf hatte sie ihn als freundlichen Herrn erlebt, der ein offenes Ohr für die Sorgen seiner Gemeinde hatte und das eine oder andere Mal auch geholfen hatte. Auch hatte er dafür gesorgt, dass sie eine Stelle in Karlsbad erhalten hatte, um Karl Wenzls Nachstellungen zu entkommen. Nun aber zeigte er eine Schroffheit, die sie früher nie bei ihm bemerkt hatte.

Wie auch sonst, wenn sie die Unterhaltung mit ihm nicht weiterführen wollte, flüchtete sie sich in die Arbeit und verabschiedete sich mit dem Versprechen, ihm eine frische Flasche Mineralwasser zu bringen.

Pfarrer Maier sah ihr nach und fragte sich, was aus dem lieben, gehorsamen Mädchen geworden war, das er in seiner Kirchengemeinde gekannt hatte. Nun war Eva von einem unerwarteten Widerspruchsgeist erfüllt und bestätigte damit seine

Meinung, dass der Dienst in einer Stadt nichts für ein junges Mädchen wie sie war. Solche mussten in ihrer Umgebung bleiben, wo sie überwacht und behütet werden konnten. Kurz dachte er daran, dass es weder ihm noch anderen gelungen wäre, sie vor Karl Wenzl zu beschützen. Es war das Traurige daran, dass er Eva, um sie vor einer Gefahr zu erretten, einem Dutzend anderer Gefahren hatte ausliefern müssen.

* * *

Vor seiner Fahrt nach Karlsbad hatte Maier überlegt, ob er nicht bei seiner Cousine Josepha übernachten sollte, die ebenfalls Zimmer an Kurgäste vermietete. Der Gedanke, einer Verwandten für Bett und Speis Geld zahlen zu müssen, hatte ihn dazu gebracht, ein Hotel zu wählen. Aber er musste Josepha Pfnür auf jeden Fall einen Besuch abstatten, und so machte er sich nach ein paar Tagen auf den Weg zu ihr.

Als er klopfte, öffnete seine Cousine die Tür und sah ihn erstaunt an. »Philipp? Wo kommst du denn her?«

Sie klang ein wenig gepresst, da sie glaubte, er wolle bei ihr bleiben. Dabei war ihr Haus bis unters Dach belegt. Sie hatte sogar ihr eigenes Schlafzimmer vermietet und übernachtete in einem alten Bett auf dem Dachboden.

»Grüß Gott, Josepha! Ich freue mich, dich wieder einmal zu sehen. Es ist doch schon eine Zeit her, dass wir uns das letzte Mal getroffen haben.«

»Nächsten Monat sind es vier Jahre! Es war bei der Beerdigung der Tante Helene. Seitdem ist niemand mehr gestorben oder hat geheiratet – und es gab auch keine Taufe!«

»Vier Jahre schon.« Hochwürden Maier klang nachdenklich.

Über seinen Aufgaben als Seelsorger hatte er den Kontakt zu seinen Verwandten vernachlässigt. Einer der Gründe war sein verzweifelter Kampf gewesen, die Umtriebe der beiden Wenzls einzudämmen. Bezahlt hatte er es mit dem brutalen Schlag, den Karl Wenzl ihm versetzt hatte. Er konnte noch von Glück sagen, dass er nicht zum Invaliden geworden war.

»Komm doch herein!«, forderte seine Cousine ihn auf. »Die Leni hat heut Morgen einen Gugelhupf gebacken, und ich kann schnell einen Kaffee machen.«

»Dagegen hätte ich nichts.« Hochwürden Maier folgte ihr in die Küche und setzte sich. Während seine Cousine Kaffee aufbrühte, verstummte die Unterhaltung. Kaum saßen sie zusammen und rückten jeweils einem großen Stück Napfkuchen zu Leibe, ging das Gespräch weiter.

»Du bist gewiss gekommen, um dich nach dem Mädchen zu erkundigen, das du mir im April geschickt hast, nicht wahr?«, fragte Josepha Pfnür.

Philipp Maier hatte Eva bereits im Hotel getroffen. Trotzdem interessierte er sich dafür, was seine Cousine über das Mädchen zu berichten wusste.

»Ich hoffe, die Eva hat dir nicht zu viele Umstände bereitet.«

Josepha Pfnür schüttelte den Kopf. »Ganz und gar nicht! Ich habe sie leicht als Stubenmadl an das Adonis vermitteln können. Dort macht sie sich, wie ich gehört habe, recht gut. Letztens hat sie den kranken Diener eines Lords aus England gepflegt. Später hat der Lord sie auf seine Spaziergänge mitgenommen! Er ist mit ihr sogar in die Kaffeehäuser und Restaurants gegangen.«

Josepha Pfnür dachte sich nichts dabei, ihrem Cousin von Lord Augustus und dessen Marotte mit Eva zu erzählen. Dieser sah jedoch Anfechtungen zuhauf für das Mädchen. Auf ihn wirkte das so, als hätte der Adelige gewisse Absichten auf Eva gehegt und diese durch Großzügigkeit und Verlockungen verfolgt. Daher war Eva in seinen Augen bereits auf dem Weg in die ewige Verdammnis – und er musste sich die Schuld daran geben, dass es dazu gekommen war!

Josepha Pfnür machte sich über die großväterliche Art lustig, mit der Lord Augustus Eva behandelt hatte, verstärkte damit aber nur die Sorge ihres Verwandten. Junge Mädchen waren leicht zu verführen, und ein Ausflug in den Posthof und zu anderen Zielen brachte sie dazu, sich zuvorkommender zu zeigen, als sie es durften.

Voller Sorge verabschiedete Philipp Maier sich schließlich mit dem Hinweis von seiner Cousine, dass sein Abendessen im Adonis auf ihn warte.

»Im Adonis bist du untergekommen?«, rief Josepha Pfnür überrascht. »Da hast du die Eva ja direkt vor Augen!«

»Ja, das habe ich«, antwortete Hochwürden, und es klang nicht gerade erfreut. »Behüt dich Gott, Josepha! Ich besuche dich noch einmal, bevor ich wieder abreise.« Mit diesen Worten verließ der Pfarrer das Haus und kehrte mit dem festen Willen, Eva zur Rede zu stellen, ins Adonis zurück.

* * *

Sonst hatte Eva Pfarrer Maiers Zimmer am Abend als letztes hergerichtet, um noch ein paar Worte mit ihm sprechen zu können. An diesen Tag aber hatte Frau Zöpfel ihr befohlen, nach ihrer normalen Arbeit noch zwei weitere Zimmer vorzubereiten, weil am nächsten Tag weitere Gäste anreisen würden. Sie räumte daher Maiers Zimmer auf, während dieser beim Abendessen war.

Als Hochwürden zurückkam, war der Raum hergerichtet, und eine frische Flasche Mineralwasser stand für die Nacht bereit. Von seinem Verdacht in die Irre geleitet, nahm er an, Eva wolle einer Aussprache mit ihm aus dem Weg gehen. Am liebsten hätte er sie rufen lassen. Hier befand er sich jedoch nicht in seinem Pfarrhaus, sondern in einem Hotel und wollte nicht, dass Eva noch mehr ins Gerede kam, als es bereits der Fall sein mochte.

Er verschob daher am nächsten Morgen sein Frühstück und wartete auf Eva. Als sie eintrat, empfing er sie mit einem strengen Blick. »Du wirst wieder nach Hause fahren und deine Sünden im Gebet büßen!«, sagte er statt eines Grußes.

Eva starrte ihn verdattert an. »Welche Sünden?«

»Die du hier in Karlsbad begangen hast!«, erklärte der Pfarrer.

»Was soll ich gesündigt haben? Ich habe mir ein paarmal gedacht, dass die Thea ein elendes Mistvieh ist, aber das ist auch schon alles«, sagte Eva und machte sich an die Arbeit.

Der Pfarrer packte sie bei den Schultern und schüttelte sie. »Du hast dir Hoffart, Völlerei und noch Schlimmeres vorzuwerfen! Oder bist du nicht mit diesem Engländer durch die Stadt gezogen wie eine Verworfene?«

Eva glaubte, nicht recht zu hören. »Ich habe nichts dergleichen getan!«, rief sie empört.

»Hast du doch! Es wurde mir berichtet!« Der Pfarrer wurde laut.

»Dann sind es Lügen!«, antwortete Eva mühsam beherrscht. »Ich habe Seiner Lordschaft auf Anweisung unserer Hausdame die Tasse für das Heilwasser am Sprudel getragen und ihn bei seinen Spaziergängen begleitet. Dabei war ich weder hoffärtig, noch habe ich Schlimmeres getrieben. Seine Lordschaft war ein ehrenwerter und freundlicher Herr.«

»Er hat dir Bücher geschenkt!«, trumpfte der Pfarrer auf. »Eine Frau braucht nicht mehr als den Katechismus. Alle anderen Bücher sind des Teufels!«

»Auch die Bibel?«, fragte Eva bissig.

Der Pfarrer wurde weiß vor Zorn. »Du bist eine Verworfene! An dir wird der Teufel seine Freude haben!«

»Ich danke Ihnen für diesen frommen Wunsch!«, sagte Eva, beendete ihre Arbeit und ging ohne Abschiedswort.

Draußen wartete Helga auf sie. »Was hat denn den geritten?«, fragte sie verständnislos. »So wie der geschrien hat, gehört er ins Narrenhaus!«

»Du weißt ja, er ist oder – besser – war der Pfarrer in unserem Dorf. Ich habe ihn früher gemocht und mich gefreut, weil er in unser Hotel gekommen ist. Daher hätte ich niemals erwartet, er könnte sich so aufführen wie jetzt. Ich kann nur vermuten, dass es mit den Verletzungen zu tun hat, die er durch Karl Wenzls harten Schlag davongetragen hat«, erwiderte Eva.

»Karl Wenzl? Das ist doch der Kerl, wegen dem du nach Karlsbad gekommen bist«, sagte Helga.

Eva nickte.

»Dem hätte der Pfarrer seine Strafpredigt halten sollen!«, rief Helga empört. »Schließlich ist der ein übler Kerl und hinter jedem Weiberrock her.«

»Nicht hinter jedem! Nur hinter den Mägden, die sich nicht wehren können.«

»Da haben wir es wieder! Gegenüber denen, die die Macht haben, war dein Pfarrer ein Zwerg, aber bei jenen, die sich nicht wehren können, bläst er sich auf und macht aus einem vergessenen Vaterunser eine Todsünde! So war es doch auch bei mir daheim. Wenn der Großbauer eine Krone in den Klingelbeutel geworfen hat, hat ihm unser Pfarrer die Hand abgeschleckt. Aber wehe, wir Kinder haben nicht mindestens zehn Heller hineingetan, dann hat er uns im Religionsunterricht gezeigt, was man mit einer Bambusrute alles machen kann. Mir tut heute noch der Hintern weh, wenn ich daran denke! Und du musst wissen, wir waren sechs Kinder und mit den Eltern und den Großeltern zehn Leute. Zehn mal zehn Heller sind auch eine Krone. Dabei war der Bauer hundertmal reicher als wir.« Helga klang bitter, sah Eva dann aber kämpferisch an. »Weißt du was? Wir tauschen ein Zimmer! Ich mach das von deinem Pfarrer, und du übernimmst dafür die Nummer drei von mir.«

»Das wäre mir sehr recht!«, rief Eva erleichtert.

War sie zuerst froh gewesen, ihren Pfarrer wiederzusehen, wollte sie ihm jetzt nur noch aus dem Weg gehen. Die Sache hing ihr jedoch nach. Als sie mit der Arbeit fertig war, sprach sie mit Helga darüber und äußerte dabei erneut ihre Befürchtung, die schwere Verletzung des Pfarrers könne ihre Schuld sein.

Helga musterte sie lange und tippte sich dann gegen die Stirn. »Bist du noch bei Verstand?«, fragte sie. »Hätte der Pfarrer Karl Wenzl zu einem christlichen Lebenswandel angehalten, hätte der Kerl weder dir noch den anderen Mädchen nachgestellt.«

»Der alte Wenzl war der mächtigste Mann im Dorf, und es hat keiner gewagt, sich gegen ihn oder seinen Sohn zu stellen«, wandte Eva ein.

»Das wäre umso mehr Grund für euren Pfarrer gewesen, mäßigend einzugreifen! Er hat jedoch vor dem Großbauern gekuscht und Karl Wenzl sogar davonkommen lassen, als dieser einer Magd Gewalt angetan hat. Bei dir wäre es nicht anders gewesen. Der Pfarrer hätte bedauert, was dir zugestoßen wäre, sich aber gesagt, er habe es leider nicht verhindern können.«

Helga wurde heftig, denn sie wollte nicht, dass Eva sich Vorwürfe für Vorfälle machte, für die sie nichts konnte. Es gelang ihr, sie so weit zu beruhigen, dass sie sich für die Nacht fertig machen konnten. Eva träumte zwar schlecht, doch als sie am Morgen erwachte, fühlte sie sich besser.

* * *

Am Abend hätte Hochwürden Maier an Eva am liebsten einen Exorzismus durchgeführt. Als er am Morgen erwachte, fragte er sich jedoch, ob er nicht zu harsch zu ihr gewesen war. Es wäre besser gewesen, vor diesem Gespräch mehr Auskünfte einzuholen, als Eva nur auf die Worte seiner Verwandten hin zu beschuldigen. Dabei fiel ihm ein, dass Josepha Pfnür durchaus anerkennend von Eva gesprochen hatte. Das hätte sie gewiss nicht getan, wenn Eva sich nicht so benommen hätte, wie es die Sittlichkeit verlangte.

Nach dem Frühstück suchte Maier das Gespräch mit der Hausdame. Auch wenn Frau Zöpfel viele Aufgaben zu erfüllen hatte, so hatte sie stets ein offenes Ohr für die Gäste des Adonis, sei es, um Beschwerden entgegenzunehmen oder auch Lob. Auf die Frage, die der Pfarrer ihr stellte, war sie jedoch nicht vorbereitet.

»Verzeihen Sie, wenn ich Sie bitte, mir von Eva Riegler zu berichten. Sie war früher mein Beichtkind, und ihr Schicksal liegt mir sehr am Herzen.«

»Ich wusste nicht, dass Sie Eva kennen. Aber ich kann Ihnen nur Gutes von ihr berichten! Eva ist arbeitsam, freundlich und eines unserer besten Stubenmadl. Ich hoffe, sie wird auch im nächsten Jahr bei uns sein.«

Die Auskunft war überraschend. Oder eigentlich nicht, sagte Pfarrer Maier sich. Eva war auch zu Hause arbeitsam und freundlich gewesen. Weshalb sollte es hier anders sein?

»Das freut mich«, sagte er mit einer gewissen Erleichterung. »Aber es heißt, sie soll zu einem englischen Adeligen sehr zuvorkommend gewesen sein.«

Frau Zöpfel nickte lächelnd. »Sie müssen wissen, Lord Augustus ist ein Edelmann und würde nicht im Traum daran denken, mehr zu fordern, als es die Sitte erlaubt. Zudem, und das ist meine feste Überzeugung, würde auch kein Mann dies von Eva erhalten!«

»Aber er soll mit ihr ausgegangen sein!«, sagte der Pfarrer und fragte sich längst, welcher Teufel ihn geritten hatte, Schlechtes von Eva anzunehmen.

»Eva hat Lord Augustus' Diener während dessen Krankheit aufopferungsvoll gepflegt. Meiner Meinung nach hat der Mann ihr sein Leben zu verdanken. Seine Lordschaft hat ihr als Dank dafür ein- oder zweimal eine Tasse Trinkschokolade und ein Stück Kuchen in einem der Cafés spendiert. Es war alles ganz und gar harmlos, das kann ich Ihnen versichern!«

Die Hausdame klang so überzeugend, dass der Pfarrer sich seines Verdachts schämte. Noch mehr schämte er sich, Eva deswegen beschimpft zu haben. Er hatte sie doch gekannt! Nun stand er da als jemand, der auf die harmlose Bemerkung seiner Cousine hin ein Urteil gefällt hatte, ohne der Wahrheit auf den Grund zu gehen.

Wie soll ich Eva wieder in die Augen sehen können, dachte er bedrückt und bedankte sich bei Frau Zöpfel für die Auskunft. Als er ihr Büro verließ, sah er die Verpflichtung vor sich, sich bei Eva entschuldigen zu müssen. Dazu würde er aber erst in einigen Tagen in der Lage sein. Dies war feige, doch er hoffte, dass sich Evas Ärger bis dorthin ein wenig gelegt hatte.

* * *

Während Hochwürden Maier sich vor der Aussprache mit Eva fürchtete, arbeitete diese so weiter, wie es ihr aufgetragen worden war. Den Gerüchten, dass bald eine reiche polnische Gräfin im Adonis absteigen werde, schenkte sie keine Beachtung. Die Dame und ihre vielköpfige Begleitung würden die besten Zimmer des Hotels erhalten, und für die waren Thea und deren Untergebene verantwortlich.

Eva dachte sich daher nichts, als Frau Zöpfel am Abend alle Zimmermädchen zu sich rief. Sie setzte sich zu ihren Freundinnen und hoffte, dass es nicht lange dauern würde, da sie sonst ihre letzte Runde durch die Zimmer zu spät beginnen konnte. Dabei wollte sie noch einen Brief an ihre Mutter schreiben, damit dieser am nächsten Morgen zur Post ging.

»Sind alle da?«, fragte die Hausdame.

»Meine sind alle da!«, erklärte Thea, und auch Angelika bestätigte, dass ihre Mädchen vollständig erschienen seien.

»Teilweise da sein können wir ja nicht – oder kannst du dir einen Arm abschrauben?«, fragte Helga leise und brachte Gisela damit zum Kichern.

»Was ist daran so lustig?«, fragte Frau Zöpfel scharf.

Sofort verstummte Gisela und wurde rot.

Die Hausdame blickte in die Runde und klopfte mit den Fingerknöcheln auf den Tisch. »Ab übermorgen erweist uns Gräfin Klementyna Pawlawska die Ehre, in unserem Hotel zu nächtigen. Die Dame wird von ihrer Zofe, ihrer Kammerfrau, deren Zofe, ihrem Reisemarschall, einem Diener und einem Pagen begleitet und im obersten Stockwerk die Grande Suite, zwei Suiten und drei Zimmer der ersten Kategorie belegen.«

»Um all diese Zimmer machen zu können, brauche ich mindestens zwei andere Stubenmadl als Helferinnen«, rief Thea.

Die Hausdame wandte sich ihr mit einem belustigten Blick zu. »Eine Aufteilung wie letztens bei Lord Augustus Beauvais wird es diesmal nicht geben. Wir können den übrigen Stubenmadln nicht noch einmal zumuten, für andere mitzuarbeiten. Daher wird Eva die Suiten und Zimmer der Gräfin übernehmen. Die anderen Zimmer werden wie folgt aufgeteilt …«

Sie reichte Thea und Angelika je ein Blatt Papier, auf denen sie die Hotelzimmer in zwei Blöcke eingeteilt hatte. Welche die einzelnen Zimmermädchen übernehmen sollten, überließ sie den beiden Gruppenleiterinnen.

Während Angelika ihre Untergebenen sofort um sich scharte, fauchte Thea wütend. Sie hatte erwartet, die Suite der Gräfin und damit auch deren Trinkgeld zu erhalten. Das würde nun Eva einschieben. Aber das war noch nicht das

Schlimmste. Da dieses Biest von der Hausdame immer mehr bevorzugt wurde, wuchs die Gefahr, dass Frau Zöpfel im nächsten Jahr Eva zu einer der beiden Gruppenleiterinnen machen würde. Angelika saß zu fest im Sattel, um weichen zu müssen. Daher würde es sie treffen. Thea wagte gar nicht, daran zu denken, was dann passieren würde, denn dafür hatte sie zu viele Zimmermädchen verärgert.

Während Thea innerlich tobte und sogar Verzweiflung in ihr aufstieg, wusste Eva nicht so recht, ob sie sich freuen sollte. Zwar zeigte Frau Zöpfel ihr Vertrauen in sie. Andererseits aber war die Gräfin gewiss sehr penibel und würde in jedem Staubkorn, das Eva übersah, einen persönlichen Affront sehen. Am liebsten hätte sie Frau Zöpfel gebeten, ihr ein anderes Mädchen zur Unterstützung zu geben, so wie Thea es bei Lord Augustus getan hatte. Doch gerade das wollte die Hausdame nicht.

»Ich werde es schaffen!«, sagte sie zu sich selbst, um sich Mut zu machen. Und keine ihrer Freundinnen sollte ihretwegen mehr arbeiten müssen. Sie beschloss, sich den Plan dieser sechs Suiten und Zimmer genau anzusehen, um einen Plan zu machen, wie sie diese am besten reinigen konnte.

An diesem Abend kam Eva nicht mehr dazu, ihren Brief zu schreiben. Kaum hatte sie ihre Runde gedreht, eilte sie ins oberste Stockwerk und sah sich die Zimmer an, die ab dem übernächsten Tag ihr neuer Aufgabenbereich sein würden.

Die Grande Suite bestand aus drei Räumen. Im Schlafzimmer standen ein großes, bequemes Bett, ein Nachttisch mit gedrechselten Verzierungen sowie ein Schrank für Bettwäsche, Morgenrock und dergleichen. Die Wände waren mit dunkelrosa Stofftapeten bespannt, und es hingen kunstvolle Bilder in goldenen Rahmen daran.

Im Salon befanden sich eine bequeme Chaiselongue, ein großer und ein kleiner Tisch, eine Anrichte und ein Schreibtisch sowie Sessel und Stühle. Die Wände waren hier grün tapeziert, und die Gemälde zeigten Menschen in malerischen Landschaften. Das Umkleidezimmer war allein schon so groß wie die einfachen Zimmer in der ersten Etage. Auch hier war auf Eleganz und Gediegenheit Wert gelegt worden.

Dazu kam das luxuriöse Bad mit Badewanne und einem großen Marmorwaschbecken mit zwei Wasserhähnen – aus einem kam kaltes, aus dem anderen warmes Wasser – sowie eine Toilette mit einem Sitz aus dunklem Edelholz.

Zum Glück sind die anderen Zimmer, die ich herrichten muss, nicht ganz so groß, dachte Eva und verließ die Grande Suite wieder. Als sie auf den Flur trat, sah sie ein Stück weiter Thea stehen. Deren Blick war so böse, dass sie beschloss, noch einmal alle Zimmer durchzugehen, kurz bevor die Gräfin erschien. Sie traute Thea zu, dort etwas anzustellen, um sie in ein schlechtes Licht zu rücken.

* * *

Für den Empfang der Gräfin Pawlawska reichte der Wagen des Adonis allein nicht aus. Daher fuhren insgesamt vier Fiaker vor. Im ersten saßen die Gräfin und ihre Kammerfrau, im zweiten die beiden Zofen, im dritten der Reisemarschall und im letzten Fiaker der Diener und der Page. Die Gräfin war aufwendig in Lila gekleidet und trug ein goldenes Collier, das mit auf ihr Kleid abgestimmten Amethysten besetzt war.

Auch die Kammerfrau hatte Schmuck angelegt, aber der war um einiges dezenter als der ihrer Herrin. Ihr Kleid war von dunklem Braun, das Eva fatal an ein Huhn erinnerte, während die Zofen eher adrett gekleidet waren. Der Reisemarschall trug eine fremdländische Uniform mit etlichen Orden, und auf dem Kopf saß ein Zweispitz, wie ihn Eva auf einem Bild von Napoleon gesehen hatte. Wie es aussah, wollte der Herr auffallen. Im Gegensatz zu ihm war der Diener trotz der Reise in eine Livree gekleidet.

Beim Anblick des Pagen musste Eva schlucken. Der Junge war vielleicht zwölf Jahre alt, steckte in roten Pluderhosen und einer blauen Weste und trug einen weißen Turban. Das erregte weniger Evas Aufmerksamkeit als seine Hautfarbe. Die war nämlich von einem dunklen Braun, das an Schwarz grenzte.

Es war der erste Farbige, den Eva zu Gesicht bekam, aber bis auf seine ungewohnte Hautfarbe sah er aus wie jeder andere Mensch auch. Er stieg aus, hob ein dunkelbraunes Hündchen aus dem Wagen und eilte zu seiner Herrin. Der Diener hingegen wandte sich dem schwer beladenen Fuhrwerk zu, welches das Gepäck der Gräfin gebracht hatte.

Wie bei einem so hohen Gast üblich, begrüßte Frau Karch die Gräfin persönlich. Ihr Neffe stand hinter ihr und war wie immer gut gekleidet. Nun brachte er ein paar Worte an, die Eva nicht verstand. Sie schienen auf Polnisch zu sein, denn die Gräfin reagierte erfreut.

Frau Karch stellte nun ihre Hausdame vor und wies dann auf den Kellner Jean, der die Dame und ihre Begleitung exklusiv bedienen sollte.

Da hob die Gräfin die Hand. »Bei Tisch wird Janusz mir aufwarten! Kellner können es nicht so, wie ich es will.«

»Wie Frau Gräfin wünschen.« Auf einen Wink Frau Karchs verschwand Jean, und sie winkte Eva nach vorne. »Das ist Eva, eines unserer besten Stubenmadl! Sie wird sich um Ihre Suite kümmern.«

»Ich will das beste haben!« Die Gräfin klang so harsch, dass Eva sich wünschte, Frau Karch werde deren Suite Thea übergeben und sie wieder ihre gewohnten Zimmer machen lassen.

Da griff Frau Zöpfel ein. »Eva ist das beste Stubenmadl für Sie, gnädige Frau Gräfin. Wäre sie es nicht, hätte ich sie nicht für Sie bestimmt.«

Die Gräfin musterte Eva wie einen Schoßhund, bei dem sie sich überlegte, ob sie ihn kaufen solle oder nicht, und nickte dann. »Ich werde es mit ihr versuchen.«

»Ich danke Ihnen!« Frau Zöpfel knickste erleichtert.

Auch Eva tat es und fragte sich, was da wohl noch auf sie zukam. Unterdessen nahm die Gräfin ihr Hündchen und erklärte, dass Skarbie gewöhnt sei, mit ihr zu speisen.

»Dies wird auch hier möglich sein«, erklärte Frau Zöpfel und änderte in Gedanken die Tischplatzierung im besten Speisesaal, damit der Hund die übrigen hochrangigen Gäste nicht störte.

Während die Gräfin von Frau Karch und deren Neffen geführt das Hotel betrat, kam auf alle Hotelangestellten eine Menge Arbeit zu. So galt es, das Gepäck der Neuankömmlinge abzuladen und ins oberste Stockwerk zu bringen, damit es dort auf die einzelnen Zimmer verteilt werden konnte.

Angesichts der vielen Koffer und Reisetruhen wies Angelika Helga und Gisela an, Eva zu helfen. Als das Gepäck nach oben geschafft war, mussten sie es unter den strengen Augen der Kammerfrau auspacken und in den Schränken verstauen.

Helga verdrehte die Augen. »Wie lange will die Gräfin hierbleiben? Sechs Wochen? Ich glaube, sie hat mehr Kleider mitgebracht, als sie für jeden Tag braucht!« Für jemanden wie sie, Gisela oder Eva, die glücklich waren, wenn zwei passende Kleider in ihrem Schränkchen hingen, war diese Fülle erschlagend. Bei vielen Dingen wussten sie nicht einmal, wie sie verwendet wurden.

Den Koffer mit dem Schmuck trug die Zofe der Gräfin selbst und sperrte ihn in einen Schrank. »Hier habt ihr nichts zu suchen!«, erklärte sie Eva und ihren Freundinnen von oben herab.

»Sehr wohl«, sagte Eva. Auf ein Knicksen verzichtete sie, da die Frau nur die Zofe war und nicht die Gräfin selbst.

Als sie schließlich nach unten strebten, um noch rasch eine Kleinigkeit zu essen, schüttelte Helga den Kopf. »Sollte ich dich jemals beneidet haben, weil dir diese Gräfin zugeteilt worden ist, so bitte ich dich um Verzeihung. Wenn die Zofe schon so hochnäsig ist, wie mag dann erst die Herrin sein?«

»Es gibt nichts zu verzeihen, da du mich sicher nicht beneidet hast«, antwortete Eva lachend. »Was die Gräfin betrifft: Sie wird das Hotel in sechs Wochen wieder verlassen. Die Zeit bis dorthin werde ich schon durchstehen.«

»Wenn du uns brauchst, musst du es nur sagen«, rief Helga und versetzte Eva einen freundschaftlichen Stoß.

»Aua, das gibt sicher einen blauen Fleck«, beschwerte sich diese und gab den Knuff fröhlich zurück.

* * *

Durch den Wirbel um die Ankunft der Gräfin trat Evas Ärger über Hochwürden Maier vorerst in den Hintergrund. Allerdings stellte sie rasch fest, dass sich die hochrangigen Gäste nicht so überheblich benahmen, wie alle befürchtet hatten. Auch Gräfin Pawlawskas Schoßhündchen war gut erzogen. Zudem war es die Aufgabe des jungen Pagen, es nach draußen zu bringen, damit es seiner Natur folgen konnte.

Eva musste daher keine Pfützchen oder Schlimmeres beseitigen. Auch wurde das Tier von dem Pagen täglich gebürstet, sodass es kaum haarte. Eva war so erleichtert, dass sie dem Jungen helfen wollte, der immer wieder mit dem Hund nach draußen gehen musste. Der Weg über die Treppen war anstrengend, und wenn es pressierte, blieb dem Pagen nichts anders übrig, als das Hündchen auf den Arm zu nehmen und zu rennen.

Als Hotelangestellter war es ihr untersagt, den Aufzug zu benützen. Eva sagte sich jedoch, dass der Schoßhund der Gräfin als Gast des Hauses das Recht auf dieses Privileg hatte, und winkte dem Pagen, ihr zum Aufzug zu folgen.

Dort stand einer der Pikkolos bereit, die Gäste nach unten und wieder nach oben zu bringen. Als er Eva und den orientalisch gekleideten Knaben sah, verzog er abwehrend das Gesicht. »Hier dürft ihr nicht hinein!«

»Ich nicht, aber Skarbie! Als Begleiter der Frau Gräfin ist er ein Gast, und Gäste dürfen den Aufzug benützen. Da er auf die Hilfe seines Dieners angewiesen ist, musst du Said mitnehmen«, erklärte Eva fordernd.

»Das geht nicht!«, erklärte der Pikkolo.

Eva wuchs förmlich ein paar Zentimeter in die Höhe. »Soll ich Frau Zöpfel etwa sagen, wie ungefällig du bist? Wenn die Frau Gräfin das erfährt, wird sie sich bei Madame über dich beschweren!«

Einen Augenblick lang kämpfte der Pikkolo mit sich, dann gab er nach. »Also gut. Aber wenn mich jemand fragt, werde ich sagen, dass du es so gewollt hast.«

»Ich werde Frau Zöpfel erklären, dass es für alle im Hotel besser ist, wenn der Hund sich draußen erleichtert und nicht auf der Treppe«, antwortete Eva.

»Wehe, er tut es im Aufzug!« Der Pikkolo bedachte das Hündchen mit einem finsteren Blick, öffnete aber das Gitter.

Eva machte unterdessen Said mit Händen und Füßen klar, dass er mit dem Aufzug schneller nach draußen kam als über die Treppen, und war erleichtert, dass er es trotz kaum vorhandener Kenntnisse der deutschen Sprache zu begreifen schien.

Während Said mit Skarbie nach unten fuhr, machte Eva sich wieder an die Arbeit. Weder sie noch der Pikkolo hatten bemerkt, dass Frau Zöpfel das kurze Gespräch belauscht hatte. Die Hausdame war überrascht, wie vehement Eva sich gegen einen der im Verkehr mit den Zimmermädchen arg überheblichen Pikkolos durchgesetzt hatte. Zudem war sie deren

Meinung, dass der Hund so rasch wie möglich ins Freie gelangen sollte, um ein Unglück zu vermeiden. Da auch andere Gäste ihre Hunde mitbrachten, war es wohl besser, darauf hinzuweisen, dass die Tiere zusammen mit ihren Herrschaften oder deren Personal den Aufzug benutzen dürften.

* * *

Als Eva nach dem Abendessen die Suite der Gräfin betrat, um dort alles für die Nacht vorzubereiten, sah sie auf dem Tisch einen halben Juwelierladen liegen. Die Zofe der Gräfin stand daneben und wartete auf die Anweisung, welchen Schmuck ihre Herrin zu tragen gedachte. Als sie Eva bemerkte, funkelte sie diese herrisch an. »Fange in einem anderen Zimmer an!«

»Wenn es gewünscht wird.« Eva drehte sich um und verließ die Suite.

Draußen ging gerade Thea vorbei und erhaschte durch die offene Tür einen Blick auf den Tisch mit den Schmuckstücken. So wie die Gräfin auftrat, musste bereits das einfachste davon mehr kosten, als sie in einem Jahrzehnt verdienen konnte. Thea fand die Welt ungerecht. Jemand wie sie musste sich von Frau Zöpfel schurigeln lassen und konnte sich nicht einmal das kleinste Schmuckstück leisten, während diese Gräfin ihr Geld mit vollen Händen ausgeben konnte, ohne dass es weniger wurde.

Eva hingegen empfand keinen Neid, dafür aber einen gewissen Ärger, weil die Zofe, die um keinen Deut mehr war als sie, sich aufführte, als wäre sie deren Untergebene. Sie machte sich an die Arbeit und kam gut voran. Als sie das Zimmer wechselte, sah sie, wie die Gräfin mit ihrer Entourage die Suite verließ.

Der Reisemarschall an der Spitze war wieder mit einer blauen Uniform und blitzenden Goldknöpfen bekleidet. Seinen Zweispitz hatte er unter den linken Arm geklemmt, und an der

Seite hing ein juwelenbesetzter Säbel. Hinter ihm schritt Gräfin Pawlawska mit Skarbie auf dem Arm. Sie trug ein dunkelrotes Kleid, und die Rubine auf ihrer Brust leuchteten im Schein der Glühbirnen wie Feuer. Ihr folgte die Kammerfrau ganz in Schwarz. Auch ihre Halskette war mit schwarzen Steinen besetzt. Said, der wie immer in orientalischer Tracht steckte, trug ein dunkelrotes Samtkissen und die Zofe der Gräfin ein Tischchen mit sehr kurzen Beinen. Die Zofe der Kammerfrau und der Diener Janusz bildeten den Schluss der Gruppe.

Eva fand, dass sie mit ihrer Arbeit weit genug gekommen war, um den Einzug der Gräfin ins Speisezimmer beobachten zu können. Während die Begleitung der Dame sich aufteilen musste, da nicht alle auf einmal in der Aufzugkabine Platz fanden, sauste sie die Hintertreppe hinab und schlüpfte in die Küche. Dabei erinnerte sie sich daran, dass sie und einige Kolleginnen den Speisesaal heimlich hatten betrachten wollen. Sie hatten ihn damals durch den Haupteingang betreten. Mittlerweile wusste sie, dass es einen besseren Weg gab, um einen Blick hineinzuwerfen. Von der Küche führte ein Korridor in einen Vorraum, in dem die Küchenhelfer die fertigen Speisen abstellten, damit die Kellner sie auftragen konnten. Von hier aus konnte sie den größten Teil des Speisesaals überblicken, ohne von dort gesehen zu werden.

Mittlerweile kannten die Köche und Kellner sie gut, und so kümmerte sich niemand um ihre Anwesenheit. Sie kam keinen Augenblick zu früh in den Vorraum, denn eben betrat der Reisemarschall der Gräfin den Festsaal. Seine Herrin und deren Gefolge erschienen nach ihm.

Ein leises Raunen erklang, als die Gäste die Dame erblickten. Alle waren erfahren genug, um den Wert ihres Schmucks abschätzen zu können. Ein paar Herren, die es sich eben noch leger auf ihren Stühlen bequem gemacht hatten, saßen auf einmal gerade und zwirbelten ihre Schnurrbärte. Sie alle waren von Adel und einige durchaus wohlhabend. Der Reichtum der Gräfin reizte jedoch fast jeden, der sich noch nicht vor dem Altar an eine andere Frau gebunden hatte.

Klementyna Pawlawska beachtete sie nicht, sondern ließ sich vom Oberkellner, der sich mehrfach verbeugte, zu einem Tisch in der Ecke geleiten, der kurz vorher extra dorthin gestellt worden war.

»Wenn Frau Gräfin hier Platz nehmen wollen!«, sagte er.

Die Gräfin sah sich um und nickte. Danach wählte sie einen Stuhl, bei dem die meisten anderen Gäste nur ihren Rücken sehen konnten. Ihr Reisemarschall rückte diesen zurecht, und sie setzte sich. Zu ihrer Rechten nahm ihre Kammerfrau Platz, zur Linken der Reisemarschall, während der Diener den vierten Stuhl beiseitestellte. An dessen Stelle legte Said das Kissen. Die Zofe stellte das Tischchen daneben, und Janusz winkte den Oberkellner herrisch zu sich. »Das Mahl für Skarbie!«, befahl er.

»Sehr wohl!« Der Oberkellner klatschte in die Hände.

Einer seiner Untergebenen kam heran und brachte einen Teller aus feinstem Porzellan, auf dem faschiertes Fleisch angerichtet war.

Erst danach nahm die Gräfin die Speisekarte zur Hand, um ihr Abendessen zu wählen. Ihre Kammerfrau und der Reisemarschall taten es ihr gleich, während Said, Janusz und die beiden Zofen neben dem Tisch stehen blieben, um jederzeit bereit zu sein, wenn ihre Herrschaft etwas befahl.

»Ich hoffe, die kriegen heute noch was zu essen«, sagte einer der Kellner spöttisch zu Eva. Seiner Ansicht nach war sie ein hübsches und freundliches Mädchen, und da wechselte er gerne ein paar Worte mit ihr.

»Die Gräfin hat befohlen, dass ihren Bediensteten in zwei Stunden im anderen Speisesaal aufgetischt wird«, erklärte ein Küchenhelfer, der eben eine Suppenterrine hereinbrachte und auf einen Tisch stellte.

»Dann habt ihr einen langen Abend«, sagte Eva.

Der Hilfskoch grinste. »Da dann nur noch für vier Leute gekocht werden muss, reichen zwei Köche, ein Helfer und natürlich ein Kellner.«

Eva fand, dass sie ihrer Arbeit lange genug ferngeblieben war. Daher verabschiedete sie sich von dem Küchenhelfer und dem Kellner und kehrte ins oberste Stockwerk zurück, um die Suiten und Zimmer der Gräfin und ihrer Gefolgschaft fertig herzurichten. Beeilen musste sie sich nicht. Immerhin würden deren Bedienstete erst in zwei Stunden essen, und früher würde auch die Gräfin nicht hier oben erscheinen.

Eva brauchte bei Weitem nicht so viel Zeit, und als sie fertig war, ging sie noch einmal durch alle Zimmer. Es war alles so, wie es sein sollte. Dies fand auch Frau Zöpfel, die zu ihr gekommen war und zusah, wie Eva alles kontrollierte. »Dachtest du, du hättest etwas vergessen?«, fragte sie.

Eva wollte nicht sagen, dass sie befürchtete, Thea könne aus Bosheit Unordnung in eines der Zimmer hineinbringen. »Ich gehe eben gerne auf Nummer sicher«, meinte sie und prüfte, ob die Mineralwasserflasche in Saids Zimmer gefüllt war.

»Die Kammerfrau der Gräfin wünscht eine Flasche Terlaner in ihrem Zimmer, der Reisemarschall eine Flasche Tokajer und die Gräfin eine Flasche Champagner. Hier ist der Schlüssel zum Weinkeller.«

Eva starrte auf den Schlüssel, den die Hausdame ihr reichte. Im Allgemeinen durften nur wenige extra dafür bestimmte Personen den Weinkeller betreten. Ein Zimmermädchen wie sie zählte nicht dazu. Da sie jedoch den Auftrag erhalten hatte, knickste sie und eilte los. Unterwegs rief sie sich ins Gedächtnis, was sie bislang über Wein und Champagner aufgeschnappt hatte. Den Tokajer konnte sie so in das Zimmer des Reisemarschalls stellen. Der Champagner hingegen musste unbedingt kühl gehalten werden. Doch wie war es beim Terlaner, fragte sie sich.

Im Kellergeschoss besorgte Eva sich einen Servierwagen und wollte damit zum Weinkeller fahren. Da sah sie, wie Ludwig Karch gerade einen der Vorratsräume verließ. Rasch ging sie zu ihm hin und knickste. »Verzeihen Sie bitte die Störung, Herr Karch! Frau Zöpfel hat mir aufgetragen, Wein und Champagner für die Gräfin Pawlawska, deren Kammerfrau und den Reisemarschall bereitzustellen. Da ich nichts falsch machen will, bitte ich Sie, mir zu sagen, wie ich den Champagner kühlen muss und wie es mit dem Wein ist.«

Ludwig Karchs Gedanken waren bei einer Sache, die er mit seiner Tante in den nächsten Tagen besprechen wollte. Da es jedoch um die Zufriedenheit eines wichtigen Gastes ging, erteilte er Eva die nötigen Auskünfte und wunderte sich erst hinterher, weshalb die Hausdame ein Stubenmadl geschickt hatte und keinen Kellner.

Frau Zöpfel hatte auf Evas Rückkehr gewartet. Als sie sah, dass diese sowohl den Champagner wie auch den Weißwein in Kühlgefäße gestellt hatte, nickte sie anerkennend. Ein Blick zeigte ihr, dass Eva nicht zu wenig, aber auch nicht zu viel Eis genommen hatte.

»Woher weißt du das?«, fragte sie verwundert, denn sie hatte erwartet, Eva noch einmal losschicken zu müssen.

»Als ich unten war, ist mir Herr Karch begegnet, und den habe ich gefragt, wie man es richtig macht.«

Frau Zöpfel nickte anerkennend. Das Mädchen wusste sich zu helfen. Vor allem aber achtete es darauf, alles so zu machen, dass die Gäste zufrieden sein konnten.

»Das nächste Mal fragst du mich und störst nicht Herrn Karch oder gar die Madame!«, tadelte sie Eva trotzdem.

Diese senkte betroffen den Kopf. »Verzeihen Sie, ich …«

»Schon gut! Deshalb musst du nicht in Sack und Asche gehen. Du hast deine Sache so erledigt, wie sie sein sollte. Aber überlege das nächste Mal, bevor du losläufst. Und nun bring die Flaschen in die Zimmer!«

»Sehr wohl, Frau Zöpfel!«, antwortete Eva und teilte die drei Flaschen auf.

Danach nickte die Hausdame ihr zu und forderte sie auf, den Servierwagen zurückzubringen. Als sie sah, wie Eva sich der Treppe zuwandte, eilte sie ihr nach. »Sag bloß, du hast den Wagen hochgetragen, anstatt den Aufzug zu nehmen?«

»Wir dürfen doch nicht mit dem Aufzug fahren«, sagte Eva.

»Das ist richtig! Doch wenn es um die Gäste geht, müssen Ausnahmen erlaubt sein. Ich werde es bei der nächsten Besprechung vorbringen. Komm mit! Wir fahren nach unten.«

Eva folgte der Hausdame zum Aufzug und atmete schneller, als sie diesen betraten. Dem Pikkolo, der ihn bediente, schien es nicht zu passen, ein Zimmermädchen mitnehmen zu müssen. Unter dem scharfen Blick der Hausdame aber wagte er nichts zu sagen.

Unten angekommen wünschte Frau Zöpfel Eva eine gute Nacht. Diese brachte noch den Servierwagen weg und suchte den Baderaum auf. Weder sie noch die Hausdame ahnten, dass Thea gesehen hatte, wie Eva aus dem Weinkeller gekommen war, und Wut und Neid sie fast auffraßen.

Unter Verdacht

Da Eva für die Suiten und Zimmer der Gräfin Pawlawska eingeteilt worden war, traf sie erst einige Tage später wieder mit Pfarrer Maier zusammen. Trotz ihres Ärgers wollte sie ihm ihre Achtung nicht verweigern und knickste daher.

»Oh, Eva! Wo bist du die ganze Zeit gewesen? Ich habe dich hier nicht mehr gesehen«, sagte Hochwürden.

»Man hat mich ins oberste Stockwerk geschickt, um dort zu arbeiten.«

»Ins oberste Stockwerk? Doch nicht etwa zur Gräfin Pawlawska?«

Als Eva nickte, war Pfarrer Maier beeindruckt. Er hatte die Dame bereits gesehen und obendrein vernommen, dass sie ebenso reich wie fromm sein sollte. So hatte sie schon bei ihrem ersten Besuch in der Maria-Magdalenen-Kirche eine bedeutende Summe für die Armen gespendet.

»Ich möchte mich bei dir entschuldigen«, fuhr der Pfarrer fort. »Ich habe Worte zu dir gesagt, die mir niemals über die Lippen hätten kommen dürfen.«

»Sie müssen sich nicht entschuldigen«, antwortete Eva versöhnlich. »Immerhin waren Sie sehr krank, und ich hoffe, dass es Ihnen mittlerweile besser geht.«

»Das tut es. Das Heilwasser bewirkt wahre Wunder. Es ist auch schön, hier spazieren zu gehen und mit den Menschen zu reden. Mein Kopf tut längst nicht mehr so weh, und ich beginne, mich auf meine neue Aufgabe als Seelsorger zu freuen.«

»Das freut mich sehr«, sagte Eva. »Ich habe mir große Sorgen um Sie gemacht, als ich hörte, Sie wären von Karl Wenzl schwer verletzt worden.«

Über das Gesicht des Pfarrers huschte ein Schatten, als er daran dachte. Dann lächelte er. »Ich war danach lange Zeit leidend und sehr bedrückt. Aber das geht nun vorbei. Es tut mir nur leid, dass ich in jener Stimmung Falsches bei dir vermutet habe.«

»Wenn es einem schlecht geht, kommen nun einmal schlechte Gedanken und keine guten.« Eva lächelte erleichtert, denn der Streit mit Pfarrer Maier hatte ihr auf der Seele gelegen. Nun war dieser Schatten ausgeräumt, und sie konnte wieder so mit ihm sprechen wie in früheren Zeiten.

»Ich würde dich in deiner Freizeit gerne in ein Café einladen und ein wenig mit dir plaudern«, sagte der Pfarrer.

»Obwohl es Ihnen nicht gefällt, wenn ich ältere Herren begleite?« Evas Lachen nahm ihren Worten ein wenig die Spitze.

Auch der Pfarrer lachte. »Die Hausdame hat mir von Lord Augustus erzählt. Er muss ein verschrobener Herr sein.«

»Er ist ein sehr freundlicher Herr und erzählte mir, wie er früher mit seiner Frau nach Karlsbad gekommen ist. Leider ist die Dame vor fünf Jahren gestorben.«

»Gott sei ihrer Seele gnädig!« Pfarrer Maier schlug das Kreuz und sagte danach, dass er gerne mehr über den Lord erfahren würde. »Es heißt, im Hotel wurde seinetwegen mehr Aufwand betrieben als jetzt bei Gräfin Pawlawska.«

Eva berührte mit dem Zeigefinger die Lippen. »Pscht! Das darf die Gräfin doch nicht erfahren! Sie wäre gewiss empört darüber, dass ein anderer Gast mehr umsorgt worden ist als sie.«

»Ich werde es ihr gewiss nicht erzählen.« Der Pfarrer lächelte erleichtert, weil Eva ihm seine Ausfälle verziehen hatte. Auch freute er sich auf den gemeinsamen Cafébesuch und erinnerte sie daran, seine Einladung ja nicht zu vergessen.

»Ich werde es nicht vergessen!«, versprach Eva. »Wenn ich Helga bitte, mir heute Nachmittag zu helfen, könnte ich vor dem Abendessen noch eine Stunde herausschlagen.«

»Tu das!«, forderte Pfarrer Maier sie auf. Da fiel ihm noch etwas ein. »Wenn diese Helga dir hilft, kann sie gerne mitkommen.«

»Danke! Darüber würde sie sich gewiss sehr freuen.« Eva verabschiedete sich und suchte nach Helga.

»Unser Hochwürden will mich ins Café einladen, und du sollst auch dabei sein«, erklärte sie ihrer Freundin.

»Ins Café sagst du? Da arbeite ich gleich doppelt so schnell!« Helga strahlte und fragte Gisela, ob diese auch mithelfen könne.

»Wenn du das tust, zahle ich dir die Schokolade und den Kuchen«, versprach Eva, da sie nicht wollte, dass ihr Pfarrer für eine weitere zahlen sollte.

»Ich bin dabei!«, antwortete Gisela rasch. So gut verdienten sie im Adonis nicht, um sich öfter als alle paar Monate einen Besuch im Kaffeehaus leisten zu können. Daher war sie froh um die Einladung.

»Dann packen wir es an!«, rief Eva und umarmte die beiden.

* * *

Als Pfarrer Maier sich am späten Nachmittag aufmachte, um mit Eva in ein Café zu gehen, sah er zu seiner Überraschung, dass ihn drei junge Frauen fröhlich begleiten würden.

»Die Gisela hat mir auch geholfen. Dafür zahle ich für sie«, erklärte Eva, damit der Pfarrer sich nicht gedrängt fühlen sollte.

Hochwürden Maier lachte jedoch. »So viel Geld werde ich wohl noch haben, um eine weitere Tasse Kakao und ein Stück Kuchen zu zahlen.«

Er war neugierig auf Evas Kolleginnen und bemerkte rasch, dass sie enge Freundinnen waren. Gisela war die Ruhigste unter ihnen und wohl zwei oder drei Jahre älter als Eva, aber sichtlich bereit, sich der Jüngeren unterzuordnen. Auch Helga schien Eva als Anführerin anzusehen. Das war wohl die Folge davon, dass diese die älteste Tochter der Rieglers war und von Kindheit an auf die Geschwister hatte aufpassen müssen.

In ihrem Heimatdorf war ihm dies nicht so aufgefallen, denn dort war es ihm selbstverständlich erschienen. Nun zu sehen, wie sich die beiden älteren Mädchen nach ihr richteten, überraschte ihn daher. Allerdings nützte Eva dies nicht aus, sondern behandelte die beiden als gleichberechtigte Freundinnen. Auch die Tatsache, dass sie für Gisela hatte bezahlen wollen, deutete darauf hin.

Hochwürden Philipp Maier spürte, dass ihm die Gesellschaft der drei Mädchen guttat. Alle benahmen sich manierlich und zeigten Achtung vor ihm und seinem geistlichen Amt. Zwar waren sie jung, fröhlich und voller Lebensfreude, aber es zählte, wie er im Café bemerkte, auch Bescheidenheit zu ihren Charakterzügen. Jede begnügte sich mit einer Tasse Trinkschokolade und einem Stück Gugelhupf. Dabei gab es durchaus verlockende Torten. Da er selbst Appetit bekam, beschloss der Pfarrer, in den nächsten Tagen noch einmal wiederzukommen und sich durchzuschlemmen. Das, dachte er, hatte er nach seiner schweren Verletzung verdient.

Schließlich bat Eva ihn, die Uhrzeit zu nennen. »Wissen Sie, Hochwürden, wir dürfen nicht zu spät zurückkommen«, fügte sie hinzu.

»Dann sollten wir nicht länger säumen«, antwortete der Pfarrer und winkte der Serviererin, dass er zu zahlen wünsche.

Er legte ein paar Heller als Trinkgeld hinzu. Danach verließ er mit den drei jungen Frauen das Café mit der Erkenntnis, dass er selten eine angenehmere Stunde verbracht hatte als die vergangene.

Auf dem Heimweg kamen sie am Goldenen Schlüssel vorbei. Auch an diesem Tag stand Franz als Portier vor der Tür, und seine Augen leuchteten auf, als er Eva entdeckte.

»Grüß euch Gott!«, rief er der Gruppe zu. »Hattet ihr ein wenig Freizeit?«

»Hochwürden Maier hat uns auf eine Tasse Schokolade und ein Stück Kuchen ins Café eingeladen«, berichtete Eva. »Er ist – oder, besser gesagt, er war unser Seelsorger in dem Dorf, aus dem ich komme.«

Franz verbeugte sich. »Grüß Gott, Hochwürden!«

»Grüß Gott«, erwiderte Pfarrer Maier und musterte den jungen Mann neugierig. Er spürte, dass diesem etwas an Eva lag und er sich womöglich wünschte, es könnte mehr daraus werden. Ein Blick auf Eva zeigte dem Pfarrer, dass auch sie etwas für Franz empfand. Bei ihr schien es rein und ohne Begierden. Das mochte sich zwar noch ändern, doch er hielt seinen einstigen Schützling für klug genug, sich zu beherrschen.

Im Weitergehen fragte er Eva ein wenig nach Franz aus und erfuhr, dass dieser im selben Zug gesessen hatte wie sie und sie sich jeweils nach der heiligen Messe für ein paar Minuten trafen, um miteinander zu reden.

»Jetzt ist der Franz noch Hausknecht beim Goldenen Schlüssel, aber er will mehr werden«, setzte sie fröhlich hinzu.

»Ein Mann sollte strebsam sein«, sagte der Pfarrer. Längst war ihm aufgefallen, dass auch Eva einen gewissen Ehrgeiz entwickelte. Vorerst ging es ihr darum, ihre Arbeit so zu tun, dass man ihr nichts nachsagen konnte. Doch dabei würde es nicht bleiben. Er musste nur Helga und Gisela ansehen, die sich bereits nach ihr richteten. Frau Zöpfel kam ihm in den Sinn.

Die Hausdame war nicht mehr jung, und in zehn, fünfzehn Jahren brauchte sie eine Nachfolgerin. Er hätte nicht dagegen gewettet, dass dies Eva sein konnte.

Mit diesem Gedanken kehrte er ins Hotel zurück und richtete sich für das Abendessen. Die drei jungen Frauen eilten in die Angestelltenküche, um dort zu essen, bevor sie ihre letzte Runde durch die ihnen zugewiesenen Zimmer antraten.

* * *

Eva und ihre Gruppe waren noch nicht lange fort, als Franz zwei Männer aus Richtung des Pupp herankommen sah. Der eine trug die Uniform eines Husarenoffiziers, der andere die eines einfachen Soldaten. Offensichtlich war er der Bursche des Husaren, denn er schleppte zwei große Taschen aus Leder, seiner Miene nach schienen diese recht schwer zu sein.

Der Offizier trat auf Franz zu. »Hat Gräfin Pawlawska in diesem Hotel Quartier bezogen?«, fragte er in einem zwar guten Deutsch, aber mit einem harten Akzent, der deutlich zeigte, dass es nicht seine Muttersprache war.

Franz schüttelte den Kopf. »Das muss ich verneinen, mein Herr. Die Dame ist nicht im Goldenen Schlüssel.«

»Im Pupp, in dem ich sie als Erstes vermutete, ist sie auch nicht«, sagte der Offizier mit einem Anflug von Verzweiflung.

»Wenn Sie jemanden suchen, der nach Karlsbad gekommen ist, sollten Sie die Kurgastliste durchsehen. Sie hängt bei der Sprudelkolonnade aus«, erklärte Franz. Auch er schaute gelegentlich darauf, um zu erfahren, wer sich hier alles aufhielt.

»Die Kurgastliste, sagst du? Also gut. Roman, wir gehen zur Sprudelkolonnade!« Der zweite Satz galt dem Burschen, der für den Moment seine Taschen abgestellt hatte. Zuerst wollte dieser seine Last wieder aufheben, hielt aber in der Bewegung inne.

»Wenn wir dorthin gehen, sollten wir vorher fragen, wo diese Kolonnade ist. Sonst irren wir noch länger in der Stadt herum.« Es klang wie eine Klage, denn sein Herr war vom Bahnhof aus losgeeilt, ohne einen Fiaker zu nehmen, und er hatte die Taschen den ganzen weiten Weg tragen müssen.

Der Offizier wandte sich erneut an Franz. Bevor er jedoch etwas sagen konnte, wies dieser auf einen lang gestreckten Bau, der sich ein Stück die Tepl abwärts auf der anderen Seite des Flusses befand.

»Das dort ist die Sprudelkolonnade! Am oberen Ende finden Sie den Aushang mit der Kurgastliste«, erklärte Franz. Er hatte es kaum ausgesprochen, da eilte der Offizier auch schon weiter.

»Ein Vergelt's Gott hätte ihm nicht wehgetan«, murmelte Franz, sah dann aber einen Hausgast kommen und öffnete diesem die Tür.

Unterdessen schritt der Offizier so stramm auf die Sprudelkolonnade zu, dass sein Diener ihm kaum zu folgen vermochte. Er musterte die Kurgäste, die sich hier aufhielten, das Heilwasser aus ihren Tassen tranken und miteinander redeten. In dieser Menge eine bestimmte Person finden zu wollen, war gleichbedeutend mit der Suche nach der Nadel im Heuhaufen. Er gab es bald auf und suchte nach der Kurgastliste. Als er die entdeckte, waren die Namen, die darauf standen, der hier versammelten Menge ebenbürtig. Er musste aber nicht aufs Geratewohl suchen, sondern konnte die Liste von oben nach unten durchgehen. Zudem standen die Hotels, in denen die Gäste wohnten, neben den Namen.

Endlich entdeckte er die Gesuchte. »Klementyna Pawlawska, Gräfin aus Krakau, Hotel Adonis«, las er und winkte seinen Diener heran. »Nun wissen wir, wohin wir gehen müssen!«

»Sie kennen das Hotel, Herr Hauptmann?«, fragte Roman, der seinem Herrn zutraute, so lange durch die Stadt zu irren, bis er durch Zufall auf das Adonis stieß.

Der Einwand brachte den Offizier dazu, einige Passanten zu fragen, ob sie ihm den Weg zum Hotel Adonis zeigen konnten.

Er erhielt rasch die erhoffte Auskunft, überquerte die Tepl an der nahen Brücke und bog bei der Pestsäule neben der Marktkolonnade nach oben ab. Kurz darauf stand er vor dem Hotel und fand, dass es zwar kleiner war als das Pupp, aber durchaus gediegen wirkte.

Der Pförtner des Adonis hatte ein geschultes Auge und erkannte bei jedem Gast Stand und wahrscheinliches Vermögen auf Anhieb. Den Neuankömmling ordnete er als einen Offizier ein, der darauf angewiesen war, von seinem Sold zu leben. Solche Herren nächtigten zumeist in billigeren Hotels als dem Adonis, da sie sich hier höchstens ein Zimmerchen im ersten Stock leisten konnten.

Der Offizier steuerte trotzdem den Hoteleingang an, sodass dem Portier nichts anderes übrig blieb, als ihm die Tür zu öffnen. Wenig später erreichte der Offizier die Hotelrezeption und sah Ludwig Karch, der dort stand, hochmütig an.

»Die Gräfin Pawlawska wohnt hier?«

»So ist es«, antwortete Ludwig Karch.

»Dann will ich ebenfalls ein Zimmer!«

Ludwig Karch hüstelte. »Das Hotel ist so gut wie ausgebucht, mein Herr.« Auch er erkannte den Mann als Offizier in verbesserungswürdigen Verhältnissen und wäre ihn gerne losgeworden.

»Du hast gesagt, das Hotel wäre so gut wie ausgebucht? Also gibt es noch einzelne Zimmer. Ich will eines davon.«

Ludwig Karch biss die Zähne zusammen, weil der Fremde ihn, der immerhin der Neffe der Besitzerin und deren Erbe war, wie einen einfachen Angestellten anredete. Der Mann war höchstwahrscheinlich von Adel, und einem solchen konnte er nicht so einfach ein Zimmer verweigern. Außerdem würde ein weiterer hochrangiger Name auf der Kurgastliste stehen und für das Renommee des Hotels sorgen, wenn er seinem Wunsch entsprach.

»Wenn Sie sich bitte eintragen wollen!«, sagte er und schob dem Offizier das Gästebuch zu. Dieser nahm es und schrieb in schwungvoller Weise hinein.

»Hauptmann Graf Andrzej Jablonski, Lemberg«, las Ludwig Karch. Bei einem Grafen konnte er großzügig sein und diesem ein besseres Zimmer zum Preis eines einfacheren geben.

»Ich werde am Tisch der Gräfin Pawlawska speisen«, erklärte Jablonski gebieterisch.

»Das wird bedauerlicherweise nicht möglich sein«, sagte Ludwig Karch. »Zum einen speist die Gräfin im kleinen Festsaal, während für Ihre Zimmerkategorie der große Speisesaal vorgesehen ist. Zum anderen bedarf eine Änderung der Tischordnung der Erlaubnis der Gräfin.«

»Wie kommen Sie dazu, mich in den Speisesaal des Pöbels zu setzen?«, rief Jablonski empört.

»Bedauerlicherweise stehen keine Zimmer und Suiten zur Verfügung, die einen Tisch im Festsaal ermöglichen würden«, sagte Ludwig Karch, der Jablonski längst zum Teufel wünschte.

Der Offizier klopfte mit der Hand gebieterisch auf das Pult. »Sie werden mir einen Platz in diesem Saal besorgen!«

»Ich werde zusehen, was sich ermöglichen lässt«, sagte Ludwig Karch, um einen Streit zu vermeiden, der dann von anderen Gästen hätte bemerkt werden können.

* * *

Da ein weiterer adeliger Gast auf der Kurgastliste das Renommee des Adonis hob, lobte Frau Karch ihren Neffen und sorgte dafür, dass Graf Jablonski einen Platz im Festsaal erhielt. Da sie jedoch abwarten wollte, wie Gräfin Pawlawska zu diesem Gast stand, wurde er zunächst an das andere Ende des Raumes gesetzt.

Kaum war die Gräfin mit ihren Begleitern erschienen, da sprang Jablonski auch schon auf und eilte zu ihr hin. »Teuerste, ich bin überglücklich, Sie wiedergefunden zu haben!«, rief er und sank theatralisch vor ihr auf die Knie.

Die Gräfin musterte ihn aufmerksam, während ihre Hausdame ihn zornig anfunkelte. »Mein Herr!«, sagte sie. »Ich dachte, die gnädige Frau Gräfin hätte Ihnen deutlich genug erklärt, dass Sie sich bei ihr nichts erhoffen können.«

»Das sagst du Schlange! Du träufelst Gift in die Ohren der verehrungswürdigen Gräfin und verleumdest mich auf übelste Weise!«, rief Jablonski erregt und wandte sich erneut der Gräfin zu. »Sie können nicht so grausam sein! Ich liebe Sie mit jeder Faser meines Herzens!«

Da Jablonski die Arme nach ihr ausstreckte, wich die Gräfin einen Schritt zurück. Dafür trat ihm die Kammerfrau in den Weg. »Jetzt ist es genug! Sie haben meine Herrin in Krakau belästigt, ebenso in Dresden und auch in Wien!«

»Ich weiß, dass Sie alles tun, um Gräfin Klementyna gegen mich aufzubringen, da Sie hoffen, diese würde Ihren Neffen ehelichen. Das aber wird niemals geschehen!« Jablonski richtete sich erregt auf und gab einige kraftvolle polnische Flüche von sich, die Ludwig Karch ahnen ließen, dass es wohl besser gewesen wäre, diesen Gast nicht aufzunehmen.

Rasch trat er auf Jablonski zu. »Mein Herr, halten Sie es nicht für besser, in Ruhe zu speisen und die Aussprache mit der Frau Gräfin zu einem späteren Zeitpunkt zu führen?«

»Es wird keine Aussprache geben!«, erklärte die Kammerfrau kategorisch.

Sie fing einen finsteren Blick von Jablonski ein. »Auch du Schlange wirst nicht verhindern können, dass Klementyna die meine wird.«

»Ich kann mich nicht erinnern, Ihnen erlaubt zu haben, mich mit meinem Vornamen ansprechen zu dürfen!«, sagte die

Gräfin leise. Sie ging um Jablonski herum und nahm an ihrem Tisch Platz. Ihre Getreuen folgten ihr, wobei die Kammerfrau so aussah, als wäre sie bereit, ihre Herrin mit dem Tranchiermesser gegen weitere Avancen des Offiziers zu verteidigen.

Jablonski beherrschte sich und nahm an dem ihm zugewiesenen Tisch Platz. Er ließ die Gräfin während des gesamten Abendessens nicht aus den Augen und blieb genauso lange im Saal wie sie. Kaum brach sie auf, folgte er ihr, ohne sich von den finsteren Blicken der Kammerfrau abschrecken zu lassen. Beim Aufzug gelang es ihm, gemeinsam mit der Gräfin nach oben zu fahren. Das Stockwerk, in dem er untergebracht war, ignorierte er, sondern stieg in der obersten Etage aus und sah zu, wie Klementyna Pawlawska ihre Suite betrat.

Dort kam gerade Eva heraus, die ihre Abendrunde vollendet hatte. Sie wollte an Jablonski vorbeigehen, da streckte er die Hand aus und hielt sie auf. »Du putzt die Zimmer der Gräfin?«

Eva nickte.

»Du wirst dafür sorgen, dass sie jeden Tag einen Blumengruß mit einem Billett von mir erhält, ebenso Konfiserieware vom besten Konditor der Stadt«, befahl Jablonski.

Diesmal schüttelte Eva den Kopf. »Verzeihen Sie, mein Herr, aber das müssen Sie bei der Hotelrezeption in Auftrag geben. Ich bin nur ein Stubenmadl und darf das nicht.«

Jablonski wusste, dass die Kammerfrau seiner Angebeteten das Überreichen solcher Liebespfänder verhindern würde, wenn er den Weg über das Hotel einschlug. Ihm blieb also nur, eines der Zimmermädchen zu bestechen, damit sie es für ihn übernahm.

»Es soll nicht umsonst sein«, sagte er drängend und zog eine Zehnkronennote aus der Tasche.

Eva weigerte sich, das Geld anzunehmen. »Es geht nicht, mein Herr.«

Da er nicht nachgeben wollte, drängte sie sich an ihm vorbei und eilte zur Treppe.

»Verdammter Trampel!«, rief Jablonski wütend hinter ihr her.

Von einem anderen Zimmer aus hatte Thea die Szene belauscht. Nun öffnete sie die Tür ganz und trat heraus. »Ich könnte es für Sie übernehmen, mein Herr!«, bot sie an und betrachtete gierig den Geldschein.

»Du? Macht nicht dieser Trampel die Zimmer der Gräfin?«, fragte Jablonski.

»Das tut sie! Aber das ändert nichts daran, dass auch ich die Suite der Gräfin betreten kann«, antwortete Thea und zog ihren Schlüssel aus der Tasche. »Das ist ein Generalschlüssel für alle Suiten und Zimmer auf dieser Etage.«

Jablonski musste nicht lange überlegen. »Ich danke dir!«, sagte er erleichtert. »Du wirst der Gräfin jeden Morgen einen Strauß frischer Blumen und eine Schale Naschwerk ins Zimmer stellen! Hier hast du diese zehn Kronen für dich und noch einmal zwanzig Kronen, für die du in den nächsten Tagen Blumen und Konfekt kaufst.«

Thea griff so rasch nach dem Geld, als hätte sie Angst, der Offizier könnte es nicht ernst meinen. Dann aber brachte sie einen Einwand. »Ich werde es erst am Nachmittag tun können! Am Vormittag wieselt der Trampel Eva hier herum und würde mich sehen.«

Wann die Gräfin seine Blumen und Pralinen erhielt, erschien Jablonski zweitrangig. Ihm war nur wichtig, dass es auf eine Weise geschah, welche die Kammerfrau nicht unterbinden konnte. Er bedankte sich daher erneut bei Thea und ging zum Aufzug, um in das Stockwerk hinabzufahren, in dem er untergebracht war.

Thea steckte das Geld ein und dachte sich dabei, wie blöd Eva sein musste, auf diese angenehme Zusatzeinnahme zu verzichten.

* * *

Beim Frühstück begnügte Jablonski sich damit, die Gräfin aus der Entfernung anzuhimmeln. Als sie sich jedoch mit ihrer Kammerfrau und Said, der ihr die Tasse trug, zum Mühlbrunnen aufmachte, dessen Heilwasser der Kurarzt ihr zu trinken empfohlen hatte, folgte er ihr wie ein Schatten. Jablonski nahm auch im selben Restaurant wie sie sein Mittagessen ein und kehrte direkt hinter ihr ins Adonis zurück.

Kaum hatte Klementyna Pawlawska ihre mittägliche Ruhe beendet, machte sie sich auf dem Weg in ein Kaffeehaus, um dort eine Trinkschokolade und ein Stück Torte zu genießen. Wieder war Jablonski mit von der Partie. Die Gräfin handelte nach dem Rat ihrer Kammerfrau, ihn nicht zu beachten. Trotzdem kam sie nicht umhin, ihm den einen oder anderen verstohlenen Blick zuzuwerfen. Sie war fünfunddreißig Jahre alt, Witwe und durchaus gewillt, eine weitere Ehe einzugehen. Ihr Vermögen machte sie jedoch zu einem erkorenen Ziel von Mitgiftjägern, und laut ihrer Kammerfrau gehörte ein vom Dienst suspendierter, armer Offizier wie Jablonski zu den Schlimmsten dieser Sorte.

Dies änderte nichts daran, dass er mit seinen dunklen Haaren, dem schmalen Gesicht und dem kecken Schnurrbart durchaus stattlich aussah. Sie war auch nicht unempfänglich für seinen Charme, wollte aber keinesfalls nur ihres Geldes wegen geheiratet werden. Deshalb gab sie sich ihm gegenüber spröde, bevorzugte aber auch sonst keinen ihrer Verehrer. Das galt insbesondere für den Neffen ihrer Kammerfrau, den Jablonski voller Eifersucht erwähnt hatte. In den Augen der Gräfin war auch jener einer der Männer, die selbst eine miesepetrige Kratzbürste umworben hätten, wenn deren Vermögen ihnen groß genug erschienen wäre.

Am späten Nachmittag kehrte sie ins Hotel zurück. Jablonski folgte ihr in der bangen Hoffnung, dass die von Thea in seinem Auftrag besorgten Blumen und das Konfekt ihr Herz erweichen würden.

Thea war am Nachmittag früh genug fertig geworden, um Jablonskis Auftrag erfüllen zu können. Da es heimlich geschehen musste, konnte sie kein ausladendes Blumengebinde kaufen, sondern wählte einen hübschen kleinen Strauß. Anschließend eilte sie weiter in die Konfiserie. In einem so teuren Geschäft war sie noch nie gewesen. Beim Anblick der ausgestellten Köstlichkeiten lief ihr das Wasser im Mund zusammen. Gleichzeitig überkam sie der Neid. Menschen wie Jablonski und die Pawlawska konnten sich alles kaufen, was sie begehrten, während sie selbst froh sein durfte, wenn sie sich gelegentlich eine der hier in Karlsbad gebackenen Oblaten leisten konnte.

Sie wählte eine kleine Packung, zahlte den in ihren Augen unverschämt hohen Preis und brachte ihre Einkäufe ins Hotel. Dort versteckte sie diese in ihrem Schränkchen und holte dann mehrere frische Bettüberzüge. Mit diesen verbarg sie die Blumen und das Konfekt und stieg nach oben. Vor der Tür der Gräfin lauschte sie. Da drinnen alles still war, öffnete sie mit ihrem Generalschlüssel und trat ein.

Das Zimmer war peinlich sauber. Das konnte sie Eva nicht absprechen. Mit einem leisen Fauchen widerstand sie dem Wunsch, ein wenig Unordnung zu schaffen. Das wäre höchstens an ihr hängen geblieben, da Frau Zöpfel gewiss nicht geglaubt hätte, dass Eva daran schuld sein konnte.

Theas Fauchen wich einem bösen Schnauben, als sie eine Vase holte, um die Blumen ins Wasser zu stellen. Auf dem Weg ins Badezimmer fiel ihr Blick auf ein Tischchen. Die Zofe der Gräfin hatte dort mehrere Schmuckstücke ausgelegt, damit ihre Herrin sich diejenigen aussuchen konnte, die sie am Abend tragen wollte. Das Funkeln und Glitzern schlug Thea in seinen

Bann, und prompt waren Blumen und Pralinen vergessen. Stattdessen ergriff sie eine der Broschen und hielt sie sich an die Brust. Sie war fast handtellergroß, aus reinem Gold und mit wertvollen Smaragden besetzt. Den Wert vermochte Thea nicht einmal zu erahnen.

Wenn ich dieses Schmuckstück besäße, wäre ich reich, fuhr es ihr durch den Sinn.

Da hörte sie, wie die Verbindungstür zum Zimmer der Zofe geöffnet wurde, und zuckte zusammen. Da sie nicht für dieses Zimmer eingeteilt war, durfte man sie hier keinesfalls entdecken. Mit zwei Schritten war sie bei der Tür und schlüpfte hinaus, bevor die Zofe der Gräfin diesen Teil der Suite erreicht hatte.

Erst auf dem Flur bemerkte Thea, dass sie noch immer die Brosche in der Hand hielt. Zurückgehen und sie wieder hinlegen konnte sie nicht mehr. Bei der Menge an Schmuck würde man ihr Fehlen schon nicht so rasch feststellen, dachte sie, um sich Mut zu machen, und wollte verschwinden. Da fiel ihr ein, dass sie Jablonskis Auftrag nicht vollends ausgeführt hatte. Die Blumen lagen auf dem Tischchen mit dem Schmuck und die Pralinen auf einer Anrichte. Auch hier kann ich nichts mehr tun, dachte sie und steckte die Brosche ein.

In dem Augenblick erklang in der Suite ein ebenso wütender wie entsetzter Schrei. Was die Zofe rief, konnte Thea nicht verstehen, da es auf Polnisch war. Dann wechselte diese zur deutschen Sprache über.

»Diebstahl! Hilfe! Wir sind bestohlen worden!«

Thea fand es an der Zeit, zu verschwinden. Rasch steckte sie die Brosche in ihre Schürzentasche und wollte zur Treppe. Da kam ihr Frau Zöpfel entgegen.

»Was ist los?«, fragte diese angespannt.

»Ich weiß es nicht«, antwortete Thea und wollte sich an der Hausdame vorbeidrücken.

»Komm mit!«, forderte diese sie auf. Danach rief sie alle Zimmermädchen zusammen, die sich auf dieser Etage und der darunter befanden, und trat auf die Suite zu.

Deren Tür wurde aufgerissen, und die Zofe der Gräfin kam mit schreckensbleicher Miene heraus. »Wir sind bestohlen worden!«, rief sie Frau Zöpfel zu. »Ich habe den Schmuck für die Frau Gräfin bereitgelegt. Als ich wieder in die Suite kam, war die schönste Brosche weg. Sie ist nicht nur sehr wertvoll, sondern auch das Lieblingsschmuckstück der Frau Gräfin und mit vielen wertvollen Erinnerungen verbunden.«

Die Hausdame stand einen Augenblick starr. Dann betrat sie die Suite. »War es wirklich Diebstahl? Kann das Schmuckstück nicht zu Boden gefallen sein und unter einem Möbelstück liegen?«

Die Zofe schüttelte empört den Kopf. »Ich weiß genau, dass ich das Schmuckstück hierher… was ist das?« Sie brach mitten im Satz ab und wies auf den kleinen Blumenstrauß.

Thea hoffte, dass niemand sie bemerkt hatte, als sie mit dem Strauß ins Hotel gekommen war. Entgegen ihrer sonstigen Art hielt sie sich im Hintergrund und hoffte, dieses Stockwerk bald verlassen und die Brosche verstecken zu können. Vielleicht konnte sie diese irgendwann an einen Juwelier verkaufen.

Närrin, schalt sie sich. Jeder Juwelier, zu dem ein Stubenmadl wie sie mit einem so wertvollen Schmuckstück kam, wäre sofort davon ausgegangen, dass sie es gestohlen hatte. Sie musste es irgendwo ablegen, wo es gefunden werden konnte. Dann würde die Gräfin es zurückerhalten, und die ganze Aufregung war vorbei. Da zuckte ein Gedanke in ihr auf. Vielleicht war es gar nicht so schlecht, dass sie die Brosche mitgenommen hatte. Sie musste sie nur in Evas Schränkchen oder unter deren Matratze verstecken, und diese dumme Kuh würde als Diebin gelten und bestraft werden.

Unterdessen fand Frau Zöpfel, dass diese Angelegenheit ihre Kompetenzen überstieg. »Jemand muss die Madame holen!«, sagte sie.

Sofort wollte Thea loseilen, doch Angelika hielt sie auf und erklärte, sie werde es tun. Auf dem Absatz drehte sie sich um und rannte die Treppe hinab. Thea blieb nichts anderes übrig, als ihr einen bitterbösen Blick nachzuschicken. Damit war eine gute Gelegenheit dahin, das Schmuckstück Eva unterzujubeln. Diese war inzwischen ebenfalls erschienen und sah sich forschend um. »Es muss jemand hier in der Suite gewesen sein«, sagte sie. »Die Blumen und auch diese Schachtel waren noch nicht da, als ich sie verlassen habe.«

»Ich möchte wissen, wie die hier hereingekommen sind!«, sagte Frau Zöpfel und rief nach einem der Pikkolos.

»Hat einer von euch Blumen und Pralinen gebracht?«, fragte sie.

Der junge Bursche schüttelte den Kopf. »Nicht, dass ich wüsste.«

»Es muss nachgeforscht werden! Jeder, der in der letzten Stunde hier auf diesem Stockwerk war, soll sofort kommen«, erklärte die Hausdame.

»Auch die Gäste?«, fragte Helga.

»Die Gäste haben wohl kaum einen Schlüssel für diese Suite«, antwortete Frau Zöpfel harsch und war froh, als Frau Karch zusammen mit ihrem Neffen erschien.

»Hier soll etwas gestohlen worden sein?«, fragte die Hotelbesitzerin. Sie wollte es nicht glauben, doch als die Zofe ihr erklärt hatte, was geschehen war, färbte sich ihr Gesicht weiß vor Zorn. »Welches Stubenmadl ist für diese Suite eingeteilt?«

Eva trat vor. »Das bin ich! Als ich die Suite verlassen habe, lag noch kein Schmuck auf dem Tisch, und es waren weder diese Blumen noch die Schachtel Konfekt vorhanden.«

»Ich habe gesehen, dass du gestern mit dem Grafen Jablonski gesprochen hast«, sagte da die Zofe. Es klang misstrauisch und lenkte den Verdacht auf Eva.

Thea hätte die Frau küssen mögen. Nun meldete auch sie sich zu Wort. »Das kann ich bestätigen! Graf Jablonski hat gestern eifrig auf Eva eingeredet. Ich war im Nebenzimmer und konnte daher nur einzelne Worte verstehen. Es war aber von Blumen die Rede!«

»Es stimmt! Graf Jablonski wollte, dass ich der Frau Gräfin Blumen und Pralinen besorgen sollte. Ich habe ihm aber gesagt, dass er das über das Hotel erledigen muss, weil ich das nicht darf.«

»Und wo kommen dann die Blumen und dieses Konfekt her?«, fragte Thea spöttisch.

»Das weiß ich nicht. Von mir nicht! Ihr könnt den Grafen fragen. Er wird bestätigen, dass ich abgelehnt habe.« Eva klang empört.

Für Thea wurde es wieder gefährlich. Wenn der Graf berichtete, auch mit ihr gesprochen zu haben, kam sie in die Bredouille. »Es geht hier nicht um ein paar Blumen, sondern um ein wertvolles Schmuckstück, das gestohlen worden ist. Die Eva ist diejenige, die die Suite reinigt, und sie hat daher die beste Gelegenheit, etwas mitgehen zu lassen«, erklärte sie.

»Das ist nicht wahr!«, rief Eva empört.

Frau Karch überlegte kurz und kam zu einem Entschluss. »Jedenfalls ist Eva am meisten verdächtig. Wir werden daher sie und ihr Zimmer durchsuchen.«

Während Eva die Lippen zusammenpresste, um ihre Wut und Empörung nicht hinauszuschreien, rieb Thea sich die Hände. Wenn sie sich bei der Durchsuchung beteiligte, konnte sie die Brosche so unter Evas Sachen verstecken, dass sie gefunden wurde.

»Alle Stubenmadl kommen mit in die Suite«, befahl da Frau Zöpfel. Anders als die Madame konnte sie sich nicht vorstellen, dass Eva schuldig war. Nach allem, was sie von dieser wusste und von Hochwürden Philipp Maier gehört hatte, war diese keine Diebin. Auch war Theas Absicht, Eva den Diebstahl in die Schuhe zu schieben, offensichtlich.

»Wer soll das Zimmer durchsuchen, in dem Eva schläft?«, fragte Frau Karch.

»Wenn es genehm ist, Ihr Herr Neffe! Er soll sich ein paar Pikkolos und Kellner auswählen, die ihm dabei helfen«, schlug die Hausdame vor.

Frau Karch sah sie verwundert an. »Um einen Schrank und ein Bett zu durchsuchen?«

»Herr Karch soll die Zimmer und Schränke aller Stubenmadl durchsuchen. Wird die Brosche noch immer nicht gefunden, sollen sie sich alle Räume der Angestellten gleich welchen Ranges vornehmen. Irgendwo werden wir das Schmuckstück finden!« Frau Zöpfel scheuchte die Zimmermädchen in die Suite und befahl Eva, sich bis aufs Hemd auszuziehen.

Das Mädchen war Ludwig Karch schon mehrmals aufgefallen, und nun wirkte es in seinem Zorn noch schöner als sonst. Bei diesem Gedanken fühlte er, wie sein Herz schneller schlug. Unwillkürlich trat er mit ein, und da es so aussah, als wolle er zuschauen, wie Eva sich entkleidete, fuhr seine Tante ihn an. »Solltest du nicht unten die Zimmer durchsuchen?«

»Ich wollte nur warten, ob es auch nötig ist«, antwortete ihr Neffe, bequemte sich dann aber nach einem bedauernden Blick auf Eva, die Suite zu verlassen.

Eva zog sich nun aus, allerdings ohne männlichen Beobachter. Schließlich stand sie im Unterhemd da und wurde sowohl von der Zofe wie auch von Frau Zöpfel von oben bis unten abgetastet.

»Da ist nichts«, sagte Frau Zöpfel erleichtert.

»Kann sie das Schmuckstück verschluckt haben?«, fragte Frau Karch, die keine Möglichkeit außer Acht lassen wollte.

Die Zofe musterte Eva und griff ihr an den Mund, schüttelte dann aber den Kopf. »Dafür ist die Brosche zu groß.«

Schade, dachte Thea, denn das Warten, ob die Brosche bei Eva auf natürlichem Weg wieder zum Vorschein kam, hätte ihr Zeit und Gelegenheit verschafft, sie an einer Stelle zu verstecken, die mit Eva in Verbindung gebracht werden konnte.

»Die Brosche wurde bei Eva nicht gefunden«, erklärte Frau Zöpfel mit ruhiger Stimme.

»Sie kann diese trotzdem an sich gebracht und versteckt haben!« Frau Karch musterte Eva von oben bis unten.

Eva kämpfte gegen die Tränen an, die in ihr hochsteigen wollten. Ich habe nichts gestohlen, und ich habe auch Graf Jablonskis Vorschlag abgelehnt, Blumen und Pralinen in die Suite der Gräfin zu bringen. Warum verdächtigt man mich? Es gibt genug andere, die ebenfalls einen Schlüssel für die Suite haben. Es könnte sogar die Zofe selbst das Schmuckstück gestohlen haben! Da stieg in ihr die Angst auf, der Dieb könnte die Brosche so verstecken, dass ihr wirklich die Schuld gegeben werden konnte.

Frau Zöpfel spürte Evas Verzweiflung. Wäre diese die Diebin gewesen, hätte sie sich schwer in ihr getäuscht gehabt. Natürlich wusste sie, dass mehrere Zimmermädchen einen Schlüssel für alle Zimmer des Obergeschosses besaßen. Wenn eines davon durch den Flur ging, fiel es nicht auf. Für die Gäste sahen sie in ihren schwarzen Kleidern, den weißen Schürzen und den weißen Häubchen alle gleich aus. Sie hätten nicht einmal die Haarfarbe nennen können, wenn sie einem von ihnen begegnet wären.

»Gehen wir jetzt von dem Fall aus, Eva wäre nicht die Diebin, sondern ein anderes Stubenmadl«, sagte die Hausdame und betrachtete die Zimmermädchen mit scharfem Blick. Sie sah es auf Theas Gesicht kurz zucken, doch mehr war nicht zu erkennen.

Dafür trat jetzt Angelika vor. »Ich bin dafür, dass alle Stubenmadln durchsucht werden! Das wäre auch der Eva gegenüber gerecht, falls sie nicht die Diebin ist.«

Ebenso wie Frau Zöpfel glaubte Angelika nicht daran, dass Eva die Brosche gestohlen hatte. Sie zog sich selbst bis aufs Hemd aus und forderte die Hausdame auf, sie ebenso zu durchsuchen, wie sie es bei Eva getan hatte.

Wie erwartet, wurde bei ihr nichts gefunden. Nun stellte Helga sich bereit. Nach dieser kam Gisela, danach Zenzi und alle anderen Zimmermädchen aus Angelikas Gruppe. Schließlich standen sie alle im Hemd bei Eva und sahen die Zimmermädchen aus Theas Gruppe an.

»Was ist, wollt ihr euer Zeug nicht ablegen?«, fragte Angelika bissig.

Die Erste stellte sich vor Frau Zöpfel und legte ihre Kleidung bis aufs Hemd ab. Unterdessen wirbelten Theas Gedanken. Wenn die Hausdame sie durchsuchte, würde das Schmuckstück gefunden werden. Das darf nicht sein, dachte sie verzweifelt. Doch was sollte sie tun? Da fiel ihr Blick auf Rosa. Das Mädchen hatte sich einen Apfel in die Schürzentasche gesteckt, und so stand diese weit offen.

Vorsichtig schob Thea sich zu Rosa hin und stellte sich so, dass sie von ihr und einem weiteren Zimmermädchen verdeckt wurde. Langsam zog sie die Brosche aus ihrem Kleid, steckte sie Rosa in die Tasche und entfernte sich wieder von ihr.

Rosa spürte zwar eine leichte Berührung, achtete aber nicht darauf, da sie angespannt der Durchsuchung der anderen Zimmermädchen zusah. Da sie das Schmuckstück nicht gestohlen hatte, wollte nun sie vortreten. Thea war jedoch schneller als sie und legte Schürze, Kleid und Häubchen ab. Schließlich stand sie wie Eva und die meisten anderen im Hemd da und ließ sich von Frau Zöpfel abtasten.

Nach ihr war Rosa dran.

»Was hast du in der Schürze?«, fragte Frau Zöpfel, da deren Tasche ziemlich auftrug.

»Einen Apfel!«, antwortete Rosa. »Den wollte ich eigentlich schon gegessen haben, aber dann haben Sie uns gerufen, und ich bin nicht dazu gekommen.« Sie legte die Schürze hin und streifte gerade das Kleid ab, als die Hausdame in die Schürzentasche griff.

»Tatsächlich ein Apfel!«, sagte sie, als sie die Frucht ans Tageslicht brachte. »Aber da ist noch etwas.«

Rosa schüttelte den Kopf. »Das kann nicht sein! Ich habe nur den Apfel eingesteckt.«

Die Hausdame legte die Hand auf die Schürze, spürte etwas unter den Fingern und zog die Brosche hervor.

Rosa quollen förmlich die Augen aus dem Kopf. »Nein! Ich hab das Ding nicht gestohlen! Ich schwöre es bei meiner ewigen Seligkeit.« Sie brach in Tränen aus und schluchzte so verzweifelt, dass Eva trotz der schlechten Erfahrungen mit ihr Mitleid bekam.

»Hat die Rosa überhaupt einen Generalschlüssel für die Suite?«, fragte sie daher.

»Den hat sie!«, rief Thea rasch. »Sie putzt in diesem Stockwerk ein paar Zimmer. Dafür braucht sie den Schlüssel.«

»Ich habe den Schmuck nicht gestohlen!«, wimmerte Rosa. »Ich war auch nicht in der Suite. Ich …« Der Rest wurde von einem weiteren Tränenstrom hinweggeschwemmt.

Ein Zimmermädchen aus Theas Gruppe schüttelte verwirrt den Kopf. »Wie soll die Rosa das gemacht haben? Wir haben gut zwei Stunden lang gemeinsam am anderen Ende des Flurs gearbeitet und sind dann zusammen nach draußen gegangen. Dort hat sie sich an einem Obststand den Apfel gekauft.

In dieses Stockwerk sind wir erst wieder gekommen, als Frau Zöpfel uns gerufen hat.«

»So war es!«, jammerte Rosa. »Ich habe nichts gestohlen! Gewiss nicht!«

»Aber jemand muss es getan haben!« Frau Zöpfels Blick wanderte zu Thea weiter. Ihr war nicht entgangen, dass diese vorher dicht bei Rosa gestanden hatte.

Da hob eines der Mädchen die Hand. »Ich weiß nicht, ob ich es sagen soll! Aber ich habe gesehen, wie die Thea was in Rosas Schürzentasche gesteckt hat.«

»Nichts habe ich, du dumme Urschel!«, rief Thea, trat auf das Mädchen zu und schlug ihm mit aller Kraft ins Gesicht. »Das hast du für deine Lügen!«

Angelika packte sie und zerrte sie von der anderen weg. »Wir werden schon herausfinden, wer lügt und wer nicht!«, sagte sie mit einer Miene, die keinen Hehl daraus machte, dass sie dem jungen Mädchen eher glaubte als Thea.

Diese sann verzweifelt nach, wie sie sich aus dieser Klemme winden konnte. Da erschien die Gräfin Pawlawska mitsamt ihrer Kammerfrau. Ein Stück dahinter kam Jablonski, blieb aber draußen stehen, als er die nur mit ihren Unterhemden bekleideten Zimmermädchen sah.

»Was ist hier los?«, fragte die Kammerfrau scharf.

Die Zofe erklärte ihr, dass das Lieblingsschmuckstück der Gräfin gestohlen worden sei.

»Bei Gott, nein!«, rief die Gräfin entsetzt.

»Das Schmuckstück wurde wiedergefunden«, sagte Frau Karch, um sie zu beruhigen.

Unterdessen fiel der Blick der Kammerfrau auf den Blumenstrauß. Nur eine Sekunde später entdeckte sie auch die Pralinenschachtel. »Wo kommen die her?« Noch während sie fragte, eilte sie zur Tür, riss diese auf und funkelte Graf Jablonski feindselig an. »Das waren mit Gewissheit Sie! Hat

Ihnen die Frau Gräfin denn nicht klar und deutlich erklärt, dass Ihre Avancen unerwünscht sind?«

»Sie sind Ihnen unerwünscht, aber nicht der Frau Gräfin«, antwortete Jablonski erregt.

Als Antwort erhielt er einen Schwall polnischer Worte, die sich nicht gerade wie Freundlichkeiten anhörten. Er hob bereits die Hand, schrie sie dann aber ebenfalls auf Polnisch an.

Ein Streit entspann sich, der bis zum anderen Ende des Flurs zu hören war. Etliche Hotelgäste öffneten neugierig ihre Türen. Auch Frau Karch, die Hausdame und die Zimmermädchen achteten mehr auf die beiden Streitenden und vergaßen Thea für den Augenblick.

Diese erkannte die Gelegenheit und schlich hinter dem Rücken der Zimmermädchen zur Tür. Die lautstarke Auseinandersetzung wurde in Richtung des Aufzugs ausgetragen, und niemand achtete auf das Treppenhaus. Rasch schlüpfte Thea hinaus und sauste die Stufen hinab. Aber so im Hemd konnte sie sich nicht sehen lassen. Sie überlegte kurz, nach unten zu eilen und ihre eigene Kleidung zu holen. Dort aber war Ludwig Karch und hätte sie gewiss aufgehalten, wenn er sie nur mit dem Hemd bekleidet hätte kommen sehen.

Kurz entschlossen verließ sie die Treppe im Erdgeschoss, fand den Flur leer und rannte nach vorne zu Frau Karchs Büro. Da diese überraschend nach oben gerufen worden war, war es unverschlossen. Thea trat ein und atmete erst einmal kräftig durch. Dann eilte sie in den Nebenraum, der zu einem Schlafzimmer ausgebaut war, das die Madame benutzte, wenn im Hotel viel zu tun war.

Thea hatte hier schon öfter putzen müssen, daher wusste sie, dass sich ein paar Ersatzkleider für Frau Karch im Schrank befanden. Rasch nahm sie ein schwarzes Kostüm heraus und zog es an. Dabei war sie froh, dass die Madame Kleidung bevorzugte, die sie ohne Hilfe einer Zofe anziehen konnte. Einen Hut mit einem Gesichtsschleier, eine Handtasche und einen Muff nahm sie ebenfalls an sich. In Frau Karchs Büro durchsuchte sie deren Schreibtisch und öffnete die darin liegende Zigarrenkiste. Diese enthielt ein dickes Bündel Banknoten. Mit einem zufriedenen Lächeln steckte sie dieses ein und verließ das Zimmer.

Noch bevor man im obersten Stockwerk begriff, dass Thea verschwunden war, schritt diese auf die Eingangstür zu. Der Portier sah eine schlanke Dame in einem schwarzen Kostüm mit einem Schleier vor dem Gesicht und öffnete ihr.

Thea ging an ihm vorbei und nahm einen Fiaker wahr, der eben einen Gast zu dessen Hotel gebracht hatte. Sofort winkte sie dem Kutscher, stieg ein und fuhr zum Bahnhof. Dort kaufte sie sich eine Fahrkarte für den ersten Zug, der von hier losfuhr, und saß schließlich in einem Abteil erster Klasse. Dort musterte sie interessiert die Herren, die gleich ihr Platz genommen hatten.

* * *

Als Erster fiel Eva auf, dass Thea verschwunden war. Besorgt stupste sie Angelika an. »Wo ist Thea?«

Angelika sah sich suchend um und stellte laut die Frage, ob jemand wisse, wo Thea war.

»Das Miststück hat sich vom Acker gemacht!«, rief Helga empört.

»Weit kann sie nicht gekommen sein«, sagte Frau Zöpfel, der im Augenblick der Streit zwischen Jablonski und der Kammerfrau peinlicher war als der glücklicherweise aufgeklärte Diebstahl der Brosche.

Endlich gelang es der Gräfin, ihre geifernde Kammerfrau in die Suite zu schieben. Danach drehte sie sich zu Jablonski um und forderte ihn mit einem zornigen Blick auf, zu gehen.

»Das sagen Sie nur, weil dieser elende Drache mich bei Ihnen verleumdet hat!«, rief Jablonski über die Beleidigungen empört, die die Kammerfrau ihm an den Kopf geworfen hatte. Er begriff aber selbst, welch übles Schauspiel sie beide geboten hatten, und verbeugte sich. »Da es Ihr Wille ist, werde ich Sie jetzt verlassen! Ich werde jedoch niemals aufgeben, Ihnen meine Liebe zu beweisen!« Damit neigte Jablonski kurz den Kopf und ging.

»Weil der sich mit dem Drachen von Kammerfrau streiten musste, ist uns die Thea ausgebüxt!«, schimpfte Helga.

»Wir werden sie schon finden«, sagte Angelika. »Sie wird sich irgendwo im Hotel verkrochen haben und hoffen, dass die Madame Gnade vor Recht ergehen lässt.«

»Wenn Frau Karch das tut, wird es unter dem Personal keinen Frieden mehr geben«, erklärte Frau Zöpfel zornig. Sie war nicht bereit, Thea davonkommen zu lassen. Da war nämlich nicht nur der Diebstahl, sondern auch die Tatsache, dass Thea diesen Rosa in die Schuhe hatte schieben wollen. Die Hausdame begriff auch, dass es nicht Theas ursprünglicher Plan gewesen war. Dafür hatte diese zu sehr Eva beschuldigt, die Diebin zu sein. Hätte sie Zeit gefunden, die Brosche in deren Habe zu verstecken, wäre Eva als Diebin verurteilt und so ihre Zukunft vernichtet worden.

* * *

Die Vermutung, Thea habe sich irgendwo im Hotel verkrochen und könne bald gefunden werden, erwies sich als zu optimistisch. Obwohl die Zimmermädchen und auch das andere Personal das Hotel gründlich durchsuchten, blieb Thea verschwunden. Dafür entdeckte Frau Karch, dass ihr jemand das Geld gestohlen hatte, das sie für überraschende Ausgaben in ihrem Büro aufbewahrt hatte. Sie hielt es für wahrscheinlich, dass Thea es getan hatte, konnte es aber nicht beweisen. Da sie ihr schwarzes Kleid und den dazu passenden Hut seit Monaten nicht getragen hatte, bemerkte sie deren Verlust erst nach einigen Tagen. Doch bis dahin war jeder Versuch, nach Thea zu forschen, bereits vergeblich.

Für Eva und ihre Kolleginnen bedeutete Theas Verschwinden erst einmal, dass sie deren Arbeit zusätzlich zu ihrer eigenen erledigen mussten. Da der Sommer bereits fortgeschritten war, wollte Frau Karch niemanden mehr einstellen. Die verbliebenen Zimmermädchen waren darüber verärgert, und es kostete Angelika, die nun auch die Aufsicht über Theas Truppe übernehmen musste, sehr viel Mühe, dafür zu sorgen, dass sie ihre Arbeit so erledigten, dass es kein Donnerwetter von Frau Zöpfel gab.

Eva und ihre Freundinnen sprachen häufig von Thea und deren Gemeinheiten, aber auch über Frau Zöpfels Blindheit, da diese die junge Frau lange Zeit nicht durchschaut, sondern im Gegenteil auch noch gefördert hatte.

Trotz ihrer Mehrarbeit fand Eva die Zeit, einen langen Brief nach Hause zu schreiben. Erst da wurde ihr bewusst, dass ihr jüngstes Geschwisterchen bereits ein Vierteljahr alt sein musste. Damit befand sie sich bereits seit fünf Monaten in Karlsbad. Zwei weitere würden noch folgen. Mitte November war die Kursaison vorbei, und die Angestellten des Hotels würden bis auf wenige nach Hause fahren. Dann, sagte sie sich, würde sie ihre Lieben endlich wieder in die Arme schließen können.

Eva greift ein

Das Personal des Adonis hatte schon fröhlichere Tage erlebt, denn Frau Karchs Laune war schwarz. Sie hatte Theas dreisten Diebstahl und ihre Flucht nicht verkraftet und machte ihrem Neffen Ludwig Vorwürfe, weil Thea ihm entkommen war. Zudem wucherte ein Gerücht im ganzen Hotel, sie wolle ihren Angestellten den Lohn kürzen, bis die gestohlene Summe wieder hereingeholt war.

Eva bereitete das ebenfalls Sorgen, denn von scheidenden Gästen hatte sie das eine oder andere Trinkgeld erhalten und es Frau Karch zur Aufbewahrung überlassen. Wenn diese nun das Geld für sich behielt, würde sie ihren Eltern und Geschwistern keine Geschenke kaufen und sie auch nicht mit einer gewissen Summe unterstützen können.

Für sie hing von diesem Umstand die Frage ab, ob sie im nächsten Jahr ins Adonis zurückkehren oder sich eine neue Stelle suchen sollte. Wenn Frau Karch ihr Geld für etwas vorenthielt, wofür sie nichts konnte, war das Vertrauen zerstört.

Ihre Freundinnen dachten genauso. In ihren Augen wäre es ein Unding gewesen, wenn sie dafür bestraft hätten werden sollen, dass Thea mit einer ansehnlichen Summe entkommen war.

»Die Madame ist selber schuld!«, erklärte Helga bissig. »Sie hätt ihr Büro ja zusperren können. Zu was hat die Türe ein Schloss?«

»Jetzt rede nicht etwas herbei, das wahrscheinlich nicht eintreten wird«, sagte Angelika in dem Versuch, sie und die anderen Mädchen zu beruhigen. »Natürlich ist Frau Karch zornig! An ihrer Stelle wärt ihr das auch. Aber so ungerecht, uns dafür leiden zu lassen, wird sie kaum handeln.«

»Ich weiß nicht …«, wandte Gisela ein. »Sie hat den Herrn Ludwig arg beschimpft und ihm angedroht, dass sie das Hotel später nicht an ihn, sondern an seinen Vetter Erwin vererben würde.«

»Sagst du im ersten Zorn oft nicht auch etwas, das dir schließlich leidtut?«, fragte Angelika. »Jedenfalls ist der Herr Karch noch da und erfüllt seine Arbeit als Hoteldirektor. Also isst Frau Karch die Suppe auch nicht so heiß, wie sie gekocht worden ist. Und jetzt geht an eure Arbeit! Sonst wird euch zu Recht was vom Lohn abgezogen.«

»Wenn die Madame das tut, bin ich im nächsten Jahr in einem anderen Hotel!«, erklärte Helga. Im letzten Jahr war sie im Adonis der Trampel gewesen, dafür hatte Thea gesorgt. Heuer hingegen hatte sie sich gemacht, und Angelika hätte sie ungern verloren, und ebenso wenig Eva, Gisela und die anderen aus ihrer Gruppe. Beim Gedanken daran dachte sie an Theas Gruppe. Dort war die Stimmung noch schlechter als bei ihren eigenen Zimmermädchen.

Ich bin froh, dass die Saison zu fast zwei Dritteln vorbei ist, sagte Angelika sich. Zwei Monate früher hätte sie nicht gewusst, ob sie die Zimmermädchen den Rest der Zeit noch zusammenhalten könnte. Jetzt, da das Ende abzusehen war, würden sie wohl bleiben. Sie wollte jedoch nicht darauf wetten, dass alle im nächsten Jahr wiederkommen würden.

In dem Ärger über Thea ging ein anderes Problem fast völlig unter. Obwohl Graf Jablonski und die Kammerfrau seiner Angebeteten nicht mehr in aller Öffentlichkeit stritten, war die Sache noch lange nicht ausgestanden. Bei den Mahlzeiten und bei den Spaziergängen blieb Jablonski stets in Gräfin Klementynas Nähe und ließ sich weder durch ihr scheinbares Desinteresse noch von den immer böser werdenden Aussprüchen der Kammerfrau verscheuchen.

An diesem Tag hatte Eva gerade ihre abendliche Runde begonnen, als die Gräfin mit ihrem Gefolge die Suite verließ, um in den Festsaal zu gehen. Klementyna Pawlawska wirkte ein wenig bedrückt, während ihre Kammerfrau sehr zufrieden aussah. Eva schloss daraus, dass Jablonski während des Tages eine weitere Abfuhr erhalten hatte.

Mich geht es nichts an, dachte sie und betrat die Suite der Gräfin, um nachzusehen, ob dort alles in Ordnung war. Sie hatte gerade das Bett aufgedeckt und wollte den gewünschten Champagner holen, als sie Jablonski in der Nähe der Tür stehen sah.

»Hat sich die Gräfin bereits zum Diner begeben?«, fragte er. Sein Gesicht war zu einer Maske der Verzweiflung verzerrt.

»Das hat sie«, antwortete Eva.

Irgendwie tat er ihr leid. Aber ich kann ihm nicht helfen, dachte sie und ging weiter. An der Treppe drehte sie sich noch einmal um. Eben griff Jablonski in seine Tasche und holte etwas heraus. Erst auf den zweiten Blick erkannte Eva, dass es sich um eine Pistole handelte.

Will er sich etwa vor der Tür der Gräfin erschießen, fuhr es ihr durch den Kopf und sie wollte auf ihn zueilen, um ihn daran zu hindern. Da steckte er die Waffe wieder ein, drehte sich mit einer entschlossenen Bewegung um und ging zum Lift. Dort winkte er dem Pikkolo, damit dieser ihn nach unten fuhr.

»Halt, bleiben Sie!«, rief Eva, doch es war zu spät, denn die Aufzugkabine fuhr bereits los.

Was hat er vor, fragte sie sich. Will er etwa nicht sich selbst erschießen, sondern die Kammerfrau oder gar die Gräfin?

Es hielt Eva nichts mehr im obersten Stockwerk. Sie rannte zur Treppe und eilte so rasch hinunter, dass sie beinahe die Stufen hinabgestürzt wäre. Als sie das Erdgeschoss erreichte, war von Jablonski nichts mehr zu sehen.

Der Weg durch die Küche war kürzer als der für die Gäste. Eva bog daher ab und stürmte an den verwunderten Köchen und Kellnern vorbei. Inbrünstig flehte sie dabei die Jungfrau Maria an, das Schlimmste zu verhindern.

* * *

Jablonskis Blut kochte. In seinen Gedanken hallten immer noch die Worte nach, mit denen Klementyna Pawlawska ihn am Nachmittag zurückgewiesen hatte.

»Sollte ich je an eine weitere Heirat denken, mein Herr, dann gewiss nicht mit einem so üblen Mitgiftjäger wie Ihnen! Meine Kammerfrau hat zum Glück herausgefunden, dass Sie bereits um etliche reiche Erbinnen und Witwen geworben haben. Doch auch diese haben Sie durchschaut und Ihren üblen Charakter erkannt! Sagen Sie nicht, dass es Verleumdungen sind, denn sie legte mir Beweise vor! Gehen Sie mir daher aus den Augen, und halten Sie sich in Zukunft von mir fern, sonst muss ich doch einmal einen Herrn bitten, mich von Ihnen zu befreien.«

Das Schlimme war, dass ihre Vorwürfe der Wahrheit entsprachen. Er war eine verkrachte Existenz, ein Mann ohne Besitz und Vermögen und derzeit sogar ohne Einkommen, da er von seinem Regiment wegen eines verbotenen Duells suspendiert worden war. Es stimmte auch, dass er in früheren Jahren mehreren wohlhabenden Damen nachgestellt hatte, um seine prekären Verhältnisse zu verbessern. Klementyna Pawlawska nannte ihn daher mit Recht einen üblen Mitgiftjäger.

Dies änderte jedoch nichts an der Tatsache, dass er gerade sie bis zum Wahnsinn liebte. Er verfluchte ihr Vermögen, das sich wie ein trennendes Gebirge zwischen ihnen auftürmte, sich selbst, weil er ihrer nicht würdig war, und wusste gleichzeitig, dass er es nicht würde ertragen können, Klementyna für immer zu verlieren.

Mit diesem Gedanken betrat er den Festsaal. Drüben auf der anderen Seite nahmen gerade die Gräfin und ihre Begleiter Platz. Janusz stellte sich hinter die Gräfin, während Said auf den Schoßhund der Herrin achtgab.

Ein Kellner kam heran, um Jablonski zu seinem Platz zu losten. Dieser schob ihn beiseite und trat auf den Tisch der Gräfin zu. Da sie mit dem Rücken zu ihm saß, sah sie ihn nicht. Ihre Kammerfrau hingegen starrte ihn böse an.

»Sie wissen wohl nicht, wo Ihre Grenzen liegen!«, fuhr sie ihn an. »Die gnädige Frau Gräfin hat Ihnen heute sehr deutlich erklärt, dass sie Sie nicht mehr in ihrer Nähe zu sehen wünscht.«

Nun wurde Klementyna Pawlawska auf Jablonski aufmerksam und drehte sich um. »Sie sind äußerst impertinent, mein Herr! Ich werde den Hoteldirektor bitten müssen, Sie aus diesem Haus zu weisen.«

Jablonski wusste nicht einmal, ob er noch genug Geld besaß, um seinen Aufenthalt im Adonis bezahlen zu können. Die Schande, als Zechpreller und Betrüger durch die Gendarmen hinausgeführt zu werden, wollte er nicht mehr erleben. Was wollte er überhaupt noch erleben, fragte er sich.

Vorher war er bereit gewesen, sich vor der Tür der Gräfin zu erschießen. Er hatte es nur deswegen nicht getan, weil sie ihre Suite bereits verlassen hatte. Nun aber war es an der Zeit, dachte er. Sein Blick traf die Gräfin. Sie zu verlieren, war noch schlimmer als der Tod. Er griff zum Revolver, zog ihn und zielte auf sie.

Ihre Augen weiteten sich vor Schrecken, und ihr Gesicht wurde kalkweiß. Die Kammerfrau wich mit ihrem Stuhl weit vom Tisch weg, um aus der Schussrichtung zu kommen. Der Reisemarschall zeigte ebenfalls wenig Heldenmut, während die kleine Skarbie spürte, dass ihre Herrin in Gefahr war, und Jablonski ankläffte. Dieser richtete seine Pistole auf die Brust der Gräfin, da er ihr schönes Gesicht nicht zerstören wollte, und lächelte bitter. »Sie haben in allem recht, was Sie mir vorwerfen! Dies ändert jedoch nichts an der Tatsache, dass ich Sie liebe wie sonst nichts auf der Welt. Da wir im Leben nicht vereint sein können, werden wir es eben im Tode sein!«

Alle im Saal erstarrten. Es konnte nur noch Augenblicke dauern, bis der Schuss fallen und dem Leben der Gräfin ein Ende setzen würde.

Da klang auf einmal ein verzweifeltes »Nein, tun Sie das nicht!« auf.

Eva stürmte an den Kellern vorbei in den Festsaal und blieb neben dem Tisch der Gräfin stehen.

Im ersten Impuls richtete Jablonski den Revolver auf sie, zielte dann aber wieder auf die Gräfin. »Der Tod wird meine Liebe zu Ihnen segnen!«, sagte er mit bleichen Lippen.

Klementyna Pawlawska sah ihn entsetzt an. Mehr als alle anderen spürte sie, wie ernst es ihm war. Er wollte sterben, da er sein Leben nicht mehr ertrug. Doch nicht allein, denn sie sollte ihn ins Jenseits begleiten. Wie kann er glauben, ich könnte ihn dort lieben, fragte sie sich verzweifelt. Ein Teil von ihr wollte ihn um Gnade bitten. Aber dafür war sie zu stolz.

Eva spürte, dass Jablonski im nächsten Moment ernst machen würde, und schob sich zwischen ihn und die Gräfin. »Das können Sie nicht tun!«, sagte sie beschwörend. »Sie sagten, Sie lieben die Gräfin mehr als Ihr Leben! Wie könnten Sie das töten, was Sie so sehr lieben?«

»Geh zur Seite!«, forderte Jablonski sie auf. »Du hast nichts damit zu tun! Es geht nur Gräfin Klementyna und mich etwas an.«

»Das stimmt nicht!«, widersprach Eva. »Sie wollen vor unseren Augen einen Mord begehen. Daher geht es uns alle an!«

Unterdessen war man im großen Speisesaal nebenan darauf aufmerksam geworden, dass sich im Festsaal etwas Unerwartetes tat. Die ersten Gäste schauten neugierig herein, wichen aber zurück, als sie den Revolver in Jablonskis Hand entdeckten.

Auch Hochwürden Philipp Maier blickte auf das Geschehen. Er sah, wie Eva sich zwischen Jablonski und Gräfin Klementyna stellte, und begriff, dass sie in höchster Gefahr schwebte. Wenn Jablonski die Nerven verlor, würde er auch sie erschießen. Daher ging er kurzerhand in den Saal. Die Kellner, die sonst streng auf die Exklusivität der Gäste an diesem Ort achteten, starrten alle wie gebannt auf das, was sich beim Tisch der Gräfin tat, und so hinderte ihn keiner, als er auf Jablonski zuging.

»Hören Sie auf Eva!«, sagte er und trat neben seinen ehemaligen Schützling. »Ein Mord ist immer ein Verbrechen wider unseren Herrn im Himmel. Wollen Sie mit dieser Schuld belastet vor den himmlischen Richter treten? Sie sagten, Sie wollten im Tod mit der Gräfin vereint sein. Doch das Gegenteil wird eintreten! Während die Jungfrau Maria im Himmelreich tröstend ihren Mantel um die Gräfin legen wird, werden Sie für alle Zeiten zur Höllenstrafe verurteilt sein und sich im Reich des Satans vor Sehnsucht nach der Gräfin verzehren. Dies wird schlimmer für Sie sein als die Feuer, die die teuflischen Knechte um Sie entfachen werden.«

Jablonski zitterte. Es wäre so einfach gewesen, die Gräfin und dann sich selbst zu erschießen. Doch nun standen ein junges Mädchen und ein älterer Pfarrer vor ihm und schützten Gräfin Klementyna mit ihren Leibern. Wenn er sie erschoss, war er tatsächlich ein Mörder. Und das war er auch, wenn er die Gräfin tötete, sagte ihm der Rest von Verstand, der ihm geblieben war.

»Also gut, Sie dürfen leben, Gräfin Klementyna! Ich aber werde den Weg gehen, der mir vorbestimmt ist.«

»Nein!«, rief die Gräfin entsetzt. »Ich will nicht, dass Sie meinetwegen sterben!«

Doch Jablonski setzte sich bereits den Revolver an die Schläfe.

Mit zwei Schritten war Eva bei ihm, packte seinen rechten Arm mit beiden Händen und bog ihn herab. Sein Zeigefinger zuckte kurz, als wolle er noch abdrücken, dann ließ er den Revolver fallen und sank schluchzend zu Boden.

Eva stieß den Revolver mit dem Fuß beiseite, damit Jablonski nicht mehr danach greifen konnte. Sogleich war Philipp Maier bei ihr und drückte sie an sich.

»Bei Gott! Ich habe in meinem Leben nie größere Angst ausgestanden als jetzt«, sagte er leise.

Eva nickte. »Ich auch nicht! Ich muss wahnsinnig gewesen sein. Wenn ich nur ein wenig nachgedacht hätte, hätte ich mich herausgehalten.«

»Wenn Sie nicht eingeschritten wären, wäre ich jetzt tot und Graf Andrzej ebenso«, sagte Gräfin Klementyna, die kaum begreifen konnte, noch am Leben zu sein.

Nun, da die Gefahr ausgestanden war, schob sich die Kammerfrau wieder an den Tisch. »Ich sagte doch, dieser Mann ist verrückt! Der gehört in ein Irrenhaus. Was für eine Unverschämtheit, Sie so zu bedrohen. Ich sage Ihnen …«

»Sie sagen mir gar nichts, sondern halten den Mund!«, fuhr die Gräfin sie an. »Sehen Sie denn nicht, wie verzweifelt Graf Andrzej ist? Nun wollen Sie auch noch den Dolch in seiner Wunde umdrehen.«

»Dieser Mann hätte Sie beinahe umgebracht!«, rief die Kammerfrau vorwurfsvoll.

»Er hat es aber nicht getan. Und nun schweigen Sie!«, erwiderte die Gräfin und wandte sich Jablonski zu, dem eben zwei Kellner auf die Beine halfen.

Er schluchzte nicht mehr, sah aber so elend und verzweifelt aus, dass sie unwillkürlich Mitleid mit ihm empfand. Auf einmal fand sie es romantisch, von einem Mann so sehr geliebt zu werden, dass er, um sie nicht zu verlieren, mit ihr zusammen in den Tod hatte gehen wollen.

»Setzen Sie sich und speisen Sie mit mir zusammen«, sagte sie und wies auf den Platz, der eigentlich für ihre Kammerfrau vorgesehen war.

Jablonski atmete tief durch und verbeugte sich vor ihr. »Verzeihen Sie mir, gnädigste Gräfin Klementyna! Nach dem, was ich eben getan habe, bin ich es nicht mehr wert, dieselbe Luft zu atmen wie Sie.« Ich werde Karlsbad verlassen und mich irgendwo in der Ferne erschießen, setzte er nur für sich hinzu.

Die Gräfin ahnte, was er vorhatte, und klopfte energisch auf das Polster des Stuhles. »Setzen Sie sich! Oder sind Sie zu feige, mir in die Augen zu schauen?«

Beinahe hätte Jablonski das bejaht. Feige aber wollte er dann doch nicht erscheinen. Bevor er jedoch Platz nahm, wandte er sich an Eva und den Pfarrer. »Ich danke Ihnen beiden aus tiefstem Herzen! Sie haben mich vor einer Tat zurückgehalten, die mich für alle Zeiten verfolgt und gequält hätte.«

»Gott hat es nicht gewollt!«, antwortete der Pfarrer, während Eva die Kiefer zusammenbiss, damit sie nicht gegeneinanderschlugen.

Frau Zöpfel sah, wie sie zu zittern begann, und eilte zu ihr hin. »Komm mit, Kind!«, sagte sie und führte sie aus dem Saal.

Ludwig Karch, der kurz nach der Hausdame erschienen war, hob nun Aufmerksamkeit heischend die Hand. »Meine Herrschaften! Setzen Sie sich bitte wieder und speisen Sie weiter. Unser Chefkoch wäre zu Recht beleidigt, würde er sehen, wie wenig seinen Kreationen bis jetzt zugesprochen worden ist.«

Ein erstes, noch zögerliches Lachen erklang. Die Gäste suchten wieder ihre Plätze auf, und wenig später war das

Klappern der Bestecke zu vernehmen. Selbst Jablonski begann, von Gräfin Klementyna aufgefordert, zu essen. Der Kellner hatte rasch sein Gedeck zu diesem Tisch gebracht, während die Kammerfrau mit dem Platz vorliebnehmen musste, der bislang für Jablonski reserviert gewesen war.

Pfarrer Maier kehrte ebenfalls zu seinem Tisch zurück und wurde dort von den Kellnern bevorzugt bedient. Nach einer Weile setzte Ludwig Karch sich zu ihm.

»Ich möchte Ihnen für Ihr beherztes Eingreifen danken«, sagte dieser. »Sie haben eine fürchterliche Tat verhindert!«

»Der Dank gebührt weniger mir als Eva«, antwortete der Pfarrer lächelnd. »Hätte sie Graf Jablonski nicht aufgehalten, wäre ich auf jeden Fall zu spät gekommen.«

* * *

Frau Zöpfel hatte Eva zuerst in deren Kammer bringen wollen. Als sie aber sah, wie von allen Seiten Zimmermädchen, Spülerinnen und andere Angestellte herankamen, um zu erfahren, was geschehen war, entschied sie sich anders.

»Geht an eure Arbeit!«, befahl sie. »Angelika, teile die Zimmer, für die Eva am Abend zuständig ist, unter den anderen auf. Sie ist nicht mehr in der Lage, sie zu machen!«

Da die Frauen und Mädchen begriffen, dass sie nichts erfahren würden, trollten sie sich. Frau Zöpfel führte Eva unterdessen zu Frau Karchs Büro und klopfte.

»Herein!«, erklang es schroff von drinnen.

Die Hausdame öffnete und schob Eva ins Zimmer. »Einen schönen guten Abend, Frau Karch!«, grüßte sie. »Ich weiß nicht, ob Sie es mitbekommen haben. Es gab eben einen ziemlichen Aufruhr im Festsaal, und wir haben es nur diesem Mädchen zu verdanken, dass das Adonis nicht in einen schrecklichen Skandal verwickelt worden ist.«

Frau Karch sah sie an, dann Eva und zuletzt wieder sie. »Ich habe zwar bemerkt, dass es einen Vorfall gab, glaubte aber nicht, selbst eingreifen zu müssen«, sagte sie. Ihr Blick machte deutlich, dass sie dafür Angestellte wie Frau Zöpfel und ihren Neffen hatte.

»Es war so …«, begann die Hausdame und berichtete ihrer Chefin, was geschehen war. Sie schloss mit den Worten: »Ohne dieses tapfere Mädchen hätte Graf Jablonski zuerst Gräfin Klementyna und dann sich selbst erschossen.«

»Ich habe nicht viel getan«, wandte Eva ein. »Das war unser Hochwürden! Der hat den Grafen mit dem Hinweis auf das Höllenfeuer davon abgebracht, es zu tun.«

»Du bist viel zu bescheiden! Ohne dich wären die Gräfin und der Graf bereits tot gewesen, bevor der hochwürdige Herr Pfarrer überhaupt erkannt hätte, was da geschehen ist«, sagte Frau Zöpfel zu ihr. Sie wandte sich wieder Frau Karch zu. »Ich habe Eva zu Ihnen gebracht, weil ich dachte, es wäre besser, wenn sie nebenan im Bett schläft. In ihrem Schlafraum würden die anderen Zimmermädchen sie nur mit Fragen löchern. Das will ich ihr ersparen!«

Frau Karch hörte mehr heraus. Offensichtlich ging es ihrer Hausdame vor allem darum, zu verhindern, dass Eva etwas sagte, das dann als Gerücht in Umlauf geriet. Diese Angelegenheit musste so gut wie möglich unter dem Teppich gehalten werden, damit sie dem Hotel nicht schadete. Dies bedeutete auch, das Personal wie auch die Gäste dazu zu bringen, die Geschehnisse weniger dramatisch darzustellen, als sie sich tatsächlich abgespielt hatten. Daher war es klüger, Eva erst einmal von ihren Kolleginnen zu trennen, um ihr nahezubringen, was sie sagen durfte und was nicht.

»Sorgen Sie für Ihren Schützling, Frau Zöpfel! Ich kümmere mich um die Angelegenheit«, erklärte Frau Karch und stand auf.

»Sehr wohl, Madame!« Die Hausdame fasste Eva am Arm und führte sie in das Nebenzimmer, aus dem Thea vor etwas mehr als einer Woche ein Kleid der Hotelbesitzerin gestohlen hatte.

Dort zeigte Frau Zöpfel Eva das kleine Badezimmer dahinter und suchte dann ein Nachthemd für sie heraus.

»Hier nimm! Zieh das an!«, sagte sie, als Eva sich gewaschen und die Zähne provisorisch geputzt hatte. »Du bist morgen von der Arbeit befreit und bleibst hier im Raum, bis ich dich hole.«

Eva knickste und zog sich mit steifen Bewegungen aus. Ein Nachthemd wie das, das Frau Zöpfel ihr reichte, hatte sie zwar bei weiblichen Gästen gesehen, aber selbst hatte sie so etwas noch nie getragen. Sie wagte kaum, es anzuziehen. Als sie ins Bett stieg und die Augen schloss, sah sie einen Mann mit Revolver vor sich, der jeden Augenblick auf sie schießen konnte.

Eva konnte sich daher nicht vorstellen, dass sie in dieser Nacht würde einschlafen können. Ihre seelische Erschöpfung war jedoch so groß, dass sie bereits wegdämmerte, bevor Frau Zöpfel das Zimmer verlassen hatte.

»Schlaf gut! Du hast es dir verdient«, sagte die Hausdame leise und verließ den Raum.

* * *

Frau Karch und ihr Neffe führten noch am Abend und am nächsten Morgen etliche Gespräche mit ihren Gästen, während sich Frau Zöpfel, der Küchenchef des Adonis und der Oberkellner die Angestellten vornahmen. Im gemeinsamen Bemühen gelang es, die Begebenheit harmloser darzustellen, als sie tatsächlich gewesen war. Dabei half ihnen nicht zuletzt die Tatsache, dass Gräfin Klementyna Andrzej Jablonski alles verzieh und er nun an ihrem Tisch Platz nehmen durfte.

Eva bekam von alledem nichts mit. Als sie am Morgen nach Jablonskis dramatischem Auftritt erwachte, wusste sie zunächst nicht, wo sie sich befand. Das Zimmer war ihr fremd, und die

Tatsache, dass sie allein darin geschlafen hatte, ließ sie zunächst glauben, sie träume noch. Als ihre Umgebung aber so blieb, wie sie war, kniff sie sich mehrfach in die Wange. Der Schmerz war echt, also musste das hübsche Zimmer es auch sein.

War sie etwa von Müdigkeit übermannt in einem der Gästezimmer eingeschlafen? Noch während Eva sich dies fragte, kehrte ihre Erinnerung zurück. Sie hatte geglaubt, geträumt zu haben, wie Graf Jablonski Gräfin Klementyna hatte erschießen wollen. Nun begriff sie, dass es tatsächlich geschehen war. Hatte sie sich wirklich zwischen Jablonski und die Gräfin gestellt? Sie konnte es kaum glauben, und doch musste es so gewesen sein. Später hatte die Hausdame sie hereingebracht und sie angewiesen, das Zimmer nicht zu verlassen.

Eva stand auf, nutzte das kleine Badezimmer und die Toilette und zog ihre Kleidung als Zimmermädchen wieder an. Das schöne Nachthemd, in dem sie geschlafen hatte, faltete sie sorgfältig und legte es aufs Bett, nachdem sie dieses gemacht hatte. Danach blieb ihr nur, sich auf einen Stuhl zu setzen und zu warten.

Irgendwann hörte sie im Nebenraum Stimmen. Es hörte sich nach Frau Karch und deren Neffen an. Nun wagte Eva erst recht nicht, das Zimmer zu verlassen. Sie versuchte, aus den Wortfetzen, die zu ihr drangen, klug zu werden. Aber sie verstand nicht mehr, als dass Ludwig Karch erklärte, es sei ihm gelungen, die Gäste zu beruhigen und damit einen Skandal zu verhindern.

Danach schienen sowohl die Hotelbesitzerin wie auch ihr Neffe das Zimmer zu verlassen, denn es wurde still. Eva überlegte, ob sie die Tür nicht einen Spalt öffnen sollte, um hinauszuschauen. Frau Zöpfels Befehl war allerdings eindeutig gewesen. Sie hatte hierzubleiben. Aber wie lange, fragte sie sich. Die Zeit fürs Frühstück war längst vorüber, und sie verspürte nagenden Hunger, denn sie hatte bereits das Abendessen versäumt. An anderen Tagen wäre sie schon bei der Arbeit gewesen. Hier zu sitzen und nichts tun zu können, war wie eine Folter.

Es musste bereits später Vormittag sein, da wurde die Tür endlich geöffnet. Frau Zöpfel kam herein und musterte Eva mit einem freundlichen Lächeln. »Guten Morgen! Ich hoffe, du hast nach dem aufregenden Abend schlafen können.«

Eva nickte. »Danke und ebenfalls guten Morgen! Ich habe geschlafen. Aber jetzt sitze ich hier. Dabei sollte ich doch bei der Arbeit sein!«

»Ich sagte doch, dass du heute vom Dienst befreit bist«, erklärte die Hausdame.

»Aber dann müssen Helga und die anderen für mich mitarbeiten!«

»Einen Tag lang werden sie es wohl tun können. Und nun zu dir. Hast du dein Frühstück schon erhalten?«, fragte Frau Zöpfel.

Eva schüttelte den Kopf. »Nein, das habe ich nicht.«

»Ich dachte, ich hätte es in der Küche gesagt. Zu dumm! Komm mit! Ich werde dir etwas holen lassen.«

Frau Zöpfel ging voraus. Eva folgte ihr und wunderte sich, weil diese nicht in die Personalküche, sondern in einen kleinen Salon am Ende des Flures ging, der gelegentlich von Gästen benutzt wurde, die für sich bleiben wollten. Unterwegs rief die Hausdame einen Pikkolo zu sich und befahl ihm, dafür zu sorgen, dass dort zweimal Frühstück aufgetragen wurde.

Eva wunderte sich, weil der junge Bursche sie so seltsam ansah, und war froh, als sie den Salon erreichten. Auf Frau Zöpfels Anweisung nahm sie dieser gegenüber Platz. Zunächst schwiegen beide. Wenig später brachte ein Kellner das Frühstück. Es war das gleiche, das den Gästen im Hotel aufgetragen wurde, mit weißen Semmeln, Butter, Marmelade, Wurst, ein wenig Käse und duftendem Kaffee. Milch und Zucker waren ebenfalls dabei.

»Greif zu!«, forderte die Hausdame Eva auf, da diese zögerte.

»Vergelt's Gott!« Sie goss ihre Tasse ein.

»Nimm ruhig Milch und Zucker«, sagte Frau Zöpfel.

Eva verschluckte sich fast, als sie zu trinken begann. Das war nicht der Zichorienkaffee, der für die Angestellten ausgegeben wurde, sondern echter Bohnenkaffee. Den hatte sie noch nie getrunken, da er viel zu teuer für ihre Familie gewesen war. Der Geschmack war jedenfalls gut. Auch das Frühstück schmeckte in einer Weise, dass sie sich beherrschen musste, um sich nicht den Bauch damit vollzuschlagen.

»Es war gestern ein aufregender Abend«, begann Frau Zöpfel das Gespräch.

Eva nickte, ohne etwas zu sagen. Die Hausdame schien es auch nicht zu erwarten, denn sie sprach ansatzlos weiter.

»Du wirst verstehen, dass es nicht im Sinne des Hotels sein kann, wenn zu viel von dem, was geschehen ist, nach außen dringt. Falls man dich fragt, wirst du sagen, du wärst in den Festsaal gekommen, weil Gräfin Klementyna etwas in ihrem Zimmer vergessen hätte. Es gab einen Streit am Tisch, aber nicht zwischen Gräfin Klementyna und Graf Jablonski, sondern zwischen diesem und der Kammerfrau. Einen Revolver hast du nicht gesehen, verstanden?«

»Aber den haben doch alle gesehen!«, sagte Eva.

»Die meisten Gäste haben sich bereit erklärt, nichts gesehen zu haben. Sollte einer trotzdem etwas in dieser Art sagen, wird es heißen, er hätte die Sache nur aufgebauscht!« In der Stimme der Hausdame schwang eine Warnung an Eva mit, die Sache so hinzunehmen, wie sie es ihr erklärte.

»Wenn Sie es wünschen, werde ich schweigen«, versprach Eva.

»Du sollst nicht schweigen! Das würde die Leute nur neugierig machen. Stattdessen musst du von diesem Streit zwischen Graf Jablonski und der Kammerfrau berichten. Sag, du hättest nichts verstanden, da sie polnisch gesprochen hätten. Allerdings müsse die Frau ausfallend geworden sein, da Graf Jablonski überaus zornig geworden wäre und Gräfin Klementyna ihre

Kammerfrau vom Tisch gewiesen hätte. So erzählst du es auch Helga und den anderen. Ist das klar?«

Eva nickte unglücklich, denn dies hieß, ihre Freundinnen belügen zu müssen. Im anderen Fall aber hätte sie die Hausdame gegen sich aufgebracht. Es ist ungerecht, dachte sie. Da helfe ich, Gräfin Klementyna das Leben zu retten, und muss dann alles für mich behalten.

»Ich werde es so sagen, wie Sie es mir aufgetragen haben, Frau Zöpfel«, sagte sie schließlich.

»Daran habe ich nicht gezweifelt! Noch etwas: Gräfin Klementyna bleibt noch knapp zwei Wochen im Hotel. In der Zeit wird Helga ihre Suiten reinigen. Du übernimmst wieder deine alten Zimmer. Ich halte dies für klüger, da dein Anblick Gräfin Klementyna und Graf Jablonski an das erinnern würde, was gestern Abend geschehen ist.«

»Wenn Sie es wünschen, werde ich es tun.« Eva hatte insgeheim auf ein kleines Dankeschön der Gräfin gehofft, sagte sich dann aber, dass dies vielleicht etwas zu eitel gedacht war. Eine gewisse Belohnung hatte sie bereits mit diesem Frühstück erhalten. An diesen guten Kaffee, die Butter und die anderen Köstlichkeiten würde sie noch lange zurückdenken.

»Wenn Sie erlauben, werde ich heute Nachmittag die Zimmer übernehmen, die Sie mir zugewiesen haben«, sagte sie und fand, dass Arbeit wohl das Beste war, um sich wieder in ein normales Leben einzugewöhnen, in dem keine verzweifelten Liebhaber ihre angebeteten Damen erschießen wollten.

* * *

Die Einzige, die durch die Angelegenheit zu Schaden kam, war die Kammerfrau. Ihre Intrigen gegen Jablonski und der Versuch, Gräfin Klementyna ihren Neffen als zweiten Ehemann schmackhaft zu machen, sorgten dafür, dass ihre Herrin sie entließ und sie das Adonis zwei Tage später verlassen musste. Der Reisemarschall, der sich zuerst auf ihre Seite geschlagen hatte, schwenkte rasch genug um und tat nun so, als habe die Kammerfrau ihn gezwungen, seine Sympathien für Graf Jablonski zu verbergen.

Gräfin Klementyna hatte zuerst mit Jablonski zusammen abreisen wollen, gab diesen Plan aber auf Frau Karchs Bitten hin auf. So konnten nun alle sehen, dass die Werbung des armen Grafen um die reiche Witwe doch erfolgreich gewesen war. Dies trug seinen Teil dazu bei, die Gerüchte im Zaum zu halten.

Als Eva zu ihren Freundinnen zurückkehrte, war sie zwar deren Neugier ausgeliefert, beschränkte sich aber darauf, das zu sagen, was Frau Zöpfel ihr erlaubt hatte. Der Einzige, mit dem sie über alles sprechen konnte, war Hochwürden Philipp Maier.

Dessen Zeit im Adonis ging langsam zu Ende. Er lud Eva noch einmal in eines der Cafés ein und blickte sie mit einem wehmütigen Lächeln an. »Morgen werde ich Karlsbad verlassen!«, sagte er. »Wer weiß, ob wir uns noch einmal wiedersehen werden.«

»Ich hoffe doch!«, antwortete Eva.

»Das liegt in Gottes Hand! Mittlerweile wurde mir meine neue Pfarrgemeinde mitgeteilt. Sie liegt nicht in Böhmen, sondern in Kärnten. Das ist ziemlich weit weg.«

Eva brauchte einen Augenblick, um sich daran zu erinnern, wo Kärnten lag. In der Schule hatten sie die Kronländer Österreichs zwar besprochen, aber wichtig waren sie für schlichte Häusler- und Bauernkinder nicht gewesen. Wer mehr lernen wollte, musste in die großen Städte mit ihren Gymnasien. Das konnten sich jedoch nur wohlhabende Menschen leisten.

»Es tut mir leid«, sagte sie leise.

Der Pfarrer hob in einer hilflosen Geste die Hände. »Man will mich wahrscheinlich an einen Ort schicken, an dem mich nichts mehr an das erinnert, was geschehen ist. Wahrscheinlich ist es sogar besser so!«

»Das hoffe ich von ganzen Herzen! Sie sind ein guter Seelsorger und werden in Ihrer neuen Kirchengemeinde segensreich tätig sein.«

Philipp Maier hätte nie geglaubt, dass ihn das Lob eines sechzehnjährigen Mädchens so freuen würde. Bei dem Gedanken zog er die Stirn kraus. »Bist du nicht schon siebzehn? Du musst doch schon Geburtstag gehabt haben!«

Als Eva nachdachte, stellte sie fest, dass der Pfarrer recht hatte. Sie war bereits seit fast zwei Wochen siebzehn Jahre alt. »Der Geburtstag zählt bei uns nicht so viel. Wichtig ist allein der Namenstag!«

»Für die Kirche mag das stimmen. Aber der Kaiser will wissen, wann seine Untertanen geboren worden sind.« Philipp Maier lächelte und forderte Eva auf, sich noch eine Tasse Trinkschokolade zu bestellen.

»Darf es vielleicht Kaffee sein?«, fragte sie zögerlich, da sie den Kaffee, den Frau Zöpfel ihr hatte auftischen lassen, ausgezeichnet gefunden hatte.

»Gerne«, sagte der Pfarrer und winkte das Serviermädchen heran.

»Lange kann ich nicht mehr bleiben«, sagte Eva nach einer Weile. »Die Helga hat mir zwar versprochen, zwei meiner Zimmer zu übernehmen. Aber ich will nicht, dass sie glaubt, sie müsste auch die anderen für mich machen.«

»Es ist recht von dir, an die anderen zu denken! Trinke in Ruhe aus und gehe dann. Ich werde mich auf dem Heimweg noch von Franz verabschieden. Er ist ein braver Bursche, der es, wenn er auf dem rechten Pfad bleibt, noch weit bringen kann!«

»Warum sollte er nicht auf dem rechten Pfad bleiben?«, fragte Eva.

»Der Mensch ist stets Anfechtungen der teuflischen Mächte ausgeliefert. Sonst gäbe es nicht so viel Hader und Streit auf der Welt!«, antwortete Philipp Maier mit einem traurigen Lächeln.

»In deinem Heimatdorf sind der alte Wenzl und sein Sohn nicht auf dem rechten Pfad geblieben. Eines der Opfer warst du, weil du deine Heimat hast verlassen müssen. Das andere bin ich, da ich nicht nur schwer verletzt worden bin, sondern nun auch in ein anderes Kronland ziehen muss. Aber am schlimmsten hat es die Geli erwischt. Sie ist von dem Lumpen vergewaltigt worden und hat ein Kind bekommen. Doch der Auer hat dafür gesorgt, dass Karl Wenzl wenigstens Unterhalt zahlen muss!« Hochwürden Maier dachte an die Magd, die nun auf Auers Hof arbeitete, und sein Lächeln wurde etwas freundlicher. »Zum Glück ist wenigstens die Sache im Adonis gut ausgegangen. Ich habe noch einmal mit Graf Jablonski gesprochen und ihm die Beichte abgenommen. Auf seinen Wunsch hin und auf den des Hoteldirektors werde ich aus Rücksicht auf Gräfin Pawlawska über das, was geschehen ist, schweigen. Auch du solltest kein Aufheben davon machen!«

»Das werde ich auch nicht«, versprach Eva, trank aus und stand auf. »Vergelt's Gott, Hochwürden! Ich muss gehen.«

»Tu das!« Philipp Maier sah ihr sinnend nach, zahlte und machte sich ebenfalls auf den Weg.

Als er den Goldenen Schlüssel erreichte, brachte Franz Herbst gerade das Gepäck eines Gastes ins Haus. Er fand aber einen Augenblick Zeit, um ein paar Worte mit dem Pfarrer zu wechseln.

»Grüß Gott, Hochwürden!«

»Grüß Gott, Franz! Du bist heut wieder fleißig.«

»Das muss schon sein! Die Arbeit macht sich nicht von selbst.«

Der Pfarrer nickte. »Ist auch richtig, dass sie gemacht wird! Ich wollte mich von dir verabschieden. Morgen muss ich abreisen.«

»Dann wünsche ich Ihnen alles Gute, Hochwürden«, sagte Franz.

»Das Leben geht nun einmal weiter. Ich habe eine Bitte: Pass ein wenig auf die Eva auf. Nicht, dass ich meine, sie braucht wirklich jemanden, der sie vor Anfechtungen bewahrt. Sie ist stark im Glauben und ein Mädchen mit einem festen Charakter. Aber gelegentlich benötigt man einen Menschen, mit dem man reden kann und der einem einen guten Rat gibt.«

»Das werde ich, Hochwürden! Aber Sie haben schon recht. Die Eva ist keine, die sich so leicht vom Weg abbringen lässt. Aber was ich fragen wollte: Was ist eigentlich letztens im Adonis passiert? Man hört zwar das eine oder andere, aber nichts Genaues.«

»Es gab einen Streit zwischen zwei Gästen, in den Eva schlichtend eingegriffen hat. Doch das sollte man nicht überbewerten«, erklärte Philipp Maier lächelnd, verabschiedete sich von Franz und ging weiter.

* * *

Am nächsten Vormittag stand für den Pfarrer der Abschied von Eva an. Sie hatte zwar nur wenige Minuten Zeit, wollte sie aber nützen.

»Jetzt heißt es ›Behüt Gott!‹ zu sagen«, sagte sie traurig.

»So ist es.« Philipp Maier atmete schwer und ergriff ihre Hände. »Bleib immer so brav, wie du bis jetzt gewesen bist.«

»Das werde ich, Hochwürden!«, versprach Eva.

»Du wirst erlauben, dass ich dir ein bisserl Trinkgeld gebe. So will es der Brauch.« Philipp Maier reichte ihr mehrere Münzen und strich ihr sanft über die Wange. »Vergiss mich nicht, Eva! Ich werde dich auch nicht vergessen.«

»Gewiss nicht, Hochwürden!« Eva kämpfte gegen die Tränen an, die in ihr hochsteigen wollten. Ganz gelang ihr das nicht, und so wischte sie sich die Augen mit ihrem Ärmel trocken.

Hochwürden Philipp Maier nahm seine Tasche, winkte noch einmal und verließ das Hotel. Sein übriges Gepäck lag bereits im Fiaker, um mit ihm zusammen zum Bahnhof gebracht zu werden.

Eva sah ihm nach, bis der Wagen um die Ecke fuhr, dann schob sie die Münzen mit einer entschlossenen Bewegung in ihre Schürzentasche, wischte sich noch einmal über die Augen und ging wieder an ihre Arbeit. Es war die beste Möglichkeit für sie, den Abschiedsschmerz zu lindern.

Eines nahm sie sich fest vor: Auch wenn es dem Pfarrer unmöglich erschien, so wollte sie ihn irgendwann doch einmal besuchen, um zu schauen, wie es ihm in seiner neuen Pfarre erging.

Bis dorthin aber hieß es, fleißig zu sein und Geld zu sparen, damit sie sich diese Reise auch leisten konnte. Ein wenig hoffte sie auf ein großzügiges Trinkgeld der Gräfin Klementyna, der sie immerhin wertvolle Dienste geleistet hatte. Sie fragte sich allerdings, wie sie zu dieser kommen sollte, da sie nicht mehr deren Suite reinigte, sondern von Frau Zöpfel in einem anderen Stockwerk eingeteilt worden war.

* * *

Frau Karch war zufrieden, weil es gelungen war, einen Skandal zu vermeiden. Um ja nichts mehr aufzurühren, wies sie ihren Neffen, Frau Zöpfel und die übrigen hochrangigen Angestellten an, nicht mehr darüber zu sprechen und dafür zu sorgen, dass auch deren Untergebene es nicht mehr taten.

Im Hotel ging daher der Betrieb weiter, als hätte es diesen Vorfall nie gegeben. Natürlich sprach der eine oder andere Gast mit Freunden oder Bekannten darüber. Die Angelegenheit drang jedoch nicht über einen kleinen Kreis hinaus und wurde schon bald durch andere Neuigkeiten verdrängt.

Da Gräfin Klementyna und Graf Jablonski zudem deutlich ihre Liebe füreinander zeigten, erschien denen, die von dem Vorfall nur gehört hatten, die Angelegenheit weitaus weniger schlimm, als manch einer behauptete.

Trotzdem war Frau Karch nicht traurig, als die sechs Wochen, die Gräfin Klementyna hatte bleiben wollen, ihrem Ende entgegengingen. Zwar hatte sie die Gräfin gebeten, nicht vor der vereinbarten Zeit abzureisen, da dies die Gerüchte um den Skandal hätten anheizen können. Nun aber fand sie es an der Zeit, diese Angelegenheit endgültig der Vergessenheit anheimzugeben.

Trotz der Absicht der Hotelbesitzerin, alles, was geschehen war, schnellstmöglich zu vergessen, hatte Frau Zöpfel auch Eva zur Verabschiedung des feudalen Paares hinzugeholt, da das Mädchen ihrer Ansicht nach eine Belohnung verdient hatte.

Zuerst wurde das Gepäck der Gräfin zum Fuhrwerk geschafft. Die Hausknechte und Pikkolos des Adonis hatten einiges damit zu schleppen. Danach erschien Gräfin Klementyna mit Skarbie auf dem Arm und Graf Jablonski an ihrer Seite. Ihnen folgten der Reisemarschall, die Zofe der Gräfin, der Diener Janusz, Jablonskis Diener und zuletzt Said mit dem Kissen, auf dem das Hündchen während der Reise ruhen sollte.

Frau Karch trat auf die Gräfin zu und wünschte ihr und Jablonski eine gute Reise. Sie erhielt ein freundliches Nicken zur Antwort. Danach verließ Gräfin Klementyna das Hotel. Jablonski folgte ihr, während die Zofe und Janusz noch die Trinkgelder verteilten. Ein Teil war für die Küche bestimmt, einer für die Kellner und ein dritter für die Frauen und Mädchen aus Frau Zöpfels Bereich. Zwei davon, nämlich Eva und Helga, die die Suiten und Zimmer der Gräfin und ihrer Begleitung gesäubert hatten, wurden extra bedacht.

Die Summe, die Eva erhielt, war als Trinkgeld angemessen, aber nicht die Extrabelohnung, die Frau Zöpfel für sie erhofft hatte. Mit einer gewissen Enttäuschung sah die Hausdame zu, wie die Fiaker mit Gräfin Klementyna und ihrer Begleitung losfuhren, und wandte sich dann an Eva. »Es steht mir nicht zu, einen Gast zu kritisieren, doch habe ich erwartet, die Gräfin würde sich dir gegenüber als großzügiger erweisen. Du hast ihr immerhin den Verlust einer wertvollen Brosche erspart und zudem Graf Jablonski daran gehindert, sie zu erschießen.«

Eva war mit dem Trinkgeld zufrieden und hob daher begütigend die Hand. »Theas Diebstahl ist nicht durch mich aufgeklärt worden, sondern durch Ihre Klugheit, Frau Zöpfel. Daher hätten Sie den Dank verdient. Was Graf Jablonskis wahnsinniges Vorhaben betrifft, so kann ich verstehen, dass weder er noch Gräfin Pawlawska daran erinnert werden wollen.«

»Das mag sein!« Zufrieden war die Hausdame trotzdem nicht. Sie zuckte mit den Schultern. »Wenn es so ist, wie du sagst, werden die beiden Karlsbad in den nächsten Jahren meiden. Sollten sie irgendwann wiederkommen, werden sie nicht im Adonis absteigen, sondern in einem anderen Hotel. Sollen sie dort glücklich werden!«

Es klang so abschätzig, dass Eva sich wunderte. »Verzeihen Sie, Frau Zöpfel! Eines begreife ich nicht. Weshalb wurde so ein Aufhebens um Lord Augustus gemacht, während Gräfin Klementyna wie ein geehrter, aber doch normaler Gast behandelt wurde? Sie ist doch ebenfalls von Adel und sehr reich.«

»Das ist zwar richtig, und doch gibt es einen Unterschied. Gräfin Klementyna stammt aus Galizien, einem der österreichischen Kronländer, und ist damit eine Untertanin Seiner Majestät, Kaiser Franz Josephs. Lord Augustus Beauvais ist Engländer, und seine Anwesenheit verleiht einem Hotel wie dem Adonis internationalen Glanz und damit ein höheres Ansehen. Den Verlust einer Gräfin Klementyna als Gast können wir daher leichter verschmerzen als den eines hohen Adeligen aus England. Aber genug geschwätzt! Habt Helga und du nichts zu tun?«

»O doch! Mehr als genug«, antwortete Eva und streckte ihr die Banknote hin, die sie als Trinkgeld erhalten hatte. »Wenn sie diese für mich aufbewahren wollen.«

»Und die meine auch!«, rief Helga fröhlich und stupste Eva an. »Die Gräfin hat mir genauso viel zukommen lassen wie dir. Eigentlich müsste ich dir die Hälfte davon abtreten, da du ihre Suite länger gereinigt hast als ich.«

»Führe mich nicht in Versuchung, sonst nehme ich noch an«, antwortete Eva und eilte lächelnd davon.

* * *

Es war, als wäre das Maß an Aufregung für das Adonis voll gewesen. Den Rest der Saison ereignete sich nichts mehr, was es wert gewesen wäre, in Erinnerung zu bleiben. Gäste kamen und gingen, und so nahte schließlich der Tag, an dem die Hausdame ihre Untergebenen versammelte, um ihnen die Pläne für den Winter und die nächste Saison vorzutragen.

Für die meisten Angestellten hieß dies, in wenigen Tagen ihre Sachen zu packen und nach Hause zurückzukehren. Ein Viertel von ihnen durfte über den Winter bleiben, um die Gäste zu versorgen, die diese Zeit für ihren Kuraufenthalt vorzogen. Da die Preise niedriger waren als während der Saison, waren es zumeist Menschen, die sich einen Besuch in Karlsbad im Sommer nicht leisten konnten.

»Ich habe heuer gut verdient! Meine Eltern werden Augen machen«, meinte Helga zufrieden.

»Ich kann auch nicht klagen«, stimmte Gisela ihr zu. »Es ist weitaus besser gegangen als letztes Jahr. Da habe ich schon Angst gehabt, sie würden mich heuer nicht mehr nehmen.«

»Bei mir war es dasselbe«, sagte Helga. »Wären nicht einige unserer Stubenmadl zum Pupp gewechselt, hätte Frau Zöpfel mir den Laufpass gegeben. Diesmal hat sie mir schon gesagt, dass sie mich auch nächstes Jahr einstellen will.«

»Mir auch!«, erklärte Gisela.

»Vor ein paar Wochen hat sie angedeutet, ich könne im nächsten Jahr wiederkommen. Doch seitdem habe ich nichts mehr davon gehört«, sagte Eva verwundert. Sie war etwas enttäuscht, denn sie hatte erwartet, auch in der folgenden Saison im Adonis arbeiten zu können. Weshalb also hatte Frau Zöpfel nichts mehr gesagt?

»Ich komme nächstes Jahr nimmer ins Adonis«, sagte Rosa. »Ich habe der Frau Pfnür schon gesagt, dass sie mich in ein anderes Hotel vermitteln soll.«

Eva sah die junge Frau nachdenklich an. Seit Thea fort war, war es mit Rosa besser geworden. Und doch würde sie ihr nicht nachtrauern. Schon ganz am Anfang in Josepha Pfnürs Haus hatte Rosa gezeigt, dass sie Extrawürste gebraten haben wollte. Die aber wurden einem einfachen Zimmermädchen nun einmal nicht vorgesetzt.

Die Unterhaltung verstummte, als Frau Zöpfel den Raum betrat. In der Hand hielt sie mehrere Blätter Papier. Sie legte diese auf einen Tisch, sah ihre versammelten Untergebenen kurz an und rief nacheinander Angelika Breitenreiter, Wanda Heister, Babette Erlacher und ihre anderen Vertrauten auf, damit diese je einen kurzen Überblick über das Geschehen während der Saison abgaben.

Eva hörte aufmerksam zu, nicht nur, weil sie sowohl Angelika wie auch Frau Heister und Frau Erlacher mochte. Alle drei hatten ihr während ihrer ersten Saison im Adonis sehr geholfen. Hoffentlich bleibt es nicht die einzige Saison hier, dachte sie, als schließlich die Hausdame das Wort ergriff. »Wir hatten heuer trotz einiger Aufregungen eine sehr erfolgreiche Saison! Auch für das nächste Jahr sind bereits viele Buchungen bei uns eingegangen, sodass wir zuversichtlich in die Zukunft schauen können. Ich freue mich daher, euch sagen zu können, dass alle, die im Adonis beschäftigt sind, in der nächsten Saison wiederkommen können.«

Eva atmete auf, denn damit wusste sie, dass auch sie wieder hier arbeiten durfte. Nun warf sie einen raschen Blick auf Rosa. Würde diese das Adonis verlassen, obwohl sie wusste, dass sie bleiben konnte, oder das Risiko eingehen und sich von Frau Pfnür in ein anderes Hotel vermitteln lassen? Ihrer Miene nach schien sie im Zweifel zu sein. Eva wusste nicht, worauf sie hoffen sollte. Wenn Rosa blieb, dann war es eben so. Ohne jemanden wie Thea im Rücken würde sie bescheidener auftreten müssen als in diesem Jahr.

Unterdessen sprach Frau Zöpfel weiter. »In den nächsten Tagen werden die Zimmer und jene Teile des Hotels, die den Winter über nicht gebraucht werden, so weit hergerichtet, dass sie uns in der neuen Saison wieder zur Verfügung stehen. Die einzelnen Gruppenleiterinnen sollen ihre Leute entsprechend einteilen. Am fünfzehnten November ist dann für die meisten von euch der letzte Arbeitstag. Wer den Winter über im Hotel bleiben soll, wird es von seinen Gruppenleiterinnen erfahren. Die Übrigen sehen wir spätestens Mitte April wieder hier.«

Frau Zöpfel nickte, als wolle sie sich bestätigen, und verteilte die entsprechenden Listen an die Frauen. Am einfachsten hatte es Frau Heister, der die Wäscherinnen unterstanden. Ihre Abteilung war die kleinste, und die meisten ihrer Untergebenen waren Frauen aus Karlsbad, die jederzeit ins Hotel geholt werden konnten. Frau Erlacher behielt ihre besten Spülerinnen, auch wenn diejenigen, die sonst nur das feine Porzellan oder Glas spülten, dann auch Töpfe und Pfannen schrubben mussten.

Bei den Zimmermädchen war die Zahl derer, die gebraucht wurden, am schlechtesten abzumessen. Eva hoffte, dass für das nächste Jahr noch ein paar Neue eingestellt wurden, denn heuer war es ihnen manchmal doch schwergefallen, die Arbeit zu bewältigen.

In ihre Gedanken verstrickt, hätte sie beinahe überhört, wie Frau Zöpfel ihren Namen nannte. Ein Rippenstoß durch Helga brachte sie dazu, aufzuschauen.

»Eva, Afra, Ida und Ulla kommen mit mir!«, erklärte die Hausdame eben.

»Hast du vielleicht doch etwas ausgefressen?«, fragte Helga nicht ganz ernst gemeint.

»Ich hoffe nicht!« Noch während Eva es sagte, folgte sie der Hausdame. Dabei musterte sie die drei anderen, die gleich ihr gerufen worden waren. Sie waren jung und hübsch und standen in dem Ruf, in diesem Jahr gut und sorgfältig gearbeitet zu haben. Afra kam aus der Spülküche, Ida aus der Wäscheausgabe, und Ulla war ein Zimmermädchen aus Theas einstiger Gruppe. Auch sie schienen nicht zu wissen, was die Hausdame von ihnen wollte.

Frau Zöpfel führte sie in den Kaffeesalon des Hotels und forderte sie auf, Platz zu nehmen. Sie selbst blieb stehen und sah auf die jungen Frauen hinab. »Dieser Raum wurde beim Bau des Hotels vor gut zehn Jahren dazu bestimmt, dass unsere Gäste hier Kaffee, Tee oder Trinkschokolade zu sich nehmen können. Bedauerlicherweise wurde er nicht so angenommen, wie wir es uns erhofft hatten. Herr Karch hat daher der Madame vorgeschlagen, hier einen Billardsalon einzurichten und einen Teil davon für Freunde des Kartenspiels abzutrennen. Um jedoch den Gästen, die Kaffee trinken wollen, die Möglichkeit dafür zu bieten, soll der nebenan liegende kleine Salon zum neuen Cafésalon umgebaut werden.«

Eva wunderte sich über diesen Vortrag und fragte sich, warum er ihr und den drei anderen gehalten wurde. Da forderte Frau Zöpfel sie auf, in diesen kleineren Salon mitzukommen.

»Wie ich schon sagte, wird dies der neue Cafésalon des Adonis! Die meisten Kurgäste in Karlsbad sitzen gerne auf den Freiflächen am Teplufer unter den Kastanien, um dort Kaffee und Kuchen zu genießen. Nun steht unser Hotel auf halber Höhe, und wir haben keinen Anteil am Teplufer. Damit die Gäste auch bei uns gerne ihren Kaffee trinken, werden wir dort an der Stirnwand eine Tür einbauen und draußen eine beschattete Terrasse einrichten. Im Salon selbst werden sechs Tische aufgestellt und zudem die Möglichkeit geschaffen, Kaffee, Tee und dergleichen gleich hier zuzubereiten.«

»Ich glaube, das könnte unseren Gästen gefallen«, sagte Eva, die sich in Gedanken vorstellte, wie alles einmal aussehen konnte.

»Da sowohl im Kaffeepavillon des Pupp wie auch in mehreren anderen Kaffeehäusern keine Kellner, sondern Kaffeemädchen bedienen, werden wir dies bei uns ebenfalls einführen. Ihr vier seid ausgesucht worden, um als Bedienungen für den Cafésalon geschult zu werden. Ihr bleibt daher über den Winter hier und werdet nur Weihnachten nach Hause fahren. Wenn die neue Saison beginnt, werdet ihr unsere Gäste aufs Trefflichste bedienen können. Ihr bekommt ein neues Zimmer, das ihr euch zu viert teilen werdet.«

Eva war ebenso verblüfft wie ihre Kolleginnen. Sie hatte die Kaffeemädchen im Kaffeepavillon des Pupp erlebt und bewundert. Nun würde auch sie eines werden. Dies hieß, viel lernen zu müssen, um Frau Zöpfel und die Madame nicht zu enttäuschen. Dazu bin ich bereit, dachte sie und sah die drei jungen Frauen an. Bis jetzt kannte sie nicht viel mehr als deren Namen. Doch bis der Cafésalon eingerichtet war, hoffte sie, dass sie zu einer ähnlich verschworenen Gemeinschaft wurden, wie sie es mit Helga, Gisela und den anderen Zimmermädchen ihrer Gruppe gewesen war.

Neue Pläne

Helga boxte Eva spielerisch in die Rippen. »Jetzt fang nicht an zu heulen! Wir sehen uns im April wieder, auch wenn du dann kein Stubenmadl mehr bist, sondern unseren Gästen Kaffee vorsetzen musst.«

»Mir wäre es lieber, wenn wir weiterhin zusammenarbeiten könnten«, sagte Eva traurig, weil die beste Freundin, die sie im Adonis gefunden hatte, an diesem Tag nach Hause fuhr.

»Ich und ein Kaffeemadl!« Helga lachte. »Dafür bin ich ein bisserl zu robust gebaut und auch zu dotschert! Ich tät bloß das feine Porzellan zerdeppern.«

»Jetzt mach dich nicht schlechter, als du bist!«, wies Eva sie zurecht. »Übrigens ist mir aufgefallen, dass du den Sommer über immer weniger gestottert hast und in den letzten Wochen gar nimmer.«

»I…ich sto-to-totere i-immer noch«, sagte Helga grinsend. »Manchmal wenigstens, aber du hast recht. Es ist viel besser geworden. Das kommt, weil du mir alleweil geholfen hast. Aber noch einmal zum Adonis. Ich bin gern Stubenmadl dort. Das kann ich nämlich – und ich hab heuer saugut verdient. Daheim werden sie Augen machen, wenn sie das sehen.« Helga umarmte Eva noch einmal, griff ihren Koffer und das große Bündel, in das sie die Geschenke für ihre Lieben eingepackt hatte, und wies mit dem Kinn in Richtung der Eger. »Jetzt muss ich mich tummeln, damit ich den Zug noch erwische.«

»Ich komme mit bis zum Bahnhof«, erklärte Eva und nahm ihr das Bündel mit den Geschenken ab.

»Musst du nicht wieder Kaffee kochen?«, fragte Helga, da Eva in der letzten Woche kaum Zeit für etwas anderes gehabt hatte.

»Die Frau Zöpfel hat mir eine Stunde freigegeben«, antwortete Eva und fand, dass Helga ordentlich eingekauft hatte, denn das Bündel war schwer. Trotzdem dachte sie nicht daran, es ihr zurückzugeben.

Als sie die Pestsäule erreichten, bogen sie in den Weg ein, der an der Tepl abwärts führte, und kamen an der Marktkolonnade und der Mühlbrunnenkolonnade vorbei. Sie mussten stramm gehen, bis sie schließlich die Egerbrücke erreichten und den Bahnhof vor sich sahen.

»Der Zug ist noch nicht da«, stellte Eva fest.

»Oder schon weg.« Helga grinste, denn ein Blick auf die Uhr am Bahnhofsgebäude zeigte ihr, dass sie früh genug angekommen war.

»Weißt du, Helga, im Kaisertum Österreich fährt keine Bahn früher ab, als sie soll«, spottete Eva.

»Gott sei Dank! Sonst müsste man ja noch früher am Bahnhof sein. Aber was ich fragen wollte: Was ist eigentlich mit dem Franz? Wann fährt der heim?«

»Einen Tag vor dem Heiligen Abend, genau wie ich. Sie wollen ihn jetzt doch im Goldenen Schlüssel behalten und haben ihm angeboten, dass er in der neuen Saison als Kellner arbeiten kann.«

»Nicht schlecht, Frau Specht! Dann hat er sich genauso wie du hochgearbeitet«, meinte Helga anerkennend.

»Jetzt rede nicht so dumm daher! Ich bin im Adonis auch nichts Besseres als du.« Für einen Augenblick wurde Eva ungehalten, lachte dann aber und wies mit der freien Hand nach Osten, wo eine Qualmwolke den näher kommenden Zug anzeigte. »Gleich ist es so weit. Behüt dich Gott!«

»Dich auch!«, antwortete Helga und stellte rasch den Koffer ab, um Eva noch einmal zu umarmen.

»Bis nächstes Jahr!«, rief sie noch, als der Zug eingefahren war, nahm ihren Koffer und ihr Bündel und eilte zum Wagen der dritten Klasse.

Eva winkte ihr nach, bis der Zug losgefahren war, und kehrte dann in die Stadt zurück. Sie ging schnell, um nicht zu spät zu kommen, bog nach der Marktkolonnade nach rechts ab und stieg den Weg zum Adonis hoch. Sie erreichte das Hotel, bevor die ihr zugestandene Zeit verstrichen war, und meldete sich bei Frau Zöpfel.

»Hast du die Helga gut zum Bahnhof gebracht?«, fragte die Hausdame, als zweifelte sie daran, dass Helga den Weg zum Bahnhof allein finden konnte.

Eva nickte lächelnd. »Helga ist unterwegs und freut sich schon darauf, im neuen Jahr wiederzukommen.«

»Sie hat sich in diesem Jahr gemacht«, gab Frau Zöpfel zu. »Und nun zu dir! Einer unserer Gäste würde gerne eine Tasse Kaffee in unserem neuen Cafésalon trinken. Wärst du so gut, sie ihm zu bereiten? Er will auch ein Stück Kuchen mit Schlagobers.«

Eva erschrak, versuchte aber, ihre Ängste nicht zu verraten. Ihr war gerade einmal ein paar Tage lang gezeigt worden, wie sie Kaffee aufbrühen und servieren sollte. Wie Sahne aufgeschlagen wurde, wusste sie zwar, hatte es aber noch nie gemacht. Als sie zum Cafésalon ging, hoffte sie, eine ihrer neuen Kolleginnen wäre dort und könnte es für sie übernehmen. Außer dem Gast war jedoch niemand anwesend.

»Guten Tag, gnädiger Herr!«, grüßte sie freundlich. »Sie wünschen einen Kaffee?«

»Ja, und zwar stark und mit Milch und Zucker«, erklärte er. »Außerdem will ich ein Stück Nusstorte mit genug Schlagobers«, antwortete er ziemlich von oben herab.

»Sehr wohl, gnädiger Herr!«, antwortete Eva, obwohl alles in ihr rief, dass sie dies nicht schaffen würde. Wenn sie jedoch versagt hätte, dann hätte sie Frau Zöpfel enttäuscht und wieder zu den Stubenmadln zurückkehren müssen. Zwar hatte ihr auch diese Arbeit gefallen, aber für ihr Gefühl hätte sie dennoch versagt. Sie machte sich ans Werk und versuchte, sich an jeden einzelnen Handgriff zu erinnern, der ihr in den letzten Tagen beigebracht worden war.

Noch gab es hier keinen eigenen Herd, auf dem sie Wasser erhitzen konnte. Daher musste sie das kochende Wasser aus der Küche holen, den Kaffee aufbrühen und eine gewisse Zeit warten, bis sie ihn seihen konnte. In der Zwischenzeit entnahm sie dem gekühlten Vorratsraum frische Sahne, maß eine gewisse Menge davon ab und begann sie zu schlagen. Zuerst verzweifelte sie fast, weil sie nicht fest werden wollte. Dann aber ging es rasch, und die Sahne wurde steif.

Eva servierte nun den Kaffee, stellte ein Kännchen mit Milch und die Zuckerdose hinzu und brachte das verlangte Stück Kuchen mit genug Sahne, um den Gast zufriedenzustellen. Erst jetzt fiel ihr siedend heiß ein, dass sie gar nicht wusste, was sie für das Ganze verlangen sollte.

»Dürfen wir den Kaffee und den Kuchen auf die Gesamtrechnung schreiben?«, fragte sie, da sie Frau Zöpfel nicht mit der Frage nach dem Preis stören wollte.

Da trat diese ein und warf einen Blick auf ihre zierliche Taschenuhr. »Du hast eine Viertelstunde für alles gebraucht. Das ist angesichts der Umstände nicht schlecht. Wenn hier alles eingerichtet ist, muss es aber schneller gehen!«

»Ja, Frau Zöpfel«, antwortete Eva.

Die Hausdame wandte sich unterdessen dem Gast zu. »Herzlichen Dank, Herr Schulz, dass Sie sich zur Verfügung gestellt haben! Wie schmeckt der Kaffee?«

Der Gast trank einen Schluck und nickte zufrieden. »Der Kaffee ist ordentlich. Ich habe hier in Karlsbad schon schlechteren getrunken. Eines kann man sagen: Ihr Serviermädchen hat nicht mit den Bohnen gespart. Der Kaffee ist so stark, wie ich ihn mir wünsche.«

»Du kannst mir ebenfalls einen zubereiten und auch ein Stück Kuchen servieren«, befahl Frau Zöpfel Eva und schaute erneut auf ihre Uhr.

Diesmal brauchte Eva nur zehn Minuten, bis alles fertig war. Es war eine Herausforderung für sie gewesen, alles richtig zu machen, und wie es aussah, hatte sie es gut bewältigt.

* * *

Während Eva Tassen und Teller in die Spülküche brachte, suchte Frau Zöpfel die Hotelbesitzerin auf. Diese unterbrach das Gespräch mit ihrem Neffen und wandte sich der Hausdame zu. »Haben Sie das erste der Serviermädchen erprobt?«, fragte sie.

»Ich habe mit Eva begonnen, und ich muss sagen, sie hat mich positiv überrascht«, antwortete Frau Zöpfel. »Herr Schulz hat sich freundlicherweise dazu bereit erklärt, mitzumachen. Ich habe ihn im Vorhinein gewarnt, dass es schiefgehen könnte. Er war jedoch sehr zufrieden. Da Eva unter den Gästen beliebt ist und er daher freundlicher hätte urteilen können, als es richtig gewesen wäre, habe ich Eva aufgetragen, auch mich zu bedienen. Ich durfte mich nachher Herrn Schulz' Urteil anschließen. Ich habe in Karlsbad, aber auch hier im Adonis bereits schlechteren Kaffee vorgesetzt bekommen.«

»Auch hier im Adonis?« Frau Karch klang empört. Immerhin lernte Eva unter der Leitung des Kochs, der für den Frühstückskaffee verantwortlich war, erst seit einer Woche, wie Kaffee zubereitet wurde.

»Ich werde mit dem Küchenchef reden müssen. Das geht gar nicht!«, sagte Frau Karch mehr für sich und sah wieder die Hausdame an. »Er weigert sich übrigens, den Cafésalon unter seine Verantwortung zu nehmen. Seiner Meinung nach sind Frauenzimmer nicht geeignet, diesen zu führen. Der Cafésalon wird daher bei Ihrem Aufgabenbereich bleiben.«

»Ich weiß nicht, ob das klug ist«, wandte Frau Zöpfel ein. »Wenn der Küchenchef nicht will, sollte der Cafésalon dem Oberkellner unterstellt werden.«

»Dieser hat sich ähnlich wie der Küchenchef geäußert. Die beiden trauen den Frauen nichts zu.« Frau Karch klang beleidigt, denn immerhin war sie die Besitzerin des Adonis und damit die Chefin dieser beiden Herren wie auch eine Frau.

»Wie wollen Sie weiter vorgehen?«, fragte sie die Hausdame.

»Ich werde in den nächsten Tagen noch die drei anderen Mädchen prüfen. Ich bezweifle allerdings, dass sie mit Eva mithalten können«, sagte Frau Zöpfel.

»Eva ist die Jüngste von ihnen. Ich weiß nicht, ob man ihr die Verantwortung für den Cafésalon aufhalsen sollte«, sagte Frau Karch nachdenklich.

»Wenn sie die Beste ist, wäre es nicht klug, sie zu übergehen. Gute Serviermädchen werden auch in anderen Hotels gesucht«, wandte ihr Neffe ein, da er Eva ungern verlieren wollte. Sie war ein ausnehmend hübsches Ding und immer freundlich. Er mochte sie.

Das war ein Argument, dem Frau Karch sich nicht verschließen konnte. Immerhin hatte sie bereits Angestellte an das Pupp verloren. Da dort immer noch erweitert und gebaut wurde, brauchte man weiteres Personal. Das Pupp nahm jedoch nur die Besten, und möglicherweise zählte Eva dazu.

»Warten Sie erst einmal ab, wie sich die übrigen Mädchen machen. Noch ist es zu früh, eine Entscheidung zu treffen«, sagte Frau Karch in der Hoffnung, eines der anderen Kaffeemädchen würde sich für die Führung des Cafésalons als geeignet erweisen. Mit ihren siebzehn Jahren erschien ihr Eva zu jung, um einer solchen Verantwortung gewachsen zu sein.

Frau Zöpfel war zwar anderer Meinung, aber die endgültigen Entscheidungen im Hotel wurden von Madame getroffen. Sollte diese eine andere als Eva mit der Leitung des Cafésalons betrauen, musste sie es hinnehmen.

»Wann werden Sie die Umbauarbeiten im Cafésalon machen lassen?«, fragte sie ihre Chefin.

Diese wandte sich an ihren Neffen. »Das habe ich dir überlassen.«

»Anfang April wird alles fertig sein«, erklärte Ludwig Karch. »Ich werde noch im November den Durchgang zu der geplanten Terrasse schlagen und eine Tür einsetzen lassen. Sobald das fertig ist, werden die Serviertheke und der Herd eingerichtet.«

»Wie ist es mit der Kühlung? Sahne und Kuchen dürfen nicht verderben!«, sagte Frau Zöpfel.

»Dafür werde ich im Winter mehrere Reisen unternehmen und mich in anderen Hotels kundig machen«, erwiderte Ludwig Karch. »Meine Frau Tante hat mir etliche Aufträge erteilt, die ich erfüllen will, damit unser Adonis das Hotel bleibt, in dem die Gäste gerne wohnen.«

»Tu das! Gib aber acht, dass du nicht zu viel Geld ausgibst«, erklärte seine Tante.

Ludwig Karch lächelte, denn diesen Vortrag bekam er jedes Jahr zu hören. Dabei war es auch in seinem Sinn, das Geld zusammenzuhalten, damit es ins Hotel gesteckt werden konnte. Ihm ging es mehr um Änderungen, denen seine Tante noch ablehnend gegenüberstand, obwohl er sie für wichtig hielt. Was diese betraf, so handelte er nach dem Motto, dass steter Tropfen den Stein höhlte. So war es auch mit dem neuen Cafésalon. Der alte war nur unzureichend frequentiert worden und hatte nicht viel gebracht. Mit dem neuen, so hoffte er, konnte er die Gäste für den Nachmittagskaffee im Hotel halten. Auch war zu erwarten, dass Besucher, die zur englischen Kirche und noch weiter zur russischen Kirche hochstiegen, sich überlegten, hier im Adonis eine Pause einzulegen. Dafür aber hatte der alte Zopf abgeschnitten werden müssen, dass hier nur Männer bedienten. Er wusste von seinen Reisen und mittlerweile auch von den Erfahrungen des Pupp mit seinem Kaffeepavillon, dass die Gäste gerne von adretten Serviererinnen bedient wurden.

Adrett und freundlich waren alle vier Mädchen, die er für den Cafésalon ausgesucht hatte. Sie mussten nur noch lernen, den Kaffee so zu bereiten, wie ihn die Gäste gerne tranken, und ihnen diesen freundlich zu servieren.

Nun sagte er zu Frau Zöpfel, dass er nach seiner Rückkehr von ihr einen Bericht über die Fortschritte des Umbaus und der Ausbildung der Kaffeemädchen erwarte, und verabschiedete sich.

* * *

Die nächsten Wochen wurden hart. Als Erstes mussten Eva und ihre drei Mitstreiterinnen unter den Augen des verantwortlichen Kochs lernen, die verschiedenen Kaffeesorten zu unterscheiden und entsprechend aufzubrühen. Damit sie Übung für ihre Tätigkeit bekamen, ließ man sie zur Frühstückszeit abwechselnd beim Servieren helfen.

Ihre anfängliche Begeisterung verflog rasch, denn die boshaften Kommentare, die sie von ihren männlichen Kollegen zu hören bekamen, kränkten sie. So seien Frauen im Allgemeinen zu dumm, Kaffee zu kochen. Ihn servieren könnten sie gleich gar nicht. Was die vier betreffe, so seien sie die Krone der Dummheit, und es wäre besser, ihnen wieder Besen und Spültuch in die Hand zu drücken, als hier den Köchen und Kellnern die Zeit zu stehlen.

Als Eva wieder einmal zu Unrecht zurechtgewiesen wurde, schloss sie die Augen und zählte bis zehn. Auch wenn die Männer gemein zu ihr waren, musste sie sich beherrschen und durfte es nicht mit gleicher Münze zurückzahlen.

Kurz vor Weihnachten hielt Ulla dem Druck nicht mehr stand und sagte dem Chefkoch in aller Deutlichkeit, was sie von ihm hielt. Der Streit eskalierte, und schließlich holte Frau Zöpfel die junge Frau weg und steckte sie wieder zu den Zimmermädchen.

Eva teilte Ullas Meinung, was den Chefkoch, dessen Untergebene und die Kellner betraf, hielt sich aber besser im Zaum. Vor allem aber gab sie auf alles acht, was für sie von Wichtigkeit sein konnte.

Als der Kellner Jean wieder einmal erklärte, dass Frauen einfach nicht in der Lage seien, Gäste richtig zu bedienen, drehte Eva ihm den Rücken zu und ging los, um den Gästen an einem Tisch den Kaffee zu bringen. Am Eingang des Frühstückssalons traf sie auf ihre verbliebenen Mitstreiterinnen.

»Ich weiß nicht, wie du es schaffst, bei diesen Sprüchen ruhig zu bleiben. Das sind doch solche Mistkerle, dass man in einer Tour dreinschlagen könnte«, sagte Afra leise zu ihr.

Auf Evas Gesicht trat ein böses Lächeln. »Ich denke mir das meine, verkneife es mir aber, es auszusprechen. Außerdem sage ich mir, dass wir mit diesen Rüpeln nichts mehr zu tun haben werden, wenn die neue Saison beginnt. Wir kochen unseren eigenen Kaffee und servieren diesen so, wie wir es uns vorstellen.«

»Aber das müssen wir so tun, wie die Kellner es wollen«, wandte Ida ein.

Eva schüttelte den Kopf. »Ich richte mich hier nicht nach unseren vornehm-steifen Herren Obern, sondern nach den freundlichen Serviermädchen im Kaffeepavillon des Pupp. Die Gäste mögen das.«

»Wirst du damit hier nicht anecken?«, wollte Afra wissen.

»Nein, Afra, das glaube ich nicht«, erwiderte Eva.

Ida schniefte. »Ich kann die Gemeinheiten der Kellner und Köche nicht mehr ertragen. Daher gehe ich in die Wäscherei zurück!«

»Das ist doch genau das, was die Kerle wollen! Die möchten uns ausbeißen, damit ein paar von ihnen im Cafésalon servieren können. Zwei von ihnen haben es im alten Kaffeesalon gemacht und nach dem, was ich gehört habe, am Tag nur selten mehr als fünf Kaffee verkaufen können. Das schaffen wir auch, und wir drei kriegen weniger Lohn als zwei Kellner!« Eva klang beschwörend, doch ihre Kolleginnen wirkten nicht überzeugt.

»Und was ist mit den ganzen Umbauten, die gemacht werden? Damit sich das rentiert, werden wir zehnmal so viel Kaffee verkaufen müssen wie die Kellner«, wandte Ida ein.

Eva schüttelte langsam den Kopf. »Die Umbauten wären auch gemacht worden, wenn weiterhin zwei Kellner hier servieren würden. Erinnert euch daran! Herr Karch will in dem alten Kaffeesalon seinen Billardsalon einrichten. Mit uns hat das gar nichts zu tun.«

»Das mag sein, aber …«, begann Afra, wurde aber von Eva unterbrochen.

»Es sind doch bloß noch ein paar Tage bis Weihnachten. Dann haben wir eine Woche Urlaub. Wenn wir zurückkommen, sind wir so weit, dass wir unseren Cafésalon einrichten können. Im Winter wollen die Gäste oft nicht in die Kälte hinaus, um einen Kaffee zu trinken. Deswegen müssen wir zusehen, dass sie ihn bei uns bekommen. Daher darf keine von uns aufgeben. Wir müssen zusammenhalten und diesen aufgeblasenen Fröschen von Kellnern und Köchen zeigen, dass wir Frauen nicht schlechter sind als sie.«

»Du meinst wirklich, dass wir das schaffen?«, fragte Afra zweifelnd.

»Das glaube ich ganz gewiss! Ich habe gesehen, wie viele Gäste den Kaffeepavillon des Pupp besucht haben. Wenn wir bloß ein Viertel davon kriegen, machen wir ein Riesengeschäft.«

»Und wenn es weniger als ein Viertel sind?«, fragte Ida.

»Sind wir immer noch besser als die Kellner, die vor uns hier Kaffee ausgeschenkt haben.« Eva kniff Ida leicht in die Wange und lächelte. »Kopf hoch! Wir lassen uns doch von ein paar Trotteln nicht die Pferde scheu machen.«

»Nein, das lassen wir nicht!«, rief Afra und stupste Ida an. »Das sagst du doch auch.«

»Wenn wir im Cafésalon bedienen, kriegen wir mehr Lohn und haben Aussicht auf Trinkgeld. Wollen wir uns das kaputtmachen lassen?«, fragte Eva. »Ich zumindest will das nicht.«

»Ich auch nicht«, stimmte ihr Afra zu und nickte. »Wir packen es, egal, was diese Deppen sagen.«

»Das werden wir!«, rief Ida überzeugt.

»So ist es richtig!« Eva umarmte ihre Kolleginnen und erklärte, dass sie in die Küche zurückkehren sollten. »Wir wollen doch lernen, es besser zu machen als die!«

* * *

Durch die harte Ausbildung war die Weihnachtszeit schneller herangekommen, als Eva es erwartet hatte. Frau Zöpfel ließ diejenigen, die nach Hause fuhren, zu sich rufen und zahlte ihnen den Lohn für die vergangene Saison aus.

Eva starrte auf die beträchtliche Zahl von Geldscheinen und Münzen und konnte es zunächst kaum glauben. Dann teilte sie ihren Lohn in zwei Hälften und schob die eine Frau Zöpfel zu.

»Können Sie das Geld weiter für mich aufbewahren? Ich kann es vielleicht später gebrauchen. Für heuer ist es zu viel«, bat sie.

Die Hausdame musterte sie nachdenklich. Andere junge Frauen hätten alles Geld mitgenommen und verbraucht. Eva hingegen dachte an ihre Zukunft. Das war ihr gutes Recht, fand Frau Zöpfel. Eva nahm auch so mehr Geld mit nach Hause als die meisten anderen Frauen aus ihrem Bereich. Das sollte ihrer Familie genügen.

»Gut! Ich werde es wieder Frau Karch übergeben«, sagte sie, zählte alles und trug die Summe in ihr Buch ein. Danach legte sie das Geld in ein Schreibtischfach und stand auf.

»Auf ein Wiedersehen im neuen Jahr!«, sagte sie und reichte Eva die Hand.

»Aber ich komme doch am Dreißigsten wieder«, erwiderte Eva.

Frau Zöpfel lachte leise. »Dann bin ich weg! Auch ich muss ein paar Tage Urlaub machen. Und nun gute Reise, wenn wir uns morgen nicht mehr sehen sollten.«

»Frohe Weihnachten und ein gutes neues Jahr!« Eva knickste und verließ Frau Zöpfels Büro mit dem Gefühl, auch in ihr eine Fürsprecherin gefunden zu haben.

Nun galt es, die letzten Geschenke zu besorgen und zu packen, damit sie am nächsten Morgen zum Bahnhof gehen konnte. Sie hatte daher einiges zu tun. Am Abend ging es ans Abschiednehmen. Aus Höflichkeit ging Eva auch zu den Kellnern und Köchen, von denen sie in den letzten Wochen oft böse Kommentare gehört hatte, und bemerkte zu ihrer Überraschung, dass einige von ihnen peinlich berührt schienen. Ein paar wünschten ihr sogar Glück, und es klang ehrlich.

Es wird doch nicht alles so heiß gegessen, wie es gekocht wird, dachte sie. Immerhin hatten diese Männer ihr beigebracht, wie die verschiedenen Sorten Kaffee zu kochen waren. Sie konnte auch Trinkschokolade zubereiten und einen Tee aus Assam von einem aus Ceylon oder China unterscheiden. Das, sagte sie sich, wog die eine oder andere dumme Bemerkung auf. Sie musste nur noch beweisen, dass sie das, was man sie gelehrt hatte, auch in die Tat umzusetzen wusste.

Mit diesem Gedanken ging sie zu Bett und stand am anderen Morgen damit auf. Nachdem sie sich gewaschen und gefrühstückt hatten, verabschiedeten Afra und Ida sich von ihr, da deren Zug früher ging als der ihre. Doch auch Eva konnte nicht mehr lange verweilen. Sie nahm ihr Gepäck und stöhnte. Wie hatte sie über Helga gespottet! Dabei schleppte sie vermutlich noch mehr mit als ihre Freundin.

Eva atmete noch einmal tief durch, sagte sich, dass die Strecke zum Bahnhof nicht so lang sei, wie ihr Gedächtnis es ihr vorgaukeln wollte, und machte sich auf den Weg.

Bei der Pestsäule wartete Franz auf sie. Er hatte nur eine große Tasche bei sich. Als er sah, wie sie sich abschleppte, nahm er ihr einen Teil ab.

»Man merkt, dass du viele Geschwister hast«, sagte er grinsend.

»Nächstes Jahr kaufe ich weniger ein«, antwortete Eva und berichtete, dass sie Oblaten für alle habe, dazu Stoff für neue Kleidung und noch einige Utensilien, die es selbst in der Bezirksstadt nicht gab.

»Karlsbad ist da schon etwas Besonderes!«, sagte sie mit einem Stolz, als wäre sie in dieser Stadt geboren worden und aufgewachsen.

»Ich nehme auch ein paar Geschenke mit, habe allerdings bloß einen Bruder und zwei Schwestern«, sagte Franz. »Es ist schade, dass wir zwei nicht im selben Ort wohnen. Dann könnte ich dir auch was auf dem Heimweg tragen.«

Franz' Bemerkung erinnerte Eva daran, dass sie sich keine Gedanken gemacht hatte, wie sie vom Zielbahnhof in ihr Dorf gelangen konnte. Wäre Hochwürden Philipp Maier noch der Pfarrer gewesen, hätte er sie sicher mit seinem Wagen abgeholt. Der neue Pfarrer kannte sie nicht und hatte auch keinen Grund dafür, es zu tun.

»Ich werde mir einen Fiaker leisten müssen«, sagte sie mit einem tiefen Seufzer. Das war eine Ausgabe, die ihr nicht gefiel. Aber wenn es sein musste, musste es eben sein.

Während sie zum Bahnhof gingen, musterte Eva Franz immer wieder. Er trug ihr schwerstes Bündel ohne sichtliche Anstrengung und berichtete stolz, dass er bereits zu Silvester als Kellner im Goldenen Schlüssel servieren müsse.

»Der Verein der Schmetterlingsfreunde feiert seinen Jahresabschlussball, und da soll es hoch hergehen, habe ich mir sagen lassen!«, erklärte er.

Eva blickte ihn verwundert an. »Verein der Schmetterlingsfreunde? Was es nicht alles gibt!«

»Eigentlich hat er einen wissenschaftlichen Namen auf Latein. Es sind einige Honoratioren der Stadt dabei, und es kommen Leute extra aus Wien, Prag, Budweis und sogar aus Dresden, um bei dem Ball dabei zu sein. Da kann ich so richtig zeigen, was ich kann! Wie ist es bei euch? Wird da auch was gefeiert?«

»Ich weiß es nicht«, antwortete Eva. »Die Afra, die Ida und ich waren zu sehr damit beschäftigt, einen kleinen Braunen von einem Kapuziner unterscheiden zu lernen, als dass wir den Kopf dafür gehabt hätten, was um uns herum geschehen ist.«

»Da ist sicher was geplant! Es gibt in ganz Karlsbad kein Hotel und kein Restaurant, in dem nicht an Silvester gefeiert wird. Wenn du im neuen Jahr in eurem Cafésalon servierst, wirst du etliche von den Vereinen und Gruppen kennenlernen, die es in Karlsbad gibt, und wenn es das Kaffeekränzchen der Häkeldamen ist.«

Eva musste lachen. Andererseits wäre es sicher angenehm, wenn solche Gruppen in den Cafésalon kämen. Das würde weitere Gäste nach sich ziehen, und sie konnten denen, die Afra, Ida und ihr nicht zutrauten, den Cafésalon zu führen, das Gegenteil beweisen.

Ehe sie sich versahen, hatten sie den Bahnhof erreicht. Der Zug kam bald, und sie stiegen ein. Einen Tag vor Weihnachten waren viele unterwegs, und Franz musste einen Fahrgast, der breitbeinig zwei Plätze einnahm, auffordern, beiseite zu rücken. Nach einem Blick auf den jungen Mann, der jetzt um einiges kräftiger und erwachsener wirkte als während der Fahrt nach Karlsbad, tat er es brummend.

Nun konnten Franz und Eva sich setzen. Angesichts des Betriebs war ihre Lust zu reden gering, und so saßen sie zumeist stumm nebeneinander. Beide aber freuten sich, weil sie zusammen waren, und ebenso auf das Wiedersehen nach der Weihnachtszeit.

* * *

Franz musste eine Station früher aussteigen als Eva. Der Abschied war kurz, und beide bedauerten es, voneinander scheiden zu müssen.

»Wir sehen uns in Karlsbad wieder!«, rief Franz, als der Zug bereits wieder anfuhr.

»Bis bald!«, antwortete Eva und winkte, bis er nicht mehr zu sehen war. Für einige Augenblicke war sie traurig, dachte aber daran, dass sie bald wieder zusammen in Karlsbad sein würden, und fühlte sich getröstet.

Auf der Hinreise war ihr die Fahrt entsetzlich lang vorgekommen. Nun wunderte sie sich, wie schnell der Bahnhof in Sicht kam, an dem sie aussteigen musste. Sie stand auf, nahm ihre Sachen und verließ den Waggon. Mit ihrem ebenso schweren wie sperrigen Gepäck beladen ging sie durch das Bahnhofsgebäude und hoffte, draußen einen Fiaker zu finden, der sie nach Hause bringen würde.

Da entdeckte sie Lamprechts Wagen. Der Bauer stand daneben und winkte ihr zu.

»Grüß dich, Eva!«, rief er, als sie auf ihn zutrat, und musterte sie erstaunt.

Als sie die Heimat verlassen hatte, war sie noch ein wenig kindlich gewesen. Nun stand eine junge und durchaus ansehnliche Frau vor ihm. Zudem war sie so elegant gekleidet, dass er zweimal hatte hinschauen müssen, um sie zu erkennen.

»Grüß Gott, Herr Lamprecht! Ist es unverschämt, wenn ich frage, ob Sie mich bis zu Ihrem Hof mitnehmen könnten? Die letzten drei Kilometer schaffe ich dann schon«, sagte sie und sprach dabei auch noch wie eine Frau aus der Stadt.

»Freilich kannst du mitfahren! Weißt du, ich hab was im Bezirksamt erledigen müssen, und da hat deine Mam gefragt, ob ich dich nicht abholen könnt«, antwortete der Bauer und stellte Evas Gepäck in den Wagen.

Sie stieg zu ihm auf den Bock und fragte, wie es seiner Familie und seinem Sohn gehe, bei dem sie ein paar Jahre die Kindsmagd gewesen war.

»Uns geht's gut. Und dir?«, antwortete er.

»Ich kann auch nicht klagen«, sagte Eva. »Ich war bis jetzt Stubenmadl im Hotel Adonis und werde im nächsten Jahr im Cafésalon bedienen.«

»Kaffeesalon?« Lamprecht verzog das Gesicht. »Was es nicht alles gibt.«

»Da trinken die Kurgäste am Nachmittag ihren Kaffee und essen ein Stück Kuchen dazu«, erklärte ihm Eva.

»Das sind halt städtische Sitten.« Dem Lamprecht war das Bier weitaus lieber als Kaffee, zumal es richtigen Bohnenkaffee nur zu den heiligsten Festtagen gab und seine Bäuerin ansonsten Zichorienkaffee auftischte.

Neugierig fragte er, was Eva alles in Karlsbad erlebt und gesehen hatte, und ließ sich einige der hochrangigen Gäste beschreiben. Eva erzählte munter, ohne jedoch zu viel über sich selbst zu verraten, und so verflog die Zeit, in der Lamprechts Rappe heimwärts trabte, recht schnell. Der Bauer dachte jedoch nicht daran, Eva bei seinem Hof auszuladen, sondern brachte sie bis nach Hause.

»Vergelt's Gott, Bauer«, sagte sie und stieg aus. Kurz entschlossen öffnete sie ihre Tasche und holte ein Päckchen mit Karlsbader Oblaten heraus. »Für den Sepperl!«

»Der wird sich freuen.« Lamprecht hob kurz die Peitsche zum Gruß und fuhr los.

Eva wandte sich ihrem Elternhaus zu. Dort wurde bereits die Tür geöffnet, und ihre Mutter kam heraus. Joseph und Anna folgten, während die anderen im Haus blieben und entweder zur Tür oder durch die Fenster herausschauten.

»Eva!« Maria Riegler klang zögernd.

Mit Erstaunen bemerkte sie, dass Eva in dem halben Jahr noch ein Stück gewachsen war und sie mittlerweile überragte. Bekleidet war sie mit einem hellbraunen Mantel, und sie trug sogar ein Hütchen auf dem Kopf. Beides sah teuer aus, stammte aber aus Frau Heisters Fundus und hatte Eva nur einen Bruchteil dessen gekostet, was ihre Mutter nun annahm. Für Marie Riegler sah es so aus, als hätte ihre Tochter sich in der Stadt verführen lassen, sich modisch auszustatten.

»Mama!« Eva stellte ihr Gepäck ab und flog ihrer Mutter entgegen. Sie umarmte diese und wurde von deren Armen umfangen.

»Endlich bist du wieder da!«, sagte die Mutter.

Eva seufzte. »Leider nur für eine Woche, dann muss ich wieder zurück.«

»Du bleibst also nicht daheim?«

Obwohl Eva geschrieben hatte, auch im nächsten Jahr in Karlsbad arbeiten zu wollen, hatte die Mutter gehofft, sie würde doch bei ihnen bleiben. Als sie ihre Tochter betrachtete, spürte sie die Veränderung, die der Aufenthalt in Karlsbad in Eva ausgelöst hatte. Das war kein Landmädchen mehr, das als Magd oder auf Tagelohn arbeitete. Irgendwie bedauerte sie es. Andererseits war sie froh, dass ihre Älteste versorgt war. Es waren einfach zu viele Kinder, die im Lauf der Jahre Arbeit und Brot suchen mussten.

»Bist du immer brav geblieben?«, fragte sie mit einer gewissen Angst.

Eva nickte. »Das bin ich, Mama! Und ich habe auch vor, es zu bleiben.«

»Das ist gut! Und nun komm rasch herein.« Maria Riegler fasste ihre Tochter unter und führte sie ins Haus.

Joseph und Anna schnappten sich Evas Gepäck und trugen es ihnen nach.

Innen wartete der Vater auf sie. Als er Eva ins Gesicht sah, spürte er, dass er die Macht über sie verloren hatte. Eigentlich war das schon so gewesen, als er nicht gewagt hatte, sie vor Karl Wenzl zu beschützen, dachte er traurig. Er begrüßte sie und sah zu, wie sie ihre Geschwister nacheinander umarmte.

Zuletzt führte die Mutter Eva zu der Wiege, in der ihr Jüngster lag. Der Kleine war nun ein halbes Jahr alt und schlief selig vor sich hin.

»Das ist unser Maxerl«, stellte die Mutter ihn vor. »Sag grüß Gott zu ihm!«

»Grüß Gott, Maxerl!«, sagte Eva und kitzelte ihn am Kinn.

Der Kleine öffnete die Augen, schmatzte ein wenig und schlief wieder ein.

»Der hat's gut! Nichts als schlafen und essen«, sagte Alfons und sah Eva bettelnd an. Da sie einiges mitgebracht hatte, hoffte er, es sei auch etwas für ihn dabei.

Eva nickte ihm lächelnd zu, packte die restlichen Oblaten aus und verteilte sie. Bis auf Joseph, der sich für so etwas schon zu alt fühlte, griffen alle mit Begeisterung zu.

»So etwas Gutes habe ich noch nie gegessen«, rief Reserl, die in diesem Jahr in die Schule gekommen war, und starrte sehnsüchtig auf Evas Gepäck, als hoffte sie, dort könnten noch mehr der köstlichen Oblaten verborgen sein.

»Wir haben angebaut! Nun kannst du nur mit dem Reserl zusammen im Bett schlafen«, sagte die Mutter.

Nachdem Eva monatelang zwar mit anderen einen Raum geteilt, aber doch ihr eigenes Bett gehabt hatte, musste sie sich hier wieder umgewöhnen. Sie sagte jedoch nichts dazu, sondern packte weiter aus. Die Weihnachtsgeschenke ließ sie noch in der Tasche. Für die Mutter gab es eine Tüte Bohnenkaffee und für den Vater besseren Tabak, als er je geraucht hatte.

Danach setzten sie sich zusammen. Die Mutter schenkte Schlehenwein ein, und Eva musste erzählen, wie es ihr in Karlsbad ergangen war.

* * *

Am nächsten Tag überreichte Eva die übrigen Geschenke. Die Mutter strich andächtig über den schönen Stoffballen und musterte ihre Töchter. »Davon kann ich Sonntagskleider für das Lieserl, die Hilde und das Reserl nähen«, sagte sie und freute sich, weil diese dann nicht mehr mit den abgetragenen Kleidern der älteren Schwestern in die heilige Messe gehen mussten.

Zwar hatte Eva den Stoff gekauft, damit die Mutter sich ein schönes Kleid davon nähen sollte, aber es rührte sie, dass es dieser vor allem um ihre Töchter ging, und sie sagte daher nichts. Den Schwestern hatte sie ein paar einfache Stoffpuppen, den kleineren Brüdern ein paar Zinnsoldaten mitgebracht. Es war nichts Großartiges, aber die Freude war riesig.

Zuletzt überreichte Eva der Mutter das Geld. Diese starrte darauf und sah sie dann fragend an. »So viel hast du in Karlsbad verdient?«

Es klang ungläubig, daher mochte Eva nicht sagen, dass es nur die Hälfte war. Die andere Hälfte hatte sie ja Frau Zöpfel anvertraut. »Ich habe gute Trinkgelder bekommen. Das ist so üblich, wenn die Kurgäste abreisen«, erklärte sie. »Wenn ihr wollt, kann ich versuchen, ob ich die Anna nicht als Stubenmadl unterbringen kann.«

»Die ist noch zu jung dafür!«, sagte die Mutter sofort.

»Andere Stubenmadl fangen mit vierzehn an, und die Anna ist fünfzehn«, erklärte Eva.

»Das Annerl geht zu Lichtmess zum Lamprecht. Dort kommt wieder was Kleines, und sie brauchen eine Kindsmagd«, sagte Maria Riegler entschieden und lehnte auch Evas Vorschlag ab, den vor Kurzem sechzehn gewordenen Joseph im Adonis als Pikkolo zu empfehlen.

»Der Joseph kann als Jungknecht beim Auer anfangen. Der ist der neue Dorfobmann, nachdem der Wenzl von dem Posten abgesetzt worden ist.«

Eva gab es auf, ihre Eltern davon zu überzeugen, ein weiteres ihrer Geschwister nach Karlsbad zu schicken. Bei ihr hatte die Mutter es getan, weil es nicht anders gegangen war. Dies erinnerte sie an Karl Wenzl.

»Wie ist es eigentlich mit dem Wenzl und seinem Sohn weitergegangen?«, fragte sie.

»Wie ich schon gesagt hab, hat der Wenzl als Dorfobmann aufhören müssen. Das wurmt ihn arg! Aber das hat er dem Karl zu verdanken. Den hätten s' wegen unserem alten Herrn Pfarrer fast eingesperrt. Er ist grad noch so daran vorbeigekommen, darf sich aber nix mehr zuschulden kommen lassen, sonst sitzt er doch noch ein«, berichtete der Vater, um seiner Frau nicht das Feld zu überlassen.

»Der Karl hat im Herbst heiraten müssen. Seine Frau wirst du heut Nacht bei der Christmett sehen. Das ist eine ganz Harsche, sage ich dir! Die hat dem Karl in der Hochzeitsnacht die Hosen ausgezogen und ist selbst hineingestiegen. Auch sein Vater hat nimmer viel auf dem Hof zu sagen«, berichtete die Mutter und klang ebenso spöttisch wie zufrieden.

Eva begriff, dass sie dem Wenzl und seinem Sohn jedes Übel gönnte. Die beiden hatten im Dorf zu sehr heraushängen lassen, dass nur sie etwas galten und die armen Leute für sie nichts als Dreck waren.

»Ja, ich werde mir die Wenzls bei der Christmette anschauen!«, erwiderte Eva. Tatsächlich war sie neugierig auf die beiden und auf Karls Frau. Nun aber verscheuchte sie die Wenzls aus ihren Gedanken und fragte, wie es den Ihren während ihrer Abwesenheit ergangen sei.

Am Nachmittag wurde das Bäumchen geschmückt, das der Vater aus dem Wald geholt hatte. Evas Schwestern hatten im Herbst Strohsterne gebastelt und wetteiferten nun, welche die schönsten waren. Eva sollte entscheiden, doch die lehnte lachend ab. Stattdessen holte sie die drei Christbaumkugeln aus Glas, die sie aus Karlsbad mitgebracht hatte, aus ihrem Gepäck.

Die Geschwister wollten kaum glauben, dass es so etwas Schönes gab, und Eva musste die Kugeln selbst an den Baum hängen, da die Mutter dies weder sich noch einem ihrer

Geschwister zutraute. Die Kugeln sahen gut aus, fand Eva. Dabei dachte sie daran, wie Helga ihr erzählt hatte, dass im Adonis zu Weihnachten ein Christbaum aufgestellt werde, an dem mehrere Dutzend solcher Glaskugeln hingen. Wenn sie in einer Woche nach Karlsbad zurückfuhr, würde sie den Baum noch sehen.

* * *

Der Abend kam, und Eva wurde gebeten, ein paar Weihnachtslieder zu singen. Sie hatte die beste Stimme von allen und in den letzten Jahren unter Hochwürden Philipp Maiers Anleitung auch während der Christmette gesungen.

Ihre Familie lauschte andächtig, doch alle bemerkten, dass ihre Aussprache anders geworden war und sie von ihnen trennte. Der Kontakt zu den Gästen im Hotel hatte den Dialekt ein wenig verdrängt, und sie klang dadurch städtischer und auch ein wenig fremd. Ihre Lieder gefielen trotzdem, und als sie schließlich zur Christmette aufbrachen, bedauerte Maria Riegler, dass ihre Tochter diesmal nicht in der Kirche singen würde.

Die Rieglers gingen die paar Hundert Schritte zur Kirche zu Fuß. Auch die großen Bauern hätten es tun können, aber sie wollten zeigen, wer sie waren, und ließen die Schlitten anspannen.

Eva und die Ihren hörten unterwegs mehrmals die Glöckchen an den Schlitten und beeilten sich, Platz zu machen, damit die Bauern an ihnen vorbeifahren konnten. Viele Jahre lang war der Wenzl der Erste gewesen, der vor der Kirche angehalten hatte. Diesmal musste er dem Auer den Vortritt lassen.

Eva sah Auers mit Tannenzweigen geschmückten Schlitten und die sechs Fackeln, die daran brannten, und konnte sich ein Lächeln nicht verkneifen. Nach den vielen Jahren, die der Auer in Wenzls Schatten gestanden war, wollte er diesmal zeigen, dass er jetzt derjenige war, der hier das Sagen hatte.

Der Auer erhielt ein gerüttelt Maß an Aufmerksamkeit. Viele Leute schauten jedoch auch zu Eva hin. Alle wussten, weshalb sie das Dorf hatte verlassen müssen, und sie waren neugierig darauf, wie es ihr in der Fremde ergangen war. Nun unterschied sie der städtische Schnitt ihrer Kleidung doch sehr von den einheimischen Frauen. Sie war, wie die Haslerin einer Nachbarin zuraunte, noch hübscher geworden, und so fragten sich einige, wie Karl Wenzl und dessen Vater reagieren mochten, wenn sie Evas gewahr wurden. Sie war immerhin der Grund gewesen, weswegen der alte Wenzl das Amt des Dorfobmanns verloren hatte. Auch hatte dessen Sohn eine Frau heiraten müssen, die ihm zeigte, wo's langging.

Schließlich kündete Glockengeläut die Ankunft des Schlittens vom Wenzlhof an. Wie zum Trotz hatte der alte Wenzl die Gespannpferde besonders prächtig aufputzen lassen, und am Schlitten waren gleich acht brennende Fackeln befestigt. Es war, als wollte er zeigen, dass er zwar nicht mehr der Dorfobmann war, aber immer noch den größten Hof im Dorf besaß.

Der alte Wenzl stieg aus dem Schlitten und ging in die Kirche, ohne sich nach links oder rechts umzusehen. Sein Sohn hingegen tat es und entdeckte Eva, die stolz aufgerichtet im Licht der Fackeln stand. Zuerst erkannte er sie nicht. Dann aber ballte er die Fäuste und starrte sie drohend an. Sie erwiderte seinen Blick mit einem gewissen Spott, der seiner Ehefrau nicht entging.

Diese war eine große, handfest aussehende Frau, die als Großbauerntochter einen herrischen Stolz geerbt hatte. Sie wusste natürlich, was hier im letzten Jahr alles geschehen war, und begriff, dass Eva die junge Frau war, die Karl Wenzl gezeigt hatte, dass es auch für ihn Grenzen gab. Diese Haltung nötigte ihr Achtung ab, und so nickte sie Eva freundlich zu. Dann sah sie ihren Mann an. »Komm jetzt! Oder willst du die Christmette aufhalten?«

Für Eva war es lächerlich zu sehen, wie rasch Karl Wenzl hinter seiner Frau hereilte. Von dem Großmaul, das sich nur deshalb hatte aufspielen können, weil es keiner gewagt hatte, sich mit ihm anzulegen, war nicht mehr viel geblieben. Karl Wenzl würde hier keiner Magd mehr nachstellen, wenn er nicht riskieren wollte, dass sein Kopf Bekanntschaft mit einer gusseisernen Bratpfanne machte, dachte sie und betrat ebenfalls die Kirche.

Es war so, wie sie es jahrelang gewöhnt gewesen war, und doch anders. Die Mette wurde nicht mehr von Hochwürden Philipp Maier gehalten, sondern von dessen Nachfolger, einem jungen Pfarrer, der erst in die Stiefel hineinwachsen musste, die sein Vorgänger ihm hinterlassen hatte.

So schön Eva es auch fand, ihre Eltern und Geschwister wiedergesehen zu haben, so spürte sie doch, dass dies hier nicht mehr ihre Welt war. Karlsbad hatte sie verändert, und sie freute sich darauf, schon bald dorthin zurückkehren zu können.

PERSONEN

Eva und ihre Familie:

Riegler, Eva - Zimmermädchen im Hotel Adonis
Riegler, Maria und Sepp - Evas Eltern
Joseph, Anna, Vitus, Antonia, Alfons, Elisabeth, Martin, Mathilde, Ferdinand, Theresia, Ludwig, Bernhard, Sophia, Max - Evas Geschwister

Evas Heimat:

Auer - Großbauer
Haslerin - Kleinbäuerin
Lamprecht - Bauer im Nachbardorf
Maier, Philipp - Pfarrer
Wenzl - Großbauer und Dorfobmann
Wenzl, Karl - Wenzls Sohn
Zita - Magd der Haslerin

Hotel Adonis:

Afra - Kaffeemädchen
Breitenreiter, Angelika - Chefin der Zimmermädchen
Erlacher, Babette - Chefin der Spülküche
Gisela - Zimmermädchen
Heister, Wanda - Chefin der Waschküche und der Wäscheausgabe
Helga - Zimmermädchen
Ida - Kaffeemädchen
Karch, Isolde - Besitzerin des Adonis
Karch, Ludwig - Isolde Karchs Neffe, Hoteldirektor

Rosa - Zimmermädchen
Schroll, Thea - Zimmermädchen
Ulla - Kaffeemädchen
Zenzi - Zimmermädchen
Zöpfel - Hausdame im Adonis

Gäste im Adonis:

Beauvais, Augustus - englischer Lord
Jablonski, Andrzej - polnischer Graf
Janusz - Gräfin Pawlawskas Diener
Jaswig - weiblicher Gast im Adonis
Jones - Lord Augustus' Kammerdiener
Pawlawska, Klementyna - polnische Gräfin
Said - Gräfin Pawlawskas Page
Schulz - Gast
Skarbie - Gräfin Pawlawskas Schoßhund

Andere:

Herbst, Franz - Hausknecht im Goldenen Schlüssel
Leni - Josepha Pfnürs Hausmädchen
Pfnür, Josepha - Vermittlerin in Karlsbad

Folge der Autorin auf Amazon

Wenn dir dieses Buch gefallen hat, folge Ada Caine auf Amazon. Dann erhältst du eine Benachrichtigung, wenn die Autorin ihr nächstes Buch veröffentlicht. Um der Autorin zu folgen, gehe bitte folgendermaßen vor:

Desktop:

1) Suche auf Amazon.de oder in der Amazon App nach dem Namen der Autorin.
2) Klicke auf den Namen der Autorin, um auf die Autorenseite zu gelangen.
3) Klicke auf den »Folgen«-Button.

Smartphone und Tablet:

1) Suche auf Amazon.de oder in der Amazon App nach dem Namen der Autorin.
2) Klicke auf einen Titel der Autorin.
3) Klicke auf den Namen der Autorin, um auf die Autorenseite zu gelangen.
4) Klicke auf den »Folgen«-Button.

Kindle eReader und Kindle App:

Wenn du dieses Buch auf einem Kindle eReader oder in der Kindle App liest, wird dir automatisch angeboten, der Autorin zu folgen, nachdem du die letzte Seite des Buches gelesen hast.

Made in the USA
Middletown, DE
07 January 2024